Hey, 헤이,준
June

Hey,
Jume
헤이, 준

초판 1쇄 찍은 날 | 2016년 8월 8일
초판 1쇄 펴낸 날 | 2016년 8월 16일

지은이 | 김태영
펴낸이 | 예경원

편집 | 유경화 · 안유진

펴낸곳 | 예원북스
등록번호 | 제396-2012-000132호
등록일자 | 2012. 7. 25
YRN | 제1-0155호

주소 | 경기도 고양시 일산동구 호수로 646-24 위너스21 Ⅱ 206A호 (우) 10401
전화 | 031-819-9431 팩스 | 031-817-9432
http://cafe.naver.com/yewonromance
E-mail | yewonbooks@naver.com

ⓒ 김태영, 2016

ISBN 979-11-5845-181-3 03810

김태영
장편 소설

YEWONBOOKS ROMANCE STORY

Hey, Jume

헤이, 준

여원

CONTENTS

1 · 7 | 2 · 79 | 3 · 130 | 4 · 174
5 · 221 | 6 · 271 | 7 · 319
에필로그 · 378

1

준은 또 꿈속에서 어머니를 모신 납골당 안을 헤매고 있었다. 납골당 안은 언제나 춥고 음산했다. 이가 딱딱 맞부딪칠 정도로 춥고 무서워서 무언가를 잡지 않으면 발밑에 입을 벌리고 있는 커다랗고 검은 구멍으로 빨려 들어갈 것 같았다. 준은 어머니의 유골함 앞에 동상처럼 서 있는 무형의 뒷모습을 바라보았다. 그의 얼굴을 보고 싶었지만 그는 언제나 등을 돌리고 있었다.

준은 용기를 내서 무형의 늘어뜨려진 손가락을 붙잡았다. 손이 얼마나 차가운지 꿈속에서도 온몸이 섬뜩했다. 그는 늘 그랬듯이 이번에도 냉기가 흐르는 얼굴로 준의 손을 뿌리치고 어딘가로 뚜벅뚜벅 가버렸다. 그의 손을 놓친 준은 기겁을 하고 그를 따라갔지만 넓은 납골당 안은 텅 빈 채 아무도 없었다.

준은 미친 듯이 무형이 나간 입구를 찾아 헤매다가 잠에서 깼다. 기일이 다가와서였는지 준은 또 그 꿈을 꾸었다. 15년이 지나도록 꿈은 늘 같았다. 준은 언제나 7살 어린아이였고 아직도 입구를 찾지 못해 그곳에 갇혀 있었다.

머리맡에 놓인 휴대폰을 보니 새벽 4시였다. 잠옷과 베개가 땀에 젖어서 축축했다. 준은 붙박이장에서 새 베개를 꺼내고 잠옷을 갈아입은 뒤 다시 자리에 누웠지만 여전히 몸이 떨렸다. 오래전 일이니 이제 그만 잊을 만도 한데 여전히 그 기억은 꿈속 깊이 남아 가끔 그녀를 그때의 공포 속으로 생생하게 밀어 넣었다.

실제로 그날 무형은 꿈속에서처럼 준을 버리고 가지는 않았다. 그는 꿈에서처럼 차갑고 무서운 얼굴을 하고 어머니의 유골함 앞에 오래 서 있었다. 준은 무형의 그 무표정하고 영혼이 빠져나간 듯한 얼굴이 너무 무서워서 그의 손을 꼭 붙잡았다. 다른 생각에 깊이 빠져 있던 무형은 흠칫, 놀라서 준을 내려다보았다. 그의 눈빛은 어둡고 스산했으며 창을 맞은 맹수처럼 아파 보였다. 세상에 혼자 남겨진 불쌍한 어린아이를 위로해 줄 여력 따위는 없어 보였다.

"울지 마. 우는 거 질색이야."

무형이 귀찮다는 듯 낮게 가라앉은 목소리로 말했다. 준은 저도 모르게 고개를 끄덕이며 눈물이 고여 굴러떨어지기 일보 직전인 눈을 손등으로 쓱 닦았다.

잘 웃지도 않고 묻는 말에 대답도 하지 않는 그가 무서웠지만 어머니가 오빠와 얼른 친해져야 한다고 해서 그의 마음에 들려고 애를 썼다. 다른 사람들과 다르게 그는 준의 애교에 아무 반응도 하지 않았다.

어렸을 때 준은 사람들에게 귀여움을 받기 위해 특별한 노력을 할 필요가 없었다. 대부분 그냥 숨만 쉬고 있어도 귀엽다고 껌뻑 넘어갔고 한 번 웃어주는 것만으로 사람들은 마법에 걸리기라도 한 듯 무장해제 되었지만 무형은 달랐다. 어머니에게 왜 무형이 자신을 싫어하는 거냐고 물었을 때 어머니는 준의 머리를 쓰다듬으며 위로하듯 말했다.

"너를 미워하는 게 아니고 엄마에게 화가 난 거야."

"왜요?"

"엄마가 오빠한테 잘못한 게 많으니까."

"무슨 잘못이요?"

준이 물었지만 어머니는 대답해 주지 않고 다만, 준을 끌어당겨 안아주었다. 방이 하나밖에 없는 좁은 집에서 둘이 살 때 어머니는 준에게 자주 무형의 사진을 꺼내서 보여주었다. 무형이 얼마나 사랑스럽고 개구쟁이인지, 어떻게 자신을 울리고 웃겼는지, 그런 얘기를 옛날 얘기 해주듯이 오래 들려주었다. 잠든 척하고 있는 준을 안고 어머니는 무형이 보고 싶다고 중얼거리기도 했다.

어머니가 하도 무형의 얘기를 자주 해서 나중에는 무형도 그들 사이에 끼어 함께 사는 것 같았다. 그래서 준은, 그를 만났을 때 오랫동안 알고 지낸 사람처럼 낯설지가 않았다. 어머니는 무형이 착하고 멋진 아이라고 말했는데 실제로 봤을 때 그는 별로 착해 보이지는 않았다.

"오빠가 겉으로는 무서워 보여도 속은 안 그래. 준이 아기 때 오빠가 얼마나 예뻐했는데. 무섭게 구는 건 엄마한테 화가 나서니까 속상해하지도 말고 마음에 담아두지도 말아야 해."

무형이 저를 상대해 주지 않는 게 서운해서 가끔 투정을 부리면 어머니는 그렇게 준에게 당부했다.

"오빠 옆에 꼭 붙어 있어야 해. 알았지? 이제부터 오빠랑 준이랑 둘이 의지하면서 사는 거야."

어머니는 병원에 입원하고 나서 자주 준에게 그렇게 말했다. 준은 어머니를 위해 힘차게 고개를 끄덕였지만 사실은 이미 그때부터 무형이 자신을 버릴 거라는 두려움을 느끼고 있었다. 미워하는 아이를 어머니도 안 계신데 데리고 있을 것 같지가 않았던 것이다.

납골당에 어머니를 모셔놓고 집으로 돌아오는 길에 차 뒷좌석에서 준은 깜빡 잠이 들었다. 잠에서 깨었을 때, 두꺼운 겉옷에 폭 싸인 채 넓고 따뜻한 품에 안겨 있었다. 믿음직한 팔로 자신을 안아 들고 걸어가고 있는 사람은 무형이었다. 뺨과 코가 닿아 있는 흰색 와이셔츠를 통해 무형의 체온이 느껴졌다. 옆을 스쳐 지나가기만 해도 냉기가 도는데 품속은 어찌나 따뜻하고 포근한지 이상하고도 신기했다.

그를 좋아한 것은 그때부터였을까? 준은 옛 기억을 곱씹어보았다. 아무것도 모르는 어린아이일 때부터 그만 바라보고 살았다. 어린 자신의 생살여탈권을 쥐고 있는 사람이었으므로 늘 그의 기분을 살피고 그가 웃으면 행복했고 화를 내면 두려움에 떨었다. 시간이 흐르면서 계절이 바뀌는 이치처럼 자연스럽게 그를 좋아하게 되었다. 아이 때는 아무런 개념 없이 순수한 마음으로 좋아했겠지만 사춘기가 되면서는 저도 모르게 그가 이성으로 보이기 시작했다.

그의 얼굴을 매일같이 보고, 목소리를 듣는 것은 행복인 동시에 고통이기도 했다. 무형은 준의 마음을 받아들이지도 용납하지도 않을 것이기 때문에 그들의 관계가 준이 원하는 방향으로 발전할 가능성은 거의 없었다. 준의 마음이 혈육에 대한 사랑과는 다르다는 것을 눈치챘다면 그는 당장에 그녀를 자신의 울타리 밖으로 쫓아낼지도 몰랐다. 그가 그런 부도덕하고 적절하지 못한 것들에 대해 알러지를 가지고 있다는 것을 준은 알고 있었다.

가끔 어머니가 집을 나오지 않았다면 어땠을까 하는 생각을 해보기도 했다. 자신은 고아원을 헤매고 있다고 해도 무형은 어머니로부터 버림받는 상처를 겪지 않을 수도 있었다. 자신 때문에 그는 어머니를 잃은 거나 마찬가지였다.

준은 잠이 오지 않아 스탠드를 켜고 머리맡에 두었던 다이어리를 집어 들었다. 다이어리에 적어놓은 시장 볼 물건 목록을 다시

한 번 살폈다. 매년 제사 음식을 만드는 아주머니 옆에서 그저 돕기만 했는데 올해는 시장 보는 것부터 자신이 해볼 생각이었다. 어머니 제사에 올릴 음식을 직접 만들어보고 싶어서 몇 개월 전부터 요리학원에도 다녔다. 이렇게 커서 이제 제사상도 차리고 하는 것을 보면 어머니도 분명 기뻐하실 테지.

준은 이제는 끝이 나달나달해진 어머니의 손수건을 베개 밑에서 꺼내 손끝으로 만지작거렸다. 어머니가 돌아가시고 나서 준은 서랍에서 어머니의 손수건을 꺼내 어머니가 그랬듯 몸에 지니고 다녔다. 세탁이 되어 있던 것이라 어머니 냄새가 남아 있을 리 없었지만 어린 준은 늘 그것을 두 손에 꼭 쥐고 코끝에 대야 잠이 왔다. 준은 손수건을 코에 가져대고 깊이 숨을 들이마셨다. 그리운 어머니의 냄새가 희미하게 나는 것 같기도 했다.

밖에는 장맛비가 내리고 있었다. 새벽부터 내리기 시작한 빗줄기는 하루 종일 가늘어졌다, 굵어졌다, 반복하며 그칠 기미를 보이지 않았다. 준과 밴드 멤버들은 연습실에 모였다가 리더인 재이의 낡은 차를 타고 빗길을 달려 공연이 잡혀 있는 클럽에 도착했다. 공연은 7시 30분부터였다.

준은 밴드 대기실로 들어가 주차장에서부터 걸어오느라 비에 젖은 종아리를 휴지로 닦았다. 오늘따라 냉방이 세게 되었는지 핫팬츠 아래로 드러난 맨다리에 소름이 돋아 있었다. 긴 바지를 입으면 분명 바짓단이 젖을 거 같아 오랜만에 짧은 바지를 입었더니 춥고 난리다. 준이 몸을 움츠리며 연달아 재채기를 하자 재이가 자신이 입고 있던 재킷을 벗어 내밀었다.

"괜찮아요."

준이 고개를 저었지만 재이는 그녀의 무릎 위로 재킷을 툭 던지 듯 내려놓았다.

재이는 준이 쑥스러운 얼굴을 하고 재킷으로 날씬하고 예쁜 다리를 덮는 것을 훔쳐보았다. 그녀는 가방에서 화장품이 든 파우치를 꺼내 화장을 하기 시작했다. 준은 평소에는 거의 맨 얼굴로 다녔지만 무대에 오르기 전에는 필히 가면을 쓰듯 화장을 했다. 밴드 [선수입장]이 추구하는 음악이 대체로 카리스마가 있거나 섹시한 무드의 노래들이라 해맑아 보이는 그녀의 외적인 이미지와는 잘 맞지 않았기 때문에 무대에 오르기 전, 메이크 오버가 필요했던 것이다.

메이크업을 하기 전과 한 후의 준은 아주 다른 사람이 되었다. 눈에 포인트를 준 스모키 아이 메이크업을 한 그녀는 순한 소녀 같은 이미지가 단번에 사라지고 강렬한 분위기로 얼굴이 바뀌었다. 그렇게 화장을 하고 무대에 오르면 꼭 가면을 쓴 것처럼 마음이 안정되고 자신감도 좀 생긴다고 준은 말했다.

발목까지 오는 레이스업 부츠에 늘씬한 다리를 드러낸 핫팬츠와 그것을 거의 가려서 하의를 입지 않은 것처럼 보이게 하는 얇은 남색 체크무늬 남방을 입고, 아무렇게나 소매를 걷어 올린 양쪽 손목 가득 레이어드한 가죽 팔찌를 낀 그녀의 모습은 아주 무심하고 멋져 보였다.

무대에 올라 노래하는 모습을 보면 천생 가수를 할 수밖에 없을 것 같은 사람인데 무대를 마치고 내려오면 큰 곤혹을 치른 사람마냥 얼굴이 하얘져서 진땀을 흘리곤 했다. 알수록 신기하고 궁금해서 재이는 그녀에게서 좀체 눈을 뗄 수가 없었다. 순간, 준이 메이크업을 마치고 고개를 들었으므로 재이는 얼른 시선을 내려 기타 줄을 점검하는 척했다.

공연 시간이 되자 준은 멤버들과 함께 무대에 올랐다. 무대 앞에서 재이를 쫓아다니는 광팬인 20대 초반의 여자들 여러 명이 비명을 지르며 그들을 환영해 주었다. 비도 오고 시간도 일렀는데 홀에는 꽤 많은 사람들이 그들의 공연을 기다리고 있었다. 대부분 재이의 미모에 홀린 여성 팬들이었다.

"밖에 비도 오는데 이렇게 저희 공연 찾아주셔서 감사합니다. 밴드, '선수입장' 인사드립니다!"

공연을 시작하기 전 리더인 재이가 마이크를 들고 능청스러운 목소리로 멘트를 하자 그의 팬들이 일당백 역할을 하며 열렬한 응원을 보냈다.

"먼저 저희 멤버들 소개부터 하죠. 자, 베이스 기타에 한경호! 드럼 치는 이동영! 그리고 우리의 보컬 서준! 마지막으로 저는 선수입장의 리더이자 키보디스트, 윤재이입니다. 자, 그럼 오늘도 신나게 즐겨볼까요?"

재이가 격투기 선수를 소개하듯이 팔을 좍좍, 뻗어 멤버들을 소개할 때마다 멤버들은 자유롭게 짧은 연주를 하는 것으로 인사를 대신 했고 준은 고개를 숙여 인사했다.

준은 이미 무대에 선 지 6개월이 다 되어가고 있었는데 여전히 무대 공포증에 시달리고 있었다. 첫 곡은 으레 관객의 반응에 혼이 나가서 실수를 연발했지만 곧 각자의 필에 꽂혀 신나게 연주를 하는 멤버들에 동화되어 그녀도 차츰 안정을 찾아갔다. 준이 자신의 전공인 디자인과 무관한 인디밴드의 보컬이 된 것은 우연인 것 같기도 하고 다시 생각해 보면 필연 같기도 했다.

준의 아버지는 록 밴드의 보컬리스트로서 주로 작은 규모의 무대에서 음악 활동을 하던 언더그라운드 뮤지션이었다. 생전에는 관객도 몇 명 없는 무대를 전전하는 무명가수였지만 사후에 그가 만든 곡들 중에 몇 곡이 드라마에 삽입되면서 대중들에게 이름이 오르내리기도 했다.

준은 그 피를 이어받았는지 밴드 음악을 좋아해서 고등학교 때도 가끔 수업을 빼먹고 인디밴드의 공연을 보러 다닌 적도 있었지만 직접 노래를 불러볼 생각을 해본 적은 없었다. 그런데 예상치도 않게 대학에 들어간 해 봄에, 축제 준비로 한창 바쁜 동아리실로 얼굴도 본 적 없는 선배가 그녀를 찾아왔다.

"난 시디과 4학년이고 인디밴드에서 기타를 치고 있는 한경호라고 해."

학생들이 빠져나간 빈 강의실로 자리를 옮긴 후에야 그가 쑥스러운 얼굴로 자기소개를 했다.

"인디밴드요?"

준은 영문을 몰라서 눈이 동그래졌다.

"내가 오늘 찾아온 이유는…… 얼마 전에 우리 팀 보컬이 군대에 갔거든."

"네?"

이상한 소리를 하는 그를 경계심 가득한 눈으로 쳐다보자 그는 자신들과 같이 음악을 해보지 않겠느냐고 물었다. 그들 팀 보컬이 입대를 하는 바람에 새로운 보컬을 찾고 있다고 했다. 준은 어안이 벙벙했다.

"사람을 잘못 찾아오신 거 같아요."

준이 웃으며 말하자 그가 고개를 저었다.

"신입생 OT 때 〈Breezy〉 부른 학생 아니야?"

준은 미간을 모으고 그를 바라보았다. 신입생 오리엔테이션에서 어쩌다 떠밀려 나가서 그런 노래를 부른 적이 있기는 했다. 그렇지만 그게 뭐 어쨌단 말인가.

"딱 우리 팀이 찾고 있는 음색이라 기억하고 있었는데 마침 또 이렇게 기회가 되어서 꼭 한 번 같이 해보고 싶더라고."

그는 꽤 간절해 보이는 얼굴로 말했다. 준은 생각도 해본 적 없는 일이라 거절할 수밖에 없었다. 그런데 그는 의외로 엄청 끈질긴 사람이었다. 그 후로 꽤 여러 번 거절을 했는데도 불구하고 포기하지 않고 멤버들까지 동원해서 거의 애원에 가까운 영입 작업을 계속했다.

나중에는 연습실에 한 번만 놀러 오라고 하도 권하는 바람에 미안해져서 친구와 함께 그들의 지하 연습실로 놀러갔다. 그들이 보컬도 없이 연주만 하는 것을 지켜보다가 얼떨결에 반주에 맞춰 노래를 하게 되었다. 노래를 하는 동안 준은 왠지 마음이 편해졌고 의외로 즐거운 생각까지 들었다.

　준은 원래 보컬이 제대할 때까지만 같이 해보자고 재이를 비롯한 멤버들이 구슬리는 말에 은근슬쩍 넘어가고 말았다. 하겠다고 해놓고도 귀신에 홀린 것 같았다. 처음 시작은 자의가 아니었지만, 시간이 지날수록 준은 노래하는 것이 즐거워졌다. 게다가 아버지의 발자취를 따라가 본다는 의미도 있고 해서 밴드 활동에 점점 진지하게 빠져들기 시작했다. 무대에 서는 일은 여전히 익숙해지지 않았지만 그녀는 마치 피가 끌리듯 그 일이 좋아졌다.

　노래하는 것만 좋아진 것이 아니라 준은 함께하는 멤버들도 좋아하게 되었다. 낙오자 집단처럼 암울해 보였던 첫인상과 달리 그들은 셋 다 아주 밝고 낙천적인 사람들이었다. 동영은 서글서글하고 선한 얼굴에 그대로 쓰여 있듯이 착했고, 경호는 나이와 어울리지 않게 진지하고 무게를 잡는 버릇이 있었지만 역시나 매사에 적극적이고 에너지가 많은 사람이었다.

　우울증을 앓고 있다는 재이조차도 겉으로 보기에는 느긋하고 편안하기 그지없어 보였다. 무엇보다 그는 심드렁한 얼굴을 하고 우스갯소리를 입에 달고 살았기 때문에 아무도 그가 우울증을 앓고 있다는 것을 믿으려 하지 않았다. 알고 지낸 것이 고작 몇 개월이라는 것이 믿기지가 않을 정도로 준은 그들과 급속히 가까워졌다. 공연이나 연습 때문에 시간이 늦어지면 재이는 차를 운전해 준을 집까지 데려다주었다.

"오빠가 검사라고?"

공연이 끝나고 집으로 가는 차 안에서 재이가 물었다.

"네. 중앙지검 검사예요."

준은 자랑스럽다는 것을 숨기지 않고 대답했다.

"공부 잘했나 보다. 난 정말 공부에는 젬병이었는데."

"네, 우리 오빠는 뭐든지 잘해요. 운동도 잘하고, 공부도 잘하고, 망가진 거 고치는 것도 잘하고……."

"준은 오빠 되게 좋아하는구나."

재이가 준을 돌아보며 말했다.

"네?"

준은 괜히 놀라서 눈이 커졌다.

"오빠 얘기할 때 보면 눈이 반짝반짝 빛나더라. 하긴 그렇게 멋진 오빠면 자랑스러울 만도 하지."

"제가 그랬어요?"

자신의 얼굴에 드러났을 무언가를 지우기 위해 그녀는 얼른 입꼬리를 올리며 웃었다.

"부모님은 언제 돌아가셨니?"

재이가 다시 물었다. 그는 본래 남의 사생활에 일절 관심이 없는 사람이라고 알고 있었는데 그런 사적인 질문을 하니 조금 당황스러웠다. 하지만 멤버들은 서로의 집안 사정에 대해서도 잘 알고 있는 눈치였으므로 자신도 이제 팀의 일원이니 으레 거쳐야 되는 과정인가 싶었다.

"제가 일곱 살 때 엄마가 돌아가셨어요. 아버지는 더 어렸을 때 돌아가셨고요."

"저런."

재이가 어디가 아픈 사람처럼 얼굴을 찡그렸다.

"그럼 친척집에서 자랐겠구나."

"아니요. 오빠가, 그때부터 오빠가 저를 키웠어요."

"오빠가? 오빠도 나이가 어렸을 텐데 단둘이 살았단 말이야?"

재이가 깜짝 놀란 얼굴로 그녀를 돌아보았다. 어쩌다 이런 얘기까지 나왔담. 준은 조금 난감해졌지만 가볍게 대꾸했다.

"오빠랑 나이 차이가 많이 나요."

"몇 살이나?"

"열한 살이요."

"아, 그렇구나."

재이가 고개를 끄덕였다. 더 꼬치꼬치 물을까 봐 긴장을 하고 있는데 다행히 그는 입을 다물었다. 준은 속으로 안도의 숨을 쉬었다. 그가 전방을 주시하며 운전에 몰두하고 있었으므로 준은 몸을 뒤로 기대고 창밖을 내다보았다. 주말이라 거리는 대낮처럼 밝았고 네온사인이 화려하게 번쩍거리고 있었다. 택시들이 손님들을 태우려고 길게 꼬리를 문 채 서 있고 술 취한 사람들이 비틀거리며 차도로 내려와 택시에 올라탔다.

준은 달리는 차 안에서 그런 광경을 무심히 내다보며 무형의 얼굴을 떠올렸다. 아침에 일어나 샤워를 하고 아침을 먹으러 나온 그의 얼굴은 아무리 오래 봐왔어도 전혀 익숙해지질 않았다. 매일매일 새롭고 심장을 내려앉게 했다.

그의 눈빛은 수면에 비치는 모든 사물을 반사하는 잔잔한 호수처럼 늘 담담했지만 마주치면 저도 모르게 움찔 놀랐다. 속을 알수 없는 눈빛이 무심하게 바라보면 다들 안절부절못하게 되어 있었다. 그래서 그에게 소환되어 온 피의자들은 그와 눈을 마주치는 것을 저승사자와 마주친 것만큼 두려워한다고 무형의 팀원인 차 수사관이 말한 적이 있었다.

"너는 뭐 궁금한 거 없어?"

한참 깊은 생각에 잠겨 있던 준은 재이의 물음에 움찔 놀라 그를 쳐다보았다.

"궁금한 거요? 무슨?"

"나도 물어봤으니까 너도 나에 대해 궁금한 거 있으면 물어봐. 그래야 공평하지."

재이가 머리카락을 쓸어 올리며 씽긋 웃었다. 준은 당황한 표정을 애써 숨기고 눈을 깜빡거렸다. 궁금한 게 별로 없었다. 그에 관해서라면 기본적으로 알아야 할 것은 이미 다 알고 있었다.

그의 집이 제주도이며 위에 누나가 한 명 있다는 것, 그가 밴드를 하는 것을 그의 부모가 반대해서 지금은 거의 연락을 끊은 채 살고 있다는 것, 키워준 할머니가 어려서부터 호호 불며 귀하게 키워서 할 줄 아는 게 아무것도 없으며, 그래서 팀 내에서 제일 큰 형이고 리더이면서도 늘 동생들의 보살핌을 받고 산다는 것. 그 정도면 충분했다. 없다고 말하려다가 그것도 예의가 아닌 것 같아 궁금한 것을 떠올려 보려 눈알을 굴렸다.

"음, 작사하실 때, 곡 만들어놓고 가사를 쓰시는지 아니면 가사를 만들고 곡을 붙이는지 궁금해요. 가사가 곡에 너무 절묘하게 맞아서 늘 신기했거든요. 리더님이 쓰시는 가사들, 정말 아름답고 시적이에요."

준은 겨우, 평소에 그가 작곡한 노래를 배우며 감탄했던 기억이 떠올라 그렇게 질문했다. 약간의 아부도 섞었다. 그가 자신이 만든 곡을 칭찬해 주는 것을 아주 좋아한다는 정보를 동영에게서 이미 입수한 터였다. 재이가 주먹으로 입을 가리며 푹, 웃었다.

"그게 궁금하단 말이지?"

그가 다시 의미를 알 수 없는 웃음을 짓더니 갑자기 입을 다물고 심각한 얼굴로 운전에 열중했다. 준은 의아해서 그를 훔쳐보다가 그가 평소에 이해할 수 없는 행동을 많이 했기 때문에 그러려니 하고 넘어갔다.

"데려다주셔서 감사합니다. 조심히 들어……."

"둘 다야."

"예?"

"대체로 곡을 먼저 만들고, 가사를 붙이지만 가사를 대충 써놓고 그 분위기에 어울리는 곡을 만들기도 해."

재이가 운전대에 올려놓은 손가락을 건반 치듯이 움직이며 준을 빤히 바라보았다. 준은 그제야 그가 무슨 얘기를 하는지 알아듣고 고개를 크게 끄덕였다.

"어서 들어가."

그가 미소를 지으며 말했다. 준은 다시 고개를 숙여 인사를 하고 차에서 내리다가 문득 떠오른 것이 있어 다시 그를 돌아보았다.

"리더님, 저 내일은 연습실 못 나갈 거 같아요."

"왜? 무슨 일 있어?"

"내일 어머니 기일이거든요. 음식도 만들고, 제사 준비해야 해서요."

"설마 네가 혼자 제사상을 차리는 건 아니지?"

그렇다면 자신이 도와주기라도 하겠다는 듯 재이가 눈을 크게 뜨고 물었다.

"아니요. 일하시는 아주머니가 다 하세요. 저는 옆에서 도와드리기만 해요."

준의 대답에 재이는 알겠다는 듯 고개를 끄덕이고 어서 들어가라는 손짓을 해 보였다. 준은 그에게 다시 인사를 하고 아파트 출입문으로 이어진 계단을 올라갔다. 출입문을 열며 뒤를 돌아보니 재이가 아직도 출발하지 않고 그녀를 바라보고 있었다. 눈이 마주치자 그는 싱긋 웃어 보이더니 그제야 차를 출발시켰다. 준은 그의 차가 아파트 정문을 빠져나가는 것을 의아한 눈으로 바라보다가 이윽고 출입문 안으로 발을 옮겼다.

무형은 교차로 신호등에 걸려 꼼짝 않는 차 안에 앉아 지루한 듯 머리를 쓸어 올리며 하품을 깨물었다. 금요일이라 다른 때보다 차가 많이 막혔다. 오늘은 어머니의 기일이라 다른 때보다 일찍 검찰 청사를 나왔다.

검사가 된 지 5년 만에 그는 중앙지검으로 발령이 나 특수부 검사가 되었다. 특수부 검사는 젊은 검사들에게는 선망의 대상이었다. 검찰의 최정예로 불릴 정도로 검사들 중에서도 최고의 엘리트들이 모여드는 곳이 특수부였고 사회의 거대 악과 싸운다는 사명감까지 더해져 자부심이 대단했다.

하지만 화려한 겉모습 뒤에는 그 화려함만큼의 어두운 그림자가 깊이 드리워져 있었다. 권력의 개라는 불명예스러운 조롱이 따라다니는 것이 무리가 아닐 정도로, 실제로 수사를 하다 보면 전방위적인 압력을 받을 때가 많았다. 상명하복의 조직문화가 고착화된 검찰에서 소신을 지키며 일하는 것은 물살을 거슬러 올라가는 일과도 같았다.

그런 내부적인 스트레스에다 세상이 주목하는 대형 수사들을 맡다 보니 수사가 조금이라도 틀어지면 가차 없는 여론의 공격과 비아냥거림의 대상이 되는 것은 다반사였다. 사건 수사가 시작되면 야근에 밤을 새우는 것은 기본이었고 휴일도 없이 일해야 해서 사생활도 거의 없었다.

무형은 지난밤에도 불법 비자금 조성과 탈세 혐의를 받고 있는 대기업 총수를 소환해 조사하느라 거의 밤을 새웠다. 두어 시간 눈을 붙이고 바로 다음 피의자를 불러 구속영장 청구 여부를 결정하고 업무 처리를 하느라 쉴 틈 없이 바쁜 하루를 보냈다. 오늘 밤도 사실은 검찰청에서 밤을 새워야 할 판이었는데 어머니 기일을 핑계로 팀원들에게 야근을 시켜놓고 혼자 나오는 길이었다.

어머니가 돌아가신 지 벌써 15년이 흘렀다. 어머니는 그가 열세 살 때 말도 없이 집을 나갔다가 5년 후 느닷없이 돌아와서 생판 남인 어린 여자아이를 그에게 떠맡기고 영원히 그의 곁을 떠나 버렸다. 15년이 지났어도 그때의 어떤 부분은 여전히 어제 일처럼 생생하게 그의 기억 속에 남아 있었다. 그는 길게 꼬리를 물고 교차로의 신호를 기다리는 차량들 속에 갇혀 저도 모르게 과거의 시간 속으로 빠져들었다.

아버지의 장례식이 끝난 지 세 달쯤 지났을 때, 무형이 수업을 마치고 돌아가 보니 5년 전 자신을 버리고 떠났던 어머니가 집에 돌아와 있었다. 5년 만에 처음 보는 거였다. 어머니는 여전히 그 여자아이를 소중하게 옆구리에 끼고 있었다.

아이는 어머니의 옷자락을 꼭 쥐고 겁을 먹은 눈으로 무형을 빤히 쳐다보았다. 무형은 그 아이의 이름이 준이며, 이제 일곱 살이 되었고 배꼽 옆에 점이 있다는 것까지 알고 있었다. 그 아이는 어머니가 집을 나가기 한 달 전쯤에 고아원에서 데리고 온 아이였다.

한 달 정도 같이 사는 동안 무형은 그 아이를 무척이나 예뻐했다. 막 사춘기에 접어들기 시작해 과묵해지고 어머니와는 눈도 잘 마주치지 않던 시기였지만 학교에서 돌아오면 책가방을 내던지고 제일 먼저 준에게 달려갔다. 고무 찰흙처럼 부드럽고 잘 늘어나는 볼이 신기해서 그는, 아이가 통통한 다리를 뻗고 장난감을 빨고 있는 옆에 팔을 괴고 누워 그 볼을 자꾸 당겨보았다. 귀찮을 법도 한데 아이는 무형이 몸을 여기저기 콕콕 찌르면 동글동글하고 말랑말랑한 몸을 옴찔거리면서 귀여운 웃음소리를 냈다.

그 웃음소리와 아이에게서 나던 파우더 냄새가 아직 선명히 기억이 났다. 순하고 인형 같던 그 아기는 이제 제법 자라서 초등학교에 들어갈 나이가 되어 있었지만 아직 동글동글한 아기티를 벗지 못하고 있었다. 무형은 어머니 쪽을 보지 않는 대신 준의 얼굴을 뚫어지게 바라보았다.

"오랜만이구나. 우리 무형이, 어른이 다 됐어……."

어머니는 무형이 한참이 지나도 아는 척을 하지 않자 먼저 입을 열었다. 그제야 무형은 어머니를 쳐다보았다. 어머니는 입은 웃고 있는데 눈에는 눈물이 고인, 애매한 표정을 짓고 있었다. 준을 데리고 온 한 달쯤 후 어머니는 준만 데리고 집을 나갔다. 그때 무형은 열세 살이었다.

집 앞 공원에 라일락꽃이 만개한 봄날이었다. 학교에 갔다 돌아와 보니 집이 쥐 죽은 듯 조용했다. 어머니가 잠깐 외출을 했을 수도 있는 일이었는데, 그는 현관문을 열고 집으로 들어서는 순간 이상한 낌새를 알아챘다.

이 방 저 방, 문이란 문은 다 열어보았지만 어머니도 준도 없었다. 어머니의 화장품이 놓여 있던 화장대와 준의 아기용품들이 놓여 있던 서랍장 위가 거짓말처럼 깨끗했다. 어머니는 무형이 아침에 학교에 가기 위해 집을 나설 때도 아무렇지 않은 얼굴로 그를 배웅했다. 그가 근래 들어 계속 예민하게 어머니를 관찰하고 있었음에도 불구하고 그는 아무런 기미도 느끼지 못했다.

그의 책상 위에 편지가 놓여 있었다. 편지에는 언제든 전화를 하면 만나러 오겠다고 씌어 있었다. 편지를 든 그의 손이 가늘게 떨렸다. 팔이 힘없이 처지며 손에서 편지가 툭 떨어졌다. 방충망 밖에서 벌이 윙윙거리는 소리가 귓속에서 울리는 것 같아 그는 귀를 문질렀다.

땀이 한 방울 흘러내려 턱 밑으로 떨어졌다. 아파트 화단에 만개한 라일락 향기가 바람을 타고 방으로 밀려들어 왔다. 그것은 걸쭉한 액체처럼 그의 후각을 자극했다. 현기증이 나며 발밑이 흔들렸다. 무형은 그 봄 이후로, 그 꽃향기를 질색하게 되었다.

왜, 자신을 남겨두고 갔는지, 왜 떠나겠다는 말 한마디도 없었는지, 그는 스스로에게 묻고 또 물었지만 정작 어머니에게는 한 번도 전화를 하지 않았다. 물론 걸려온 전화도 받지 않았다. 자신이 어머니에게 편지 한 장만으로 간단히 버릴 수 있는 정도의 존재라는 사실에 그는 회복할 수 없는 깊은 상처를 입었다.

어머니가 아버지와 헤어진다면 당연히 자신을 데리고 갈 거라고 생각했다. 무형은 부모가 이혼하기 몇 달 전부터 두 사람이 곧 헤어지고 말 거라는 예감을 하고 있었다. 원래도 사이좋은 부부는 아니었는데 어머니가 준을 키우겠다고 집으로 데리고 온 후, 두 사람의 관계는 돌이킬 수 없는 길로 접어들기 시작했다.

"너, 그놈 아직도 좋아하냐?"

싸움은 언제나 밤늦은 시간 술 취한 아버지가 어머니에게 그렇게 시비를 걸면서 시작이 되었다. 싸움이라기보다는 아버지의 일방적인 횡포였다. 그런 상황에서 잠을 잘 수 있을 리 없어서 무형은 부부 사이에 오가는 말소리를 고스란히 다 들어야 했다. 어머니의 목소리는 작아서 분명하게 들리지 않을 때가 많았고 아버지는 온 동네 사람이 다 들을 수 있을 정도로 고함을 질러댔다.

"언제까지 이런 식으로 피를 말릴 거예요. 나도 참을 만큼 참았다고요."

"참을 만큼 참았다고? 그래서 어쩌겠다는 거야. 이혼이라도 해줘? 지금이라도 그놈한테 가게?"

"무형이 들어요. 부끄럽지도 않아요?"

어머니의 억눌린 목소리가 작게 들렸다.

"부끄러움을 아는 여자가 이런 짓을 해?"

"난 당신이나 무형에게 부끄러울 짓 한 적 없어요."

"당당하다고?"

"그래요."

"길을 막고 물어봐. 이게 그렇게 당당한 일인지."

아버지가 비아냥거렸다.

"기왕이면 아는 아이 데려다 키우면 좋잖아요. 이게 왜 비난받을 일이에요?"

"내가 뼈 빠지게 번 돈으로 그놈 아이를 키우겠다고? 어림 반 푼어치도 없어!"

아버지는 졸렬했다.

"돈 때문이라면 그 아이를 키우는 데 당신 돈 안 쓸게요. 내가 나가서 버는 한이 있어도."

어머니가 그렇게 말했을 때 무언가 벽에 부딪쳐 깨지는 소리가 요란하게 울렸다.

"닥쳐! 도대체 얼마나 절절한 관계였으면 여태 미련을 못 버리고 아직도 그 주위를 얼쩡거려!"

아버지는 화를 주체하지 못하겠다는 듯 주위에 있는 물건을 집어 던지기 시작했다. 작은 방에서 자고 있던 준이 소란에 잠에서 깨어 울기 시작하면 어머니는 피하듯이 아이 방으로 들어가 문을 잠갔다. 그러면 아버지는 약이 올라 더 길길이 날뛰었다. 어머니는 결국 문을 열고 나올 수밖에 없었다. 아니면 아버지가 문짝을 부수고도 남았으므로.

어머니는 자신의 목에 찰싹 달라붙어 울고 있는 준을 억지로 떼어 무형의 방으로 밀어 넣고 밖에서 문을 닫았다. 준은 닫힌 문에 붙어 서서 한참 동안 울다가 무형이 침대에서 내려가 손을 내밀면 기다리고 있었다는 듯 순하게 안겨왔다. 아이는 등을 토닥여 주면 어깨에 머리를 기대고 엄지를 빨다가 잠이 들었다.

무형은 아이 옆에 누워 새근거리는 숨소리에 귀를 기울였다. 아버지의 주정은 거의 새벽까지 이어졌지만 아기의 조그맣고 따뜻한 등에 이마를 대고 그 규칙적인 숨소리를 듣고 있으면 이상하게 졸음이 밀려와 저도 모르는 사이 잠이 들곤 했다.

아버지를 광분하게 만든 의심은 억지스러운 데가 있었다. 어머니는 동향 사람이 중병으로 입원해 있다는 것을 알게 되었다. 병문안을 간 그녀는 거기서 그 사람의 어린 딸이 돌봐줄 사람이 없어 보육원으로 갔다는 소리를 들었다. 아이의 엄마는 결혼 전에 아이를 낳아 남자에게 맡기고 떠난 후 한 번도 연락이 없었다. 그러니까 아이의 아버지는 미혼부였다. 심성이 착한 어머니는 마음이 아팠을 것이다. 평소 예쁜 딸 하나가 있었으면 좋겠다고 생각하고 있었으므로 주저 없이 보육원에서 아이를 데려왔다.

있을 수 있는 일이었다. 문제는 아이의 아버지인 그 남자와 어머니가 옛날 한때 연인 사이였다는 사실이었다. 처녀 적 어머니는 아버지의 열렬한 구애를 뿌리치고 별 볼일 없는 딴따라였던 그 남자를 선택해 사귄 적이 있었다. 둘은 몇 개월 지나지 않아 곧 헤어졌지만 아버지는 그 일을 절대 잊지 않았다.

아버지가 그 남자의 아이를 데려다 키우는 것을 반대할 거라는 것을 알았던지 어머니는 아버지에게 의논도 하지 않고 아이를 집으로 데리고 왔다. 아버지는 노발대발했다. 그의 질투는 격렬하고 유치했다. 아버지도 아마 자신의 질투가 억지라는 것을 알고 있었을 것이다. 그의 기분을 이해를 하자면 못할 것도 없지만 질투의 상대는 살날이 얼마 남지 않은 중환자였다. 그것을 알면서도 그럴 수밖에 없었으니 딱한 사람이었다.

아버지는 노력해서 안 되는 일은 없다는 굳은 신념을 가진 사람이었다. 그는 스스로의 노력과 힘으로 성공했고 그것에 대단한 자부심을 가지고 있었다. 맨손으로 사업을 일구어 성공했고, 아름다운 아내도 오랫동안 구애를 한 끝에 결국 결혼에까지 이르렀다.

아버지는 가부장적이고 성격이 불같았다. 무슨 일이든 마음에 들지 않으면 벼락같이 화부터 냈다. 그가 집에 있으면 모두 쥐 죽은 듯 숨을 죽여야 했다. 술을 마시면 가끔씩 어머니가 옛날에 자신을 버리고 다른 남자와 사귀었던 얘기를 꺼내 어머니를 하얗게 질리게 만들기도 했다. 어머니는 큰 잘못도 없이 죄인처럼 기가 죽었고, 언제 떨어질지 모르는 불호령에 늘 긴장한 채 살았다. 아버지와 함께 있으면 숨이 막히고 수명이 줄어드는 것 같다고 어머니는 말했다. 집이 감옥 같다고도 했다.

아버지가 결국, 가정과 남의 아이 중 하나를 선택하라는 극단적인 요구를 했을 때 어머니는 수감을 마친 죄수처럼 미련 없이 집을 나가 버렸다. 모두의 손가락질과 비난을 받는 부적절한 결정이었지만 어머니는 그 선택을 하는 것이 별로 힘들지 않았을지도 모른다. 계기가 없었을 뿐, 언제고 일어날 일이었다. 배신감에 이성을 잃은 아버지는 속으로는 스스로도 억지스럽다고 생각했던 자신의 의심이 사실이었다는 결론을 내리기에 이르렀다.

아버지는 어머니가 바람이 났다고 굳게 믿기 시작했고 주위에도 그렇게 알렸다. 그러지 않고는 그녀의 행동을 받아들일 수도, 분을 삭일 수도 없었던 모양이다. 이혼할 때 그는 복수의 일환으로 위자료를 한 푼도 주지 않을 것이며, 다시는 무형을 볼 생각 말라고 으름장을 놓았다. 그렇게 하면 혹시라도 어머니가 돌아올지도 모른다고 생각했지만 아버지의 계획은 수포로 돌아갔다. 돈이나, 자식으로도 더 이상 그녀의 마음을 되돌릴 수 없다는 것만 확인했을 뿐이었다.

아버지에게 그 모든 자초지종을 자세하게 들은 무형은 어머니가 자신을 완전히 버렸다는 것을 알았다. 그것은 아버지 못지않게 무형에게도 큰 충격이었다. 그렇게 모두에게 상처와 고통을 남기며 미련 없이 떠났던 어머니가 다시 돌아온 것이다.

"준, 오빠에게 인사해."

침묵이 이어지자 어머니는 여자아이의 팔을 부드럽게 당겨 앞으로 끌어냈다. 준은 어머니 뒤에서 겨우 반쯤 나와서 수줍은 듯 고개를 까딱 움직였다.

"무형 오빠야. 늘 보고 싶다고 했잖니."

어머니는 다시 자신의 뒤로 숨는 아이의 머리를 쓰다듬으며 안

심시키려는 듯 말했다. 아이를 보는 그 시선이, 태도가 너무도 살가웠다.

"무슨 일로 오셨어요?"

무형은 형편없이 마르고 초췌해 보이는 어머니를 똑바로 쳐다보며 물었다. 십대의 아들을 둔 사람이라고는 믿을 수 없었던 고운 피부와 풍성하고 윤기가 흐르던 머리카락은 온데간데없이 사라져 버렸다. 얼굴에는 기미가 끼고 눈매가 푹 꺼져서 5년 동안 혼자만 시간을 몇 배로 겪은 몰골이었다.

무형은 그 꼴을 보자 속에서 새로운 분노가 치밀었지만 평정을 잃었다는 것을 드러내고 싶지 않아 이를 물고 참았다. 겨우 그렇게 살려고 자식을 버리고 가정을 깨고 떠났나 묻고 싶었다. 독하게 떠났으면 잘살기라도 해야 할 것 아닌가.

5년 만에 만난 아들의 차갑고 사무적인 태도 때문이었는지 애써 평온을 유지하고 있던 어머니의 표정도 흔들렸다. 그녀는 슬픈 눈으로 무형을 바라보며 무슨 말인가 하고 싶은 듯 바싹 마른 입술을 움찔거렸지만 결국 아무 말도 꺼내지 못했다.

"무형아, 어머니, 내가 모셔왔다. 아버지도 안 계신데 어머니라도 옆에 계셔야지. 너 혼자는 아직 안 된다."

조마조마한 얼굴로 옆에 서 있던 임 이사가 무형을 달래듯 말했다. 그는 아버지 회사의 초창기 멤버로 오랫동안 묵묵히 아버지의 오른팔 노릇을 해온 사람이었다. 그는 미성년자인 무형을 대신해 장례를 치르고 오너의 사망으로 주가가 폭락하며 휘청거리는 회사를 잘 단속해 큰 타격 없이 악재를 이겨내게 만들었다. 무형과 회사가 점차 안정을 되찾고 있는 것은 모두 그가 애쓴 덕이었다. 그는 무형이 아직 보호자가 필요한 미성년자였으므로 아마도 어머니가 집으로 돌아오는 것이 순리라고 여기는 것 같았다.

"지금 나가야 해요. 하실 말씀 있으면 하시고 아니면 그만 가주세요."

무형은 어머니의 앙상한 손이 준의 손을 단단히 잡고 있는 것을 바라보며 말했다. 그는 어머니와 임 이사를 거실에 남겨둔 채 자신의 방으로 들어가 교복을 갈아입었다. 여태 그랬던 것처럼 없는 셈 치고 살면 그뿐이었다. 자신이 거부하면 어머니는 이 집에 머물 명분이 없었다. 어머니는 자신의 곁으로 돌아올 자격이 없었다. 그는 마음을 가라앉히려고 심호흡을 한 번 했다. 무형이 옷을 다 갈아입었을 때쯤, 임 이사가 방으로 들어왔다.

"그래도 얼마나 다행이냐, 이럴 때 어머니라도 계신 것이 말이야."

어머니 때문에 얼마나 힘들었는지를 누구보다 잘 알고 있는 임이사가 그런 태평한 소리를 하자 무형은 내리깔고 있던 시선을 들어 그를 쳐다보았다.

"아저씨."

"그래, 말해라."

임 이사가 무슨 말이든 다 들어주겠다는 얼굴로 대답했다.

"귀찮으시면 제 뒤치다꺼리 이제 안 하셔도 돼요."

그가 자신을 돌보는 것이 귀찮아 어머니를 찾은 것이 아니라는 것쯤은 알고 있었지만 그렇게라도 어깃장을 놓지 않고는 견딜 수가 없었다.

"지금 당장은 마음이 풀리지 않겠지. 시간이 해결해 줄 거야. 핏줄이란 원래 그런 법이니까. 너도 이제 아주 어리지만은 않으니 어머니를 조금만 이해해 드리려고 노력해 보자. 어머니도 나름대로 애로가 많으셨을 게다."

임 이사도 무형의 마음을 알고 있어서 그런 심통은 그냥 받아넘기며 말했다.

"혼자 있는 게 편해요. 앞으로도 혼자 지내고 싶고요."

"그럼 어떻게 했으면 좋겠니? 짐까지 다 싸서 오셨는데."

임 이사는 난감한 얼굴로 그를 바라보았다.

"왜 의논도 안 하시고 그러셨어요."

"의논하면 지금처럼 분명히 싫다고 뻗댈 거 같더라. 막상 앞에 모셔다 놓으면 어쩔 수 없이 받아들일 줄 알았다."

"싫습니다."

"이거 참 낭패로구나."

임 이사는 이마에 난 땀을 손바닥으로 문질러 닦으며 난처해했다. 오십이 가까운 그는 앞 머리숱이 M자를 그리며 탈모가 진행되고 있었다. 그것만 빼면 아직 30대로 보일 만큼 혈기 왕성하고 체격도 다부졌다. 짙은 눈썹 아래 뭔가를 설득하고 싶어하는 선한 눈이 무형을 바라보았다.

"알아보니 형편이 별로 좋지 않으신 것 같더라. 건강도 나빠 보이시고."

"저번에 말씀하신 서초동 건물하고 땅, 어머니께 드리세요. 제가 마음대로 할 수 있는 건 지금은 그 정도뿐이니까 나머지는 나중에 드리겠다고 말씀해 주시고요."

"어머니가 설마 돈 때문에 돌아오셨겠니."

임 이사가 나무라듯 말했다. 물론 알고 있었다. 어머니가 돈 때문에 돌아왔을 리 없다는 것을 너무도 잘 알고 있었기 때문에 그렇게 말했다. 그는 부디, 자신의 말로 인해 그녀가 상처받고 괴로워하길 바랐다. 돈에 연연하는 사람이었다면 가정을 포기하고 나가지도 않았을 것이다. 자식도, 돈도 버리고 떠난 어머니를 생각할 때마다 무형은 무기력해졌다. 어머니의 우선순위에서 밀려났다는 열패감이 늘 그를 괴롭혔다.

"원망이 없을 수 없겠지만 어머니도 어쩔 수 없으셨을 거야. 아버지는 절대 너를 내어줄 분이 아니셨어. 만나지도 못하게 하셨으니까."

임 이사가 어머니 입장을 대변하듯 조심스럽게 말했다. 그가 아버지가 아닌 어머니 편을 드는 이유는 간단했다. 누가 봐도 어머니가 약자였고 아버지는 약자인 어머니에게 무자비하게 굴었다. 그래서 아버지의 최측근이었던 사람마저 어머니를 동정할 수밖에 없게 만들었다.

아버지 덕분에 어머니는 오히려 희생자처럼 보였지만 무형의 입장에서는 그렇게 간단한 문제가 아니었다. 모든 것을 다 제쳐두더라도 어머니가 자식을 버렸다는 것은 명명백백한 사실이었다.

"말씀드린 거 전해주시고 그만 보내세요."

무형은 귀찮고 화가 났다. 이제 와서 죄지은 얼굴로 돌아왔다고 두 팔 벌리고 환영이라도 해줘야 하나? 어머니도 양심이 있다면 그런 걸 바라지는 않으리라. 무형의 굳은 얼굴을 안타까운 얼굴로 바라보고 있던 임 이사가 어쩔 수 없다는 듯 거실로 나갔다. 밖에서 두런거리는 말소리가 들리더니 잠시 후 그가 다시 방문을 열고 무형에게 말했다.

"어머니가 하실 말씀이 있다는구나."

무형은 내키지 않았지만 어린애처럼 굴고 싶지 않아서 밖으로 나갔다. 어머니는 그가 방으로 들어갈 때 모습 그대로 여전히 꼼짝도 하지 않고 아이와 꼭 붙은 채 서 있었다. 그 모습이 마치 곧 가라앉을 배 위에 선 듯 불안하고 절박해 보였다.

"무형아, 돈 같은 건 필요 없단다. 그냥 여기, 네 옆에 있고 싶어서 왔어."

"돌아가세요."

무형이 자르듯이 대답했다.

"부탁이다. 한 달만…… 이라도 좋아."

"일 분도 싫어요."

무형의 가차 없는 대구에 어머니의 얼굴이 창백해졌다. 그녀는 현기증이 나는지 손으로 이마를 짚으며 눈을 감았다. 뒤에서 겁먹은 얼굴로 그런 어머니와 무형을 보고 있던 준이 갑자기 으앙, 소리를 내며 울음을 터뜨렸다.

무형은 깜짝 놀라서 아이를 바라보았다. 그 애는 슬퍼서 못 견디겠다는 듯 큰소리로 울어 젖혔다. 아무것도 거리낄 것 없는 당당한 울음소리였다. 어머니는 당황해서 아이를 가슴에 끌어안고 달래려 애썼지만 울음소리는 점점 더 커졌다. 마음껏 울어야 성이 풀리는 것이 버릇이 된 양, 아이는 좀체 그치지 않았다.

무형은 어머니가 곁에 있을 때조차도 한 번도 그렇게 울어본 적이 없었다. 그렇게 뽐내듯이 울 수 있는 아이는 달래주고 위로해줄 누군가가 곁에 있는 아이들뿐이다. 준의 울음소리를 듣고 있으니 우습게도 그 울음은 원래 자신의 것이었는데 빼앗긴 것 같은 기분이 들었다. 아이는 어머니의 위로에 익숙해 보였다. 애정 어린 위로를 맘껏 즐긴 후에야 준의 울음소리는 겨우 잦아들었다.

"여기 오려고 집도 다 처분해서 사실은 당장 갈 곳이 없구나. 봄까지만 있게 해다오."

"아저씨께서 지내실 곳 마련해 주실 거예요."

"그럴 필요 없어. 그러지 않아도 돼."

어머니가 고개를 저었다. 얼굴이 까칠하게 메말라 있었지만 눈빛만은 여전히 깊고 아름다웠다. 그 눈이 그의 시선을 붙잡기 위해 자신의 얼굴 위로 안타깝게 오갔지만 무형은 끝내 외면했다. 가해자이면서 어쩌자고 자꾸 피해자인 척 굴까 싶어서 울화가 치밀었다.

"어머니 몫이에요. 어머니 것이니 가지고 가세요."

"필요 없대도. 그냥 여기서 지내게 해주면 돼. 불편하게 하지 않으마."

어머니가 억지를 부리듯 굽히지 않고 말했다. 그 말속에는 네가 싫다고 해도 어쩔 수 없다는 뉘앙스가 스며 있었다. 어머니가 저렇게 고집 세고 뻔뻔한 사람이었나?

"무형아, 그렇게 하도록 하자. 거처를 마련할 때까지만이라도 말이야. 아이 학교 문제도 있고 적당한 곳을 찾으려면 시간이 좀 필요하지 않겠니?"

임 이사가 보다 못해 나섰다. 겨우 되찾은 일상을 뒤흔드는 그들에게 와락 짜증이 났다. 화를 내는 것도 원망하는 것도 지치고 피곤했다.

"빈집에 손님 있는 거 싫으니 그만 가주세요."

그는 몰인정하게 내뱉었지만 자신이 이미 전의를 상실했다는 것을 느꼈다. 불편하고 어색한 공기 때문에 숨이 막힐 것 같았다. 어서 그 자리에서 벗어나고 싶은 생각뿐이었다. 그는 더 참지 못하고 결국 손님들을 그대로 남겨둔 채 현관을 향해 돌아섰다. 등 뒤에서 임 이사가 급히 따라나오며 부르는 소리가 들렸지만 무형은 그대로 현관문을 열고 나와 계단을 뛰어 내려갔다.

그는 버스로 여섯 정거장인 학원까지 걸어갔지만 수업을 듣지는 않았다. 그는 학원 건물 옥상에서 어두워지는 도시의 야경을 바라보다가 터덜터덜 집으로 돌아왔다. 집에 도착하니 10시가 넘어 있었다. 현관문 앞에 서서 그는 잠시 망설였다. 당연히 그 너머에 어머니가 없을 거라고 생각했지만 한편으로는 아직 있을지도 모른다는 생각이 들기도 했다. 그는 현관의 도어락 비밀번호를 누르면서 자신이, 그 안에 어머니가 있기를 바라고 있는 것인지, 혹은 가고 없기를 바라는 건지 알 수 없었다.

현관에 있던 낯선 신발들은 사라지고 없었다. 자신의 흰색 스니커즈와 슬리퍼만 차가운 대리석 타일 위에 덩그러니 놓여 있었다. 그의 입에서는 안도인지 회한인지 구분할 수 없는 한숨이 흘러나왔다. 주머니에 손을 넣은 채로, 소파로 가서 털썩 주저앉았다. 어깨에 매달려 있던 가방이 소파 위로 툭 떨어졌다. 그는 목을 뒤로 젖혀 기대며 눈을 감았다.

어머니의 초라한 행색이 눈앞에 아른거렸다. 갈 데도 없다는데 하루만이라도 재워서 날 밝으면 보낼 걸 그랬다는 생각을 하고 있을 때 옷자락이 스치는 듯한 옅은 인기척이 들려왔다. 그는 눈을 번쩍 떴다. 어머니가 작은방 문 앞에 유령처럼 서 있었다. 서 있다기보다는 허깨비처럼 마르고 야위어서 공중에 떠 있는 것처럼 보였다.

그는 저도 모르게 자리에서 벌떡 일어섰다. 어머니는 무형과 꽤나 떨어진 거리에 있었는데도 흠칫 놀라며 뒤로 한발 물러섰다. 어머니가 떠나지 않은 것에 안도가 되기도 하고 한편으로는 무슨 배짱으로 안 갔나 싶은 생각이 들기도 했다.

"내일, 갈 거야. 오늘은 날도 너무 늦었고 준이 힘들어해서 하루만 자고 가려고."

어머니가 변명하듯 더듬거리며 말했다. 그가 노려보자 어머니는 시선을 피해 자신의 마주 잡은 손등을 내려다보았다. 가고 없을 거라고 생각했을 때는 죄책감이 들더니 막상 다시 마주하자 새로운 화가 치밀었다. 그는 마음의 갈피를 잡지 못해 혼란스러웠다. 얼굴에 그런 마음이 고스란히 드러날 것 같아서 일단 그는 피하듯 방으로 들어오고 말았다.

말과는 달리 다음 날도 그다음 날도 어머니는 가지 않았다. 새삼 화를 내며 다시 어머니를 쫓아낼 의욕은 이미 사라지고 없었다. 두세 달만 지내다 간다니 그때도 떠나지 않으면 다시 얘기하면 된다고 스스로를 납득시켰지만 어쩌면 그는 어머니가 자신의 경멸과 구박을 이겨내고 떠나지 않은 것에 대해 속으로 안도하고 있었는지도 몰랐다.

그는 어머니와 마주치지 않으려고 아침 일찍 나갔다가 밤늦게 돌아왔다. 어머니도 그런 무형의 마음을 알았던지 그가 집에 있을 때는 되도록이면 방에서 나오지 않았다. 어머니는 며칠 후에 일하는 아주머니를 그만두게 하고 자신이 직접 집안일을 하기 시작했다. 집 안이 반짝반짝 빛나게 청소를 하고, 무형이 벗어 던진 교복을 빨고 그가 좋아하는 음식을 만들어서 상을 차렸다. 아침저녁으로 식탁에는 무형을 위한 식사가 차려져 있었지만 그는 쳐다보지도 않았다.

어머니가 돌아온 지 몇 주가 지난 후, 학원을 마치고 집으로 돌아왔는데 배가 몹시 고팠다. 그는 아무 생각 없이 식탁에 차려진 밥을 먹었다. 다음날 아침에도 일어나니 식탁에 그가 좋아하는 배추된장국과 함께 정갈한 밥상이 차려져 있었다. 그는 어머니가 차려놓은 아침도 먹었다.

함께 살기 시작하고 몇 개월이 지났어도 그들은 여전히 서먹서먹하고 어색했다. 서로 풀어야 할 예전 얘기들에 대해서는 물론이고 일상적인 얘기도 거의 나누지 않았다. 그래도 시간이 흐르자 마음은 점점 안정되어 갔고 집안에는 오랜만에 평화가 찾아왔다.

여전히 어머니에 대한 원망이 앙금처럼 가슴속에 남아 있었지만 임 이사가 말했듯이 시간이 지날수록 처음의 거부감은 점차 희미해져 갔다. 아무리 원망이 크다 해도 어머니라는 존재 자체를 부정할 수는 없었다. 그 원망도 사랑의 다른 이름에 지나지 않는다는 것을 무형도 알고 있었다.

그는 어머니가 차려준 밥을 먹고, 어머니가 칼날처럼 다림질해준 교복을 입고 학교를 갔다. 밤에 집에 돌아가면 어머니는 엘리베이터 문이 열리는 소리를 듣고 현관 앞에 와서 기다리고 있다가 그가 도어락의 비밀번호를 누르기 전에 문을 열어주었다. 어머니는 어려운 손님 대하듯이 그를 대했다. 심기를 건드리지 않으려고 눈치를 살폈고 되도록 그의 눈에 띄지 않으려고 애쓰고 말을 아꼈다.

예전에 아버지에게도 늘 기죽어 살던 어머니가 떠올라 그런 모습을 보는 것이 편하지 않았지만 아직은 그로서도 어떻게 해야 할지 알 수가 없었다. 그들은 꼭 닮아서 둘 다 말이 없었다. 집에서 그들의 목소리가 흘러나오는 경우는 거의 없었다. 준이 없었다면 집안은 절간 같았을 것이다.

준은 낯가림이 없어지자 무형에게도 스스럼없이 말을 붙이고 조용한 집 안이 울리도록 웃거나, 쉬지 않고 종알대기 시작했다. 딱 그 또래의 어린아이처럼 천진난만했다. 무형이 공부하고 있는 방으로 노크도 없이 달려 들어와 말을 시킨다거나, 길거리나 엘리베이터 안에서 느닷없이 작고 보드라운 손으로 그의 엄지를 슬그머니 잡기도 했다. 깜짝 놀라서 내려다보면 아이는 앙증맞은 얼굴을 젖히고 올려다보며 방긋 웃었다.

어머니와 달리 준은 무형을 무서워하지도 어려워하지도, 미안해하지도 않았다. 어린아이가 어린아이다운 것이 당연한데도 너무 해맑아서 무형은 당황스러웠다. 아무리 아무것도 모른다지만 너무 분위기 파악을 못하는 거 아닌가 하는 생각이 들 때도 있었다. 그 애는 자신에게 좀 미안해야 할 것 같은데 말이다. 적어도 그렇게 스스럼없이 타인은 들어올 수 없는 자신만의 경계선 안으로 불쑥불쑥 쳐들어와서는 안 될 일이었다.

준의 구김살 없는 모습을 볼 때마다 그는 어머니가 얼마나 아이를 사랑으로 키웠는지 상상이 가서 유치하게도 또 질투가 났다. 아이는 무형이 집에 있으면 옆으로 와서 쉴 새 없이 종알대며 말을 붙였지만 그는 대체로 상대해 주지 않았다. 그래도 기죽는 법이 없었다.

"오빠, 오는 길에 공원에 꽃 핀 거 봤어? 일요일에 엄마랑 김밥 싸서 같이 놀러 가자. 응?"

저녁에 준은 어머니가 쟁반에 받쳐 준 딸기와 음료수를 아슬아슬하게 들고 들어와 그가 앉아 있는 책상 귀퉁이에 내려놓으며 재잘거렸다. 무형은 한창 집중해서 수학 문제를 풀고 있었으므로 아무 대꾸도 하지 않았다.

"이거 먹고 해. 딸기 엄청 맛있어."

어느 틈에 말도 놓아버렸다. 당돌하기가 이를 데가 없어서 무형은 아이를 흘끗 째려보았다. 준은 전혀 개의치 않고 포크에 딸기를 찍어서 그의 코앞으로 들이밀었다. 무시당할 것에 대한 두려움이 조금도 없는 천진한 얼굴이었다.

무형은 포크를 잡은 아이의 작고 귀여운 손을 손등으로 툭 쳐냈다. 그 바람에 어설프게 찍혀 있었던 딸기가 떨어져 방바닥을 굴러갔다. 준은 아무렇지도 않게 냉큼 허리를 굽혀서 딸기를 줍더니 제 입안으로 쏙 집어넣었다. 무형이 인상을 쓰고 쳐다보자 아이는 또 씩 웃었다. 딸기를 문 한쪽 볼이 다람쥐처럼 볼록했다.

"더럽잖아."

"괜찮아, 엄마가 매일 깨끗이 청소해. 그리고 떨어지고 3초 안에 집으면 더러운 거 안 묻는대."

"어디서 그런 말도 안 되는 소리를 주워들었어?"

무형은 어이없는 얼굴로 아이를 바라보았다.

"유림이네 엄마가 그랬대. 유림이 엄마는 선생님이거든. 선생님은 거짓말 안 해."

준은 제법 논리적인 대답을 하지 않았느냐는 듯 당당하게 그를 쳐다보았다. 꼬마의 해맑은 눈을 바라보며 면박을 주려다가 상대해 봐야 입만 아플 거 같아 관두었다.

"정말이야, 오빠."

무형이 안 믿는다는 것을 알아채고 아이가 눈을 동그랗게 떴다.

"됐어."

무형은 책상 앞으로 돌아앉으며 나가라는 뜻으로 손을 휘휘, 저었다.

"응? 오빠. 소풍 가자. 일요일에. 일요일에도 맨날 집에만 있고, 심심해."

아이는 사뭇 투정을 부리며 책상 옆에 붙어 서서 나갈 생각을 하지 않았다. 그러고 보니 어머니가 온 지 세 달이 넘었는데 주말에도 외출하는 걸 본 적이 없었다. 그 애 말마따나 맨날 집에만 있으니 답답하기도 할 것이다.

"너 왜 맨날 반말이야? 그리고 내가 왜 네 오빠야."

무형은 버르장머리없는 꼬마를 째려보며 말했다.

"그럼, 뭐 언니야?"

준은 지지 않고 대꾸하면서 입술을 뾰로통하게 내밀었다.

"어머니랑 둘이 가면 되잖아."

"엄마는 꽃놀이 같은 건 못 간대."

"왜?"

"오빠한테 미안해서 그럴 수 없대. 그러니까 오빠도 같이 가면 안 미안해도 되잖아."

준이 딸기를 오물오물 씹으며 해맑게 대답했다. 무형은 멍하니, 오물거리는 아이의 작은 입술을 바라보았다.

"응? 오빠, 응?"

준이 그의 팔을 잡고 흔들며 졸라댔다.

"나가."

무형은 아이에게 잡힌 팔을 털어냈다.

"흥, 오빠 심술쟁이."

실망한 얼굴로 올려다보는 준의 등을 밀어 억지로 방에서 내보냈다. 겨우 꽃놀이 안 가는 걸로 면죄부라도 받겠다는 건가 싶어서 무형은 코웃음이 나왔다. 다음날은 토요일이었다. 아침에 학원을 가는 자신을 배웅하기 위해 현관까지 따라나온 어머니를 보자 무형은 지난밤 준이 했던 말이 떠올랐다.

"준이 소풍 가고 싶대요. 데리고 갔다 오세요."

"소풍은 무슨. 저번 주에 유치원 소풍도 갔다 와놓고."

어머니가 조용히 웃었다. 두 블록쯤 떨어진 유치원에 다니는 준을 데려다주고 돌아오는 길에 시장에 들렀다 오는 일 외에 어머니는 외출을 거의 하지 않는 것 같았다. 원래 돌아다니는 것을 좋아하지 않았던 분이라 그러려니 했는데, 어젯밤 준의 말을 듣고는 자신의 눈치를 보느라 외출을 자제하고 있었다는 것을 알게 되었다. 너무 아무렇지 않게 행동하는 것도 내키지 않았지만, 그렇게 죄인처럼 구는 것도 싫었다.

"집에만 계시지 말고 날씨 좋을 때 바람도 쐬고 하세요. 금방 여름 되면 나가기 힘들잖아요."

무형의 말에 어머니는 조금 놀란 눈치였다. 어머니가 돌아오고 나서 그렇게 길게 어머니와 대화를 나눈 적이 없어서 그랬을 것이다.

"너도 바람 좀 쐬면 좋을 텐데."

어머니는 소녀처럼 얼굴을 붉혔다. 차마 같이 가자는 말은 못하고 그렇게 돌려서 말했다.

"다음 주가 시험 기간이에요. 내일 집에서 공부하려는데 준이 있으면 집중하기 힘들어서 그래요."

"그, 그래. 미안하구나. 방해하면 안 된다고 타일러도 금방 잊어버리니 소용이 없어. 앞으로 좀 더 단속을 하마."

그런 뜻으로 말한 건 아니었지만 무형은 대답하지 않았다. 그렇게 하지 않으면 아마 어머니는 또 죄인 코스프레를 하며 집 안에서 안 나가려고 할 것이고 그러면 준에게 자신은 또 괴롭힘을 당할 테니까 말이다. 그는 현관을 나서며 저도 모르게 슬쩍 웃음이 나왔다. 다음 날 어머니는 새벽에 김밥을 만들어 무형이 먹을 것을 남겨두고 일찌감치 준과 함께 집을 나갔다. 무형은 어머니가 만든 김밥을 종일 하나씩 집어 먹었다.

저녁에 돌아온 준의 손에 회색 나뭇가지가 들려 있었다. 나뭇가지에는 아직 피지 못한 분홍색 꽃망울이 맺혀 있었다. 아이는 그것을 물이 담긴 빈 병에 꽂아서 무형의 방으로 들고 들어왔다.

"오빠 거야."

"유치원에서 자연보호 안 배웠어? 예쁘다고 꺾어오면 돼, 안 돼?"

무형이 나무라자 준은 금세 입이 쏙 튀어나왔다.

"내가 꺾은 거 아니야. 누가 벌써 꺾어서 바닥에 떨어져 있었어. 엄마한테 허락받고 오빠 주려고 가지고 온 거야."

"주워온 걸 주는 거야, 지금?"

무형은 귀찮다는 투로 시큰둥하게 말했다. 그냥 상대하지 않으면 되는데 이즈음에 와서는 이상하게 준이 와서 말을 걸면 저도 모르게 자꾸 대꾸를 하게 되었다. 아이는 조금만 놀리면 약이 올라서 입이 나오고 토라졌다. 그는 어느새 아이를 놀려먹는 실없는 재미에 빠지고 말았다.

"꺾어왔다고 뭐라고 해놓고……."

준이 입술을 내밀고 작고 앙증맞은 손을 오므려 유리병을 감싸 쥐고 나가려고 했다. 무형은 그 손에서 꽃병을 도로 빼앗아 제 책상에 도로 놓았다. 준은 금세 얼굴이 환해져서 승리자의 표정을 지었다.

일상은 별일 없이 흘러갔다. 어머니와 둘만 있다면 무척이나 어색하고 껄끄러웠을 텐데 5년 전에 그랬던 것처럼 준이 있어 집안 분위기는 밝고 부산스러웠다. 느닷없이 혼자만의 시간을 방해받는 일이 잦아서 귀찮기도 했지만 무형도 어느새 준의 존재에 대해 처음처럼 거부감을 느끼지는 않았다. 아니, 그는 어느새 준을 어머니와 함께 자신의 생활의 일부로 받아들이고 있었다.

이제 셋이 식탁에 앉아 준의 수다를 들으며 저녁을 먹는 일이 자연스러워졌다. 어머니가 깎아주는 과일을 먹으며 그는 아무 생각 없이 만화 채널을 준과 함께 보며 낄낄대기도 했다. 방에서 공부할 때 문 밖에서 준이 뛰어다니는 발소리도, 조잘대는 얘기 소리도 익숙해져서 이제 아무렇지 않았다.

그렇게 준과 어머니와 함께 사는 것이 겨우 자리를 잡아가고 있을 무렵, 그렇게 사는 것도 괜찮다고 느끼게 될 무렵, 그는 또다시 어머니로부터 뒤통수를 맞았다. 어머니는 그 이전에 했던 것과는 비교도 할 수 없을 만큼 큰 배신을 준비해 두고 있었다.

남쪽 바다로부터 태풍이 북상 중이라는 일기예보가 있던 날 밤이었다. 그는 공부를 하다가 새벽녘에 잠이 들었다. 피곤해서 바로 잠이 들어 꿈도 없는 단잠에 빠져 있는데 멀리서부터 찢어질 듯한 비명 소리가 들려왔다. 처음에는 아주 멀리서 들리는 듯했지만 그것은 점점 더 귀에 대고 지르는 소리처럼 가까워졌다.

그는 깜짝 놀라서 튕기듯 일어나 소리가 들리는 안방으로 뛰어갔다. 그는 채 잠에서 깨지도 않은 상태로 고통에 몸부림치는 어머니를 업고 병원으로 달렸다. 어머니가 이미 돌이킬 수 없는 말기 환자라는 것을 그때야 알게 되었다. 의사 말로는 환자는 이미 모든 것을 알고 있었을 거라고 했다. 아마도 마지막을 준비하고 있었을 거라고.

무형은 의사의 말을 듣다 말고 창백해진 얼굴로 자리에서 벌떡 일어섰다. 그는 비틀거리며 비상계단으로 걸어나갔다. 몸이 부들부들 떨려서 더 서 있을 수가 없어 계단에 주저앉았다. 토할 것처럼 속이 울렁거리고 눈앞이 하얘졌다. 그는 두 손으로 가슴 앞의 옷자락을 움켜쥐었다. 봄까지만 있게 해달라고 하던 어머니의 목소리가 환청처럼 그의 귓가를 어지럽게 맴돌았다. 꽉 물고 있는 잇새로 고통스러운 신음 소리가 새어 나왔다.

어머니의 병세는 날로 악화되어 병원에서도 더 이상 해줄 조치가 없다고 했다. 그저 기다리는 일만 남아 있었다. 언제 나쁜 상황이 닥칠지 알 수 없는 날이 계속되고 있었다. 준과 무형은 계속 어머니의 옆을 지키고 있었다. 늦은 밤이었고, 준은 보조 침대에서 잠이 든 후였다. 무형은 어머니의 침대 옆에 놓인 의자에 앉아 있었다. 잠을 잘 수도, 다른 무엇을 할 수도 없었다. 그저 시간이 지나가는 것을 견딜 뿐이었다. 그는 의자 등받이에 기대어 며칠 동안 잠을 제대로 자지 못해 피곤해진 눈을 감았다.

감정이 마비된 듯 슬픔이나 고통도 느낄 수가 없었다. 그 모든 일들이 꿈처럼 느껴졌다. 자고 나면 모두 꿈이기를 바랐지만 현실은 달라지지 않았다. 차라리 어머니가 어디서 사는지도 모르고 평생 사는 것이 나았을까?

잠시 후, 그가 감고 있던 눈을 떴을 때 의식이 없는 것인지 잠이 든 것인지 분간하기 어려웠던 어머니가 맑은 눈으로 그를 바라보고 있었다. 시선이 마주치자 어머니는 먼 곳을 보는 눈빛으로 그를 향해 손을 뻗었다. 텅 빈 얼굴로 앉아 있던 무형은 깜짝 놀라서 자석에 이끌리듯 그 손을 잡았다.

"부탁이 있는데 들어주겠니?"

어머니가 잦아들 듯 작은 소리로 입을 열었다.

"말씀하세요."

그가 두 손으로 어머니의 손을 감싸 쥐며 대답했다.

"준, 준을 계속 네가 데리고 있어주면 좋겠구나."

어머니가 힘겹게 숨을 몰아쉬며 그렇게 말했을 때 무형은 어머니가 농담을 하고 있다고 생각했다. 물론 그런 상황에서 농담을 할 리는 없지만 말이다. 너무 어이없는 말이라 그냥 농담을 한 것이기를 바랐다. 제 앞가림하기도 벅찬 미성년자인 아들에게 그런 무리한 요구를 하다니 말문이 막혔다.

"아직 어려서 일일이 돌봐줘야 하니까 손 가는 일도 많고 힘들고 귀찮을 거야. 그래도 친동생으로 생각하고 네가 그 아이를 돌봐줬으면 해……. 준을 위한 것도 있지만 사실은 너를 위해서도 그랬으면 좋겠어. 이제 정말 너 혼자잖니. 너를 혼자 남겨두고 떠나야 한다고 생각하면 편하게 눈을 감을 수 없을 거 같아. 네 옆에 준이 있으면 좋겠어. 그 아이도 너처럼 아무도 없어 불쌍한 처지니 그래 줬으면 좋겠구나."

어머니의 말을 들으며 그는 얼굴이 점점 더 굳어졌다. 말은 그렇게 했지만 누가 봐도 어머니는 자신보다는 혼자 남겨질 어린 준이 걱정되어서 그러는 것이다. 무형에게 아이를 맡기고 편하게 떠나고 싶어서 그런 말도 안 되는 요구를 한다고밖에는 볼 수 없었다. 게다가 어린 자식을 버리고 떠난 전력이 있는 사람이 혼자 남겨두고 눈을 못 감는다느니 하는 말을 입에 올리는 것은 말이 되지 않았다.

너무 뻔뻔한 거 아니냐고 화를 내고 싶었지만 이런 절박한 상황에서 차마 입 밖으로 그런 말을 내뱉지는 못했다. 그는 사실, 그런 대화보다는 그들 모자간에 맺힌 응어리를 풀고 싶었다. 기회가 이제 없을지도 모르는데 남의 아이 걱정만 하는 어머니가 미웠고, 죽음을 앞두고 있는 어머니를 미워해야 하는 제 처지가 괴로웠다.

왜 자신을 버렸는지 어머니 입으로 해명을 듣고 싶었다. 어머니의 진심 어린 사과도 받고 싶었다. 그런 과정이 있고 나야 어머니를 용서할 게 아닌가. 하지만 그런 얘기를 꺼내 어머니를 더 힘들게 만들 수는 없었다. 어머니에게 닥친 일에 비하면 그런 것은 한낱 어린아이 투정처럼 느껴졌으므로 그는 고통스러운 마음을 속으로 삼켰다.

"그래 주겠니?"

어머니가 그의 손을 잡은 손에 힘을 주며 다시 물었다. 그것이 마지막 소원이라는 것을 알고 있었다. 알았다고, 그러겠다고 하고 싶었다. 정말 그렇게 대답하고 싶었다. 하지만 그는 아무 말도 할수가 없었다. 그 대답을 해주지 않으면 평생 그 순간을 떠올리며 살게 될 거라는 것을 알고 있었다. 거짓으로라도 그러겠다고 해주지 않은 것을 후회하게 될 거 같은 강력한 예감이 들었지만 도통 입이 떨어지지 않았다.

어머니는 끝내 대답하지 않는 무형을 슬픈 얼굴로 바라보았다. 대답할 수 없는 그를 다 이해한다는 눈빛이었지만 더할 수 없이 슬퍼 보였다.

"무형아, 내 아들, 불쌍한 내 새끼……."

자신의 명이 얼마 안 남았다는 것을 예감이라도 한 듯 어머니는 무형의 손을 당겨 자신의 뺨에 갖다 댔다. 그의 손등이 닿아 있는 어머니의 뺨이 서늘해서 그는 저도 모르게 몸을 떨었다. 그녀는 잊어버리지 않겠다는 듯 무형의 얼굴을 보고 또 바라보았다. 꺼지기 직전의 불꽃이 마지막으로 밝은 빛을 사르는 듯 어느 때보다 눈빛이 맑고 선명해 보였다.

"엄마를 용서해 주겠니?"

한참을 바라보던 어머니가 고통스러운 숨을 몰아쉬며 그렇게 말했다. 어머니의 그 말을 듣고 난 후에야 그는 자신이 이미 어머니를 용서했다는 것을 알았다. 자신이 어머니를 용서한 것을 어머니에게 말할 기회가 오기를 다만 바라고 있었다는 것을. 그는 두 손으로 어머니의 손을 감싸 쥐고 그 손에 얼굴을 묻으며 고개를 끄덕였다. 뜨거운 눈물이 마주 잡은 손을 적셨다. 어머니가 무형의 숙인 머리에 떨리는 손을 얹어 조심히 쓰다듬었다.

"엄마는…… 더는, 더는 네 아빠와 함께 살 수 없었어. 죽을 것 같더라. 그래도 그래서는 안 되는 거였어. 너를, 떼어놓고 살 수는 없는 거였는데…… 엄마가 미안해……."

어머니는 경련하듯 숨을 헐떡이며 겨우 그렇게 말했다. 그의 손을 잡고 있는 악력이 믿을 수 없을 만큼 강해서 그의 몸도 함께 떨렸다. 어머니는 그 말을 마지막으로 혼수상태로 빠져들었고 다시 깨지 못했다.

무형은 어머니의 장례식을 마치자마자, 임 이사에게 아이가 갈 곳을 알아봐 달라고 부탁했다. 임 이사는 준과 관련해서 미리 어머니에게 들은 말이 있었는지 당황한 얼굴이었다. 그는 한참 동안 뭔가 할 말이 있는 듯 주저하다가 입을 열었다.

"꼭…… 보내고 싶니? 어머니는 네가 그 애를 돌봤으면 하시던데 어머니 말씀대로 하는 것도 나쁘지 않을 것 같구나……. 물론 쉬운 일은 아니겠지. 하지만 가족이 있다는 것과 아예 없다는 건 마음가짐에서부터 아주 큰 차이가 나거든."

마음가짐이 어떻게 차이가 나든 그는 별로 알고 싶지 않았다. 스스로를 추스르기도 벅차서 다른 곳에 신경을 쓸 여력이 없었다.

"그 애는 제 가족이 아니에요."

"어머니가 자식처럼 키운 아이니, 너와 완전히 무관하다고는 할 수 없어. 이것도 인연이라면 인연이고…… 너 혼자 외로울까 봐, 어머니도 그래서 그런 부탁을 하셨겠지."

"정 외로우면 강아지라도 키우죠, 뭐."

무형은 담담히 대꾸했다. 어머니도 임 이사도 아이를 데리고 있는 것이 마치 자신을 위한 일인 것처럼 말하는 것이 못마땅했다. 도대체 자신이 코흘리개 어린애의 뒤치다꺼리를 할 수 있을 거라는 상상력도 웃겼지만, 아무리 머리를 굴려봐도 그 아이가 자신에게 도움이 될 거라는 투는 억지 소리로밖에 들리지 않았다.

"아이를 돌보는 일은 최대한 아주머니가 해주실 거고, 나도 신경을 쓰마. 너한테만 온전히 책임지라는 게 아니야. 그러니 너무 급히 결정하지 말고 좀 더 시간을 두고 생각해 보자."

"제가 그 아이를 책임져야 할 이유는 없어요."

무형이 차갑게 대꾸했다.

"그거야 그렇지."

무형은 스스로 생각을 바꾸지 않는 이상 누구의 말에 설득당할 타입이 아니었다. 임 이사도 그것을 알고 있어서 어쩔 수 없다는 듯 고개를 끄덕였다. 며칠 지나지 않아 아이가 갈 곳이 정해졌다고 임 이사로부터 연락이 왔다. 지방에 있는 고아원이었고 아버지 회사에서 정기적으로 기부도 했던 곳이라 아이를 잘 돌봐줄 거라고 말했다.

아이는 새해가 되면 이제 여덟 살이었다. 3월이 되면 학교에 가야 했다. 아이는 학교에 들어갈 나이로 보이지 않을 정도로 몸집이 작았다. 몸은 또래보다 작지만 아주 야무지고 똑똑해서 학교

들어가서도 잘할 거라고 말하던 어머니의 얼굴이 떠올랐다.

무형이 입원해 있는 어머니 옆을 지키고 있을 때 어머니는 줄곧 준의 얘기를 했다. 그 아이가 무엇을 잘하고, 무엇을 싫어하고, 무엇에 관심이 많은지 그런 얘기를 끊임없이 늘어놓았다. 자신만큼이나 어머니도 할 얘기가 없고 어색해서 그럴 거라고는 이해를 했지만 무형은 그런 얘기를 듣고 싶지는 않았다.

그는 어머니가 돌아가시고 아이가 갈 곳이 정해지는 며칠간 일부러 다른 때보다 더 준에게 냉정하게 굴었다. 어차피 자신과는 상관없는 아이였으므로 괜히 친절하게 대해서 아이가 쓸데없는 희망을 갖게 만들고 싶지 않았다. 하루빨리 아이를 보내고 이제 정말 다 털고 홀가분해지고 싶었다. 비록 밤마다 어머니의 슬픈 눈빛이 떠올라 괴롭기는 했지만.

낮에는 일하는 아주머니가 밥을 먹이고 돌봐주었지만 다섯 시가 되어 아주머니가 퇴근하고 나면 아이는 그때부터 혼자였다. 준은 겁먹은 얼굴로 작은방 문설주에 몸을 반쯤 가린 채 곰 인형을 안고 그의 눈치를 보았지만 그는 모르는 척했다.

새벽녘에 아이는 무형의 방문 앞에서 쥐처럼 작은 발소리를 내며 서성였다. 아마도 밤중에 잠에서 깨면 다시 잠들지 못할 만큼 무섭고 겁이 나서이리라. 아이가 얼마나 오래 자신의 방문 앞에 서 있다가 제 방으로 돌아가는지 무형은 알지 못하고 잠이 들었다.

"일찍 자. 내일 아침에 네가 지낼 곳으로 갈 거야."

무형은 아이를 떠나보내기 전날 저녁 아이에게 말했다. 준은 혼자 씻고 분홍색 잠옷을 갈아입은 채 침대에 걸터앉아 곰 인형과 속삭이듯 작은 소리로 인형 놀이를 하고 있던 중이었다. 그의 얘기를 들은 아이의 눈에 공포와 절망의 빛이 어렸다. 무형은 아이가 또 큰 소리로 울어 젖히는 것은 아닐까 불안했다.

"그냥 여기서 살면 안 돼요?"

아이는 애써 눈물을 참으며 갑자기 존댓말을 했다.

"여기는 너를 돌봐줄 사람이 없잖아."

"돌봐주지 않아도 돼요. 나 혼자서 다 할 수 있어요. 시끄럽게 하지도 않고 얌전하고 착하게 있을게요."

아이는 울지 않으려 눈을 깜빡이며 애원하듯 말했다. 그 까맣고 투명한 눈동자를 보고 있자 무언가로 심장이 쿡쿡, 찔리는 기분이 들어 저절로 얼굴이 찡그려졌다.

"여기 있는 거보다 나을 테니까 걱정하지 마."

그는 아이의 눈을 외면하며 말했다.

"어떻게 알아요? 오빠는 가본 적 없잖아요."

아이가 금방이라도 울 듯 눈에 눈물을 가득 담은 채 입술을 삐죽이며 대꾸했다.

"지옥에라도 끌려가는 것처럼 굴고 있잖아. 분명 네가 상상하는 것보다는 훨씬 나을 거야."

"상상하는 게 아니에요. 난 벌써 가봤어요. 아기일 때요. 그래서 알아요. 거기…… 가기 싫어요……."

준이 결국 울음을 터뜨렸다. 처음에 어머니가 아이를 보육원에서 데리고 왔었다는 것이 떠올랐다. 하지만 세 살도 안 된 아기가 그런 것을 기억할 리가 없었다. 아마 지어낸 공포일 것이다.

"엄마가…… 고아원 같은데…… 안 가도 된댔어요…… 오빠랑…… 오빠랑 살면 된다고 했는데……."

아이는 걷잡을 수 없는 감정에 사로잡힌 듯 발작적인 울음 사이로 그렇게 흐느끼듯 말했다. 살짝 건드리기만 해도 터질 것 같았던 둑이 무너지듯 아이는 울어 젖혔다. 아마 계속 울고 싶은 것을 참았을 것이다. 그는 아이를 달래지 않았다. 그렇다고 우는 아이를 그대로 두고 나올 수도 없어서 문설주에 기대어 기다렸다. 아이는 오래 울었다. 울음이 잦아들 때쯤 그는 욕실에서 수건을 가져다가 아이의 무릎에 놓아주었다.

"눈물 닦고 그만 자."

무형은 아이가 침대에 눕는 것을 보지 않고 방문을 닫고 나왔다. 아무리 울어도 이젠 소용이 없다는 것을 아이도 배워야 했다. 그런 울음 떼를 받아줄 사람은 이제 어디에도 없었다.

무형은 새벽에 잠에서 깨었다. 쥐 죽은 듯 조용한 어둠이 방 안을 가득 채우고 있었다. 가끔 냉장고 모터 돌아가는 소리가 작게 윙윙거리며 들려올 뿐이었다. 도시 전체가 깊이 잠든 새벽이므로 조용한 것은 당연한데도 이상한 느낌이 들 만큼 적막했다. 뭔가 신경을 팽팽하게 당기는 듯한 불안한 고요함이었다.

그는 무엇을 하겠다는 생각 없이 자동적으로 침대에서 벌떡 일어나 거실로 나갔다. 아이의 방문 틈으로 빛이 새어 나오고 있었다. 새벽 4시가 가까운 시간이었다. 이상하게 뒷목이 서늘했다.

그는 조용히 방문을 열었다. 준은 이불도 덮지 않고 앉아 있던 그대로 옆으로 쓰러져 잠들어 있었다. 그는 이불을 덮어주기 위해 아이에게 손을 댔다가 흠칫, 놀랐다. 몸에 손이 닿기도 전에 아지랑이처럼 뜨거운 기운이 손에 먼저 와 닿았다. 바스라질 것처럼 작은 몸이 불덩이처럼 뜨거웠다. 흔들어 깨웠지만 준은 헝겊 인형처럼 맥없이 늘어져 흔드는 대로 아무렇게나 흔들렸다. 등에 식은 땀이 흘렀다. 그는 허둥거리며 택시를 부르고 담요로 아이를 감싸 안고 새벽녘의 응급실로 달려갔다.

준은 곧바로 입원을 했다. 지독한 열 감기였다. 스트레스가 많았을 테니 아픈 게 이상할 것도 없었다. 그는 자신의 문제에 골몰해서 아이가 아이라는 것을 무시하고 있었다. 죄책감 따위는 느끼고 싶지 않았지만 조금 더 신경 써서 돌봐줄 걸 그랬다는 후회는 들었다. 그랬다면 아이가 아파서 제때 보내지 못할 일은 생기지 않았을 것이다.

무형은 간병인을 두지 않고 아이를 직접 돌봤다. 아픈 아이를 낯선 사람에게 맡겨두기가 께름칙했기 때문이다. 돌본다고 해봤자 그저 아이를 혼자 두지 않는 정도였지만 어쨌든 그는 그렇게 했다. 그래도 몇 달이나 함께 살았다고 아예 모르는 사람보다는 낫지 싶었다.

아이는 입원 다음 날부터 열이 내렸지만 여전히 밥을 먹지 못했다. 병원에서 나온 죽이 싫어서 그런가 싶어서 죽 전문점에서 특별히 순하게 만든 것을 주문해 사왔는데도 여전히 아이는 모로 누운 채 음식을 쳐다보지도 않았다.

처음에는 밥 먹을 기력이 없나 보다 했지만 곧 아이가 일부러 단식투쟁을 하고 있다는 것을 알았다. 무형은 화가 벌컥 났다. 자신이 왜 꼬마의 그런 투정까지 받아줘야 하는지 납득할 수가 없었다. 너를 길러준 어머니 같은 사람은 이제 세상 어디에도 없다고 잔인하게 가르쳐 주고 싶었다. 무형은 사온 죽을 쓰레기통에 버리고 병실을 나왔다. 그는 곧바로 간병인을 고용하고 집으로 돌아왔다.

그다음 날 오후, 그는 임 이사에게 전화를 걸어 아이가 입원한 병원을 알려주고 퇴원하는 대로 고아원으로 보내달라고 말했다. 그리고 신경을 끌 생각이었는데 시간이 갈수록 점점 초조해지기 시작했다. 그는 아무것도 하지 못하고 거실을 서성이다가 결국 마지막으로 아이와 작별 인사는 하고 와야겠다는 핑계를 찾아내서 택시를 타고 병원으로 향했다.

병실에 도착하니 2인용 병실에 아이 혼자 새우처럼 웅크린 채 숨을 헐떡이며 누워 있었다. 눈을 감고 있는 아이의 이마에 손을 대니 불덩이처럼 뜨거웠다. 그는 데스크로 뛰어가 간호사를 불러왔다.

"3시에 약 안 먹였어요? 약에 해열제 같이 들어 있어서 시간 맞춰 먹이라고 말씀드렸는데."

간호사는 침대 옆에 놓인 보관함 위에 그대로 있는 약봉지를 보며 물었다. 간호사는 아이의 귀에 체온계를 꽂아 열을 재더니 얼른 약부터 먹이고 적신 수건으로 몸을 닦아주라는 말만 하고 가버렸다. 아이는 오한 때문에 부들부들 떨고 있었다. 얼굴과 몸은 불덩이인데 손발은 얼음장처럼 차가웠다. 그는 눈도 뜨지 못하는 아이를 안아 일으켜 가루약이 섞인 분홍색 물약을 입에 가져다 댔다. 아이는 경련이라도 하듯이 이를 꽉 물고 약을 받아먹으려 하지 않았다.

"준, 먹어."

그는 자꾸 아래로 까무룩 하게 처지는 아이를 몇 번이고 추슬러 안으며 달래듯 말했다. 아이는 열에 들떠서 알아들을 수 없는 헛소리를 자꾸 했다.

"약 먹어야 열 내려. 얼른 입 벌려."

아이의 몸이 경련하듯 떨리며 이가 맞부딪쳤다. 그는 결국 아이의 입속에 손가락을 넣어 강제로 이를 벌리고 약을 먹였다. 약을 먹인 후에도 열이 떨어지지 않아서 수건을 적셔서 아이의 얼굴과 몸을 계속 닦아주었다.

미지근한 물로 적신 수건인데도 수건이 몸에 닿으면 발작하듯 몸을 떨었다. 다리도 펴지 못할 정도로 몸이 딱딱하게 굳으며 떨었기 때문에 그는 겁이 나서 몇 번이나 간호사를 부르러 뛰어갔지만 별 소용이 없었다. 간호사는 그저, 체온이 내려갈 수 있도록 물수건으로 계속 몸을 닦아주라는 얘기를 하는 것이 전부였다.

한 시간쯤 지나자 겨우 아이의 손발이 따뜻해지며 이마에 땀이 송골송골 맺히기 시작했다. 열은 천천히 내려갔다. 아이는 얼마나 용을 썼는지 열이 내리자 기절하듯 다시 잠이 들었다. 아이의 편안한 숨소리를 듣자 안도의 한숨이 저절로 나왔다.

겨우 정신이 좀 차려지자 문득 간병인 아주머니가 생각이 났다. 도대체 이렇게 아픈 아이를 혼자 두고 어디를 갔단 말인가. 자신이 오지 않았다면 아이가 여태 방치된 채 고열에 시달렸을 거라는 생각에 울화가 치밀었다.

그는 통화 목록을 뒤져 간병인에게 전화를 했다. 물품 보관함 위에 올려놓은 가방 안에서 전화벨이 울렸다. 끊었다가 다시 해도 마찬가지였다. 전화도 가져가지 않고 자리를 비운 것이다. 그는 화가 나서 휴대폰을 쥔 손에 힘을 주었다. 이렇게 아픈 아이를 혼자 둔 것도, 약조차 제시간에 먹이지 않은 것도 어이가 없고 기가 막혔다.

겨우 마음을 가라앉히고 아이가 깨면 갈아입힐 환자복과 시트를 가지러 가는 길에 휴게실에서 그는 간병인 아주머니를 발견했다. 아주머니는 다른 간병인으로 보이는 중년 여인들과 둘러앉아 테이블에 펼쳐 놓은 음식을 먹으며 수다를 떨고 있었다.

"아주머니, 여기서 뭐 하세요?"

그의 화난 목소리에 아주머니는 깜짝 놀라서 입가를 손등으로 닦으며 자리에서 일어섰다.

"학생 왔구먼. 언제 왔댜? 이 아줌니가 시아부지 제사 음식 싸왔다고 하도 같이 먹자 해싸서 애기도 자고 있고 해서 잠깐 나온 겨.”

“열나는 아이를 이렇게 오래 혼자 두시면 어떻게 합니까?”

무형은 더 심한 말을 하고 싶은 걸 눌러 참았다.

“방금 전까지 열 없었는디? 고새 열이 올라왔는가 비네?”

아주머니는 갑자기 걱정스러운 얼굴을 하더니 허겁지겁 의자 밑에 벗어놓았던 실내화를 찾아 신으며 당장 병실로 뛰어갈 태세로 말했다.

“약 먹일 시간 지났던데 약은 왜 제시간에 안 먹이신 거예요?”

“야악? 아, 아, 약? 고것이 뭐시냐, 자고 있어서 못 먹였지. 자는 놈 깨우면 또 눈물 바람 할 거 아녀. 깨 있는 동안은 내처 울어대니 정신이 다 사납다니께. 자고 일어나믄 먹일라고 혔는디 그새 깼는가 비네.”

아주머니는 벽에 걸린 시계를 흘끔 보더니 움찔 놀랐다. 하지만 이내 아무렇지 않은 얼굴로 두루뭉술한 웃음을 지으며 무형을 뒤따라 휴게실을 나섰다.

“애기가 도통 밥도 안 먹고, 약도 순순히 안 받아먹어서 여간 힘든 게 아니여. 어젯밤에도 밤새 엄마 찾고, 오빠 찾으며 울어싸서 잠 한숨 못 잤다니께.”

아주머니는 자기가 얼마나 힘들었는지 알아달라는 듯 말했다. 무형은 대꾸하지 않고 준이 잠들어 있는 병실 앞까지 갔다.

“그동안 수고하셨어요. 그만 가셔도 돼요.”

병실 문 앞에서 무형은 지갑에서 이틀 치 간병비를 꺼내 아주머니에게 내밀었다.

"그, 그만두라고?"

아주머니가 당황한 얼굴로 그를 쳐다보았다.

"네, 이제 제가 돌보려고요."

무형의 대답에 아주머니는 조금 샐쭉한 얼굴이 되었다. 아이를 제대로 돌보지 않아 자신이 잘렸다는 것을 깨달은 모양이었다.

"그, 그려. 아무리 그래도 어린앤데 식구가 돌보는 게 좋지. 이틀이 지나도록 누구 하나 코빼기도 안 내비치면 쓰남?"

아주머니는 무형이 내민 돈을 챙긴 후 뼈가 있는 말을 했다. 그러고는 병실로 들어가 조심성 없이 부스럭거리며 짐을 챙겨 나오더니 쾌유를 빈다는 빈말을 남기고 가버렸다.

무형은 아주머니가 열어놓은 병실 문을 등 뒤로 닫고 옆에 있는 빈 침대에 걸터앉았다. 아이는 벽 쪽으로 돌아누워 작고 할딱이는 숨소리를 내며 자고 있었다. 불을 켜지 않은 병실은 벌써 어두컴컴했다. 이불을 덮고 있는 아이의 몸은 쿠션 없는 침대에 거의 파묻히듯이 형태가 느껴지지 않았다. 혼자 남겨진, 기댈 곳 없는 아이의 작은 등이 외롭고 슬퍼 보였다.

이제부터 아이는 저 작은 몸으로 비바람 몰아치는 세상을 우산 하나 없이 버티며 살아가야 할 것이다. 타인의 무관심과 푸대접에 익숙해져야 할 것이고 차가운 배척과 자신과는 상관없다는 얼굴의 몰인정하고 이기적인 사람들에게 아무렇게나 치이며 살게 될 것이다. 아무도 아이의 눈을 바라보며 그 눈 속에 뭐가 담겨 있는지 알아내려 애쓰지 않을 것이고, 이제 아이는 이불 속에서 혼자 숨죽여 울어야 할 것이다. 그런 생각을 하며 그는 오랫동안 어두운 병실에서 아이의 잦아드는 듯한 숨소리에 귀를 기울이고 있었다.

얼마 후, 주머니 속에서 휴대폰의 진동이 울렸다. 임 이사였다. 무형은 아이가 깨지 않도록 병실 밖으로 나와 전화를 받았다.

[보육원에 전화를 했더니 수녀님이 밤 기차로 올라오신다는구나.]

"아직은 데려갈 만한 상황이 아니에요. 지금도 열이 안 내렸어요."

아픈 아이를 데려가겠다는 것으로 알아들은 무형은 잘라 말했다.

[지금 데려가겠다는 게 아니고, 돌볼 사람이 없다니까 고맙게도 수녀님이 퇴원할 때까지 돌보다가 퇴원하는 대로 데리고 가신다고 하네. 그러니 이제 걱정하지 않아도 돼. 그동안 고생 많았다.]

임 이사의 말을 들으며 무형은 느닷없이 가슴 한쪽이 조여오는 기분이 들었다. 아이를 보내고 싶어 조바심을 냈던 것과 달리 막상 아이를 데려간다고 하자 느닷없이 반감이 일었다. 임 이사 말대로 고마워해야 할 일이고 이제 홀가분해져야 하는데 전혀 그렇지가 않았다. 그대로 알았다고 하고 아이를 인계하고 집으로 돌아가 편하게 잠자리에 들면 되는 일인데, 그럴 수 있을 것 같지가 않았다. 그 일에 준비가 필요할 줄은 미처 몰랐지만 아직 아이를 보낼 마음의 준비가 되지 않았다는 것을 그는 깨달았다.

"그러실 필요 없어요. 퇴원하면 제가 데려다주겠습니다. 오지 않으셔도…… 오시지 말라고 연락하세요."

그는 전화를 끊고 아이의 병실 문 앞에서 깊은 생각에 빠져 망연히 서 있었다. 그 아이를 보내고 나면 자신이 어머니의 유언을 들어주지 못한 것에 대한 마음의 짐을 지고 살게 될 거라는 것을 알고 있었다. 거기에 더해 자신과는 상관없다고 장담했던 준에 대한 죄책감까지 떠안고 살게 되리라는 것을. 그렇게 살아야 한다면, 그것이 자신의 몫이라면, 어쩔 수 없다고 생각했다. 그 정도 감정을 감당 못할 만큼 자신은 나약하지 않았다.

그런데, 그놈의 동정심이 문제였다. 아이가 갑자기 가엾고 불쌍해서 마음이 편치가 않았다. 아니, 갑자기 든 생각은 아니었다. 그 애에 대한 거부감이 앞서 있어서 미처 드러나지 않았을 뿐 그는 어머니가 돌아가시게 되었다는 것을 알게 되었을 때 이미 아이에 대해 연민을 느끼고 있었다. 그 아이의 처지도 참 기구했으니 말이다.

자신과 상관없는 아이라고 속으로도, 입 밖으로도 여러 번 되새겼지만 어머니가 아이를 자신에게 떠맡기고 눈을 감은 그때부터 그는 이미 얼마간 아이에게 책임감을 느끼고 있었다. 그것을 피하고 싶어 일부러 냉정하게 굴었지만 결국 이렇게 되고 말았다. 마치 어머니가 쳐 놓은 촘촘한 그물에 속절없이 걸린 기분이 들었다. 그는 잠깐 화가 치밀었지만 다시 마음을 추스르고 생각을 정리하기 시작했다.

정말 그래도 될까. 그럴 수 있을까. 그는 문에 붙은 유리를 통해 어두운 병실 안쪽을 뚫어질 듯 바라보며 스스로에게 물었다. 하지만 왜 자신이 그래야 하는지 스스로를 납득시킬 수 있는 완벽한 설명이 떠오르지 않았다.

무형은 다시 병실로 들어가 준이 누운 침대에 엉덩이를 걸치고 앉았다. 숨을 쉴 때마다 아이를 덮고 있는 이불이 아주 미세하게 오르내리는 것을 그는 오른쪽 어깨 너머로 내려다보았다. 창밖에서 들어오는 빛으로 아이의 얼굴에 동글동글한 음영이 드리워 있었다. 아이는 악몽이라도 꾸는지 흠칫 놀라며 뭐라고 잠꼬대를 했다. 자면서도 속눈썹이 불안하게 떨리고 있었다. 느끼고 싶지 않았지만 아이의 불안과 두려움이 그대로 그에게 전달되어 왔다. 그 두려움이 제 것인 양 마음이 아렸다.

결심을 하고 나자 오히려 마음이 차분하게 가라앉았다. 그는 고개를 들어 어스름이 내려앉고 있는 창밖을 바라보았다. 아침부터 잔뜩 흐려 있던 하늘에서 굵은 눈송이가 창가에 가볍게 내려앉고 있었다. 곧 3월이었다. 눈이 녹고 새순이 돋고 꽃이 필 것이다. 준도 이제 학교에 가야 한다.

어머니의 손을 잡고 초등학교에 입학하던 날이 떠올랐다. 학교 운동장은 눈이 녹아 질척거렸다. 운동장을 가로질러 입학식이 있는 강당으로 가는 동안 새로 산 운동화 밑에 진흙이 달라붙어 신발이 벗겨질 듯 무거웠다. 강당 안에 모인, 기대와 두려움이 반반씩 섞인 표정의 또래들 무리에 섞여 그는 둘러선 어른들 사이에서 어머니를 찾기 위해 자주 고개를 두리번거렸다. 어머니는 줄곧 그를 바라보고 있었던 듯 눈이 마주치자 환하게 웃으며 손을 흔들어 주었다. 걱정하지 말라고, 엄마 여기 있다고.

그 웃음이 얼마나 위안이 되고 안심이 되었던가. 어머니는 준에게 무형이 그 역할을 해주기를 바랐다. 터무니없고 뻔뻔스러운 희망사항이었지만 그는 결국 어머니의 소원을 들어주기로 마음먹었다. 왜 그래야 하는지 아직 스스로 납득할 수 없었고 그런 무모한 결정을 할 만큼 자신이 무척이나 비이성적이고 감상적인 인간이라는 것에 실망했지만 결심을 바꾸지는 않았다.

아이가 깨면, 밥을 먹이고 약을 먹이기 위해 그는 병원 앞에 있는 죽 집에 전화를 해서 죽을 배달해 두었다. 아이는 자정쯤에 잠에서 깼다.

"잘 잤어?"

준은 멍한 얼굴로 그를 바라보았다. 아파서 얼굴이 더 작아졌다.

"정신 좀 들면 죽 먹자. 약 먹어야 하니까. 약 먹을 시간 지나서 또 열 날지도 몰라. 한 번 열나면 잘 안 내리니까 시간 맞춰서 먹어야 해."

그는 아이의 이마에 손을 갖다 대며 진지하게 아이의 눈을 마주 바라보았다. 준은 자신이 꿈을 꾸고 있다고 생각하는지 링거바늘이 꽂힌 손등으로 눈을 두어 번 문지르며 이해할 수 없는 얼굴로 그를 올려다보았다. 땀에 젖어 얼굴에 달라붙어 있는 머리카락을 이마 위로 쓸어 올려주었다. 아이는 여전히 믿기지 않는 듯 눈을 깜빡거리며 그를 쳐다보기만 했다.

"먼저 옷부터 갈아입자. 다 젖어서 땀 식으며 추워질 거야."

무형은 아이의 가냘픈 등을 부축해 자리에서 일으켜 앉혔지만 링거 줄 때문에 옷을 어떻게 벗기고 입혀야 할지 난감해졌다. 결국 간호사를 불러서 링거 줄을 뺀 후에야 옷을 갈아입힐 수 있었다. 환자복을 갈아입히고 시트를 가는 동안 아이는 인형처럼 순하게 그의 말을 들었지만 죽을 먹이려고 했을 때는 손에 쥐어준 숟가락을 들 생각을 하지 않았다.

"얼른 먹어. 어머니도 너 이러는 거 알면 슬퍼하실 거야."

무형이 달랬지만 아이는 여전히 움직이지 않았다. 그는 하는 수 없이 아이의 손에서 숟가락을 뺏어 죽을 떠 입가에 대주었다. 아이는 힘없이 고개를 옆으로 돌렸다. 아이의 눈에 눈물이 맺혔다.

"밥 잘 먹고 빨리 나으면 집으로 데려갈게."

무형의 말에 아이가 그를 바라보았다. 무언가를 묻고 있는 눈빛이었다. 그는 아이에게 고개를 끄덕여 주었다.

"말 잘 들으며 고아원에 보내지 않을 거야. 이렇게 밥도 안 먹고 자꾸 아프면 데리고 있고 싶어도 귀찮아서 못 해. 그러니까……."

무형의 말이 다 끝나기도 전에 아이가 죽을 먹이기 위해 침대에 걸터앉아 있던 그의 허리를 끌어안았다. 링거 줄이 당겨지며 링거

액 주머니를 매달고 있던 거치대가 기우뚱 기울었다. 무형은 반사적으로 팔을 뻗어 거치대를 잡았다. 그의 표정이 놀라서 굳어졌다. 들고 있던 숟가락에서 죽이 튀어 시트 여기저기 얼룩이 졌다.

"정말요?"

아이가 그의 옆구리에 얼굴을 묻은 채 옷이 입을 막고 있어 불분명한 소리로 중얼거렸다. 무형은 링거 거치대를 잡은 채 자신의 허리를 껴안은 아이의 가느다란 팔을 내려다보았다. 아이의 작은 몸에서 온기가 전해져 왔다. 정말 잘하는 짓일까? 그는 또다시 머릿속이 혼란스럽고 복잡했다. 짓눌러 오는 책임감으로 가슴에 돌이 얹힌 듯 답답하던 그때의 마음이 어제 일처럼 생생하게 기억이 났다.

무형은 여러 번의 신호를 받고도 여전히 교차로를 건너지 못한 채 차 안에 앉아 옛날 일들을 생각하고 있었다. 처음에는 어머니의 유언 때문에 어쩔 수 없이 데리고 있었지만 시간이 지나면서 잘 납득하기 어려운 애착도 생기고 정도 깊이 들었다. 어설프고 서툴렀지만 아이를 잘 키우고 싶었고, 그래서 마음고생도 많았다. 아무리 노력해도 채워줄 수 없는 부모의 빈자리가 아프게 느껴질 정도로 그는 준에게 혈육과도 같은 책임감과 연민을 느끼고 있었다.

준을 처음 맡겠다고 결정했을 때, 지켜줄 사람이 자신밖에 없다는 생각은 무거운 짐이고 부담이었다. 하지만 지나고 보니 그것은 동시에, 가슴이 뻐근해질 정도로 보람된 일이기도 했다. 자신이 그때 준을 고아원으로 보냈다면 어떻게 되었을까. 그는 저절로 미간이 찌푸려졌다. 준이 고아원에서 자랐을 상상만 해도 괜히 몸이 떨렸다. 준이 없는 자신의 삶 또한 아주 삭막했을 거라는 것도 미루어 짐작할 수 있었다.

준은 어머니가 돌아가시고 나서부터 자신에게 엄청난 애착을 보였다. 꼭 주인만 기다리는 강아지 같았다. 집에 있으면 그 애는 그의 뒤를 졸졸 따라다녔다. 공부하는 데 방해가 되어서 방에서 내보내면 어느새 다시, 인형을 가지고 와서 그의 등 뒤에 앉아 놀고 있었다. 처음에는 집중력을 방해하는 아이의 그런 행동들이 귀찮고 짜증이 나서 화를 내기도 했다.

그가 화를 내면 준은 눈물이 그렁그렁해져서 방을 나갔다. 몇 시간이 지나 나가보면 그래도 멀리는 못 가고 그의 방문 앞에서 인형들과 소리 없는 대화를 주고받으며 혼자 놀고 있거나 가끔은 그렇게 놀다가 차가운 바닥에 동그랗게 웅크리고 잠이 들어 있기도 했다.

자신에게 집착하는 아이의 행동이 불안에서 온다는 것을 알고 있었다. 아이가 의지해야 할 유일한 사람이었지만, 그는 여전히 혼란스러웠고 서툴렀다. 어떻게 아이를 대해야 할지 몰랐기 때문에 늘 퉁명스러웠고 차가웠다. 그의 그런 태도 때문에 준은 언제 또 버려질지도 모른다는 두려움에 시달렸을 것이다.

하지만 그런 것까지 살피기에 그는 너무 어렸고 마음의 여유도 없었다. 잘 대해주고 싶었지만, 마음대로 잘되지 않았다. 그래도 준은 원망 한 번 하는 법 없이 까맣고 예쁜 눈으로 그를 바라보다가 눈이 마주치면 방긋 웃어주었다. 그 웃음이 떠오르자 저도 모르게 입꼬리가 올라갔다.

사춘기 이전까지 준은 수다쟁이였다. 집에 돌아오면 수업 시간에 누가 무슨 얘기를 해서 모두 웃었다느니, 쉬는 시간에 누가 누구와 복도에서 장난을 치다가 선생님한테 혼이 났다느니, 급식으로 뭐가 나왔고, 무슨 반찬은 인기가 좋았는데 무슨 반찬은 서로 안 먹으려고 옆 짝꿍에게 떠넘겼다느니 그런 사소한 얘기들을 끝도 없이 재잘재잘 떠들어댔다. 그러면 그는 놀란 얼굴로 준을 바라보곤 했다. 그 애의 기억력이 신통방통했던 것이다.

강아지처럼 따라다니며 수다를 떨던 준은 사춘기가 시작되면서 과묵한 아이로 변했다. 그가 가끔 별일 없느냐고 말을 붙이면 시선을 피하며 고개를 두어 번 끄덕이는 게 다였다. 자신도 그런 시기를 겪었기 때문에 이해를 못하는 것은 아니었지만 아무 얘기도 하지 않으려 드니 무척 답답했다.

귀찮아서 그 입 좀 다물었으면 좋겠다고 여겼던 때가 그리워질 정도였다. 말수가 현저히 줄고, 매달리고 떼쓰던 어리광이 완전히 사라졌다. 아이가 커가는 자연스러운 과정이라는 것을 알면서도 그는 조금 서운했다. 자식 키우는 부모 마음이 그렇지 않을까 하는 생각이 들기도 했다.

그런 사소한 일들을 빼면 사춘기도 무난하게 지나갔다. 공부도 곧잘 했고 친구들과도 별 말썽 없이 지냈다. 대학에 들어가기 위해 1년을 재수하기는 했지만 제 할 일은 똑 부러지게 잘했으므로 특별히 신경 쓸 일도 없었다.

재수를 한 후, 원하는 대학에 무난히 합격하자 무형은 겨우 한시름 놓았다. 자신에게나 준에게나 힘들고 어려운 시기는 이제 지났다고 생각했고 실제로 준은 대학에 들어간 후로도 얌전히 공부에 열중해서 그를 기쁘게 해주었다. 이제 몇 년 안에 졸업을 하고 직업을 갖게 될 것이다. 곧 연애를 시작할 테고 결혼도 하겠지.

갑자기 심장이 뻐근하게 조여왔다. 준을 잘 키워냈다는 뿌듯함 때문인 것 같기도 하고 왠지 서운한 것 같기도 하고 마음이 좀 복잡했다. 곱게 키운 딸을 시집보내는 아버지의 심정이 아마도 이렇지 않을까. 어릴 때부터 키웠으니 그런 감정을 느끼는 것도 무리는 아니었지만 왠지 너무 감상적이 된 것 같아 마음에 들지 않았다. 그는 움직이지 않는 차량들의 붉은 후미등을 바라보며 미간을 좁혔다.

여덟 시쯤 집에 도착해 보니 제사 지낼 준비가 다 끝나 있었다. 식탁 위에는 제사상에 올릴 음식들이 채반에 담겨 가지런히 놓여 있었고 제기들도 물기 하나 없이 닦여 옆에 놓여 있었다.

"고생 많으셨어요."

무형은 음식 준비를 하느라 힘들었을 아주머니에게 고맙다는 인사를 했다.

"아니여. 나는 옆에서 돕기만 했는걸. 이번에는 준이 장도 직접 보고 음식도 혼자 거의 다 했어. 이제 시집보내도 되겠어."

아주머니는 준의 콧등에 묻은 밀가루를 발견하고 손으로 털어주며 기특하다는 듯 말했다. 준이 어릴 때부터 집안일을 해온 아주머니는 크는 것을 지켜봐서 그런지 준을 많이 예뻐했다.

"네가 했다고?"

무형은 얌전하게 놓인 전과 나물들을 바라보며 눈을 크게 떴다. 준이 아랫입술을 문 채로 미소를 지으며 그를 바라보았다. 눈이 반짝반짝 빛나며 뭔가를 기대하는 표정이라 무형은 웃음이 나올 뻔했다. 귀여운 녀석.

"말이 되냐?"

무형은 장난기가 발동해 못 믿겠다는 표정을 지었다.

"아주머니가 오버하신 거예요. 그냥 다른 때보다 조금 많이 도와드렸어요."

준이 살짝 실망한 얼굴로 어깨를 으쓱해 보였다.

"아니여. 제사 음식 만드는 거 배우려고 몇 달 전부터 요리학원도 다니고 했잖어. 몇 번만 같이 해주면 이제 혼자서도 할 수 있겠던걸. 오늘 준이 고생 많았어."

아주머니가 준의 등을 다정하게 쓸어주며 말했다.

"학원까지 다녔어? 그럴 시간에 공부나 하지, 쓸데없긴."

무형은 기특하다는 생각이 들긴 했지만 칭찬하는 것에 익숙하지 않아서 그렇게 말하고 그냥 방으로 들어갔다.

아홉 시 반쯤 되자 임 이사와 그의 딸인 서라가 도착했다. 임 이

사는 아버지의 기일뿐만 아니라 어머니의 기일도 잊지 않고 매년 참석했다. 아버지가 돌아가신 후부터 임 이사는 무형의 든든한 후원자가 되어주었고 준을 키우는 데도 많은 도움을 주었다. 잔정이 별로 없는 무형도 임 이사 일가를 자신의 가족으로 여기고 있을 정도로 그들은 돈독한 관계를 유지하고 있었다.

임 이사의 딸인 서라는 어려서부터 무형과 제일 가깝게 지낸 친구였다. 무형이 준을 키우는데 서라는 아주 많은 공헌을 했다. 준이 초등학교에 들어갔을 무렵과 무형이 연수원에 들어가고 군대에 다녀오는 등 준을 돌봐주기 어려울 때마다 이 집에 살다시피 하면서 준을 돌봐주었다. 최근에는 그녀가 아나운서 시험에 합격한 방송국이 무형의 집 근처라 집을 구할 때까지 임시로 있기로 하고 함께 지내고 있었다.

"언니, 이 전 제가 다 만들었어요. 어때요?"

준이 서라에게 자랑하듯 말했다.

"어머, 너무 예쁘게 잘 만들었다. 학원 다니더니 장난 아닌데?"

서라가 전 하나를 젓가락으로 집어 먹으며 칭찬해 주자 준의 얼굴이 환해졌다. 무형에게도 그런 칭찬이 듣고 싶었던 모양인데 모른 척했더니 서운한 모양이었다. 무형은 속으로 픽, 웃었다. 나이만 먹었지 여전히 어린아이 같다.

시간이 되자 제상에 진설을 마치고 무형이 제주를 올린 후 준과 함께 절을 했다. 두 사람이 제사를 지내는 것을 임 이사와 서라가 뒤에 서서 지켜보았다. 제사가 끝나자 준과 서라가 제사 음식을 따로 내려서 음복을 할 작은 술상을 차리고 네 사람이 둘러앉았다.

"그나저나 강 검사, 올해도 그냥 넘어가게 생겼구만. 자네 해 지나면 벌써 서른넷이 아닌가. 얼른 좋은 짝 만나서 가정을 꾸려야지. 남자는 뭐니 뭐니 해도 가정이 있어야 안정이 되는 법이네."

임 이사는 무형이 따라주는 술잔을 비우며 말했다. 그는 무형이 서른이 지나면서부터 매년 버릇처럼 결혼 얘기를 꺼냈다. 무형의 집안에 웃어른이 없는 지금, 그를 결혼시키는 것이 자신의 의무라고 여기는 듯했다.

"2세 생각을 해서라도 이제 서둘러야 해. 너무 늦어도 보기 좋지 않아."

"아직 생각이 없습니다. 나중에 인연이 생겨서 자연스럽게 이어지면 하고 아니면 혼자 지내는 것도 나쁠 것 같지 않아요."

무형이 부드럽지만 자신의 뜻이 확실하게 담긴 목소리로 그렇게 말했다.

"아빠도 참, 무형이 스트레스받겠어요. 어련히 알아서 할까 봐요."

서라가 무형의 눈치를 보며 한마디 했다.

"어련히 알아서 하기는. 일에 파묻혀 아무 생각도 없는 눈치구만."

임 이사는 그렇게 말하며 안타까운 눈으로 무형을 건너다보았다. 저 녀석은 이렇게 완벽한 신붓감을 옆에다 두고 도대체 왜 저러고 있는 것일까.

최고의 스펙과 앞날이 창창한 검사라는 직업, 평생 써도 모자랄 재산과 모셔야 할 시부모도 없고, 게다가 외모까지 완벽하다 해서 맞선 시장에서 무형은 특급 신랑감이라고 했다. 하지만 임 이사는 자신의 딸도 무형에게 뒤지지 않는다고 자부했다. 잘나가는 아나운서이고 모델 뺨치게 예쁜 외모와 좋은 집안에서 곱게 자란 최고의 신붓감이 아닌가. 나이가 조금 아쉽지만 더 많은 것도 아니고 동갑인데 어떤가.

둘이 결혼하면 완벽한 조합일 것 같은데 도통 아무런 기미가 보이지 않았다. 아직 피가 뜨거울 청춘이고 같은 집에서 지내기까지 하는데 왜 둘 사이에 그놈의 불꽃이라는 것이 튀지 않는 것인지 불가사의했다.

그게 전적으로 무형의 잘못이라는 것은 임 이사도 알고 있었다. 아닌 척해도 서라가 속으로 무형을 좋아하는 것을 부모인 그가 모를 리가 없었다. 무형만 좋다고 하면 당장이라도 일이 성사가 될 텐데 몇 년이 지나도 둘은 여전히 물에 물 탄 듯 조용하기만 했다.

"그리고 네가 지금 남의 말 할 때냐? 강 검사도 강 검사지만 서라 네가 더 걱정이야. 애를 낳았어도 몇은 낳았을 나이인데 사귀는 남자 하나 없으니…… 어쩌려고 그래?"

"아무나하고 결혼할 수는 없잖아요. 무형이 말처럼 인연이 닿아야 하는 거죠."

서라는 무형을 슬쩍 건너다보며 말했다. 그녀는 어릴 때부터 무형을 좋아했다. 하지만 무형에게 서라는 어릴 때도 그랬고 지금도 친구 이상도 그 이하도 아니었다. 기저귀 찰 때부터 보고 자라서 그런지 그는 성인 남녀가 되어서도 서라를 여자로 보지 않았다. 무형이 워낙 그런 쪽으로는 여지를 주지 않았기 때문에 그녀는 마음을 드러낼 용기가 없었다. 거절당할 것이 뻔했고, 그런 후에는 서로 어색해져서 사이가 멀어질 텐데 그런 모험을 하고 싶지 않았다.

그녀는 안 되는 일에 오래 목매는 성격도 아니었고 자신을 여자 취급도 하지 않는 남자만 바라보며 청춘을 낭비하고 살 정도로 순진하거나 순정적이지도 않았다. 그녀는 대시해 오는 남자가 있거나 자신 쪽에서 마음에 드는 남자가 있으면 별로 고민하지 않고 연애를 시작하곤 했다. 그렇긴 했지만 마음속에 다른 남자를 품고 하는 연애는 늘 미적지근하고 지루했다. 지나고 나면 덧없고 깃털처럼 가벼운 관계들이었다.

나이가 한 살씩 늘어갈수록, 새삼 깨달아지는 것은 자신에게는 역시 무형밖에 없다는 것이었다. 아무리 상대가 좋다고 목을 매도 자신이 좋아하지 않으면 결국 틀어지고 만다는 것을 많은 연애를 한 후에야 겨우 깨달았다.

그녀는 1, 2년 전부터 다시 무형에게 집중하기 시작했다. 제 마음의 주인은 늘 그였다는 것을 서라는 다시금 되새기며 그를 제 생의 마지막 남자로 정했다. 물론 무형에게는 아직 그런 티를 내지 않았다. 예전이나 지금이나 그는 자신을 무성(無性)의 친구로 여기고 있는데 급작스럽게 여자로 다가가면 분명 부작용이 일어날 게 뻔했다. 어떻게든, 무슨 수를 써서라도 이제는 그를 자신의 남자로 만들고 싶었다.

원수든 사랑하는 사람이든 우선 가깝게 두자는 신조를 가진 그녀가 직장 핑계를 대며 무형의 집에 들어와 산 지 1년이 다 되어가고 있었지만 아직 그들 사이에는 아무런 변화도 없다. 그녀는 점점 더 초조해졌다. 대놓고 좋아한다는 티를 내자니 바로 밀려나 그동안 쌓아온 신뢰마저 잃을 것 같고 쿨한 친구인 척하자니 백년만년 친구로밖에 못 남을 것 같고, 그녀는 깊은 딜레마에 빠져 있었다.

어른들이 나누는 대화를 들으며 준은 기운 없이 전만 주워 먹고 있었다. 그와 결혼할 여자는 도대체 어떤 사람일까. 그의 사랑을 받는 여자는 얼마나 행복할까. 무형도 나이가 있으니 언젠가는 결혼을 할 텐데 상상만 해도 가슴이 따끔거리며 아파왔다.

2

클럽 공연을 마치자마자, 군대 갔던 이전 보컬이 휴가를 나왔다고 해서 모두 술집으로 몰려갔다. 준은 술자리가 길어질 것 같아 얼굴만 비추고 빠져나올 생각이었지만 계획대로 되지 않았다. 멤버들은 평소에는 준을 여자로 대하지 않다가 술자리에만 오면 몹시 챙기고 신경을 쓰는 척했다. 공연을 가서 무대 세팅을 하기 위해 무거운 악기를 옮길 때도 똑같이 들어 나르고 비를 맞으며 뒷정리를 할 때도 예외는 없었다. 여자라고 해서 차별하지도 않았지만 배려도 없었다.

오히려 특별 취급을 받는 사람은 리더인 재이였다. 그가 혹여나 무거운 것을 들라치면 경호나 동영이 얼른 그의 손에서 그것을 빼앗아 대신 들어주고 나무 그늘이나 파라솔 아래에 접이식 의자를 찾아 펼쳐 놓고는 그를 데려다 거기 앉혀놓았다. 옆에서 얼쩡거리면 일만 많아지기 때문이라는 것이 그들의 설명이었다.

준은 셋이 콩트를 하는 것 같아서 볼 때마다 웃었지만 함께 지내보니 그럴 수밖에 없었다. 재이는 모든 일에 어설펐다. 그가 들어 옮긴 악기는 꼭 어딘가 긁혀 있거나 금이 가기도 했고, 꽁꽁 싸두었던 드럼 스틱이 사라지거나 기타를 다른 팀 대기실에 갖다 두어 찾아 헤매느라 공연을 제시간에 시작하지 못하기도 했다.

어쨌든 멤버들은 준보다는 재이를 더 애지중지하고 신경을 쓰는 편이었는데 술자리에만 오면 상황이 달라져서 그녀를 여자 취급하기 시작했다. 달리 여자 취급이 아니라 남자 멤버들 중, 누구든 중간에 전화를 받으러 나갔다가 그 길로 아예 사라져 버리거나, 술에 취해서 먼저 일어나 가버려도 누구 하나 거들떠보지도 않았고 걱정하는 이가 없었다.

그런데 준이 화장실을 가려고, 혹은 바람을 좀 쐬려고 자리에서 일어서기만 해도 왁자지껄하던 술자리가 당장에 조용해지며 모두 그녀를 쳐다보았다. 슬쩍 자리를 뜨고 이런 것이 애초에 가능하지가 않았다.

다행인 것은 다들 술이 그렇게 세지 않아 술자리는 11시가 넘으면 대체로 끝이 났고, 늘 재이와 경호가 대리기사가 운전하는 자신들의 차로 집까지 안전하게 바래다주었다.

무형이 정해준 귀가 시간은 10시였지만 늦게 들어가는 것을 들킨 적은 아직 없었다. 무형이 일 때문에 늘 12시가 넘어서 귀가를 했기 때문이었다. 전화를 걸어 집에 들어왔는지 확인하지 않는 이 상 준이 늦는 것을 그가 알 리 없었다. 오늘은 다른 때보다 술자리 가 길게 이어지고 있었다. 벌써 11시 반이 넘어가고 있는데 다들 아직 한창인 얼굴들이었다. 분위기를 깨기는 싫었지만 준은 더 늦 으면 안 될 것 같아서 자리에서 일어섰다. 약속이나 한 듯이 모두 하던 말을 멈추고 그녀를 쳐다보았다.

"죄송한데 저 먼저 가보겠습니다. 더 늦으면 오빠한테 쫓겨나 요. 내일 연습 시간 늦지들 마세요. 저번처럼 늦으면 이제 안 기다 릴 거예요."

준은 그들이 술 마신 다음 날 연습이 있으면 으레 늦곤 하던 것 을 떠올리며 으름장을 놓았다.

"데려다줄게."

재이와 경호가 동시에 자리에서 일어섰다.

"됐습니다. 택시 타면 금방 가요."

"밤에 여자 혼자 택시 타는 거 난 반대야."

동영이 혀 꼬인 소리로 말하며 굳이 저도 자리에서 일어섰다. 재이가 얼굴로 흘러내린 머리카락을 쓸어 올리고 나서 동영과 경 호의 어깨를 눌러 앉혔다.

"마시고 있어, 금방 갔다 올 테니까."

동영과 경호는 뭐, 그러시던지 하는 얼굴로 어깨를 으쓱하며 다 시 자리에 주저앉았다.

"괜찮다니까요."

준이 사양했지만 당사자인 준의 말은 무시되었다. 준은 하는 수 없이 재이를 따라 술집을 나섰다. 집으로 가는 차 안에서 재이는 가끔 아무 말 없이 고개를 돌리고 준을 바라보았다. 창밖을 바라보고 있다가 그의 눈길이 느껴져서 돌아보면 그는 얼른 다시 고개를 앞으로 돌리고 모른 척했다. 장난이 워낙 심한 사람이라 준은 그가 장난을 하자는 줄 알고 술래잡기를 하듯 그가 쳐다본다는 느낌이 들면 느닷없이 고개를 휙 돌려 그를 보았다. 그는 장난하려던 사람이라고는 보이지 않게 흠칫 놀라더니 어색하게 웃었다.

장난이 아닌가? 준은 머쓱해져서 헛기침을 하며 다시 창밖으로 고개를 돌렸다. 조울증이 있는 것이 아닌가 싶게 그는 어느 때는 1초도 쉬지 않고 말도 안 되는 헛소리를 늘어놓다가 어떨 때는 또 몇 시간이고 한마디도 하지 않고 같이 있는 사람들을 답답하게 만들기도 했다. 오늘은 기분이 별로인 날인지 아파트에 도착할 때까지 한마디도 하지 않았다. 그는 택시가 아파트 주차장에 서자 먼저 차에서 내려 준이 내릴 때까지 차 문을 잡고 기다려 주었다.

"데려다주셔서 감사합니다."

"응."

그는 미소를 지으며 고개를 끄덕였다.

"그럼 조심해서 돌아가세요."

준이 고개를 숙여 인사를 하자 그는 또 고개를 끄덕였다.

"어서 들어가."

그가 가는 걸 보고 가려는데 그는 준에게 어서 들어가라는 손짓을 했다. 계단을 올라와 아파트 출입문의 비밀번호를 누를 때까지 택시가 떠나는 소리가 들리지 않았으므로 그녀는 뒤를 돌아보았다. 재이가 여전히 택시에 기대서서 자신을 바라보고 있었다. 준은 웃으며 손을 흔들었다. 그도 택시 지붕에 기대고 있던 손을 들어 보였다. 다시 비밀번호를 누르려고 몸을 돌리려던 준은 재이가 서 있는 뒤편을 바라보고 흠칫 놀랐다. 그곳에 무형의 차가 서 있었고 무형이 차에서 내리며 그들을 바라보고 있었다. 준은 당황해서 얼굴이 굳어졌다.

재이는 준을 향해 얼른 들어가라고 손짓을 하다가 이상한 낌새를 느끼고 뒤를 돌아보았다. 그는 자신보다 한 뼘쯤 더 크고 운동선수 같은 위압적인 체격을 가진 남자와 눈이 마주쳤다. 남자는 잡고 서 있던 차 문을 탕, 닫았다. 들어올 때부터 그 차가 거기에 서 있었으므로 그들보다 먼저 도착해 있었던 것이 분명했다. 남자는 강철 같은 눈빛으로 재이를 머리에서 발끝까지 훑어 내리듯 바라보았다. 그 눈빛이 마치 무거운 쇠망치로 온몸을 찍어 누르는 듯 무자비해서 등골이 오싹했다.

준의 태도를 보아하니 그를 아는 모양이라, 오빠이려니 짐작했다. 인사를 하려고 했지만 그 남자는 차가운 얼굴로 그를 무시하고 앞을 지나갔다. 재이는 그가 지나가며 일으킨 싸늘한 바람을 맞으며 살짝 몸서리를 쳤다. 그는 하는 수 없이 다시 택시에 올랐다.

차에서 보니 준이 긴장한 얼굴로 남자를 바라보고 서 있었다. 귀가 시간이 10시라고 했는데 12시가 다 된 시간에 들어왔으니 아마도 혼이 날까 겁내고 있는 듯했다. 엄청 엄하게 키운 모양이라고 그는 생각했다. 부모 없이 키웠으니 그럴 수밖에 없었으리라고 여기면서도 남자가 내뿜던 위압감을 떠올리자 준이 가엾다는 생각이 들었다. 준을 향해 계단을 하나씩 올라가고 있는 남자의 뒷모습이 준의 여리여리한 체구와 대조되어 더욱더 위협적으로 보였다.

무형은 그를 기다리고 서 있는 준을 쳐다보지 않고 출입문의 비밀번호를 눌러 문을 열고 안으로 들어갔다. 준은 얼른 그 뒤를 따라갔다. 8층에 멈춰 있는 엘리베이터를 기다리며 서 있는 동안에도 무형은 아무 말도 하지 않았다.

"누구야?"

현관의 도어록을 열 때서야 평소와 다르지 않은 목소리로 무형이 물었다. 별로 화가 난 것처럼 보이지 않아서 준은 속으로 안도했다. 너무 늦어서 혼이 날지도 모른다고 생각했기 때문이다.

"아는 선배요."

"선배?"

무형이 눈을 가늘게 뜨고 준을 내려다보았다. 뭔가 하고 싶은 말이 많은 것처럼 보였다. 그는 거실로 들어가 들고 있던 서류 가방과 노트북 케이스를 소파에 내려놓더니 준에게 가까이 오라는 턱짓을 해 보였다.

"이 시간까지 어디서 뭐 하다가 왔어?"

그는 취조하는 검사처럼 물었다.

"수, 술 마셨어요."

"아까 걔랑 둘이?"

"아니요. 다른 선배들하고 같이요."

"몇 명이서 마셨어?"

"네?"

"술자리에 누구누구 있었느냐고."

"그, 그건 왜요?"

준이 당황한 얼굴로 그를 바라보았다. 무형이 가방에서 메모지
와 연필을 꺼내 준에게 건네주었다.

"이름이랑 전화번호 적어. 너랑 어떤 관계인지도."

무형의 말에 준은 아무 말도 못하고 입을 반쯤 벌리고 제 손에
들린 종이와 무형의 얼굴을 번갈아 바라보았다.

"이렇게 늦은 시간까지 같이 술 마실 정도면 다들 가까운 사이
일 거 아니야. 네 인간관계에 대해 내가 너무 모르고 있는 거 같아
서. 이름이랑 연락처 정도는 알고 있어야지. 만일을 대비해서 말
이야."

준은 술이 확 깬 얼굴로 제 손에 들린 메모지를 내려다보며 꼼
짝도 하지 않았다.

"뭐 해? 얼른 적지 않고?"

무형이 재촉했다.

"연락처…… 잘 몰라요."

"뭐?"

여태 담담하던 무형의 얼굴이 살얼음이 끼듯 차가워졌다.

"이렇게 늦게까지 어울려 논 애들 연락처도 모른다고? 그럼 잘 알지도 못하는 애들이랑 이 시간까지 같이 있다 왔다는 얘기야?"

"아니, 그게 아니고…… 제가 무슨 어린애도 아니고 같이 논 사람들 이름을 적으라고 하는 건…… 그건 좀 아닌 거 같아요."

준이 너무 억지 아니냐는 얼굴로 그를 바라보았다.

"어린애 아니니까 그러는 거야. 만약 너 또 이렇게 늦게까지 술 마시고 노느라 집에 늦게 들어오고 그러면 연락해 볼 데는 있어야 하잖아."

"앞으로는 늦을 거 같으면 미리 연락할게요."

"앞으로도 그러겠다는 거야?"

"살다 보면 피치 못할 사정이 생기니까 그럴 때는 어쩔 수 없잖아요."

준의 말에 무형이 날카로운 눈으로 준의 발갛게 상기된 볼을 바라보았다.

"얼른. 오빠 피곤해."

준이 여전히 우물쭈물하고 그냥 서 있자 무형이 허리에 손을 올리며 재촉했다. 준은 마지못해 무릎을 굽히고 탁자에 앉아 잠시 망설이다가 대학 들어가서 친해진 친구 두어 명과 어릴 때부터 죽

마고우인 소영의 이름과 전화번호를 적고 옆에 괄호를 치고 친구라고 썼다.

"이게 다야? 오늘 같이 술 마셨다는 선배들은?"

메모지를 건네받은 무형이 물었다.

"그 사람들은…… 자주 안 만나요."

혹시나 멤버들하고 전화 통화라도 하게 되면 바로 밴드 활동하는 것이 들통날 것 같아 준은 엉겁결에 거짓말을 했다. 무척이나 보수적인 그가 밴드하는 것을 찬성해 줄 것 같지 않았다. 그러고 보니 앞으로 공연 때문에 늦게 들어오는 일이 많을 테고 무형은 오늘 자신이 이렇게 늦게 다닌다는 것을 알았으니 분명 자주 확인을 할 텐데 걱정이 태산 같았다.

"앞으로 10시까지 집에 와 있어. 신경 쓰이게 하지 말고."

아니나 다를까 그가 그렇게 말했다.

"오빠."

"왜?"

"제 귀가 시간 없애면 안 돼요?"

"뭐?"

준의 말에 무형의 눈썹이 꿈틀 움직였다.

"귀가 시간 정해놓는 것도 성차별이에요. 제가 남자라면 10시까지 들어오라고 혼내지도 않았을 거잖아요."

준은 어른이 된 후에도 자유의지를 규제당하는 것이 좀 억울했기 때문에 평소에 품고 있던 불만을 얘기했다.

"그럼 남녀평등 실천하자고 사이코들이 날뛰는 바깥에서 여동생이 밤늦게까지 돌아다니는 것을 장려라도 하라는 말이야?"

무형이 좀 화가 난 얼굴로 그렇게 말했다. 준은 대꾸할 말을 찾지 못해 앞으로 마주 잡고 있던 제 손을 만지작거렸다.

"네가 여자라서가 아니고 네가 약자라서야. 외부로부터의 공격에서 스스로를 방어할 힘이 없는."

"맨날 밤늦게 다니겠다는 게 아니라 강제로 몇 시까지 들어와야 한다, 이렇게 정해져 있는 건 어른인 제 인격을 너무 무시하는 것 같아서 기분이 별로 좋지 않아요. 저도 이제 통제를 당할 나이는 지났잖아요."

준이 시무룩한 얼굴로 대꾸했다.

"통제가 아니라 규칙이라고 생각해. 어쨌든 나는 네 보호자로서의 의무가 있는 거니까. 여기 사는 동안은 내 규칙을 따라야 해."

무형은 눈도 깜빡하지 않고 그렇게 말했다. 말로 어떻게 그를 이기겠는가. 준은 탄식이 섞인 한숨을 작게 내쉬었다.

"그럼, 시간이라도 좀 늦춰 주세요."

"밤에 뭘 하려고? 친구들 빨리 만나서 좀 일찍 헤어지면 되잖아. 무엇 때문에 그러는 거야, 도대체."

무형이 화를 벌컥 냈다. 이럴 때 보면 영락없는 꼰대 같다. 준은 절로 한숨이 나왔다. 어째야 할지 난감했다. 공연이 있는 날은 어쨌든 집에 오면 10시는 넘었다. 앞으로 이런 일로 무형과 실랑이를 할 생각하니 벌써부터 진땀이 났다. 계속 밴드에서 노래하는 일을 속일 수는 없다는 생각이 들었다. 준은 미간에 두 개의 주름을 잡고 자신을 바라보고 있는 무형의 얼굴을 바라보며 침을 꿀꺽 삼켰다.

"오빠……."

준은 그를 불러 놓고도 한참을 머뭇거렸다.

"할 얘기 있으면 얼른 해."

무형이 보다 못해 재촉했다.

"저 사실은 저녁에 하는 일이 있거든요. 그래서 가끔 좀 늦을 수도 있어요."

"일이라니?"

무형이 대번에 인상을 쓰며 물었다.

"그게…… 계속할 건 아니고 잠깐 경험 삼아 해보는 거예요. 그러니까, 음, 자기 계발 같은 거……."

"그러니까 무슨 일."

"밴드요. 무대에서 공연도 하고 그러는……."

"밴드? 밴드에서 일한다고? 무슨 일을?"

무형은 예상 밖의 얘기를 들어서 당황했는지 눈이 휘둥그레졌다.

"노, 노래해요. 보컬이요. 그 밴드 보컬이 군대를 갔거든요. 그래서 그분 제대할 때까지만 임시로 하기로 했어요. 재미로요. 아니, 재미로 하는 건 아니고 그러니까 뭐냐, 음…… 새로운 경험?

뭐 그런 차원에서요."

준이 손짓을 해가며 최대한 그가 너무 놀라지 않도록 잘 설명하려고 애썼지만 그를 보니 별 효과는 없어 보였다. 그는 놀라서 입을 반쯤 벌리고 준을 바라보았다. 잠시 할 말을 잃은 것 같았다.

"보컬? 무대에서 노래를 한다고?"

준이 고개를 끄덕였다.

"네가?"

무형은 믿기지가 않는다는 듯 손가락으로 그녀를 가리켰다. 준이 고개를 끄덕이자 그는 다시 인상을 찌푸리고 준의 얼굴에 자신을 이해시킬 답이라도 적혀 있다는 듯 한참 동안 바라보았다.

"아니, 왜?"

그는 아무리 생각해도 도통 이해할 수 없다는 듯 다시 물었다. 준도 더 뭐라고 설명할 수가 없어 안절부절못하고 그의 눈치를 살폈다.

"학교 동아리?"

"아니요. 우리학교 선배가 있기는 한데 졸업했어요. 그냥 일반인 밴드예요."

"그냥 취미도 아니고, 직업으로 하는 밴드에서 보컬을 한다고?"

준의 노래를 들어본 적도 없고, 노래 잘한다는 소리도 금시초문인 무형은 점점 더 의혹에 휩싸였다. 밴드라니. 그는 무대에서 노래를 하는 준을 떠올려 보려고 했지만 상상이 되지 않았다.

그쪽으로 문외한이었고 편견일 수도 있지만 그는 음악 밴드에 대해 좋지 않은 선입견을 가지고 있었다. 음악 밴드하면, 뭔가 어둡고 불건전한 이미지가 먼저 떠올랐다. 마약과 문란한 사생활 같은 단어들이 그의 머릿속을 떠다녔다. 그는 미간을 좁히고 그녀를 바라보았다.

"왜, 아니, 어떻게 밴드에 들어가게 됐는데?"

"조금 전에 말한 그 선배가, 제가 신입생 OT 때 노래 부르는 거 보고 같이하자고 권했어요. 그래서……."

"그럼 오늘 같이 술 마셨다는 애들이 걔네들이야? 밴드 멤버들?"

준이 고개를 끄덕였다.

"몇 명이야?"

"저까지 네 명이요."

"나머지는 다 남자고?"

준이 고개를 끄덕였다.

"거기 들어간 지 얼마나 됐어?"

"작년…… 가을에요."

"뭐? 작년 가을? 근데 이제야 얘기를 하는 거야?"

"말하려고 했는데…… 하지 말라고 할 것 같아서요."

"잘 아네."

그가 화난 얼굴로 차갑게 비꼬았다. 그 눈빛에 준은 온몸에 오소소, 소름이 돋았다.

"그만둬."

무형은 정말 화가 많이 났는지 한참동안 어금니를 씹으며 준을 노려보더니 무 자르듯 말했다.

"왜요?"

준이 울상을 지었다.

"오빠가 반대할 거라고 생각했다며? 그럼 이유를 알 거 아니야?"

"공부 열심히 하면서 할게요. 오빠 신경 쓰지 않게 할게요."

"불가능해. 오늘 봐. 이렇게 하면서 신경 안 쓰게 하겠다니 말이 돼?"

무형이 더 들을 것도 없다는 듯 고개를 저었다. 나쁜 짓을 하는 것도 아닌데 왜 반대부터 하는지 알 수가 없어 준은 화가 났다. 이제 자신의 일은 스스로 선택하고 결정할 권리가 있는 어른인데 말이다. 그는 아직도 자신을 초등학교 다니는 꼬마로만 보려는 경향이 있었다. 그때를 상상할 수도 없이 완전히 변한 겉모습을 매일 보면서도 여전히 그랬다. 준은 이해할 수가 없었다.

"그만둬."

무형이 경고하듯 재차 말했다.

"싫어요."

준은 저도 모르게 그렇게 대답하고 스스로도 당황해서 손으로 입을 막았다.

"싫다고?"

무형이 믿을 수 없다는 얼굴로 준을 바라보았다. 그도 그럴 것이 여태 15년 동안 준은 한 번도 무형이 시키는 일에 대해 대놓고 싫다고 말한 적이 없었다.

"싫다니?"

그가 차가운 목소리로 다시 물었다. 그 목소리는 다분히 위협적으로 들렸다.

"공부도 열심히 할 거고 공연이 있는 날은 어쩔 수 없지만 일찍 일찍 다닐 거예요. 공연 있는 날도 멤버들이 집 앞까지 데려다주니까 그렇게 위험한 것도 아니고요. 제가 좋아하고, 하고 싶어서 하는 일이에요. 계속하겠다는 것도 아니잖아요. 일 년만 그냥 눈 감아주시면 안 돼요?"

"언제부터 그 일에 그렇게 애착이 생겼어? 겨우 네 달 동안 한 노래가 그 정도로 중요해? 내가 반대하는데도 꼭 해야 할 정도로?"

"얼마나 오래 했느냐가 중요한 건 아니잖아요. 우리 아빠도 밴드에서 노래했던 분이었어요. 꼭 아빠 때문에 한다는 건 아니지만 이왕 이렇게 기회가 생겼으니 조금만 더 해보고 싶어요. 아빠가 만든 곡, 악보로 남아 있는데 무대에서 한 번 불러보고 싶기도 하고……."

준의 말에 무형은 미간을 찌푸렸다. 준의 부친이 가수였다는 소리는 처음 들었다. 어머니의 유품을 정리할 때, 준의 백일사진이나 배냇저고리와 돌상에 놓았던 장수실타래 같은 것들을 보관한 상자에서 악보 뭉치를 본 것 같기도 했다. 그 상자가 아직도 준의 방 붙박이장 안에 들어 있다는 것을 무형도 알고 있었다.

준은 생부에 대해 아무것도 기억하지 못했다. 그래서 더 애틋한 그리움을 간직하고 있다는 것을 알고 있었다. 선친이 걸었던 길을 따라가 본다는 것만으로 준에게는 큰 의미로 다가올 것이다.

그는 급작스럽게 피곤이 밀려오는 기분을 느꼈다. 그렇다고 어떤 녀석들인지도 모르는 사내 녀석들과 붙어 다니는 것을 허락을 해야 된단 말인가? 끝까지 반대한다면 준을 못 이길 것도 없었다. 하지만 아버지라니. 무형은 갈등이 일어 저절로 얼굴이 찌푸려졌다. 아무리 그렇다고는 해도 밴드를 하라고 허락해 주는 것은 영 내키지 않았다.

"그래서 꼭 해야겠다고?"

그는 이미 답을 알고 있는 질문을 다시 했다.

"하고 싶어요."

"내가 끝까지 반대하면 어쩔 거야?"

"제발 1년만 하게 해주세요. 말썽 부리지 않을게요."

준은 무형의 눈빛을 보고 그가 이미 반은 허락했다는 것을 눈치챘는지 기쁜 얼굴을 숨기지 못하고 강아지 같은 눈을 깜빡이며 두 손을 모아 턱 밑에 댔다. 말투에도 애교가 철철 넘쳤다. 무형은 갑자기 심장이 쿵 내려앉는 기분이 들어 저도 모르게 눈썹을 찡그렸다.

"뭐야? 아직 허락하지 않았어."

무형이 인상을 찌푸리자 준은 자신이 너무 오버했다는 얼굴로 뒷목을 긁적이며 혀를 쏙 내밀었다. 준의 애교는 몇 년에 한 번 볼 수 있을까 말까 했다. 정말 기분이 최고로 좋을 때만 그녀는 그런 예쁜 짓을 했다. 의도치 않아서 더 사랑스러워 보이며 진심으로 기뻐해서 상대도 저절로 마음이 풀어지게 하는 그런 필살의 애교였다. 그렇다고 놀라기까지 한 게 속으로 좀 민망해진 무형은 헛기침을 했다.

"네 멤버들 보고 나서 결정할 거니까 조만간 약속 잡아."

무형이 돌아서며 말했다.

"네!"

준이 등 뒤에서 기쁜 듯 큰 소리로 대답했다. 아직 허락한 거 아니라니까, 자식이. 정정해 주려다가 그만뒀다. 어쩔 수 없이 하라고 할 수밖에 없게 생겼다. 혹시, 그 멤버라는 녀석들의 면면을 보고 반대할 근거를 발견할 수 있기를 그는 바랐다. 어쩔 수 없다면 그들에게 준의 뒤에 누가 있는지를 똑똑히 인지시킬 필요가 있었고.

무형과 서라와 함께 미리 예약해 둔 일식당의 룸으로 들어서자 세 명의 멤버들이 자리에서 벌떡 일어나 그들을 맞았다. 도대체 왜인지는 모르겠지만 멤버들은 모두 말끔하게 정장을 빼입고 있었다. 공연할 때조차 차려입은 모습을 단 한 번도 본 적이 없었는데 말이다.

동영은 장모님의 식당에서 숯불을 피우던 차림 그대로 무대에 올랐고, 경호도 일상복 그대로, 머리를 감고 자연풍에 말린 상태로 무대에 올랐다. 그런데 오늘은 어디서 났는지 모두 고급스러운 양복을 해 입고 말끔히 면도한 얼굴에 머리도 빗질을 해 왁스로 점잔을 부리고 왔다.

그중에 재이는 특히나 신경을 쓴 티가 역력했다. 늘 풀어 헤치고 다니던 긴 머리를 단정하게 자르니 사람이 아주 멀쩡해 보였다. 그는 잔 체크가 들어간 회색 더블재킷을 차려입고 넥타이 대신 고급스러워 보이는 붉은 계열의 실크 스카프를 셔츠 안에 매치해 멋지고 세련되어 보였다. 그래도 무리 중에는 튀는 모습이었지만 평상시 모습에 비하면 아주 점잖은 편이었다.

"안녕하십니까? 저는 밴드 '선수입장'의 드러머 구동영입니다."

출입구 쪽에 가깝게 앉아 있던 동영이 무형에게 허리를 굽히고 큰소리로 인사를 했다.

"반갑습니다."

무형이 그와 악수를 나누며 말했다.

"반갑습니다. 윤재이라고 합니다."

재이도 무형의 손을 잡으며 고개를 숙였다. 차례로 인사를 마치고 멤버들은 당연하다는 듯 무형에게 상석을 권했다. 무형이 자리를 잡고 앉자 나머지 사람들은 테이블을 사이에 두고 마주 앉았다. 그럴 이유가 없는데 멤버들은 모두 바짝 긴장하고 있었다. 자신의 오빠가 좀 만나보고 싶어 한다는 얘기를 전했을 때 멤버들은 좀 긴장하는 눈치였다. 무형이 준의 밴드 활동을 탐탁지 않게 여긴다는 얘기를 들어서 그랬는지도 몰랐다.

보컬이야 준 아니어도 흔한데 그렇게까지 긴장할 건 또 뭔가 싶었다. 여차하면 다른 사람 다시 뽑으면 그만인 것을. 그들이 마주 앉아 있는 모습은 상상했던 것보다 더 어색하고 긴장감이 감돌았다. 준은 저도 모르게 마른침을 꼴깍 삼켰다.

"다들 꽃미남들이시네요."

몇 초간의 침묵이 아주 길게 느껴지는 순간 서라가 입을 열었다. 서라가 있으면 분위기가 그렇게 엉망으로 흐르지는 않을 것 같아서 함께 와달라고 부탁했는데 준의 예상대로였다. 멤버들의 얼굴에 그제야 어색하나마 웃음기가 감돌았다.

"만만치 않으신데요?"

동영이 기회를 놓치지 않고 입에 발린 소리를 했다. 서라가 기뻐하며 고맙다고 말하자 분위기가 금세 화기애애해졌다. 준도 겨우 안도의 숨을 내쉬며 어색하게 따라 웃었다. 웃지 않는 것은 무형뿐이었다. 그는 좌식 의자에 깊숙이 기대앉아서 깍지 낀 손을 테이블 위에 올려놓고 앞에 앉은 남자들을 스캔하듯이 한 번씩 훑어보았다. 속으로 무슨 생각을 하고 있는지 알 길이 없었다.

"실례가 안 된다면 우리 준과는 무슨 관계이신지 여쭤봐도 될까요?"

경호가 서라에게 물었다.

"준의 언니예요."

"준, 이렇게 아름다우신 언니가 계신다는 얘기를 왜 안 했니?"

동영이 눈을 크게 뜨며 장난스럽게 말했다.

"친언니는 아니지만 가족이나 다름없어요."

준이 뭐라고 말하기 전에 서라가 먼저 대답했다.

"아, 무슨 말씀인지 알겠어요. 예컨대 올케 언니, 뭐 그런 관계이신 거군요."

동영이 고개를 주억거리며 말했다. 준도 서라도 놀라서 눈이 둥그레졌다. 동영은 자신이 무척 센스 있지 않느냐는 듯 멤버들을 보았다. 재이와 경호도 이제 알았다는 듯 고개를 끄덕였다. 준은 얼른 무형을 쳐다보았다. 그가 아니라고 부정을 해주기를 바랐지만 그는 다른 생각에 빠져 있는 듯 그 말에 별로 신경 쓰지 않는 눈치였다. 서라도 웬일인지 딴청을 피우며 은근슬쩍 넘어가려 했다. 준이 아니라고 정정해 주려는데 마침 음식이 들어와 말할 기회를 놓치고 말았다.

가벼운 반주가 곁들여진 식사가 시작되었다. 멤버들은 오늘따라 다들 과묵했다. 특히나 재이는 평소에 무슨 액세서리처럼 장착하고 다니던 장난기를 쏙 뺀 진지한 얼굴로 점잖고 신중하게 무형이 따라준 술잔을 비우고 정중하게 다시 그에게 잔을 돌려주었다.

"들었는지 모르겠지만 나는 준이 노래하는 거 별로 탐탁지 않아요. 하고 싶다고 고집을 부려서 어쩔 수 없이 지켜보기로 했지만 아닌 거 같으면 바로 그만두게 할 생각인데 그래도 괜찮겠어요?"

식사가 중반쯤에 접어들었을 때 무형이 드디어 그렇게 입을 열었다. 겨우 풀어져 있던 분위기가 순식간에 팽팽해졌다. 다들 젓가락질을 멈추고 무형을 바라보았다.

"네. 그런 건 상관없습니다. 저희는 계속 준과 함께 하고 싶습니다."

재이가 군기가 바짝 든 말투로 대답했다.

"준이 얼마나 노래를 잘하는지는 모르겠지만 언제 그만둘지도 모르는 애를 굳이 보컬로 써야겠어요? 군대 간 사람 대신이라던데 꼭 준일 필요는 없지 않나? 준은 이 밴드 아니면 굳이 노래할 생각 없는 것 같은데 다른 사람 구하면 안 되겠어요?"

무형의 말을 듣고 있던 사람들은 얼굴이 굳어졌다. 그의 말인즉슨, 준이 노래를 못하게 밴드에서 퇴출해 줬으면 좋겠다는 소리였다.

"오빠……."

준이 식은땀을 흘리며 그를 바라보았다. 어쩐지 쉽게 허락한다고 좋아했더니 그게 다일 리가 없지 싶었다.

"걱정하시는 마음 충분히 잘 알고 있습니다."

재이가 말했다.

"잘 모를걸?"

무형이 농담처럼 말하자 재이가 어색하게 웃었다.

"걱정하시는 일 없도록 저희가 준이 잘 보살피겠습니다."

목이 타서 물을 마시고 있던 준은 재이의 말에 사례가 들렸다. 그들이 자신을 어린애 취급하고 있다는 사실이 기분 나빠서 준은 기침을 하며 두 사람을 쏘아보았다.

"아무쪼록 잘 부탁합시다. 아직 순진한 애니까 이상한 물들이지 말고."

"명심하겠습니다."

재이는 황제의 명을 받드는 신하처럼 고개를 숙이며 대답했다. 예상은 하고 있었지만 무형의 압도적인 카리스마에 긴장한 나머지 등에 식은땀이 다 났다. 크게 위협적인 말이나 행동을 한 것도 아닌데 좁은 공간에 함께 있다는 것만으로 이상하게 사람을 졸아붙게 만들었다. 그냥 일반적인 상황이라면 별로 상종하고 싶지 않은 종류의 인간이었지만 그는 준의 오빠가 아닌가. 아무리 꺼려져도 그 명백한 사실 때문에 재이는 그에게 잘 보이고 싶었다. 그가 준에게는 매우 중요한 사람이 분명했으므로.

처음 경호가 멋진 보컬을 찾았다며 준을 지하 연습실로 데려왔을 때 재이는 자신이 그녀를 좋아하게 될 거라는 예감을 했다. 그에게 딱히 이상형이라는 것이 있었던 적은 없지만 준을 보는 순간 그는 그녀가 바로 자신의 이상형이라고 생각했다.

물 빠진 하늘빛 스키니 진에 눈부시게 흰 린넨 셔츠를 입고 그들의 연습실로 들어선 준은, 좀 식상한 표현이지만 천사처럼 예뻤다. 풍성하고 결 좋은 갈색머리가 어깨 아래에서 찰랑거렸고, 어깨에 멘 베이지색 호보백이나 신고 있는 굽 낮은 슬립 온 마저도 그녀의 일부인 듯 자연스럽게 잘 어울려 완벽해 보였다. 하얗고 조막만 한 얼굴에 예쁘고 검은 큰 눈동자가 순진한 호기심으로 반짝이고 있었다. 그녀는 재이와 눈이 마주치자 쑥스럽다는 듯 아랫입술을 살짝 깨물며 미소를 지었다.

아무튼 준을 본 순간 그는 보컬의 기본인 노래 실력이 아니라 그 애가 내뿜고 있는 분위기와 이미지에 홀딱 반하고 말았다. 그는 매력 없는 인간과는 단 한 마디도 나누고 싶지 않은 사람이었다. 그가 만나게 되는 대부분의 사람들이 하나같이 그의 관심권 밖의 사람들이었고 아무것도 그의 흥미를 끄는 것이 없어 하루하루 사는 게 지루하고 따분하던 차였다.

노래를 시켜보니 경호의 말대로 매력적인 음색에 풍부한 성량까지 갖추고 있었다. 보석을 발견한 기분이었다. 하지만 멋진 외모와 훌륭한 노래 실력을 가지고 있었음에도 그녀는 자신의 재능에 대해 전혀 인식하지도 못했고 자신감도 없었다. 사실은 그래서 더 사랑스러워 보이는 면도 있었다. 재이는 자신의 외모나 능력에 대해서 지나친 자신감을 가지고 있는 사람을 혐오했다. 가령, 자기 자신처럼 말이다.

아무튼 오빠라는 이 남자를 만나고 보니 준이 왜 그렇게 의기소침한 성격이 될 수밖에 없었는지 좀 이해가 갔다. 부모도 없이 저런 억압적인 보호자 밑에서 자랐으니 말이다. 그렇다고 해서 이 남자를 비난할 생각은 없었다. 그의 심정도 충분히 이해가 갔기 때문이다.

어린 나이에 여동생을 혼자 키운다는 것이 어떤 것인지 그로서는 잘 상상할 수가 없었다. 같은 공간에 있는 것만으로 진땀이 날 정도로 분위기를 압도해 버리는 이 사내에게 그는 약간의 존경심마저 느꼈다. 준 같은 동생을 가지고 있으면 저렇게 모든 남자를 도둑놈 취급할 수밖에 도리가 없을 거라는 생각도 들었다.

"그래서 못 간다고?"

무형은 아침 식탁에서 못마땅한 얼굴로 준을 바라보았다. 오늘은 서라 어머니의 생일이라서 오랜만에 함께 저녁을 먹기로 약속되어 있었다. 서라가 이미 일주일 전에 통보를 했는데 준은 저녁에 공연이 잡혀서 못 가겠다고 당일이 되어서야 말했다. 이제는 아예 대놓고 노래와 밴드가 우선이었다.

"죄송해요. 공연이 갑자기 잡혀서……."

"선약이 있는데 안 된다고 했어야지."

무형은 나무라듯 말했다.

"단체 활동이라 나 혼자 안 된다고 할 수 없어요."

"우선순위가 뭔지 잊어버리지는 마라."

준이 이만큼 크는 데 서라네 가족의 도움이 절대적으로 컸다. 꼭 그것을 의식하라는 얘기는 아니었지만 자주 있는 자리도 아니니 되도록 같이 갔으면 싶었다. 서라 어머니가 워낙 준을 예뻐하기도 했고 말이다.

"아주머니 생신은 제가 안 가도 상관없지만, 밴드는 제가 없으면 공연 자체를 못하잖아요."

"그깟 공연 한 번 안 하면 하늘이 무너져?"

무형의 차가운 말투에 준의 눈빛이 날카로워졌다.

"우리 같은 무명 밴드한테는 무대 하나하나가 절실해요. 불러주는 것만도 감사하고요."

준이 변명하듯 말했다. 우리, 라는 말이 그의 심기를 건드렸다. 이젠 아주 당연하다는 듯 준의 '우리'에는 제 멤버들뿐이다. 왜 이렇게 유치해진 것인지 몰라도 그 말이 몹시 서운했다. 나이가 들어서 그런가…….

그는 한숨을 쉬며 눈이 초롱초롱한 준의 얼굴을 바라보았다. 자고 일어난 얼굴이 이슬을 머금은 새 이파리처럼 싱싱했다. 준은 비 온 뒤의 죽순처럼 아직도 매일매일 자라고 있는 것처럼 보였다. 이미 육체적인 성장이 멈춘 것을 모르는 것은 아니었지만 아침에 준의 얼굴을 보면 어제와는 또 다르게 성숙해진 것을 느끼곤 했다.

그럴 때마다 그 애가 자신에게서 매일매일 한 발씩 멀어지고 있다는 느낌이 그는 왠지 모르게 초조해졌다. 아기 새가 둥지를 벗어나려 하는 것을 볼 때처럼 조마조마하기도 하고 불안하기도 하고 아무튼 마음이 좀 복잡해졌다. 아직은 안 된다고 바깥은 위험하고 너는 아직 너무 미숙하니까 조금만 천천히 날아가라고 타이르고 싶어졌다.

"왜 또 아침부터 싸우고 그래?"

서라가 출근 준비를 마치고 방에서 나오며 활기찬 목소리로 두 사람의 주의를 환기시켰다.

"오늘 저녁 약속 못 지킬 것 같아요, 언니. 갑자기 무대가 잡혀서……."

준이 미안한 얼굴로 서라에게 설명을 하고 있는데 무형이 의자를 뒤로 밀며 자리에서 일어났다. 준과 서라는 미간에 주름을 잡고 자신의 방으로 들어가는 무형을 바라보았다.

"그것 때문에 싸웠어?"

서라가 시리얼에 우유를 부으며 물었다.

"오빠는 요즘 내가 뭘 하든 다 못마땅한가 봐요."

"무형이 이번에 맡은 사건 때문에 요즘 엄청 힘들 거야. 이제 너도 다 컸잖아. 힘든 일 하는 사람 사소한 집안일까지 신경 쓰지 않도록 조심하자."

서라가 언제나처럼 조곤조곤 조용한 말투로 얘기했다. 준은 머쓱해져서 고개를 끄덕였다. 물론 서라가 그런 뜻으로 말한 것은 아니겠지만 준은 자신이 오빠 힘든 건 아랑곳하지 않고 제멋대로인 철부지가 된 기분이 들었다. 서라는 변함없이 준에게 잘해주었지만 그렇게 오랜 시간이 흘렀는데도 허물없이 가까워지는 것에 한계가 있었다.

그녀 주위에는 언제나 투명한 막이 씌워진 것처럼 더 이상 가까이 다가갈 수 없게 하는 무언가가 있었다. 서라가 자신을 얼마나 오래 잘 돌봐주었는지를 떠올리며 그런 감정을 느끼는 것은 자신의 탓이라고 생각하고 아무리 노력을 해도 잘되지 않았다. 서라는 원래도 말이 많은 편은 아니었지만 준과 있으면 더 말수가 줄었다. 둘이 있을 때 가끔 시선이 느껴져 고개를 들면 눈도 마주치기 전에 그녀는 얼른 고개를 돌렸다. 마주치지 않았어도 그 눈빛이 차가웠다는 것은 본능적으로 느꼈다.

그녀의 성격이 원래 그런 스타일이라고 생각했지만 준은 자주 그녀가 자신을 좋아하지 않는다는 느낌을 받았다. 그런 느낌은 시간이 갈수록 점점 더 선명해졌다.

"무형이 그동안 많이 힘들었으니까 이젠 좀 신경 쓰지 않게 해주는 것도 보답하는 길이야."

서라가 한참 있다가 그렇게 말했다. 무형이 힘들었다는 것은 누구보다 준이 잘 알고 있었지만 자꾸 그렇게 강요를 하니까 열도 좀 받았다. 무형이 힘들었던 것과 비교할 수는 없지만 자신도 마냥 소풍 나온 기분으로 산 건 아니었다.

무형은 좀 독재자 같은 면이 있었다. 자신이 만든 규칙을 한 번이라도 어기면 불같이 화를 냈다. 아침은 꼭 먹고 가라고 했는데 안 먹고 간 것을 알게 되거나, 친구들이랑 노느라 귀가 시간을 10분쯤 어기고 들어오거나 그런 사소한 규칙을 어겨도 그는 눈물이 쏙 빠지게 혼을 냈다. 그래서 큰 규칙을 어길 엄두를 못 낸 것인지도 모르지만.

중학교 3학년이 되었을 때 짝꿍이 된 친구와 친해졌는데 그 아이는 무척이나 자유분방했다. 다른 사람들은 그 아이를 날라리라고 불렀지만 준은 그 아이가 부러웠다. 그 아이는 어떤 규칙도 지키지 않고 제멋대로 행동했다. 그것을 멋있다고 생각한 것은 아니지만 그 아이를 보면서 약간 숨통이 트이는 기분이 든 것은 사실이다.

1년 동안 준은 많은 유혹을 받았다. 담배를 피우고, 외박과 가출을 일삼고, 미성년자가 들어갈 수 없는 술집을 들락거리는 그 친구를 옆에서 지켜보면서 자신도 그렇게 해보고 싶은 충동을 느끼곤 했다. 어쩌면 울고불고 학교로 찾아오고 생업을 팽개치고 잡으러 다니는 그 애의 부모가 부러웠는지도 모른다. 자신은 그렇게 해줄 부모가 없었기 때문에 영원히 그 구렁텅이 속에서 헤어 나오지 못할 것 같아서 준은 그 친구의 유혹에 넘어가지 않았다.

무형은 작은 규칙만 어겨도 당장 내쫓을 것처럼 화를 내니, 그렇게 나쁜 짓을 하면 봐줄 리 없었다. 눈에 보이는 간섭을 하지 않았지만 그는 언제나 자신을 그의 세계에서 추방할 카드를 손에 쥐고 있었기 때문에 준은 불안하고 숨이 막히곤 했다.

"나 때문에 오빠도 언니도 힘들었다는 거 알아요. 앞으로 신경 쓰이지 않게 조심할게요."

준은 애써 웃으며 그렇게 말했다.

"그래."

서라가 신문으로 시선을 돌리며 건조한 목소리로 대답했다. 준은 그녀의 차가운 얼굴을 보고 시무룩해졌다. 서라는 무형을 제외하면 유일하게 가족 같은 사람이었으므로 준은 그녀에게 거리감을 갖지 않으려고 매일매일 노력했지만 다음날이 되면 그녀와의 감정적인 거리는 또 한 걸음 멀어져 있었다. 무형은 물론이고 서라와 그녀의 가족들에 대해서도 은혜를 잊은 적은 한 번도 없었다. 무형도 서라도 오늘따라 약속이나 한 듯이 굳이 그렇게 강조해 주지 않아도 말이다.

그들의 은혜를 돈으로 갚을 수도 없는 일이고, 앞으로 자신이 행복하게 잘살면 그게 보답하는 길이라고 생각했다. 그들의 바람도 같을 거라고 여겼지만 그들은 준에게 바라는 것이 한 가지가 더 있었다. 준이 자신들의 뜻에 무조건 순종하기를. 우리가 이만큼 희생해서 너를 키웠으니 너는 우리 말을 잘 들어야 한다고 그들은 무의식적으로 강요하고 있었다.

무형이 준비한 선물 상자를 받은 서라 어머니가 소녀처럼 기뻐했다.

"강 검사가 와주는 것만도 나한테는 선물이야. 이런 거 안 챙겨도 되는데."

"엄마는 마음에도 없는 소리 하신다. 또."

서라는 기쁘면서도 슬쩍 어머니를 핀잔주었다.

"어머, 얘. 빈말 아니야. 난 정말 강 검사만 봐도 배가 부르다니까."

"형이 밥을 사니까 당연히 배가 부르죠."

올해 고등학교에 들어간 서라의 늦둥이 남동생, 서규가 받아치자 모두 웃음을 터뜨렸다. 그녀의 아버지 임 이사는 서라가 어렸을 때 본처와 사별했고, 바로 재혼을 했다. 서라는 아주 갓난아기였을 때부터 새어머니의 손에서 자랐다. 자라는 동안 한 번도 새어머니라는 위화감을 느끼지 못할 정도로 새어머니는 서라에게 극진했고 정성을 다했다. 그들 부부는 서라가 상처받을까 봐 그녀가 다 클 때까지 아이를 낳지 않다가 서라가 고등학생이 되었을 때 비로소 아이를 낳았다.

하지만 그들의 노력에도 불구하고 서라는 동생이 태어남으로써 그동안 한 번도 느끼지 못했던 소외감을 느꼈고 나이가 그렇게 들었어도 아무 소용 없이 알게 모르게 상처를 입었다. 부모가 전적으로 퍼붓듯이 주던 사랑과 보살핌이 동생에게로 옮겨가는 것을 보는 것은 나이와 무관하게 큰 박탈감과 결핍을 안겨주었다. 그들 부부가 지나치게 딸을 애지중지하며 키운 탓에 좀 자기중심적으로 생각하는 서라의 성격 탓일 수도 있었다.

서라는 서규가 태어나고 얼마 지나지 않아서부터 준을 돌본다는 핑계로 무형의 집에서 지내기 시작했고 이런저런 이유들로 자주 그렇게 집 밖으로 돌았다. 물론 무형의 집에서 지내고 싶었던 첫 번째 이유는 무형 때문이었지만 가족 문제도 아예 없다고 할수는 없었다. 서라는 새어머니를 좋아했고 늘 고맙게 여겼지만 채워지지 않는 빈자리는 언제나 남아 있었다. 아직도 그녀는 가끔 완벽하고 단란해 보이는 세 명의 가족들 주위를 겉도는 기분을 느낄 때가 있었다.

"근데 준이 누나는 왜 같이 안 왔어?"

서규가 물었다.

"중요한 공연이 잡혔대. 아까 못 와서 미안하다고 전화 왔더라. 그나저나 준이 때문에 강 검사가 속깨나 태웠겠네. 갑자기 웬 밴드야?"

서라 어머니가 안쓰러운 얼굴로 무형을 바라보았다.

"1년 정도만 해보고 싶다고 해서 허락했습니다."

"계속한다고 안 하니 그나마 다행이네. 그래도 공부에 지장이 많을 텐데. 강 검사가 수험생 뒷바라지하느라고 얼마나 애를 썼는데 도로아미타불 될까 걱정이네."

"준이 공부하느라 힘들었지 저는 한 일이 없습니다."

"한 일이 없다니. 수험생 뒷바라지가 얼마나 힘든데. 나도 다 해봐서 아네. 일도 바빠 피곤한 사람이 아침마다 학교 데려다주고, 밤늦게 학원에서 태워오고 그러기 쉬운 일인가? 서라 고등학교 때나도 그렇게는 못했어."

서라 어머니가 혀를 내두르며 말했다. 준의 학교가 멀어서 아침마다 출근하는 길에 태워주었고, 학원이 끝나면 너무 늦어서 버스를 타고 오게 할 수 없어서 태우러 갔을 뿐이다. 가족이라면 누구나 할 수 있는 작은 일이었다. 다른 부모들처럼 더 신경 써주지 못한 것이 늘 미안했는데 그런 걸로 칭찬을 받으니 멋쩍어서 무형은 웃었다.

"서라, 너도 그때 준이 운전기사 노릇 꽤 했지?"

서라 어머니가 말했다. 무형이 시간을 맞추지 못하면 서라가 대신 준을 픽업한 적도 많았다.

"서라가 고생 많았죠."

서라가 없었다면 준을 키우는 일이 몇 배는 더 힘들었을 것을 알고 있는 무형이 진심으로 그렇게 말했다.

"그 정도 가지고, 뭘. 당연한 일인지."

서라가 쑥스럽다는 듯 웃었다.

"그럼, 그럼. 가족끼리 돕는 거야 당연한 일이지."

임 이사도 고개를 끄덕였다.

"물론 지금도 가족이라고 생각하고 있지만 강 검사가 정말 우리와 가족이 되면 얼마나 좋을까."

서라 어머니가 무형과 서라를 번갈아 바라보다가 소녀처럼 눈을 빛내며 말했다.

"엄마, 무슨 말씀을 하시는 거예요? 엉뚱하시기는."

서라가 얼굴이 붉어지며 제 어머니를 핀잔주었다. 무형은 어리둥절해 있다가 잠시 후에야 서라 어머니가 말한 뜻을 알아차렸다. 농담이라고 생각했지만 서라 어머니의 표정이 꽤 진지해 보여서 무형은 아무 대꾸도 하지 않았다.

"둘 다 애인도 없고, 오랫동안 알아온 사이니 누구보다 서로에 대해 잘 알고, 안 될 것도 없지 뭐, 안 그러니? 여태 아무 일도 없는 게 난 더 이상하다, 얘."

서라 어머니가 뭐, 틀린 소리 했느냐는 투로 말했다. 준을 함께 돌보면서 두 사람 사이에 친구 이상의 끈끈한 유대감이 형성된 것은 사실이었다. 서라는 그가 마음을 털어놓을 수 있고 힘들 때 기댈 수 있는 몇 안 되는 사람들 중 한 명이기도 했다. 하지만 그녀를 향한 무형의 감정에는 연애 감정이 단 1퍼센트도 들어 있지 않았다. 서라는 그녀의 가족들과 마찬가지로 그에게는 가족이나 다름없는 사람이었다. 서라 또한 자신과 다르지 않다고 그는 생각하고 있었다.

"쓸데없는 소리. 강 검사 지난주에 선봤다는 얘기 들리던데 괜히 초 치는 소리 하고 그래."

임 이사가 헛기침을 하며 서운한 기색이 역력한 얼굴로 그렇게 말했다. 서라는 속으로 움찔 놀랐다. 처음 듣는 소리였다. 무형은 그렇게 밀려드는 선 자리에 한 번도 나가지 않은 것으로도 유명했는데 갑자기 웬 선을 다 보았다니 놀라지 않을 수 없었다.

"서, 선을?"

서라 어머니도 놀랐는지 표정이 굳어졌다.

"선은 아니고 은사님 뵈러 갔다가 동석한 아가씨와 식사 한 번 한 게 와전된 것 같습니다."

"소문에는 벌써 서너 번이나 만났다던데, 뭘."

"일부러 만난 건 아니고……."

무형이 말을 하다 말고 일일이 설명하는 게 귀찮았던지 입을 다물었다.

"들어보니 상대가 엄정식 법무부 장관 장녀라는 소리가 있던데. 사실이라면 아주 좋은 혼처가 아닌가."

"당신은 어떻게 알았어요? 그런 일 있는데 왜 얘기도 안 해주시고."

서라 어머니가 임 이사에게 원망 어린 말투로 말했다.

"소문이 좍 났더라고. 그쪽 집안이 워낙 법조계에서 유명한 집안인 모양이야. 할아버지도 검찰총장을 지내셨고, 아버지는 현직 법무부 장관에 오빠도 큰 로펌을 운영하고 있고 외가 쪽도 법대 교수에, 검사까지 법조인들로 똘똘 뭉친 집안이야. 강 검사가 그 집안 식구가 된다면 그보다 더 좋을 수가 없는 일이지."

"다들 우리 강 검사 눈독 들이는 건 알고 있었지만 현직 장관까지 나설 줄은 몰랐네. 아무튼…… 축하하네."

서라 어머니가 서운한 기색을 숨기며 애써 웃었다.

"축하받을 일이 전혀 없습니다."

무형이 난감한 얼굴로 짧게 대꾸했다. 그런 얘기를 나누는 게 불편한지 이마에 살짝 주름을 잡고 있었다. 서라는 그들이 나누는 대화에 촉각을 곤두세웠다. 그가 늘 연애나 결혼에 무관심해서 마음 놓고 있다가 이런 얘기를 들으니 충격이 좀 컸다. 서라는 당황한 것을 숨기려고 자주 웃고 말도 많이 했지만 속이 말이 아니었다. 이러다가는 닭 쫓던 개 지붕 쳐다보는 신세가 될 수도 있겠다는 생각이 들어 그녀는 초조한 얼굴로 무형을 바라보았다.

"마음에 들었어?"

식사가 끝나고 집으로 돌아오는 차 안에서 서라가 무형에게 물었다.

"뭐가?"

"선본 사람 말이야. 예뻐?"

"글쎄, 뭐, 못난 얼굴은 아니었던 거 같아."

무형은 그런 건 생각해 본 적이 없었던지 대충 얼버무렸다.

"어떻게 선을 다 봤어?"

"정 교수님이 부르셔서 나갔더니 아가씨가 나와 있더라고. 교수님이 중간에 빠지시는 바람에 얼떨결에 선이 된 거지. 뭐."

정 교수라면 현재 국내 최고의 석학으로 불리는 한국대학 법학과 교수로 무형의 은사이기도 했다.

"마음에 들었나 보네? 그러니까 몇 번이나 더 만났지."

"그 아가씨 사촌 오빠가 우리 위 기수 선배래. 오빠 만나러 왔다가 사무실에 들렀더라고."

"어때? 사람은? 괜찮아 보여?"

"응, 괜찮은 사람 같더라. 밝고."

무형이 그렇게 말하자 서라는 괜히 가슴이 철렁 내려앉았다. 그래서 결혼이라도 하겠다는 건가?

"앞으로 어떻게 할 건데? 계속 만나볼 거야?"

"선본다고 알고 나간 것도 아니고, 결혼 생각 없다고 했더니 자기도 떠밀려 나왔다고 그냥 친구로 지내재. 그러자고는 했는데 행동반경이 다른데 다시 볼일은 별로 없지."

무형의 얘기를 듣고 있던 서라는 이를 지그시 물었다. 서라는 여자가 자신과 같은 수법을 쓰고 있다는 것을 단번에 알아챘다. 친구? 개수작이다. 여자의 검은 속이 다 들여다보이는 것 같았다. 서라는 낯모르는 그 여자에게 적개심을 느꼈다. 아마 사촌 오빠를 만나러 간 것도 다분히 의도한 일일 것이다.

"로열패밀리의 멤버가 될 수 있는 절호의 기회인데, 왜? 잘 좀 해보지? 그 결혼 하게 되면 네 앞날은 탄탄대로일 텐데."

서라가 떠보듯이 말했다.

"여자 덕 바랄 정도로 절박하지 않아."

무형은 그렇게 말하고 그런 얘기는 더 하고 싶지 않았던지 라디오를 켰다. 집으로 돌아오는 동안 서라는 창밖을 내다보며 손톱을 잘근잘근 씹었다. 여태처럼 소극적인 자세로 그의 눈치만 살피다가는 정말 그를 다른 여자에게 빼앗길 수도 있겠다는 위기감이 밀려들었다.

❖

공연이 끝나고 준은 재이의 차를 타고 집으로 돌아왔다. 준을 내려주고 재이의 차가 떠나는 것을 배웅하고 집으로 들어가려는데 막 주차장으로 들어오는 낯익은 차를 발견했다. 차가 주차장 입구에 멈추고 곧 무형과 서라가 차에서 내렸다. 가족 모임을 마치고 돌아오는 길인 모양이었다. 두 사람은 무슨 얘기인가를 나누며 웃고 있었다. 무형은 멋졌고 서라는 예뻤다. 두 사람이 무척 잘 어울린다는 생각이 들었다. 유능한 검사와 잘나가는 아름다운 아나운서라는 사회적인 지위마저도 그랬다.

준은 선뜻 그들에게 다가가지 못하고 그 자리에 못 박혀 서 있었다. 그들은 나무 그늘에 서 있는 준을 발견하지 못하고 출입문 안으로 사라졌다. 준은 그들이 들어가고도 한참이나 더 있다가 우울한 기분으로 발걸음을 뗐다. 집으로 들어가니 그들은 이미 각자의 방으로 들어가고 없었다. 무형에게 들어왔다는 보고를 하려고 그의 방문을 두드리니 아무 대답이 없었다. 씻고 있는 모양이었다. 서라의 방으로 가니 문이 조금 열려 있었다. 서라는 아직 화장도 지우지 않은 모습으로 화장대 앞에 멍하니 앉아 있었다.

"다녀왔습니다."

준이 인사를 하자 서라가 딴생각에 잠긴 얼굴로 처음 보는 사람처럼 바라보다가 고개를 끄덕였다.

"늦었네?"

"네. 제비뽑기로 순서를 정했는데 뒤쪽 공연 시간을 뽑아서 좀 늦었어요."

"그래. 피곤하겠다. 얼른 가서 씻고 자."

"네, 언니. 안녕히 주무세요."

준은 서라에게 인사를 하고 자신의 방으로 들어갔다. 잠시 후, 씻기 위해 옷을 벗고 있는데 노크 소리가 들렸다. 준은 얼른 벗어던졌던 옷을 다시 주워 입고 문을 열었다. 무형이었다.

"공연 잘했어?"

"네."

"일찍 일찍 다녀. 너무 늦었잖아."

"네."

"올 때 너네 오빠들이 데려다줬어?"

무형이 놀리듯이 그렇게 물었다. 무형은 어느 순간부터 밴드 멤버들을 부를 때 너네 오빠라고 불렀다. 다분히 비꼬임이 들어간 놀리는 호칭이었는데 준은 그 말을 들으면 웃음이 나왔다. 자신이 그들에게 오빠라고 부르는 것이 마음에 들지 않는다는 기색을 숨기지 않는 그가 귀여워서였다.

"네."

준이 미소를 지으며 대답하자 무형도 씩 웃었다.

"얼른 씻고 자."

"안녕히 주무세요."

"그래."

무형은 등을 돌리고 자신의 방으로 돌아갔다. 준은 입가에 웃음을 머금은 채로 문을 닫고 그가 한 말과 표정과 목소리를 되새기며 욕실로 들어갔다. 샤워를 하고 나와 침대에 눕기 전에 드라이어로 머리를 말리고 있는데 서라가 노크도 없이 방으로 불쑥 들어왔다. 그녀는 말없이 준의 손에서 드라이어를 뺏어 머리를 말려주기 시작했다. 어릴 때는 자주 그렇게 준이 씻고 나오면 서라가 머리를 말려주곤 했다. 거울에 비친 서라의 얼굴이 조금 우울하고 기운이 없어 보였다. 그녀는 여태도 씻지 않은 그대로였다.

"저녁 맛있게 드셨어요? 나도 아주머니랑 서규 보고 싶은데."

서라가 아무 말이 없어서 준이 먼저 말을 꺼냈다.

"응."

"그러고 보니 얼굴 뵌 지도 한참 됐네요. 2월에 서규 졸업식 때 뵌 게 마지막이니까."

"엄마도 너 보고 싶어하시더라. 조만간 집에 한번 오래. 맛있는 거 해주신다고."

"이번 주는 안 되고 다음 주 주말에 갈게요. 서규 학교 적응 잘하고 있는지도 좀 점검하고."

"그래. 서규랑 전화 통화라도 자주해. 무슨 고민 같은 거 없는지 좀 물어보고."

"언니는 뭐 하고요?"

서라가 자기 동생을 준에게 떠맡기듯 말하자 준이 웃으며 물었다.

"엄마 아빠나 나한테는 도통 말을 안 하니 그렇지. 무슨 말을 물어도 시큰둥해. 이제 다 컸다 이거겠지. 그래도 너하고는 전부터 잘 통했으니까. 이럴 때 누나 노릇 좀 해."

서라는 준의 머리를 다 말리자 피곤하다는 얼굴로 침대 위로 쓰러지듯 누우며 말했다.

"알았어요."

준은 서라가 내려놓은 드라이어 줄을 돌돌 말아서 서랍에 넣으며 대답했다. 머리를 몇 번 탈탈 털고 침대로 올라가 서라의 옆에 누웠다. 서라는 잠이라도 든 듯 눈을 감고 있었다.

"언니, 이러고 있다가 그냥 자겠어요. 얼른 가서 씻고 자요."

준의 말에도 서라가 꿈쩍도 하지 않았으므로 준은 그냥 내버려 두고 어젯밤에 읽다 만 무협지를 펴 들고 읽기 시작했다.

"무형이 며칠 전에 선본 거 너 알고 있었어?"

잠이 든 줄 알았던 서라가 물었다. 준은 좀 놀란 얼굴로 눈을 감고 있는 서라를 돌아보았다.

"아니요……."

"엄청 잘나가는 집안 아가씨랑 선을 봤대. 장관 딸이라나? 그런 집안과 맺어지면 무형이 앞날은 훤하게 열리는 거야. 그쪽 사람들 미리 그런 재목이 될 만한 사람 골라서 자기 사람 만드는 거거든."

"오빠는 뭐래요?"

"그런 데 관심 없다지만 남자 중에 권력욕 없는 사람 없다고 했어. 욕심이 안 나면 바보지."

서라가 그렇게 말하며 준을 빤히 쳐다보았다. 준은 왠지 가슴이 따끔거리는 것 같아 심호흡을 한 번 했다. 마침내 늘 두려워하던 일이 현실로 다가왔다는 생각이 들었다.

"벌써 꽤 여러 번 만났나 봐. 선보고 다시 보는 건 결혼할 마음이 있다는 거잖아."

"……그렇죠."

"무형이 결혼하면 넌 어떨 거 같아? 너한테는 무형이밖에 없잖아."

서라가 그렇게 말하며 준을 지그시 바라보았다. 그 말투가 뭔가 담백하지 않고 다른 뜻을 품고 있는 것 같아 준은 저절로 미간이 좁아졌다.

"가족이라고는 달랑 무형이밖에 없는데 결혼하면 좀 서운하지 않겠어?"

준이 아무 대꾸가 없자 서라가 그렇게 덧붙였다.

"오빠 나이도 있고 이제 결혼해야죠. 어차피 결혼해야 하는 거니까…… 얼른 좋은 사람 만나서 잘살았으면 좋겠어요."

준은 거짓말을 했다. 아무것도 안 바라고 지금처럼 살 수만 있어도 행복할 것 같았다. 준은 자신의 이기심에 살짝 치를 떨었다. 저 좋자고 무형이 외롭고 고독하게 살아주길 바라다니…….

"거짓말."

서라가 콧방귀를 뀌듯 말하며 준을 슬쩍 흘겨보았다.

"거, 거짓말 아닌데……."

준이 당황한 얼굴로 변명해 보았지만 서라는 들은 척도 하지 않았다.

"너 내가 무형이 좋아하는 거 알고 있지?"

서라가 준을 빤히 쳐다보며 그렇게 말했다. 준은 놀라서 눈만 깜빡거렸다. 알고는 있었지만 대놓고 얘기하니 좀 당황스러웠다.

"무형이 좋아하면서도 괜히 어색해질까 봐 참고 숨기고 그랬는데 오늘 생각하니 다 부질없어. 그러지 말걸. 무형이 결혼할지도 모른다고 생각하니 심란해서 잠이 안 오네. 내 마음 가장 잘 이해해 줄 사람은 너밖에 없을 거 같아서 하소연해 보는 거야."

준은 어리둥절하고 조금 놀란 얼굴로 서라를 바라보았다. 그녀가 이렇게 마음을 드러낸 건 거의 처음 있는 일이었다. 자신이 그녀를 제일 잘 이해해 줄 거라고 생각할 줄은 전혀 예상하지 못했다.

"준, 너는 어때? 무형이 생판 모르는 여자랑 결혼하는 게 낫겠니, 아니면 나랑 하는 게 낫겠니?"

서라의 뜬금없는 질문에 준은 뜨악해졌다. 준의 의견 따위가 궁금해서 묻는 건 아닌 듯했다. 그녀의 표정은 왠지 쥐를 가지고 노는 고양이와 닮아 있었다. 준이 괴로워하는 것을 알고 일부러 그러는 것 같기도 했다. 물론 그럴 리는 없겠지만.

"응?"

준이 대답이 없자 서라가 재촉했다. 답을 정해놓고 묻는 말인데 선뜻 그 대답이 잘 나오지 않았다. 다른 여자랑 결혼하는 것도 서라와 하는 것도 싫었다.

"그야, 물론······ 언니랑······."

준은 또 거짓말을 했다. 자꾸 거짓말을 하게 만드는 상황이 싫어서 준은 얼굴을 찡그렸다. 그렇지 않아도 심란한데 서라가 자꾸 자신을 물고 늘어지는 것 같은 느낌이 들어 점점 더 기분이 나빠졌다.

"우리 둘이 결혼하면 너, 축하해 줄 거야?"

준은 입가에 경련이 이는 듯해서 얼른 입술을 축이며 어색하게 웃었다. 도대체 뭘 바라고 이런 질문들을 하는 것인지 알 수가 없었다.

"그, 그럼요."

"정말?"

서라가 짓궂은 표정을 지으며 은근히 준의 얼굴 가까이로 제 얼굴을 들이밀며 물었다.

"너, 여덟 살 때인가 그때 무형이 좋아한다고 했던 거 기억나?"

서라가 갑자기 옛날 얘기를 꺼냈다. 준은 미간에 힘을 주며 서라를 바라보았다.

"기억 안 나요."

"너 그때 크면 무형이랑 결혼한다고 했었어."

서라가 재미있다는 듯 깔깔 웃으며 말했다. 준은 얼굴이 달아올랐다. 그녀의 말투가 무척이나 거슬렸다. 진심을 다해 조롱하는 것처럼 들렸다.

"꼬맹이들은 원래 물어보면 다, 자기 아빠랑 결혼할 거라고 한 대요. 오빠는 나한테 아빠나 다름없는 존재였으니까 그럴 수도 있죠, 뭐."

"너 열 받았지? 조금만 놀리면 저렇게 티가 난다니까."

서라는 준의 얼굴이 빨개진 것을 보고 또 웃어 젖혔다. 그 얼굴 위로 스무 살 어린 서라의 얼굴이 겹쳐졌다. 그때도 서라는 저런 웃음을 지으며 준을 올렸다.

서라는 무형보다 나이가 한 살 많아서 1년 먼저 대학에 들어갔다. 그래서 고3인 무형을 대신해 자주 준을 봐주었다. 초등학교 1학년이던 준은 학교에서 돌아와 서라가 차려주는 저녁을 먹고 숙제를 하고 있었다.

"준은 남자친구 있니?"

준이 숙제를 하고 있는 것을 지켜보던 서라가 심심했던지 준에게 말을 시켰다. 준은 야무지게 연필을 잡고 네모 칸이 나누어진 공책에 글자를 써 넣으며 고개를 저었다.

"없어? 요즘은 유치원 때부터 남자친구 만들고 그런다는데? 그런 애 없었어?"

"다 꼬마들인걸요."

준의 무심한 대답에 서라가 웃음을 터뜨렸다.

"너도 꼬마면서, 꼬마는 싫어?"

"나는, 오빠가 좋아요."

"그래, 아무래도 꼬마들보다야 오빠가 좋긴 하지. 그래서 너는 어떤 스타일의 오빠가 좋아? 백보검? 손준기?"

"오빠요. 우리 오빠."

"우리 오빠?"

"난 크면 무형 오빠랑 결혼할 거예요."

준이 볼을 발갛게 붉히며 그렇게 말했다.

"결혼?"

"네, 오빠의 신부가 될 거예요."

"무형 오빠가 그렇게 좋아?"

"네."

"어디가 좋아?"

"웃는 모습이요."

"무형은 일 년에 한 번 웃을까 말까인데 안됐네."

"안 웃어도 괜찮아요. 안 웃을 때도 좋아요."

준은 눈을 깜빡이며 천진하게 대답했다.

"우리 꼬맹이가 나쁜 남자에게 단단히 빠졌구나."

서라가 픽, 웃으며 말했다.

"우리 오빠 나쁜 남자 아니에요. 착해요."

준이 발끈한 얼굴로 무형을 감쌌다.

"무형이 착하다고? 그건 아닌 거 같은데? 넌 어려서 잘 모르겠지만 여자는 무형 같은 남자를 특히 조심해야 해. 여자를 힘들게 하는 스타일이이거든. 그런 남자랑 결혼했다가는……."

서라는 제법 진지한 꼬마의 얼굴을 보자 장난기가 발동해 그랬는지 시답지 않은 소리를 늘어놓았다.

"오빠, 나쁜 사람 아니에요."

준이 거의 울상을 지으며 말했다.

"넌 무형을 안 지도 얼마 안 됐잖아. 난 너보다 훨씬 오래전부터 봐왔으니까 내가 무형에 대해 더 잘 안다고 봐야지."

"언니보다 우리 엄마가 무형 오빠를 더 잘 알아요. 엄마니까요. 엄마도 무형 오빠가 착하다고 했어요."

준은 지지 않고 대꾸했다. 금방 울 듯이 눈에 눈물이 그렁그렁 맺혔다.

"세상 엄마들은 다 그래. 자기 자식은 다 착하다고 우긴다고."

"우리 엄마는 거짓말 안 해요."

준은 제법 매섭게 쏘아붙였다.

"무형이 착하지 않다는 증거를 대볼까? 너 데리고 있기 싫어서 고아원에 보내려고 했잖아. 지금도 너한테 잘해주지도 않고. 착한 사람이었으면 그러지 않았을걸?"

서라는 어린아이가 상처를 받든 말든 심술궂은 얼굴로 그렇게 말했다. 준의 눈에서 눈물이 흘러 동그란 볼을 타고 뚝뚝, 떨어졌다.

"진짜 울면 어떡해? 장난친 거 가지고. 그래, 뭐. 무형이 착하다고 치자. 아니, 착해."

서라는 준이 우는 것을 보고 싶었던 사람처럼 그제야 웃으며 휴지를 뽑아 건네주었다.

"언니가 안 착해요."

준은 서라가 내민 휴지를 무시하고 손등으로 눈물을 닦으며 그렇게 말했다.

"네가 아직 어려서 사람 볼 줄 몰라서 그렇지 언니야말로 엄청 착해."

"흥!"

서라의 말에 준은 콧방귀를 뀌었다.

"정말이래도. 이 황금 같은 금요일 저녁에 나를 희생하며 너 같은 꼬맹이를 돌보고 있는 것만 봐도 모르겠니?"

"치, 오빠한테 잘 보이고 싶어서 그러는 거 누가 모를 줄 알고."

준이 혼잣말처럼 중얼거렸다.

"뭐?"

"착하지도 않으면서 착한 척하고!"

"어쭈?"

"언니도 오빠 좋아하니까 나 괴롭히는 거 다 알아요."

"이 꼬맹이 좀 보게, 누가 누굴 좋아해? 그리고 내가 언제 널 괴롭혔니?"

서라는 정곡을 찔린 듯 얼굴이 벌게져서 준을 쏘아보았다.

"오빠는 언니처럼 힘없는 어린이를 괴롭히는 사람을 좋아할 리 없어요."

준은 운 것이 분해서 입술을 앙다물며 서라를 마주 쏘아보았다.

"너 같은 꼬맹이를 좋아할 리도 없을걸?"

"언니처럼 나이 많은 여자를 좋아하지도 않을걸요?"

"야, 야. 겨우 한 살 많아. 개월 수로 따지면 6개월 차이도 안 난다고."

서라는 흥분해서 그렇게 소리치고 나서 자신이 너무 오버했다는 것을 깨달았는지 헛기침을 했다.

"그래, 꾸라고 있는 게 꿈인데 꿈도 못 꾸겠니, 나도 너만 할 때는 원빈느님과 결혼할 수 있다고 생각했으니까."

"나는 꼭 오빠랑 결혼할 거예요."

"너랑, 무형이랑 나이 차이가 몇인데? 그리고 오빠랑 결혼하는 사람이 어딨어?"

서라의 반박에 거기까지는 미처 생각을 못해봤던 준은 갑자기 풀이 죽어 시무룩한 얼굴이 되었다.

"아이, 뭐. 친남매도 아니고 열한 살 정도의 나이 차는 얼마든지 극복할 수 있으니까 그렇게 절망할 필요는 없어. 그런 문제보다는 무형이 너를 신붓감으로 볼 리가 없다는 게 문제지."

준이 아무리 조숙하고 똑똑해도 어린아이는 어린아이인지라 서라를 말로 이길 수는 없었다. 준도 그것을 깨닫고 억울하고 분한 나머지 서라를 있는 힘껏 노려보았다.

"눈 똑바로 떠. 누가 어른한테 그렇게 도끼눈을 해? 자꾸 그렇게 버릇없이 굴면 따끔하게 혼날 줄 알아."

"오빠한테 다 이를 거예요. 다시는 언니 여기 오지 못하게 할 거예요."

준은 전혀 기죽지 않고 여전히 그녀를 노려보며 말했다.

"뭘 일러? 내가 뭘 어쨌기에?"

"혼낸다고 했잖아요."

"혼낸다고 했지, 혼을 낸 건 아니잖아."

"그러니까 혼내면요."

"기가 막혀."

서라는 준을 위아래로 훑어보며 혀를 찼다. 준도 지지 않고 그녀를 쏘아보았다.

"꼬맹이, 오늘 나눈 얘기는 우리 둘만의 비밀로 하자. 너 무형 오빠 좋아한다며? 그럼 힘들게 하면 안 되겠지? 우리가 잘 지내야 오빠가 공부에 집중할 수 있고, 그래야 시험도 잘 보지 않겠어?"

서라가 준과 눈싸움을 하다가 상대가 어린아이라는 것에 생각이 미쳤는지 갑자기 얼굴에 온화한 미소를 지으며 말했다.

"난 혼자서도 잘할 수 있는데…… 오빠가 나 걱정하느라 공부 못하면 안 되니까요."

준은 하는 수 없다는 듯 그렇게 대꾸했다. 서라가 집에 오는 것이 싫었지만 무형을 위해서 참기로 했다.

"그래, 우리 무형 오빠를 위해서 사이좋게 지내도록 하자. 싸움은 나중에 커서 해도 늦지 않으니까, 알겠지?"

서라가 화해의 뜻으로 손을 내밀었다. 준은 여전히 그녀를 불신의 눈으로 바라보다가 한 번 봐주기로 하고 손을 뻗어 그녀의 손을 잡았다가 놓았다. 그 이후로도 두 사람은 자주 무형이 보지 않는 곳에서 그런 비슷한 기 싸움을 하곤 했다. 어찌 된 일인지 서라

는 준과 둘이 있으면 정신 연령이 준과 비슷해져서 제법 싸움이
되었다.

준이 옛날 생각에 잠겨 있는데 눈을 감고 누워 있던 서라가 침
대에서 벌떡 일어났다.

"나도 이제 지켜보기만 하지 않을 거야. 어색한 사이 될까 겁내
다가 다른 여자 좋은 일 시키게 생겼잖아."

그녀는 스스로에게 말하듯 그렇게 중얼거린 후 준을 바라보았
다.

"너도 도와."

"뭘요?"

"너도 무형이 다른 여자랑 결혼하는 거보다 나랑 하는 게 낫다
며? 나랑 무형이 결혼할 수 있도록 도우라고. 시큰둥하지 말고."

"내가 돕고 말고 할 게 뭐 있어요. 오빠가 내 말 듣는 사람도 아
니고."

"물론 남의 말 듣는 사람은 아니지만 그래도 옆에서 바람도 좀
넣고, 분위기를 몰고 가면 안 하는 것보다는 낫겠지."

"오빠한테는 그런 거 아무 소용없을 거 같은데……."

"무형이가 안 그러는 거 같으면서도 네 의견을 꽤 중요하게 여
기는 것 같더라고."

"……."

"너 괜히 무형이 신경 쓰이게 하지 말고 얌전히 지내. 엉뚱한 생

각하지 말고."

서라가 방을 나가기 전에 준의 볼을 잡고 흔들며 그렇게 말했다. 준은 뜨끔해서 그녀를 쳐다보았다. 마치 준이 무형을 좋아하는 것을 알고 경고라도 하는 듯한 말투였다. 준은 괜히 열이 받아서 그녀가 닫고 나간 문을 한참 동안 노려보다가 이불을 머리끝까지 뒤집어썼다.

무형이 결혼을 할지도 모른다니. 그녀는 현실을 부정하듯 고개를 저었다.

3

연습실에 도착하니 웬일로 경호와 동영이 미리 나와 있었다. 그들은 뭔가 심각한 얼굴로 대화를 나누고 있다가 준이 들어서자 움찔 놀랐다.

"어서 와. 덥지? 이리로 와."

동영이 얼른 표정을 바꾸고 선풍기 앞으로 준을 불렀다. 아직 5월인데 벌써 날씨가 여름 같았다. 지상으로 난 작은 창문도 활짝 열려 있고 환풍기가 열심히 돌고 있었지만 지하실의 공기는 눅눅하고 곰팡이 냄새가 났다. 온도나 습도에 예민한 악기들 때문에 봄부터 에어컨을 켜서 온도를 맞추려고 애를 썼지만 기계가 오래된 것이라 제 기능을 다 발휘하지 못하고 있었다. 결벽증이 있는 경호가 매일같이 쓸고 닦고 해도 지하실 특유의 눅눅한 냄새는 잘 없어지지 않았다.

준은 겉에 입고 있던 얇은 남방을 벗어 옷걸이에 걸고 선풍기 앞으로 가서 앉았다. 그러는 동안 동영과 경호는 소파에 기대며 잠깐 사이에 깊은 생각에 잠기는 표정이 되었다. 연습실에 와서 악기도 제쳐 두고 말없이 앉아 있는 일은 아주 드문 일이라 준은 의아해졌다. 분위기가 다른 날과 달랐다.

"무슨 일 있어요?"

준은 손부채질을 하며 누구에게랄 것 없이 물었다. 두 사람이 동시에 고개를 가로로 저었다.

"뭔데요?"

"별일 아니야. 넌 몰라도 돼."

동영이 말하자 경호가 고개를 끄덕였다.

"별일 아닌데 왜 그렇게 심각해요?"

준이 더욱더 의아해져서 몸을 그들 쪽으로 기울이며 물었다. 그러자 경호가 갑자기 자리에서 벌떡 일어나더니 준을 향해 말했다.

"그러지 말고, 준. 오늘은 그만 가봐. 오늘은 연습 안 할 거야."

"예? 오늘 레퍼토리에 넣을 새 곡 연습한다고 늦지 말라고 하셔 놓고."

준이 눈이 둥그레졌다.

"오늘 연습은 취소됐어. 준, 내가 버스 타는 데까지 데려다줄 테니 얼른 나가자."

동영도 로봇처럼 어색한 말투로 지껄이며 자리에서 일어났다. 준은 몹시 찜찜한 생각이 들어 두 사람의 표정을 번갈아 바라보았다.

"빨리 얘기 안 해주면 저 정말 삐져요. 무슨 일인지 얼른 말해주세요."

준이 화난 얼굴로 으름장을 놓자 경호는 난감한 얼굴로 뒷머리를 긁적이며 도로 자리에 주저앉았다.

"그러게 오지 말라고 얼른 전화하라니까."

경호가 원망하듯 동영에게 눈을 흘겼다.

"막 전화하려는데 벌써 온 걸, 난들 어떡해."

두 사람의 대화를 듣고 있던 준은 허리에 손을 얹으며 앞머리를 바람을 불어 훅 날렸다.

"그래, 준이도 어차피 알게 될 텐데, 말합시다. 사실은 말이야……."

동영이 말을 꺼내자 경호가 시무룩한 얼굴로 피하듯이 자리에서 일어나 싱크대 앞으로 가서 깨끗이 씻겨 있는 컵들을 괜히 뒤적거리며 딴청을 피웠다.

"이런 것까지 알게 하고 싶지 않았는데…… 아까 건물주가 왔다 갔어."

"왜요? 시끄럽다고 뭐라고 해요?"

"아니, 그게 아니고……."

동영이 뜸을 들였다. 준은 괜히 긴장이 되어 침을 꿀꺽 삼키며 그의 얼굴을 바라보았다.

"월세를 안 내면 쫓아내겠대……."

동영이 말했다. 준은 내심 안도의 숨을 내쉬었다. 뭔가 해결할 수 없는 심각한 문제가 발생한 줄 알았다. 팀을 해체해야 하는 수준의 문제는 아닌 것 같아 일단 안도했다.

"참, 오빠들이 너한테 부끄럽다. 이런 꼴을 다 보이고."

"저한테 부끄러울 게 뭐 있어요. 우리 공연하는 거 수입이야 뻔한데."

준이 나무라는 투로 말했지만 사실 이 정도로 심각할 줄은 몰랐다. 그동안 공연비 받으면 용돈도 주고 그래서 그냥저냥 꾸려 나갈 형편은 되는가 보다 했다.

"아줌마가 3시까지 다시 온대. 그러니까 넌 가봐. 그런 거 너까지 볼 거 없어."

경호가 다시 소파로 돌아와 털썩 주저앉으며 말했다. 벽에 걸린 시계를 보니 2시 50분이었다.

"저도 같은 팀인데 왜 자꾸 열외를 시키려고 하세요?"

준이 불만 어린 얼굴로 말했다.

"아줌마가 성질이 되게 불같아. 무서워. 여기 원래 세 내놔도 사람도 안 들어오는 데라 아저씨는 놀리느니 우리라도 쓰라고 한 건데 아줌마한테 그 얘기 하니까 펄펄 뛰시더라."

건물주 아저씨가 몇 달 전에 병원에 입원을 하면서 대신 그 아내가 건물 관리를 맡게 된 것이 일의 원인이라고 했다. 하지만 진짜 일의 원인은 그들이 세를 내지 않았다는 데 있었다.

"3시까지 오신다고 했으면 얼른 돈을…… 제가 얼른 은행에 다녀올게요."

그들이 그렇게 넋 놓고 있는 것은 돈을 구할 수 없어서라는 것을 문득 깨달았다. 준이 가방을 집어 들며 일어서려고 하자 동영과 경호가 동시에 손을 뻗어 그녀의 팔을 잡아 앉혔다.

"아냐, 너한테 그런 폐를 끼칠 수는 없지. 사실은 합주실 없는 밴드들도 많아. 우리가 그동안 사치를 좀 부렸지. 대부분 일주일에 몇 시간 합주실 대여해서 쓰거든."

"합주실 없어도 그만이야."

경호와 동영이 입이라도 맞춘 듯 그렇게 말했다.

"말도 안 돼요. 맨날 여기 집처럼 드나드시면서."

"그게, 사실은…… 그래 봐야 소용없어. 월세가 열 달 넘게 밀렸거든. 그거 다 낸다고 해도 계속 여기 있을 형편이 안 되니까 어차피 나가야 해. 재이 형이 어떻게 구해본다고 나갔는데 굶어 죽어도 누구한테 돈 같은 거 빌리고 이런 건 못할 사람이라 기대할 것도 없어."

"그 정도면 제가 어떻게 마련해 볼 수 있어요."

준이 다시 한 번 말했지만 두 사람 다 고개를 저었다.

"네가 오기 전에 진 빚이야. 그렇지 않다고 해도 너한테 그런 부담 지울 수 없고. 정 어려우면 말할 테니까 넌 그냥 있어. 그리고 어차피 나가야 하니까 굳이 오늘 돈 줄 필요도 없고."

경호의 말에 준은 하는 수 없이 다시 자리에 앉았다. 하기는 무형이나 서라에게 돈을 빌리지 않는 이상 자신이 당장 마련할 수 있는 돈으로는 1년 치 월세를 내기에도 빠듯할 것이다. 무형이 주는 용돈을 쓸데가 별로 없어 모아놓은 돈이 그저 얼마간 있을 뿐이었다.

그들이 각자 우울한 얼굴로 생각에 빠져 있을 때 흡음재가 꼼꼼히 붙어 있는 묵직한 출입문이 힘차게 밀리며 깡마르고 신경질적으로 보이는 중년 여자가 안으로 들어섰다. 벽시계가 정확히 3시를 가리키고 있었다. 혹시 문밖에서 시계를 보며 기다리고 있었던 게 아닌가 싶게 정확했다.

그녀는 어디서 청소를 하다가 왔는지 군데군데 물에 젖은 앞치마를 입고 소매를 걷어 올려 나뭇가지 같은 팔뚝을 드러내고 있었다. 공격적인 눈빛에 미간에는 깊은 주름이 져 있고 문신한 눈썹 산이 어찌나 가파른지 굳이 인상을 쓰지 않아도 화가 머리끝까지 나 있는 것 같은 얼굴이었다. 그녀의 엄청난 기세에 준은 저도 모르게 경호의 뒤로 한발 물러섰다. 멤버들이 왜 겁을 먹었는지 알만했다.

"돈 못 구했지? 오늘 자로 여기는 출입금지고 여기 있는 악기는 밀린 돈 마련해서 가져가."

주인 여자는 다짜고짜 그렇게 말했다.

"악기를요? 저희가 악기가 있어야 공연을 하고 공연을 해야 돈을 벌고, 돈을 벌어야 밀린 세를 갚을 거 아니에요. 악기를 못 가져가게 하시면 어떻게 합니까?"

경호가 얼굴이 벌게져서 따졌다.

"공연인지 뭔지 때려치우고 노가다라도 하면 되잖아. 지금까지 공연해서 돈 못 벌었잖아. 그러니 이런 꼴이 났지. 사지 멀쩡한 젊은이들이 맨날 노닥거리면서 기타나 퉁땅거리고 있으니 어디서 돈이 나와? 나가서 다른 일을 해. 그래서 갚아."

여자는 단호한 어조로 말했다.

"악기를 가져가지 말라고 하시는 건 저희 생계를 막겠다는 거나 마찬가지예요. 돈은 곧 마련해 드릴 테니 며칠만 더 기다려 주세요."

"여러 말 하기 입 아파. 1년이나 월세를 안 낸 사람들 말을 내가 믿을 거 같아? 경찰에 고소하지 않은 것만도 다행으로 알아."

"아주머니, 월세 안 낸 건 죄송한 일이지만 남의 직업을 그만두라 마라 하실 권리는 없으시잖아요. 사람이 돈이 없다고 인격까지 없는 건 아니에요."

준이 참다못해 여자에게 화를 내며 따졌다.

"인격? 인격적인 대우 받고 싶거든 돈 갖고 와. 얼마든지 인격적으로 대해줄 테니까."

여자가 한껏 비웃었다. 준이 모욕감을 느끼며 얼굴이 붉어져서 다시 따지려고 앞으로 한발 나서는데 경호와 동영이 뜯어말렸다.

"아주머니, 여기 돈 있습니다."

그들이 한참 옥신각신하고 있는데 주인 여자의 뒤에서 차분한 목소리가 들려왔다. 그 목소리가 험악한 분위기와 너무 동떨어지게 조용하고 말의 내용이 또한 주의를 끌기에 충분해서 일순 모두 입을 다물고 목소리가 들린 쪽을 쳐다보았다. 거기에는 말끔한 더블슈트 차림을 한 재이가 손에 흰 봉투를 들고 서 있었다. 싸우다 보니 그가 돌아온 것을 아무도 알아채지 못했다.

"받으세요. 돈 드렸으니 저희 이제 인격적으로 좀 대해주십시오."

재이가 아주머니를 향해 봉투를 내밀며 정중히 말했다. 아주머니는 반신반의한 얼굴로 봉투를 받아 그 속에서 수표를 반쯤 꺼내 개수를 세어보았다.

"너무 많은데?"

아주머니가 확연히 부드러워진 목소리로 다시 수표를 확인하듯 세어보더니 말했다.

"밀린 세 하고 나머지는 일 년 치 미리 드리는 거예요."

"미리 낸다고?"

주인 여자는 물론 나머지 멤버들도 놀라서 눈이 휘둥그레졌다.

"형. 미리 낼 것 없어. 이렇게 감정 상했는데 여기 계속 있을 수 있겠어?"

동영이 아주머니 손에 들린 돈 봉투를 도로 뺏으려 하며 말했다. 하지만 아주머니는 얼른 손을 뒤로 감추며 고개를 저었다.

"지불했으면 그만이야. 그깟 감정이 뭐 그렇게 중요해? 내가 괜한 트집 잡고 괴롭힌 거 아니잖아. 나도 세만 제때 내면 간섭 안

해. 여기 건물 사람들, 다 착해서 어디 시끄럽다고 항의 한 번 한 적 있어? 이 월세에 이만한 환경 찾기 힘들다는 거 알잖아. 돈 냈으니 일 년은 그냥 살어. 일 년 지나서 세 못 내면 그때 나가든지."

주인 여자는 한 번 자신에게 들어온 돈은 절대 다시 내놓지 않겠다는 신념을 가진 것이 분명했다. 또 그들을 내쫓아봐야 세 들어올 사람을 구하는 것도 쉽지 않다는 것을 알고 있을 것이다.

"계단 청소 좀 자주 하고, 밤 10시 이후에는 되도록 합주인지 뭔지 좀 자제해 줘. 선불 영수증은 내 이따가 써서 보내줄게."

아주머니는 아무도 생각 못한 영수증 얘기까지 덧붙이고 더 있으면 누가 돈을 뺏어갈 것 같았는지 서둘러 나가 버렸다. 아주머니가 사라진 연습실 안에서는 한참 동안 선풍기 돌아가는 소리만 들렸다.

"형, 어떻게 된 거예요. 그 많은 돈을 도대체 어디서 구했어요?"

경호가 걱정이 가득한 얼굴로 먼저 입을 열었다. 재이는 아무 대답 없이 슈트 재킷을 벗어 소파에 던지고 냉장고 문을 열어 생수병을 꺼냈다. 준은 그의 목울대가 위아래로 움직이는 것을 궁금한 얼굴로 바라보았다.

"나가자. 오늘 먹고 싶은 거 배 터지게 먹게 해줄게. 준, 뭐 먹고 싶니?"

재이가 넥타이를 느슨하게 풀며 그렇게 말했다.

"형!"

경호가 울상을 하고 재이를 불렀다.

"왜?"

"돈 어디서 났느냐고요?"

"어디서 났으면 왜? 훔친 거 아니니까 걱정 마."

"어떻게 걱정을 안 해요. 설마 사채 이런 거 빌린 건 아니죠? 그건 정말 아니에요. 사채가 얼마나 무섭냐 하면……."

"정말 알고 싶어?"

재이가 경호의 말허리를 끊으며 그렇게 물었다. 경호와 동영이 고개를 끄덕였다.

"남우클럽 사장이 빌려줬어."

재이의 말에 동영과 경호가 경악한 얼굴로 그를 바라보았다. 남우클럽이라면 이름이 꽤 알려진 밴드들만 그 무대에 설 수 있는 시내에서 규모가 제일 큰 클럽이었다. 예전에 어떤 유명한 밴드가 공연 시간에 30분쯤 늦는 바람에 가까이에 있던 그들이 막간에 시간 때우기로 한 번 무대에 선 적이 있었다. 그때 준도 그 여사장을 보았다. 나이가 재이의 막내 이모뻘쯤 되어 보이는 늙은 여자였다. 그때 그 여자가 재이를 바라보던 담백하지 못하던 시선이 갑자기 떠올랐다.

대부분의 여자들이 나이와 상관없이 재이를 보면 추파를 던지는 것은 일상적인 일이었다. 세상 미남들 중에도 여러 종류가 있겠지만 그중에 재이 같은 사람은 좋게 말하면 친근해 보이고 나쁘게 말하면 쉬워 보이는 남자에 속했다. 그는 유혹하면 언제든 넘어올 것처럼 보였고 실제로도 그랬다.

"그 아줌마가 순순히 돈을 빌려줘요?"

경호가 물었다. 재이가 고개를 끄덕였다.

"아무 담보도 없이?"

"그 아줌마 장사하는 사람이야. 장사꾼이 담보 없이 돈 빌려주는 거 봤어?"

재이가 대답했다.

"형이 담보로 잡힐 게 뭐가 있어요?"

경호가 다그치듯 물었다. 동영도 뭔가 미심쩍은 얼굴로 재이를 바라보았다.

"내 몸."

재이가 달려들어 묻는 사람들의 심각한 얼굴과는 대조적으로 심드렁하게 대꾸했다. 그의 표정으로는 그가 농담을 하는지 진담을 하는지 알아낼 수가 없었다.

"농담하지 말고요."

동영이 역정을 냈다. 재이는 대꾸하기 귀찮다는 파리 쫓듯 손을 내저으며 먼저 연습실을 나갔다. 세 사람은 서로의 얼굴을 쳐다보다가 그 뒤를 따라갔다. 그들은 고기를 먹으러 가서 낮부터 술을 마셨다. 모두 기분이 울적했으므로 별말 없이 고기를 굽고 서로의 잔에 술을 채워주고 각자 알아서 마셨다. 누가 강제로 마시라고 권하지 않았지만 준도 제 앞에 놓인 소주잔이 채워지면 알아서 술잔을 비웠다.

"우리는 잘 될 거야. 지금은 이래도 언젠가는 그저 좋아하는 걸

했을 뿐인데 먹고살 만큼 돈도 벌리고 무대 가려가며 노래하는 때가 분명 올 거라고."

동영이 어느 정도 술기운이 돌자 누구에게랄 것도 없이 그렇게 말했다. 준은 고개를 끄덕이고 말없이 술잔을 비웠다. 소박하고 좋은 꿈이었다. 좋아하는 일을 즐겼을 뿐인데 돈이 벌려서 다른 걱정하지 않고 계속 좋아하는 일을 하며 살게 된다면 축복받은 인생일 것이다.

"준. 그래서 말인데 객원 보컬 말고 정식으로 우리랑 같이하는 건 어때? 우리 계속 이렇게 이름 없는 밴드로 남아 있지 않을 거라는 거 내가 약속할게."

재이가 진지한 목소리로 말했다.

"군대 가신 분은 어쩌고요?"

준이 장난스럽게 물었다.

"걔도 같이하고. 걔가 원래 노래도 하고 기타도 치고 하는 애거든. 얼마든지 같이할 수 있어. 너 들어오고 사실은 우리 밴드가 색깔이 좀 확실해졌다는 소리도 많이 들었고 그래서 그런지 인지도도 꽤 올라간 거 같고 호응도 좋아졌어. 너도 느끼지? 처음과는 확실히 달라졌잖아. 지금, 우리."

"글쎄요. 제가 들어와서 그런 건 아니겠지만 말씀이라도 감사합니다. 하지만 처음 약속한 대로 앞으로 1년만 더 하고 그만 둘래요. 오빠랑도 그렇게 약속했고 저도 디자인 쪽 공부 그만둘 생각 없어서요."

"그 일도 하고 이 일도 하면 되지."

"두 가지 일을 하는 건 힘들어서 못해요. 무대에 서는 거 놀러 나온 듯이 즐겁게 하니까 지금은 그냥저냥 하고 있지만 직업으로 삼기에는 버거울 거 같아요. 저는 원래 혼자 작업하는 직업 가지고 싶거든요. 사람은 최소한만 상대할 수 있는 그런 직업이요."

"참, 신기하네. 너 무대에서 노래하는 거 보면 이 직업이 천직인데."

재이가 고개를 갸웃거렸다.

"농담 마세요."

준이 웃자 재이가 아니라고 손사래를 쳤다.

"아무튼, 아직 시간 많으니까 천천히 더 생각해 봐. 그런 재능 썩히면 벌 받는다. 나는 너 계속 우리랑 같이 갔으면 좋겠어. 진짜로."

재이가 심각한 어조로 말하더니 자리에서 일어나 밖으로 나갔다. 아마 담배를 피우러 가는 듯했다.

"저 사람, 너 좋아하는 것 같아."

재이가 나간 문을 턱짓으로 가리키며 경호가 장난스럽게 말했다. 준은 말도 안 된다며 웃었다.

"정말이라니까."

경호가 확신한다는 듯 눈을 크게 떴다. 준이 본 바로는 재이는 예쁜 여자는 다 좋아하는 것 같았다. 그런 사람이 혹시 좋아한다면 좀 예쁘다는 뜻이니까 기분 나쁠 건 없었다. 물론 경호의 말을 믿는 것은 아니었지만.

"저 형 가끔 저러거든. 뭔가에 느닷없이 꽂혀서 혼자 좋아하고 혼자 행복해하고 그러다가 어느새 시들해지고. 그러니까 혹시나 이상한 낌새가 느껴져도 긴장하거나 놀라지 마. 저 사람 취미 생활한다고 여기면 돼."

"그냥 신경 쓰지 않으면 되는 거죠?"

"그렇지."

경호가 웃으며 고개를 끄덕였다. 옆에서 술에 취해 고개를 푹 꺾고 혼자만의 세계에 빠져 있던 동영이 잠에서 깬 듯이 고개를 번쩍 들었다. 그는 눈을 껌뻑거리며 자신이 어디에 있는지 알아내 겠다는 듯 한가한 식당 안을 살피다가 비틀거리며 일어나 화장실 로 들어갔고 담배를 피우러 갔던 재이가 돌아왔다.

"준, 생각보다 술 엄청 세다?"

그는 술잔을 비우고 있는 준을 바라보다가 한마디 했다.

"내일 죽었어요."

준이 토하는 시늉을 하며 웃었다.

"너무 많이 마시지 마. 오빠 걱정하시니까."

재이가 말했다.

"12시는 되어야 퇴근하신다며? 얼른 먹고 가서 자고 있으면 모 르지 뭐. 자, 그런 의미로 얼른 마시자."

경호는 준에게 잔을 내밀며 말했다. 준은 경호의 잔에 제 잔을 부딪치며 웃었다. 술잔 속에 그의 얼굴이 어른거렸다. 요즘에는 그를 떠올리기만 해도 마음이 저리는 기분이 들었기 때문에 준은 되도록 그를 생각하지 않으려고 애썼다.

서라에게 무형이 선을 봤다는 얘기를 들은 지 며칠이 지났지만 그는 여전히 준에게 선에 대한 얘기는 한마디도 하지 않았다. 물론 그것 때문에 화가 난 건 아니었다. 사실 왜 화가 났는지도 잘 몰랐다. 그리고 정말 이 복잡한 감정을 화라고 단정 지을 수 있는지도 잘 알 수가 없었다. 그녀는 며칠 동안 계속해서 답답하고 슬프고 무기력한 기분을 느꼈다. 밥맛도 없고 잠도 잘 오지 않았다.

원인이 무엇인지는 알지만 해결할 방법은 없었다. 그저 참고 견디는 수밖에. 그냥 사랑이라면 고백이라도 해볼 수 있는데 이건 그런 마음이 있다는 것조차 숨겨야 하니 환장할 것 같았다. 준은 고개를 젓고 무형의 생각을 머릿속에서 몰아내기 위해 얼른 술잔을 비웠다.

그들은 자리를 술집으로 옮겨 저녁 여덟 시까지 함께 있다가 헤어졌다. 경호는 많이 취한 동영을 데리고 먼저 떠났고 준과 재이는 대로변에 서서 택시를 기다렸다. 택시가 그들 앞에 멈추자 준이 올라타며 혼자 갈 수 있다고 했지만 재이는 무시하고 준을 옆으로 밀며 차에 올랐다.

"술까지 마시고 혼자 가겠다고?"

재이가 택시기사에게 목적지를 일러준 후 나무라듯 말했다.

"이른 시간이라 괜찮아요."

"대낮이라도 안 돼."

재이의 얼굴이 사뭇 진지해 보여서 준은 창밖으로 시선을 돌리며 웃었다. 왼쪽 뺨에 그의 시선이 느껴졌다. 신경이 쓰였지만 모르는 척했다. 경호의 말이 맞는다면 그는 지금 취미 활동을 하고 있는 중이다. 취미 활동 독려 차원에서 얼굴 한쪽 정도는 맘껏 보라고 양보해 줄 수 있었다.

"준, 너는 가난에 대해 어떻게 생각하니?"

창틱에 팔꿈치를 괴고 거의 졸다시피 하고 있을 때 재이가 물었다. 준은 자꾸 내려오는 눈꺼풀을 억지로 들어 올리며 그를 돌아보았다.

"예?"

"물론 가난한 걸 좋아할 사람은 없겠지만…… 너도 싫겠지? 돈 없이 사는 거 말이야."

"부자로 살고 싶은 건 아니지만 돈 때문에 늘 곤란을 겪으며 산다면 비참할 거 같기는 해요."

그는 가끔 엉뚱한 질문을 잘했으므로 준은 그러려니 하고 별생각 없이 대꾸했다.

"가령 오늘 우리처럼 말이지?"

재이가 웃으며 말했다. 꼭 오늘 일을 떠올리고 그런 말을 한 건 아니었지만 그렇게 들렸을 것 같았다.

"죄송합니다."

준이 재깍 사과했다.

"죄송하긴 뭘. 당연한 얘기지."

"저 근데, 궁금한 거 있는데 여쭤봐도 돼요?"

준이 낮에 있었던 일을 떠올리며 물었다. 재이가 고개를 끄덕였다.

"아까요. 남우클럽 사장님 말이에요."

준이 선뜻 묻지 못하고 뜸을 들이자 재이는 재미있다는 듯 준을 빤히 바라보았다.

"말해."

"그러니까 돈을, 정말 리더님을 담보로 빌려주신 거예요?"

"그렇다니까."

"그 말인즉, 그러니까…… 아니, 사채업자도 아니고 누가 사람 몸을 담보로 돈을 빌려줘요. 그럼 돈 못 갚으면 장기라도 팔겠다는 거예요, 뭐예요? 그 아줌마 정말 웃기는 아줌마 아니에요? 돈 좀 있으면 다 그렇게 괴물이 되는 건가?"

준은 갑자기 열이 받아서 소리쳤다.

"자식, 그런 담보가 아닌 거 알면서 순진한 척하기는."

재이가 씩 웃으며 그렇게 말했다. 준의 얼굴이 창백해졌다. 그럼 자신이 의심하던 바로, 그 담보란 말인가. 준은 갑자기 속이 울렁거려서 얼른 차창 문을 내려 찬바람을 쐬었다. 아무리 그래도 몸을 팔다니…….

"왜, 꿀 먹은 벙어리야?"

재이가 팔짱을 끼고 곁눈질로 준의 표정을 살피며 물었다. 준은 그의 시선을 피하며 아무 대꾸도 하지 않았다. 정말이라면 이건 보통 심각한 문제가 아니었다. 그런 짓을 하는 사람과 같은 팀을 할 수는 없다. 아니겠지. 재이가 그런 쓰레기 같은 짓을 할 리는 없다고 도리질을 하는 순간 재이가 물었다.

"너, 지금 나 쓰레기라고 생각하고 있지?"

준은 입을 꼭 다물고 도리질을 했다. 재이가 비웃으며 눈을 가늘게 떴다.

"농담이야. 누가 나 같은 사람을 담보로 돈을 빌려줘?"

재이가 준의 심각한 얼굴을 보더니 웃으며 말했지만 준은 전혀 믿을 수가 없었다. 그가 원하면 기꺼이 그렇게 해줄 사람은 얼마든지 있을 것 같았다. 가령, 남우클럽의 여사장이라든지, 그를 따라다니는 고급차를 끌고 다니는 직업이 수상한 아가씨라든지.

"우리 누나한테 빌렸어. 내가 음악 한다고 이러고 다녀서 가족들하고 연락 끊고 살았거든. 그래도 급한 일 생기면 누나밖에 말할 데가 없어서 전화했지 뭐. 누나가 숙박업소 하는 남자하고 결혼했는데 요새 그 사업이 호황인가 봐. 선뜻 빌려주더라. 근데 이렇게 도와주고 나면 자꾸 간섭하려고 들어서 되도록 도움 안 받으려고 하는데 오늘은 어쩔 수 없었지, 뭐."

준이 안 믿는다는 것을 눈치챘는지 재이가 길게 변명을 했다.

"아니, 그러면 그렇다고 말씀하시면 되잖아요. 남우클럽 여사장 얘기는 왜 하신 거예요?"

"누나한테 빌렸다고 하면 모양 빠지잖아. 그리고 애들 놀려먹는 것도 재미있고."

재이가 재미있다는 듯 낄낄 웃었다. 준은 입을 반쯤 벌리고 그런 재이를 한심하다는 듯 바라보다가 그와 눈이 마주치자 얼른 고개를 돌렸다.

"순진한 녀석."

재이가 준의 머리를 콩 쥐어박으며 혀를 끌끌 찼다. 준은 이마를 찡그리고 재이를 건너다보았다. 순진하다는 것이 처음의 거짓말을 믿은 것을 두고 하는 말인지 지금의 말을 믿는 것을 두고 비웃는 말인지 헷갈렸던 것이다.

"그나저나 오빠 들어오시기 전에 얼른 들어가서 씻고 자. 들키지 말고."

재이는 준을 집으로 들여보내기 전에 눈을 찡긋하며 당부를 잊지 않았다.

집으로 들어와 막 샤워를 하고 나왔을 때 휴대폰이 울렸다. 준은 목욕 가운을 여미며 전화기를 집어 들었다. 조금 전에 헤어진 재이였다.

"네, 리더님."

[가다가 약국이 보여서 말이야. 너 아침에 숙취 있다며. 약 샀다.]

"어, 안 그러셔도 되는데……."

준은 약간 당황해서 더듬거렸다. 술집에서 경호가 하던 말도 떠오르고 심경이 좀 복잡해졌다.

[내일 아침부터 연습 있는 거 알지? 새 노래 익혀야 하는데 네 컨디션 나빠서 연습 망칠까 봐 그래.]

"숙취 생길 정도로 많이 마시지 않았는데…… 아무튼, 알겠습니다. 금방 내려갈게요."

[집 몇 층이야? 내려오기 귀찮으면 내가 올라가서 얼른 주고 갈게.]

"아니에요. 제가 내려갈게요."

[지금 혼자 있니?]

"……네, 왜요?"

[그럼 내가 갈게. 지금 엘리베이터 안이야. 몇 층이야?]

"아니, 괜찮은데. 제가……."

[얼른 말해. 안 잡아먹어.]

"9…… 층이요."

준의 말이 끝나자 대답도 없이 전화가 끊겼다. 너무 순식간의 일이라 겨우 정신을 차린 준은 깜짝 놀라서 목욕 가운을 벗고 속옷을 꺼내 급히 입기 시작했다. 머리에 감고 있던 수건이 떨어지며 젖은 머리가 얼굴로 흘러내렸다. 급히 손에 잡히는 대로 옷을 꿰어 입고 머리를 그러모아 대충 묶고 있는데 벌써 초인종이 울렸다.

초인종을 누른 후 조금 기다리자 곧 문이 열리고 볼이 발그레하게 달아오른 준의 얼굴이 나타났다. 금방 샤워를 마쳤는지 올려묶은 머리카락이 젖어 있었고, 하얗고 긴 목덜미에서 향기로운 비누 냄새가 나는 것 같았다. 그는 침을 꿀꺽 삼켰다.

"들어오는 사람이 있어서 따라 들어왔어. 실례가 된 건 아닌지 모르겠다."

"아, 괜찮아요. 제가 내려가도 되는데……."

준이 목덜미를 문지르는 척하며 자신의 목을 뚫어질 듯 바라보고 있는 재이의 시선을 차단했다. 재이는 겨우 정신을 차리고 손에 들고 있던 약봉지를 내밀었다. 약을 먹으라고 주기에는 준이 아주 멀쩡해 보였으므로 내미는 손이 민망했다.

"차, 차라도 한잔 드시고……?"

준은 재이가 약을 건네주고도 갈 생각을 하지 않고 계속 서 있었으므로 어서 갔으면 해서 빈말로 물었다. 물론 그러자고 할 리가 없다는 확신을 하고 작별의 인사 대신 한 얘기였다.

"그래도 돼?"

재이의 얼굴에 재깍 기쁜 빛이 나타났다. 준은 당황해서 얼굴에서 웃음기기 가셨다. 그래도 될 리가 없지 않은가? 준이 얼굴에 애매한 미소를 지으며 안 된다는 티를 냈지만, 재이는 환한 얼굴로 고개를 끄덕였다.

"그럼 잠깐 차 한 잔만 마시고 가지, 뭐. 오빠는 12시 넘어야 들어오신다며?"

"아, 그, 그게……."

일이 어쩌다가 이렇게 된 것인지 몰라도 어느새 재이는 주방의 식탁에 앉아 있었다. 그는 준이 차를 끓이는 것을 흥미롭다는 듯 바라보고 있었다. 서라는 야간 근무라 2시는 되어야 들어올 것이고 무형도 들어오려면 아직 두세 시간은 있어야 해서 들킬 리는 없었다.

하지만 왠지 나쁜 짓을 하는 것처럼 마음이 조마조마했다. 이것저것 궁금해하고, 호기심 어린 눈으로 쳐다보는 것이 싫어서 어릴 때부터 여자친구도 집에 잘 데리고 오지 않았다. 남자를, 그것도 아홉 시가 넘은 시간에 집에 들인 것은 처음이라 긴장하지 않을 수가 없었다.

그가 가벼운 사람이라고 생각해 경호의 말에도 별로 긴장을 하지 않고 있던 준은 자신만만한 태도로 자신의 집 식탁에 앉아 있는 재이를 보자 정신이 번쩍 들었다. 준이 미처 무슨 일이 벌어졌는지 인식도 하기 전에 이미 그는 능수능란하게 그녀의 경계선 안으로 침범해 있었다. 물론 자신이 먼저 들어오라고 했지만, 그러지 않았다고 해도 그는 무슨 핑계를 대든 같은 결과를 만들었을지도 모른다는 의심이 들었다.

"카모마일 차예요. 잠이 잘 온대요."

준이 다기에 뜨거운 물을 부어 잎이 우러난 차를 찻잔에 따라서 그의 앞으로 내밀어주고 자신의 찻잔에도 찻물을 부었다.

"그래, 고맙다."

재이는 찻잔을 들어 한 모금 마셨다. 불안한 얼굴의 준과는 대조적으로 재이는 여유 만만하고 즐거워 보였다.

"여기서 오빠랑 둘이 살아? 둘이 살기에는 넓어 보인다."

"서라 언니도 같이 살아요."

"아, 그래? 벌써 같이 살고 있구나."

재이가 고개를 끄덕였다. 준은 그가 한 말이 무슨 뜻인지 알아채고 얼른 변명을 하려다가 그냥 입을 다물었다. 서라가 자신을 돌보기 위해 같이 살기 시작했다는 말을 하려면 얘기가 길어질 것 같아서였다.

"갑자기 쳐들어와서 당황했지? 앞으로는 이러지 않을게. 너 사는 곳 보고 싶어서 무리수 좀 뒀다. 순수한 호감의 표현이니까 겁먹지 말고."

"네."

준이 고개를 끄덕이자 재이는 남은 차를 마저 마시고 자리에서 일어섰다.

"내일 10시까지 와. 늦지 말고."

"리더님이나 늦지 마세요."

한 번도 약속 시간을 지킨 적이 없는 재이였다. 그가 늘 한 시간씩 늦었기 때문에 나중에는 멤버들도 한 시간 늦게 나갔더니, 그다음부터 두 시간을 늦게 나와서 멤버들을 두 손 두 발 들게 만든 장본인이 그였다.

"알았어, 인마. 잔소리하지 마. 그럼 더 늦게 나가고 싶어지니까."

"쳇!"

준이 못마땅해져서 인상을 쓰자 재이가 빙그레 웃으며 그녀를 바라보다가 손을 들어 보이고 현관을 나섰다. 준도 돌아보는 그를 향해 인사를 꾸벅했다.

재이가 돌아가고 나자 준은 방으로 가서 벗어 던진 가운을 정리하고 잠옷으로 갈아입었다. 머리를 말리고 막 빗질을 하고 있는데 갑자기 방문이 벌컥 열렸다. 준은 가슴이 덜컥 내려앉았다. 언제 들어왔는지 문 앞에 무형이 차가운 얼굴로 서 있었다. 드라이어 소리 때문에 그가 들어오는 소리가 들리지 않은 모양이었다. 시계를 보니 아직 열 시도 되기 전이었다.

머피의 법칙도 이런 머피의 법칙이 없다. 어렸을 때부터 그랬다. 늘 잘하다가 딱 한 번, 규칙을 벗어난 일을 하게 되면 어김없이 무형에게 현장을 들키곤 했다. 꼭 어디에선가 준이 실수하기만을 기다리며 지켜보고 있었던 사람처럼 그는 꼭 그런 난처한 순간에 등장했다. 준은 숨을 들이켜고 그의 눈치를 살폈다. 재이가 나간 것이 몇 분 전이었으니 마주쳤을 수도 있고 아닐 수도 있었다. 화난 얼굴을 보면 답은 이미 나와 있었지만. 가슴이 두방망이질 치기 시작했지만 준은 겁먹을 거 없다고 스스로를 다독였다. 뭐, 죄를 지은 건 아니지 않은가.

"언제부터 그 자식이 집 안까지 드나들게 된 거야?"

무형이 차가운 목소리로 물었다.

"잠깐…… 전해줄 게 있어서 왔다 갔어요."

준은 마른 입술을 축이며 겨우 대답했다.

"뭘?"

"……약."

"무슨 약?"

무형이 물었지만 준은 선뜻 대답할 수가 없었다. 무형이 술 먹고 다니는 것을 별로 좋아하지 않는데 숙취 약을 사 나른 것을 알면 상황이 더 곤란해질 것 같았다. 하지만 숨기고 말고 할 것도 없이 약이 든 봉투는 주방의 식탁 위에 놓여 있었다.

그는 성큼성큼 걸어가서 그것을 집어 들고 안에 든 알약과 물약이 든 병을 보더니 도로 던지듯 내려놓았다. 그는 바지 주머니에 두 손을 찌르고 식탁 위에 아직 김이 나고 있는 두 사람 분의 찻잔을 내려다보았다. 준은 문설주를 붙잡고 서서 그런 무형을 조마조마한 얼굴로 지켜보았다. 집 안에 폭풍 전야 같은 정적이 감돌았다.

"이러고 다닐 거면서 걱정 안 시키겠다는 말이 나와?"

"술 많이 안 마셨어요. 그리고 아직 10시도 안 됐는데……."

준은 자기가 뭘 그렇게 잘못했나 싶어서 작은 소리로 말대꾸를 했다. 무형이 눈을 가늘게 뜨고 준을 노려보았다.

"이 늦은 시간에 어른도 없는 집 안에 사내놈을 들여놓고도 그런 말이 나와?"

그는 문설주에 몸을 반쯤 가리고 있는 준을 멀리서 레이저를 뿜듯이 쏘아보았다. 준은 몸이 오그라들 것 같은 것을 겨우 참고 서 있었다.

"내 눈만 속이면 되는 거야? 남자들이 얼마나 위험한지 꼭 경험을 해봐야 깨달을래?"

"우리 멤버들은 그런 걱정 안 해도 돼요. 다들 얼마나 착한데요. 오빠만큼이나 믿을 수 있는 사람들이에요."

"네가 걔네들에 대해 뭘 얼마나 안다고 그런 소리를 해?"

"알 만큼은 알아요."

준은 무형이 자꾸 자신의 팀원들 못마땅해 하는 것이 속상해 그렇게 대꾸했다.

"알 만큼 안다고? 그럼 금방 여기서 나간 자식이 대마초 전과자인 것도 알고 있겠네."

무형이 꿰뚫을 듯 차가운 눈으로 준을 바라보며 말했다. 준은 놀라서 저도 모르게 손으로 입을 가렸다. 밴드 하는 사람들이 그런 쪽으로 유혹이 많다는 것은 알고 있었지만 자신의 멤버 중에 그런 사람이 있을 거라고는 상상도 못했다. 준은 얼굴이 하얘졌다.

"그런 놈들과 어울려 다니는 거, 네가 원하는 일이라고 해서 봐주고는 있지만 내가 어디까지 참아줘야 하니? 그런 자식들이 내 집에 들락거리는 것까지 눈감아줘야 해?"

준은 재이 때문에 놀란 와중에도 무형의 말투에 모멸감을 느꼈다. 너희처럼 저급한 애들과 나는 급이 다르다는 뉘앙스로 들렸다. 혹은 너 때문에 내가 그런 부류와 얽히고 있어 불쾌해 죽겠다는 말로 들리기도 했다. 준은 서운하고 왠지 분하기도 해서 눈물이 날 것 같았다. 그렇기도 하겠지. 그는 명문가의 딸과 선을 보고 결혼을 할지도 모른다니.

생각이 거기에 미치자 준은 갑자기 화가 났다. 어떻게 그런 일이 있는데 말 한마디 안 할 수가 있단 말인가. 그는 정말 자신을 가족으로 여기기는 하는 걸까. 말로는 저렇게 걱정된다는 듯 닦달을 하면서 전혀 가족으로 대해주지는 않는 그의 모순된 행동은 하루 이틀 된 일이 아니기는 하지만 말이다.

"과거에 그들이 뭘 했는지 몰라도 현재 내가 아는 그 사람들은 그 누구보다 순수하고 선한 사람들이에요. 쓰레기 취급하지 말아주세요."

"사람은 자기가 한 행동대로 평가를 받게 되어 있어. 쓰레기 짓을 해놓고 쓰레기 취급받는 것을 억울해하면 안 되지."

"어떻게 한 가지 일로 그 사람 전부를 평가할 수 있어요?"

"그럼 연구 논문이라도 쓰고 평가해? 걔네들에 대해 뭘 더 자세히 알고 싶은 생각 전혀 없어."

"오빠는 자꾸 그 사람들이 뭐 별종이나 되는 듯이 말하는데 그 사람들도 오빠랑 똑같은 사람이에요. 아니, 오빠랑 똑같지는 않겠네요. 적어도 그 사람들은 사람을 사회적 지위를 보고 차별하고 편견을 갖는 비정한 사람들은 아니니까요."

준은 그를 비꼬았다. 이것저것 서운하고 화도 난 데다 술기운까지 일어 준은 속에 쌓아두었던 감정을 말에 한껏 실었다.

"말 다 했어?"

무형은 열 받은 얼굴로 그녀를 노려보았다. 여태 그런 적 없던 애가 그 자식들 일이라면 눈에 불을 켜고 덤비니 화가 안 날 수가 없었다. 누가 제 편이고, 저를 위하는 사람인지 착각이라도 하고 있는 것 같다.

"그 사람들과 있는 게 편하고 즐거운 걸 보면 나도 그 사람들과 같은 부류예요. 오빠 기준으로 보면 나도……."

"그만해."

무형이 낮은 소리로 경고하듯이 말했다.

"사람은 원래 비슷한 사람들과 어울리게 되어 있고 그게 순리에도 맞는 거죠. 나는 그 사람들과, 오빠는 오빠와 아울리는 고귀한 분들과요."

"무슨 소리가 하고 싶은 거야, 도대체?"

무형이 인상을 쓰고 그녀를 노려보았다.

"오빠 힘들게 하는 것도 싫고, 나도 힘들고, 더는 못 참겠어요."

"못 참다니?"

"나가서 살래요."

그런 생각을 해본 적도 없는데 갑자기 말이 그렇게 나와서 준도 조금 놀랐다. 하지만 생각해 보니 차라리 그러는 게 나을 것 같기도 했다. 그렇지 않아도 요새 들어 그를 보는 것마저 점점 괴로움이 되어가고 있는 지경에 이르렀으니 말이다.

"뭐?"

"……."

그는 화가 난 듯 그녀 쪽으로 성큼성큼 걸어와 준의 바로 코앞에서 멈추어 섰다. 그가 한 걸음씩 다가올수록 준은 몸이 굳어졌다. 가까이서 본 그의 눈빛은 화가 났다기보다는 무척 슬퍼 보였다. 준은 저도 모르게 가늘게 몸을 떨었다.

"다시 말해봐."

무형이 화를 내는 것보다 몇 배는 더 무섭게 들리는 낮고 가라앉은 톤으로 말했다. 그 말투는 마치 잘못 말하면 죽여 버리겠다는 협박처럼 무섭게 들렸다.

"나가? 겨우 그런 놈들 때문에 나와 인연을 끊겠다고?"

준이 대답이 없자 그가 자제력을 잃지 않겠다는 듯 숨을 혹 들이켜고 난 후 차갑게 물었다. 준은 저도 모르게 고개를 가로저을 뻔했다. 나간다고 했지 언제 인연을 끊겠다고 했나.

"진심이야?"

목소리는 낮고 조용했지만 그의 몸이 가늘게 떨리고 있는 것을 보고 준은 겁이 덜컥 났다. 그의 눈빛에서 자신에 대한 배신감과 분노, 그리고 허탈함까지 그대로 느껴졌다.

"대답해. 진심이야?"

그가 다시 물었다.

"오빠가…… 못 참는다고 했잖아요."

준은 자신이 내뱉은 말의 파장에 몸을 부들부들 떨며 겨우 대꾸했다.

"걔네를 안 만나면 되잖아. 나보다, 이 집보다 그 자식들이 더 중요해? 집을 나간다는 소리가 어떻게 그렇게 쉽게 나와? 이 집이 너한테는 그렇게 아무 의미도 없는 곳이야?"

"어차피 오빠 결혼하면 나가야 해요."

"집 나가는 게 결혼하고 무슨 상관이야."

"결혼하실 분이 좋아할 리 없잖아요."

"가족인데 좋아하고 말고가 어디 있어. 그런 거 싫다는 사람이라면 내가 결혼할 리 없잖아."

"……나도 싫어요."

"뭐가?"

"……."

"뭐가 싫은데?"

무형이 다시 물었지만 준은 대답하지 않았다. 그는 답답하다는 듯 넥타이 매듭을 느슨하게 풀었다. 그의 멋진 손이 넥타이 고리를 잡고 당기는 것을 준은 눈물이 맺힌 눈으로 바라보았다.

"도대체 그런 쓸데없는 생각은 왜 해? 집 나가고 싶으면 너야말로 결혼해. 좋은 남자 생기면 결혼시켜서 내보내 줄 테니까."

그는 지치고 피곤한 얼굴로 그렇게 말했다. 그러고는 다시 무슨 말인가 하려고 입을 열었다.

"너, 너 왜 자꾸……."

그는 무언가 하고 싶은 말이 있는 듯했지만 이내 고개를 젓더니, 준에게 그만 들어가라는 손짓을 했다. 준은 그가 등을 돌리고 자신의 서재로 들어가는 것을 입술을 씹으며 바라보았다. 무슨 말인가가 목구멍까지 올라와 내보내 달라고 아우성을 치는 느낌이 들어 그녀는 주먹을 꼭 쥐었다.

"오빠…… 결혼하는 거 싫어요."

그가 서재 문손잡이를 잡았을 때 준은 스스로의 의지와는 상관없는 힘에 밀려 저도 모르게 그렇게 말해 버렸다. 말을 뱉고 나서도 정말 자신이 내뱉은 말인지 믿기지가 않아 준은 하얗게 질려서 그의 굳은 듯 멈춰 선 등을 바라보았다.

그 말을 하는 순간 힘들게 쌓아온 그들만의 성이 무너져 버리고 말 것을 알고 있었지만 준은 결국 말할 수밖에 없었다. 오늘이 아니면 이제 다시는 그런 말을 꺼낼 수 없을 것 같은 기분이 들었던 것이다. 오늘이 아니면…… 무형은 등을 보인 채 그대로 움직이지 않았다.

"싫어요. 오빠가 다른 여자랑, 결혼하는 거…… 싫어요."

준은 주먹을 꼭 쥐고 있는 힘을 다해 외치듯 다시 말했다. 온몸이 사정없이 부들부들 떨리고 있었다. 금방이라도 다리에 힘이 풀려 주저앉을 것만 같았다. 준은 겨우 버티고 서서, 벽처럼 돌아서 있는 그의 뒷모습을 바라보았다.

"취했으면 얼른 들어가 자. 주정하지 말고."

무형은 아무 일도 아니라는 듯 무뚝뚝하게 내뱉고 그대로 서재로 들어가 버렸다. 준은 벽에 등을 댄 채로 무너지듯 주저앉고 말았다.

준과 무형은 몰랐지만 그 소동을 서라는 처음부터 끝까지 지켜보았다. 원래 당직 근무였는데 몸살 기운이 있어서 동료와 시간을 바꾸고 초저녁에 집으로 돌아와 약을 먹고 자고 있었다. 불도 다 끄고 방문도 닫고 있어서 준도 서라가 이미 들어와 있다는 것을 눈치채지 못한 것 같았다. 당직이라 새벽에나 들어올 거라고 말해

두어서 더 아무런 낌새를 못 차렸을 수도 있었다.

처음에 준이 들어오고 웬 낯선 남자의 말소리가 두런두런 들릴 때만 해도 서라는 약에 취해 아직 잠 속을 헤매고 있었다. 그러다가 곧 무형의 목소리가 들려서 그녀는 아픈 머리를 부여안고 침대에서 일어났다. 이렇게 몸이 좋지 않다는 것을 무형에게 알려야겠다는 의지가 천근 같은 몸을 일으켜 세웠다. 그녀는 가운을 여미고 머리를 매만진 후 방문 손잡이를 잡았다.

"······언제부터 집까지 드나들게 된 거야?"

무형의 화난 목소리에 문을 열려던 서라는 문에 귀를 바짝 대고 잠시 그들의 얘기를 들었다. 뭔가 분위기가 심상치 않아 보였다. 나가서 끼어들기보다는 엿듣고 싶게 만드는 무언가가 있었다. 준이 따박따박 말대꾸를 하는 소리가 들렸고 무형의 화난 목소리도 들렸다. 심각한 얘기를 하는 중간에 끼어들기가 그래서 서라는 문에 귀를 대고 계속 들었다. 다툼이 거의 끝나가는 듯해서 다시 침대로 돌아가려던 서라의 발길을 준의 작지만 분명한 목소리가 잡아채듯 멈추게 했다.

"오빠가 다른 여자랑 결혼하는 거 싫어요."

잠시 후 준이 하는 말이 다시 똑똑히 들렸다. 서라는 깜짝 놀라서 잠시 멍하니 서 있었다. 그녀는 휘청거리며 침대로 가서 무너지듯 주저앉았다. 그것은 사랑한다는 고백과 같은 말이었다. 좀 전까지 망치로 때리는 것 같던 두통도 느껴지지 않았다. 뒤통수를 세게 얻어맞은 기분이었다. 준이 무형을 좋아한다는 것은 진작부터 알고 있었지만 어떻게 감히 그 마음을 드러낼 생각을 한 것일까. 자신이 무형을 좋아한다고 말한 지가 얼마나 지났다고 저런 불여우 같은 짓을……

서라의 꽉 쥔 주먹이 부들부들 떨렸다. 그녀는 오래, 돌처럼 굳은 채 침대에 앉아 빛이 새어 들어오는 방문을 노려보고 있었다.

며칠 동안 분을 삭이며 무형과 준을 지켜본 서라는 기가 막히고 어이가 없어 팔짝 뛸 것 같았다. 그들에게 무슨 일이 있었는지 몰랐다면 눈치채지 못했을 수도 있지만 모든 것을 알고, 지켜보고 있는 서라의 눈에는 그들의 어색한 변화가 모두 보였다.

준은 멀쩡히 서라와 거실에서 텔레비전을 보다가도 무형이 퇴근해서 들어오면 피하듯이 제 방으로 들어가 버렸다. 무형이 집에 있을 때는 제 방에서 꼼짝도 하지 않았고 아침도 무형이 출근한 후에야 먹었다. 준이야 그렇다 치고 무형의 행동도 이상하기 이를 데 없었다.

준이 식사 때나 과일을 먹으러 나오라고 했을 때 이 핑계 저 핑계 대며 나오지 않거나 무형이 들어왔는데 내다보지도 않으면 분명 불러서 폭풍 잔소리를 퍼부었을 텐데 그날 이후 준이 무슨 거슬리는 짓을 해도 모르는 척 넘어가고 있었다. 아니, 모르는 척 넘어가는 건 아니고, 전 같으면 직접 했을 잔소리를 서라에게 떠넘겼다.

가령 준이 좀 늦는다 싶으면 전에는 직접 전화를 해서 어디냐, 몇 시에 올 거냐, 묻고 일찍 다니라고 역정을 냈을 텐데 요즘 그는 준이 늦으면 서라를 시켜 준에게 전화하게 했다. 어떨 때는 화조차 서라가 대신 내게 만들었다. 준이 크면서 자신이 해야 할 역할이 없어져 남매 사이에서 소외감을 느낀 적도 있었는데 다시 그들 사이에 자신이 끼었다는 느낌이 들었지만 전혀 달갑지 않았다.

요즘 무형은 재계 순위 세 손가락 안에 드는 대기업의 비자금 조성과 조세 포탈에 관한 비리를 수사하고 있었다. 수사 과정에서 거물 정치인들에게 불법 정치 자금이 오간 정황이 포착되어 사건이 일파만파 커지고 있는 상황이었다. 연일 뉴스에 오르내릴 만큼 세간을 떠들썩하게 만들고 있는 큰 사건인만큼 담당 검사인 그가 정신없이 바쁜 것을 모를 사람은 없었다.

그는 밤샘을 해서 까칠해진 얼굴로 새벽에 들어와 한두 시간 눈을 붙이고 옷만 갈아입고 나가기도 했고 자주 집에 들어오지 못해 아주머니가 검찰청으로 갈아입을 옷을 가져다주어야 할 정도로 바빴다. 잠잘 시간도 부족한 그가 매일 저녁 집으로 전화를 해서 준의 귀가 시간을 체크했다.

[준이 들어왔어?]

오늘도 서라가 전화를 받자마자 그가 물었다. 격무에 시달려 가라앉은 목소리가 그 와중에 섹시하게 들려서 서라는 스스로에게 화가 났다. 그의 용건은 오늘도 준이었다.

"아직 안 들어왔어. 이제 10시 좀 넘었네. 곧 들어오겠지."

서라는 속으로 이를 물면서도 아무렇지 않은 목소리로 대답했다.

[오늘 공연 있다고 했어?]

"아니. 그런 소리 못 들었는데?"

[공연 없는 날은 10시 전에 들어오라고 했는데 버젓이 늦는 거 봐.]

그는 짜증이 난다는 듯 혀를 찼다.

"애 너무 잡지 마. 그 나이에 한창 놀고 싶을 때지."

[하루 종일 나가서 놀았으면 밤에는 좀 일찍 다니면 좋잖아. 세상이 얼마나 위험한지 몰라?]

"너무 걱정하지 마. 늦으면 걔네 멤버들이 집까지 꼬박꼬박 데려다주던데, 뭐."

서라가 그렇게 말하자 전화기 건너편이 조용해졌다.

[너는 뭘 믿고 걔네가 데려다준다고 안심을 해?]

잠시 후, 그는 약간 화난 목소리로 말했다.

"같은 팀 멤버인데 나쁜 짓이야 하겠어? 다들 순하고 착해 보이던데, 뭐."

[너는…… 애가…….]

그는 답답하다는 듯 무슨 말을 하려다가 도로 입을 다물었다. 한숨 쉬는 소리가 전화기 너머에서 들려왔다.

"왜?"

서라는 그가 준에게 쏟는 관심과 걱정이 순간적으로 참을 수 없을 만큼 부러워 질투가 용광로처럼 끓어올랐다.

[그 자식들이 제일 위험한 거 몰라서 그래? 전화해서 얼른 들어오라고 해. 들어오면 붙잡고 얘기 좀 해. 맨날 애 하는 대로 내버려 두지 말고. 그러니까 점점 더 제멋대로 하잖아.]

서라는 전화기를 든 손에 저도 모르게 힘이 들어갔다. 그렇게 걱정되면 직접 전화해서 어르든 달래든 할 것이지 왜 자신을 괴롭히느냐고 짜증을 와락 낼 뻔했지만 겨우 참았다.

"알았어. 그렇게 할게."

서라는 속을 누르고 밝은 목소리로 대답했다.

"오늘도 늦어?"

무형이 전화를 끊으려고 했으므로 서라가 얼른 물었다. 준에 대한 얘기만 하다가 끊기는 괜히 억울했다.

[아마. 12시 넘어야 들어갈 거야. 더 늦으면 못 들어가고.]

"못 오면 아침에 옷 챙겨서 갈게."

[아주머니가 하셔. 너도 출근하기 바쁘잖아.]

"아주머니 출근해서 다시 거기까지 가려면 너무 늦지. 내가 못 갈 거 같으면 준이 보낼게."

서라는 일부러 그렇게 말해보았다.

[관둬. 아침에 잠깐 들르지, 뭐.]

예상대로 무형은 딱 잘라 말했다. 도대체 뭐가 겁이 나서 준을 그렇게 피하는지 서라는 화가 나서 미칠 것 같았다. 도대체 걔가 뭐라고 천하의 강무형이 안 하던 내외를 다 하는지.

"힘들어서 어떡해. 맨날 날밤 새우고. 몸 상할까 봐 걱정된다. 엄마한테 한약 좀 지어달라고 해야겠어."

[전 것도 그대로 있어.]

"전에 거랑 다른 걸로."

[됐다니까.]

무형이 좀 귀찮은 투로 자르듯 대꾸했다. 준의 얘기가 아닌 얘기를 시작하면 이렇게 금방 얼른 끊고 싶어하는 티가 났다. 대답에 성의가 없었다. 무슨 얘기를 해도 됐다, 싫다가 기본이었다. 서라는 화가 나서 입술을 깨물었다. 이미 끊어진 전화를 내려다보고 있는데 문자가 왔다. 이번에는 준이었다.

「언니, 오빠 들어왔어요?」

이것들이 장난하나? 서라는 준이 보낸 문자를 노려보았다.

「아니.」

「아, 다행.」

「언제쯤 들어온대요?」

「네가 전화해 봐.」

서라는 얼굴을 찌푸리고 대충 답 문자를 보냈다.

「됐어요. 나 30분 정도 있어야 도착해요.」

서라는 던지듯 전화기를 내려놓고 냉장고에서 캔 맥주를 꺼내 뚜껑을 땄다. 거품이 자신의 속처럼 부글부글 끓어올랐다. 그녀는 냉장고 앞에 서서 캔 맥주 하나를 비우고 다시 하나를 꺼냈다. 준이야 원래 무형을 좋아해 왔으니 그렇다 치고 무형은 도대체 왜 그렇게 안절부절못하고 흔들리고 있는 것인지 생각할수록 화가 나기도 하고 불안하기도 했다.

서라는 차가운 김이 서린 맥주 캔을 들고 준의 방으로 들어갔다. 그녀는 곧바로 책장으로 가서 오래전에 절판된 소설책을 꺼내

페이지 중간에 틈이 벌어진 곳을 펼쳤다. 그곳에 작고 납작한 열쇠가 책갈피 사이에 얌전히 누워 있었다. 서라는 페이지 번호를 확인하고 열쇠를 집어 들어 준의 책상 맨 아래 서랍을 열쇠를 밀어 넣어 열었다. 그곳에는 준이 몇 년간 써온 일기장이 들어 있었다.

서랍 열쇠를 책갈피에 숨겨둔 것은 우연히 알게 되었다. 준이 고등학생일 때 준의 방에 들어갔다가 책장에 가지런히 꽂힌 책들 중에 유난히 튀게 빠져나온 책을 발견하고 생각 없이 꺼내 펼쳤다가 그곳에 열쇠가 있다는 것을 알았다. 준은 그때 샤워 중이었으므로 서라는 얼른 책을 원래대로 꽂아두었다가 나중에 그것이 준의 책상 서랍의 열쇠라는 것을 확인했다. 그 후로 가끔 몰래 그것을 열어 준의 일기를 훔쳐보았다. 이 집안에서 누구도 그런 짓을 할 거라고 여기지 않아서인지 별 의심도 없이 열쇠는 늘 한자리에 놓여 있었다.

준은 일기를 꽤 열심히 쓰는 편이었다. 매일 쓰지는 않았지만 일주일에 한두 번은 꼭 썼고 감정을 토로하기보다는 기록을 남기듯 꼼꼼히 사실 위주의 일기를 썼다. 전부터 준이 무형을 좋아하고 있을 거라는 짐작은 하고 있었는데 일기장에 쓰인 그 애의 절절한 마음을 처음 확인하고 서라는 맥이 탁 풀렸다. 그 아이의 마음이 자신과 견주어 결코 작거나 모자라지 않다는 것을 알았던 것이다.

어려서부터 여동생처럼 돌봐온 준에 대해 서라는 기본적인 애정을 가지고 있었지만 그 아이의 속을 알게 되자 형용 못할 적대감이 들었다. 꼬마였던 준이 무형과 결혼할 거라고 했을 때는 그냥 귀엽게 봐 넘겼지만 준이 사랑스럽게 자라서 어른이 된 지금도 그 마음이 그대로니 서라의 입장에서 귀엽게 볼 수만은 없었다. 한 남자를 동시에 사랑하는 여자끼리 어떻게 동지가 될 수가 있겠는가. 물론 모든 사건의 중심이자 당사자인 무형은 자신에게도 준에게도 어떤 여지도 주지 않았지만 그것을 떠나서 서라에게 준은 이미 연적이었다.

서라는 짙은 청색의 하드커버로 된 노트를 꺼내 들었다. 여전히 한 달에 대여섯 번의 일기가 예쁘고 고른 글씨로 적혀 있었다. 서라는 맨 마지막으로 쓴 일기부터 거꾸로 훑어 나갔다. 며칠 전에 쓰인 일기에는 클럽에서 한 공연에 관한 얘기와 재이라는 남자가 쓴 곡에 붙일 가사가 적혀 있었다. 그리고 다시 그 며칠 전에 쓴 일기에 서라가 이미 알고 있는 그 일에 대한 얘기가 쓰여 있었다. 그날의 일에 대해 적어놓은 페이지에 군데군데 눈물이 분명할 물 자국이 마른 흔적이 남아 있었다.

이미 알고 있는 사건이었는데도 서라는 그 부분을 읽으며 손이 부들부들 떨렸다. 아무리 그래도 준이 제 마음을 무형에게 밝힐 거라고는 생각도 못했다. 두 사람은 이미 오래 남매로 살고 있었다. 피는 안 섞였지만 그렇게 살아왔으면 당연히 끝까지 그렇게 지내는 것이 순리가 아닌가.

서라는 준이 큰 후에도 여전히 무형을 좋아하고 있다는 것을 알고서 약간의 연민을 느끼기도 했었다. 어차피 이루어질 수 없는 사랑이라고 생각했기 때문이다. 결벽증적인 데가 있는 무형이 그런 부적절한 관계를 용납할 리 없었고, 또 준이 제 사랑을 끝까지 겉으로 드러내지 못할 거라는 확신이 있어서 심적으로 여유가 있었다. 어차피 꺼내보지도 못할 마음이라고 생각했다. 드러내면 안 된다는 것을 누구보다 준이 잘 알고 있다고 여겼다. 그런 말을 꺼내는 순간 두 사람 사이는 어떻게든 파탄이 날 거라는 것을 준이 모를 리가 없었다.

준의 일기에는, 무형에게 드디어 자신의 마음을 고백했다고 또박또박 적혀 있었다. 그랬다. 무형은 준이 자신을 사랑하고 있다는 것을 정확하게 알게 되었다. 그런데도 그는 요 며칠 애매모호한 태도를 취하고 있었다. 어린 준이 그런 헛소리를 하면 따끔하게 꾸짖어서 다시는 그런 마음을 갖지 못하도록 포기시키는 것이 옳지 않은가.

그런 사소한 일에 연연해하지 않는 것이 서라가 알고 있는 무형이었다. 그런데 서라가 요 며칠 지켜본 무형은 자신이 알던 사람과 달랐다. 심지 곧고 강한 남자가 어째서 철없는 어린 여자애의 말에 그렇게 휘둘린단 말인가. 그는 도대체 왜 그렇게 당황하고 있는 것일까.

서라는 진정이 되지 않는 손으로 노트를 제자리에 넣고 서랍을 닫았다. 열쇠를 꽂는 손이 떨려서 여러 번 헛짚었다. 그녀는 책갈피에 열쇠를 넣고 원래 자리에 책을 꽂았다. 그녀는 불을 끄기 전에 준의 책상 위에 자신이 가지고 갔던 캔 맥주가 놓여 있는 것을 보고 다시 들어가 그것을 집어 들었다. 캔 맥주가 놓여 있던 자리에 물방울이 흘러내려 동그랗게 물로 된 고리가 만들어져 있었다. 서라는 자신이 한 짓을 지우듯 손바닥으로 그것을 훔치고 다시 소매로 문질러 닦고 방을 나왔다.

준은 이런저런 생각에 늦게까지 잠을 못 이루다가 새벽에야 겨우 잠이 들었다. 날이 밝은 것도 모르고 곤히 자고 있는데 노크 소리가 들렸다. 소리를 듣고도 준은 잠에서 깨어나지 못해 그대로 베개에 얼굴을 묻고 있었다. 그러는 사이 다시 노크 소리가 들렸다. 잠결에도 서라라면 그렇게 여러 번 노크하지 않는다는 것을 깨달은 순간 용수철 튀듯 침대에서 벌떡 일어났다. 단 몇 초 만에 잠이 완전히 달아났다.

그녀는 정신없이 침대에서 내려와 화장대 거울에 제 모습을 비춰 보고 기겁하고 놀라 산발이 된 머리를 손가락으로 빗어 내렸지만 별 소용이 없었다. 준은 하는 수 없이 그 상태로 문을 열었다. 출근 준비를 마친 무형이 밖에 서 있었다. 어젯밤에 3시가 넘도록 들어오는 소리를 못 들었으니 아마도 아침에 들어왔을 것이다.

"나와. 밥 먹어."

무형이 준을 내려다보며 말했다. 눈빛이 담담했다. 그 일이 있은 후로 처음 그가 말을 시키고 눈을 맞춰 주는 거라서 준은 바짝 긴장했다.

"세수…… 좀 하고요."

준은 기어들어 가는 목소리로 말했다. 그가 고개를 끄덕였다. 준은 문을 닫고 욕실로 가서 이를 닦고 세수를 하고 머리를 정리해 깔끔하게 묶었다. 정신을 차리기 위해 양손으로 뺨을 두드리며 심호흡을 했다.

머뭇거리며 주방으로 가니, 식탁 위에 아침 식사가 차려져 있었다. 준은 그와 마주 앉아 밥을 먹으며 시선이 부딪칠까 두려워서 내내 눈을 들지 못했다. 눈을 깔고 밥을 먹으며 젓가락을 든 그의 손이 반찬을 집어가는 것을 가끔 훔쳐보았다. 아무리 씹어도 밥이 넘어가지 않아 밥 한 숟가락에 국만 몇 숟가락을 떠먹었다.

"준."

식사를 거의 마쳤을 때쯤 무형이 그녀를 불렀다. 준은 움직이던 손을 멈추고 힘겹게 시선을 들어 그를 바라보았다. 그의 속을 가늠할 수 없는 눈빛이 준을 바라보고 있었다.

"너는 내 동생이야."

무형의 담담한 목소리를 들은 준은 아랫입술을 깨물었다. 그가 할 말이 그것밖에 없으리라는 것을 알고 있었으면서 가슴이 미어지는 것 같았다.

"전에도 그랬고 앞으로도 그 사실은 변함이 없어."

준은 귀를 막고 싶은 것을 참고 가만히 그의 말을 들었다. 이런 대답 말고 다른 무엇을 기대했던 적도 없었는데 유일한 탈출구였던 문이 큰 소리를 내며 영원히 닫히는 듯한 절망감을 느꼈다.

"너 어렸을 때도 오빠 좋다고 했었잖아. 크면 결혼할 거라고. 생각해 보니 이해가 돼. 의지해야 할 유일한 사람이 나였고, 자신을 보호해 줘야 할 사람의 호감을 얻으려는 것은 어린아이에게는 생존을 위한 본능과도 같은 것이겠지. 보호자에게서 버려지는 것은 아무것도 할 수 없는 아이에게 목숨을 잃는 것과 다를 바 없었을 테니까. 누가 가르쳐 주지 않아도 인간은 선천적으로 알거든. 자신을 좋아하는 사람에게 나쁜 짓을 하는 것이 어렵다는 것을 말이야. 너는 너를 지키기 위해 나를 좋아해야 한다고 느꼈을 테고 그것이 지금까지 연장이 된 거겠지. 너는 본능을 따른 것뿐이니 그것에 대해 죄책감을 느낄 필요 없어."

준은 무형의 목소리에 귀를 기울였다. 약간 허스키하고 낮게 울리는 목소리는 부드러웠지만 말의 내용은 비수처럼 준의 마음을 찔렀다. 누구를 좋아하는 감정이 어디서부터 오는 것인지 그렇게 간단히 유추할 수는 없는 노릇이다. 그의 말이 맞을 수도 있고 틀릴 수도 있었다. 무엇이 되었든 준은 조금도 부끄럽거나 죄책감을 느끼지 않았다. 그를 좋아하는 것을 죄라고 생각해 본 적은 한 번도 없었다. 하지만 무형은 생각이 달랐다. 그는 그것을 용납할 수 없는 일이라고 여기고 있었다. 그래서 죄책감 운운하는 것이고.

"네가 아직 남자친구를 사귀어본 적이 없어서 여태 어릴 때 마음에서 벗어나지 못하고 있는 거야. 남자친구가 생기면……."

그는 거기까지 말하고 잠시 생각에 잠긴 표정으로 준을 바라보았다.

"네 또래의 멋진 남자를 만나서 연애를 해보면 아마도 지금의 그런 감정들이 우습게 여겨지겠지. 그런 생각에 너무 심각하게 빠져들지 않도록 해. 알겠니? 네가 그런 말을 했다고 해서 우리 사이가 변하거나 어색해질 이유가 없어. 오빠는 너를 이해했고, 그럴 수 있다고 생각하니까. 그것 때문에 괜히 나 피해 다니고 그러지 말라는 말이야. 무슨 말인지 알지?"

무형이 확인하듯 다시 물었다. 준은 고개를 숙인 채로 끄덕였다. 하나도 그의 말에 동의할 수는 없었지만 이 자리에서 이의를 제기하면 정말 그와의 사이가 돌이킬 수 없게 될 거라는 두려운 예감이 들었기 때문이다.

"그래."

무형은 잠시 준을 바라보다가 고개를 끄덕이며 자리에서 일어섰다.

"오늘 공연 있어?"

그가 식탁을 떠나기 전에 물었다. 준이 고개를 끄덕였다.

"너무 늦지 않게 들어와."

준이 다시 고개를 끄덕이는 것을 본 후 그는 등을 돌렸다. 준은 그가 집을 나서는 소리를 들으며 설거지를 했다. 현관문이 닫히는 소리를 듣고 나서야 준은 설거지하던 손을 멈추었다. 물이 쏟아지고 있는 개수대를 멍하니 바라보며 작게 중얼거렸다. 바보.

4

6월로 접어들면서 한낮에는 벌써 30도를 웃도는 무더위가 계속되었다. 버스에서 내려 연습실에 도착하니 이마에 땀이 송골송골 맺혀 있었다. 준은 계단을 내려가 연습실 문을 열었다. 밖이 그렇게 더우니 연습실이 얼마나 후텁지근할지 이미 각오를 하고 있었다. 그런데 준을 맞이한 것은 시원하고 쾌적한 공기였다. 준은 놀라서 눈이 둥그레졌다. 미리 나와서 악기를 손보고 있던 경호가 준의 표정을 보더니 씩 웃으며 구석에 세워진 대형 에어컨을 손으로 가리켰다.

"뭐예요? 웬 에어컨?"

"그러게 말이야. 나와보니 기사가 막 설치하고 있더라고. 이거

공기청정 기능까지 있는 제품이래. 공기가 좀 상쾌해진 거 같지 않니?"

경호가 코를 벌름거리며 물었다. 아닌 게 아니라 늘 눅눅하고 축축했던 지하실의 공기가 보송보송하고 상쾌하게 느껴졌다.

"우와."

준이 감탄하며 양손으로 엄지를 펴 보였다. 준은 호기심 어린 얼굴로 최신 제품의 비싸 보이는 에어컨 가까이로 다가가 이리저리 살펴보았다.

"누가 샀어요?"

"재이 형이."

"리더님이 돈이 어디서 나서요?"

"낸들 아니? 정말 남우 사장 기둥서방이라도 된 건지, 도통 알 수가 없는 사람이라니까. 몇 년을 같이 살았는데, 쌀이 떨어져서 밥을 굶어도 어디서 돈 한 푼 구해오는 걸 못 봤는데 말이야."

경호가 고개를 절레절레 흔들었다.

"리더님은 어디 있어요?"

"집에 있겠지. 난 아르바이트 끝내고 바로 이리로 왔어."

경호는 요새 편의점에서 야간 아르바이트를 하고 있었다. 준은 고개를 끄덕이며 재이가 만든 곡의 악보를 가방에서 꺼내 들었다.

"네 덕에 시원해서 좋긴 하다만, 좀 걱정이다."

건반을 누르며 새 노래의 멜로디를 익히고 있는 준에게 경호가 말했다.

"예? 왜 제 덕……?"

"형이 설마 여태도 신경 안 쓰던 악기를 위해 에어컨을 샀겠니, 아니면 우리를 위해 샀겠니?"

준이 또 시작이냐는 얼굴로 고개를 절레절레 흔들었다.

"정말이야. 재이 형, 요즘 약간 정신이 나간 거 같아."

"재미없어요. 그만하세요."

준은 경호가 놀리는 말을 대충 무시하고 건반을 뚱땅거렸다.

"근데 그 사람 능력으로 돈 빌려와서 월세 내고, 이런 거 척 사다 놓고 이러는 거 난 왜 이렇게 불안한지 모르겠다. 너무 무리하는 거 같단 말이지. 사람이 살던 대로 살아야지 안 하던 짓 하면 탈이 나게 되어 있거든. 집구석에서 꼼짝도 안 하던 사람이 요새 뻔질나게 외출도 잦고 아무튼 이상해."

"설마 리더님이 정말 이상한 일로 돈 벌어온다고 생각하는 건 아니죠? 돈, 리더님 누나한테 빌렸대요."

"재이 형이 그래?"

"네."

"나한테는 그런 말도 않더니. 근데 재이 형네도 형편이 안 좋은 걸로 아는데 누나가 그런 거금을 빌려줬다니, 사실인지는 모르겠다. 너도 알겠지만 그 사람 하는 말의 반은 헛소리거든."

경호는 재이가 하는 말들이 떠올랐는지 흐흐, 웃었다. 준도 따라 웃었다. 재이의 말을 듣고 있다 보면 어디까지 사실이고 어디까지가 헛소리인지 경계가 모호해지곤 했다. 가령, 당장 버스비도 없으면서 전에 자신 소유의 스포츠카를 타고 여자들을 어마무시하게 꼬시고 다녔다는 황당한 얘기를 진짜처럼 한다든가, 하는 그런 종류의 허풍을 많이 떨었다. 그도 자신이 헛소리를 하고 있다는 것을 굳이 숨기지 않아서 멤버들은 그냥 웃어넘겼다.

"누나가 돈 좀 있는 분하고 결혼하셨대요."

"흥, 그래? 집안 얘기 잘 안 하는 사람인데 그런 얘기까지 하든?"

"네."

준이 고개를 끄덕이며 대답하고 있을 때 갑자기 연습실 문이 열리며 재이가 들어왔다.

"너희들 내 흉 보고 있었지?"

재이가 다 안다는 듯 두 사람을 향해 눈을 가늘게 떴다.

"다른 건 무딘데, 그런 눈치는 정말 빠르다니까."

경호가 손바닥을 세워 입을 가리고 준을 향해 은근히 말하자 준이 낄낄 웃었다.

"에어컨 짱 좋아요."

준이 머리카락을 뒤로 날리는 시늉을 하며 상쾌하다는 표정을 지었다.

"그래? 좋아? 좋지?"

재이가 보람이 가득한 얼굴로 준을 향해 다가오며 말했다. 준이 크게 고개를 끄덕이자 그는 기쁜 표정을 지었다.

"좋긴 합니다만, 앞으로 전기세는 어떻게 감당하시려고? 설마

나한테 떠넘기려거든 얼른 에어컨 꺼요. 나, 원룸 월세 내기도 벅찬 사람이라고요."

경호가 찬물을 끼얹듯이 말했다.

"아, 자식. 양심에 털이 수북하네. 에어컨 사다 줬는데 나보고 전기세까지 내라고?"

"그러니까요. 전기세 낼 돈도 없으면서 저런 물건은 왜 들여놔요? 정말 대책 없는 양반이라니까."

경호가 답답하다는 듯 핏대를 세웠다.

"올해 여름 70년 만에 최고 더울 거래. 여기서 버티려면 에어컨이 아니라 에어컨 할아버지라도 사야지 별수 있어?"

재이의 말에 경호는 고개를 내저으며 검은 속셈을 모를 줄 아느냐는 눈빛으로 그를 째려보았다. 재이는 신경도 쓰지 않고 준을 향해 돌아섰다.

"준, 너 파스타 좋아한다고 했지? 내가 파스타 정말 맛있게 하는 이태리 식당 알거든. 오늘은 거기나 가자."

"아이고 참, 나. 재벌 2세 납셨네. 어디서 부자 과부라도 하나 물었어요?"

"저 자식이 입에 걸레를 물었나, 애 듣는데 못하는 소리가 없네."

재이가 혀를 끌끌 차며 경호를 노려봤다.

"준, 조심해. 딴 여자한테서 얻은 돈으로 맛있는 거 사주는 남자, 정상 아니다."

경호가 지지 않고 이기죽거렸다.

"리더님, 누나 돈이라도 그거 다 빚인데……."

준도 한마디 보태자 재이의 눈이 커졌다.

"준, 너는 그런 걱정할 필요 없어. 내가 설마 그 정도도 못 사줄까 봐?"

재이의 허풍에 뒤에서 경호의 혀 차는 소리가 요란하게 들려왔다. 재이는 이 세상에 준과 단둘만 있는 것처럼 아무것에도 신경쓰지 않고 준을 바라보았다. 조금 부담스러워지려다가 그 순수한 눈을 보자 준은 그만 웃음이 나왔다.

"파스타는 나중에 먹고 오늘은 요 앞 식당에서 비빔국수 먹어요."

재이가 당장 가자는 포즈로 일어섰으므로 준은 얼른 떠오른 음식을 댔다.

"내가 비빔국수 잘 만드는 건 또 어찌 알고? 내가 만들어주마."

재이가 손가락을 딱 튕기며 반색을 했다. 준은 아니라고 두 손을 펴서 흔들었지만 그는 벌써 던져 두었던 차 키를 집어 들고 있었다.

"저 양반이 돌았나? 왜 자꾸 안 하던 짓을 해?"

경호가 걱정이 가득한 얼굴로 재이를 바라보았다. 그들은 결국 차로 20분 거리에 있는 경호의 원룸으로 갔다. 경호는 투덜거리면서도 오는 길에 차에서 내려 장을 봐가지고 왔다. 집에 도착하자 그는 결국 자신이 해야 할 일이라고 생각했던지 주방으로 가서 국수를 삶으려고 했다. 하지만 재이가 앞치마를 두르고 나와 경호에게 빠지라는 손짓을 했다.

"정말 형이 만든다고요?"

경호가 눈이 둥그레졌다.

"말했잖아. 내가 비빔국수 정말 잘 만든다고."

"라면도 못 삶는 사람이 만든 비빔국수를 먹으라고요?"

"먹기 싫으면 너는 동영이 데리고 나가서 다른 거 사먹어. 돈 줄게."

재이가 듣던 중 반갑다는 얼굴로 뒤늦게 도착한 동영을 가리키며 바지 주머니에서 지갑을 꺼내 들며 말했다.

"형을 뭘 믿고 준이랑 둘이 둬요?"

경호가 어림없다는 얼굴을 했다.

"자식이 이상한 소리를 하네. 내가 준을 잡아먹니?"

두 사람이 토닥거리는 소리를 들으며 준은 10평도 안 되는 작은 원룸 안을 기웃거리며 구경했다. 경호가 워낙 깔끔한 성격이라 집 안은 웬만한 여자가 사는 집보다 깨끗했다. 세로로 긴 직사각형 구조였는데 현관문을 열고 들어가자마자 작은 주방이 나왔고 공간의 중앙에 소파가 놓인 거실이 있었다. 촘촘하고 가는 비즈발로 구분된 맨 안쪽에는 깨끗한 시트가 주름 하나 없이 깔린 침대가 놓여 있었다. 침대가 놓인 벽 쪽에 있는 유리문을 열자 베란다 천장에 매달린 빨래 걸이에 남자 속옷들이 햇볕에 쨍쨍 말라가고 있었다.

준은 얼른 베란다 문을 닫고 소파에 앉아 텔레비전을 보고 있는 동영과 경호의 옆을 지나 재이에게로 갔다. 경호 말마따나 못 먹을 음식을 만들어낼까 봐 걱정이 되었다.

"뭐 도와드릴까요?"

"도와줄 건 없고, 심심하니까 그냥 거기 앉아서 말동무해 줘."

재이가 2인용 식탁을 가리키며 말했다. 준은 고개를 끄덕이고 재이가 마주 보이는 쪽 의자에 앉았다. 재이는 채 썰던 오이를 반을 뚝 잘라 준에게 건네주었다.

"비빔국수 만들어보셨어요?"

준이 오이를 아삭아삭 씹으며 물었다.

"그럼. 나 요리 잘해. 말만 해. 다 만들어줄게."

또 허풍이다. 경호 말에 따르면 같이 산 5년 동안 물컵 한 번 씻은 적 없다고 했다. 그런 사람이 무슨 요리를 하겠는가. 준은 하하, 웃었다.

"비빔국수는 소스만 맛있게 만들면 일단 90퍼센트는 성공이지. 삶은 면은 탱글탱글하게 찬물에 비벼 빨고 오이랑 당근은 채를 썰고, 상추는 손으로 뚝뚝 떼어 넣고 김치도 종종 썰어 넣어 소스랑 한꺼번에 비비면 돼. 마지막에 참기름이랑 깨소금 뿌려주면 끝."

재이는 어디서 외운 것이 분명한 레시피를 줄줄 늘어놓으며 끓기 시작한 물에 국수를 부채처럼 좌르륵 펴서 집어넣었다. 오이를 채 썰고 국수를 끓이는 솜씨를 보면 완전 초보 같지는 않았다. 준은 헷갈려 하며 그가 순서에 따라 음식을 척척 만들어가는 것을 신기한 눈으로 바라보았다.

"내 진짜 전공은 술안주인데. 준이 저녁 시간에 좀 여유가 있으면 내가 안주 정말 맛있게 만들어줄 수 있는데 아쉽다. 오빠가 조금만 더 너그러우시면 좋을 텐데 말이야."

재이의 말에 준은 어쩔 수 없이 또 무형의 얼굴이 떠올랐다. 뜨겁게 작렬하는 태양 아래 서 있어도 한기를 피워 올릴 것 같은 그의 차가운 카리스마를 생각하자 갑자기 가슴이 선득했다. 그를 만난 후, 살아온 모든 시간 동안 좋아해 온 마음을 간단히 어린아이의 착각으로 치부해 버리고 별일 아니라고 오히려 위로를 해주었다. 정말 그다웠다.

준은 갑자기 목이 타서 조금 전 경호가 사다가 냉장고에 채워놓은 맥주를 꺼내 뚜껑을 땄다. 재이가 그런 준을 흘끗 돌아보았다.

"덥니?"

준은 고개를 끄덕이고 고개를 뒤로 젖히고 맥주를 꿀꺽꿀꺽 마셨다. 맥주 한 줄기가 미처 입안으로 들어가지 못하고 입가에서 목덜미로 흘러내렸다. 재이가 그것을 핥아 먹을 듯이 갈급한 시선으로 쳐다보고 있다가 준과 눈이 마주치자 황급히 고개를 돌렸다.

"리더님도 하나 드릴까요?"

준은 재빨리 흘러내린 맥주를 손등으로 닦아내며 물었다.

"돼, 됐어."

"근데, 전에요. 리더님, 전에 우리 집에 오셨을 때 혹시 우리 오빠 만나셨어요?"

"언제?"

"숙취 해소 약 사다 주고 가신 날이요."

그날 둘이 마주쳤던 게 분명한데 재이가 그 얘기를 전혀 하지 않는 것이 문득 떠올랐던 것이다. 마주쳤다면 무형이 곱게 보내지는 않았을 텐데 말이다. 대놓고 쓰레기라고 하지 않던가. 대마초 전과자라니. 하기는 무형처럼 정도만 걸어온 사람이 받아들이기 힘든 일이기는 했을 것이다.

가끔 재이가 정말 약을 먹은 것이 아닐까 장난스러운 생각이 들 때도 있었지만 정말 그가 그런 종류의 일을 했다니 충격이긴 했다. 그렇다고 갑자기 그에게 거리감을 느끼거나 그렇지도 않았다. 이해하는 것은 아니지만 그냥 그런 사람이구나, 하고 받아들여졌다.

"아니. 못 만났는데? 밖으로 나오니 누가 타고 온 택시가 막 나가려고 하기에 바로 잡아타고 왔는데. 왜? 오빠가 나 봤대?"

"아니요. 리더님 나가고 바로 오빠가 왔기에 혹시나 해서요."

"오호, 큰일 날 뻔했군. 하마터면 마주칠 뻔했다는 얘기잖아. 너한테는 미안하지만 되도록 마주치고 싶지 않은 부류의 사람이야. 양복을 입은 저승사자가 있다면 바로 그 모습일 거야. 아무 잘못도 없는데 네 오빠 앞에만 서면 없는 죄라도 만들어서 나불나불 불고 싶어지거든. 그렇게 해서라도 그 사람을 만족시키고 싶다고나 할까?"

"리더님, 변태예요?"

준이 웃음을 터뜨렸다.

"나중에 네 남편 될 사람, 좀 불쌍해. 너를 얻는 건 행복한 일이
겠지만 그런 처남을 평생 감당해야 된다면 진땀 날 것 같단 말이
지."

재이의 쓸데없는 오지랖에 준은 어이가 없어서 또 웃었다. 겉으
로는 웃고 있는데 마음은 무겁게 가라앉았다. 무형과 이렇게 아무
일 없었다는 듯 지나가는 것을 기뻐해야 하는 것인지 슬퍼해야 하
는 것인지 가닥을 잡을 수가 없었다. 어차피 이룰 수 없는 바람이
라면 그냥 이대로 동생인 채로 평생 그의 그늘 아래 있는 것도 행
복이라는 생각을 하다가 그녀는 고개를 세차게 저었다. 여태 그렇
게 살아왔는데 그것은 행복이 아니었다. 어느 순간 그것은 천천히
가해지는 고문이 되었다. 그렇다고 안 보고 산다면, 그것 또한 피
가 마르는 고통일 텐데, 이럴 수도 저럴 수도 없었다.

준은 다 마신 맥주 캔을 우그러뜨려 휴지통에 넣었다. 무형의
말대로 연애를 한다면 그를 향한 마음을 버릴 수 있을까? 빈 맥주
캔을 버리듯 산뜻하게 말이다. 그 속에 답이라도 있다는 듯 준은
쓰레기통 속을 한참 동안 들여다보며 서 있었다.

집에 돌아오니 서라가 벌써 퇴근해 있었다. 그녀는 무형의 침대
에 앉아 그의 속옷을 개고 있다가 준을 보자 화들짝 놀랐다.

"소리 좀 내고 다녀. 깜짝 놀랐잖아."

서라가 살짝 눈을 흘기며 하던 일을 계속했다.

"뭐 해요?"

"속옷 개고 있잖아."

"그걸 왜 언니가 해요. 아주머니가 하실 텐데."

준은 괜히 못마땅해서 퉁명스럽게 물었다.

"잊어버리셨나, 건조대에 그대로 있기에."

서라는 아주 자연스럽고 아무렇지도 않게 그의 속옷을 조물락거리며 정성스럽게 차곡차곡 개고 있었다. 그 태도가 어찌나 당당한지 영락없는 남편의 물건을 만지는 아내의 모습이었다.

"언니, 전에 오빠 선봤다고 했잖아요. 어떻게 되어간대요?"

서라가 그 후에 다른 얘기를 해주지 않아서 궁금했다. 서라가 눈을 들어 준을 바라보았다. 그 눈빛이 어찌나 차가운지 움찔 놀랄 정도여서 준은 자신이 뭘 잘못했나 싶어 눈이 둥그레졌다.

"무형이 거절했대."

서라가 짧고 성의 없게 대꾸했다. 무슨 말이 더 있을까 싶어 계속 그녀를 바라보았지만 그게 다였다.

"왜요? 아주 좋은 혼처였다면서……."

"무형이 그런 거에 연연할 사람이니? 그렇게 궁금하면 직접 물어보든가."

"선봤다는 얘기도 안 하는데 그런 걸 어떻게 물어요."

준이 시무룩해져서 대꾸했다.

"하긴 그러네."

서라가 고개를 끄덕이며 흐흥, 웃었다. 그녀는 준이 있다는 것도 잊은 듯 더 이상 아무 얘기도 하지 않고 하던 일에 몰두했다. 준은 그녀가 무형의 속옷을 마음대로 만지는 것이 왠지 보고 있기 불편해서 방으로 돌아왔다. 차가운 물로 샤워를 하고 나왔는데도 숨이 막힐 듯 답답했다. 준은 젖은 머리를 말리지도 않고 가벼운 트레이닝복 차림을 하고 밖으로 나갔다.

"어디 가려고?"

소파에 앉아 발톱에 페티큐어를 하고 있던 서라가 쳐다보지도 않고 물었다. 짧은 반바지를 입고 있어 세우고 있는 다리가 그대로 허벅지까지 드러나 있었다. 오늘따라 그녀의 노출이 많은 실내복이 몹시 거북했다. 좀 단정하게 입으면 안 되나? 그런 생각을 하다가 준은 스스로에게 놀랐다. 왜 이러는 걸까. 서라를 미워할 이유가 없는데 자꾸 그녀를 못마땅한 눈으로 보고 있는 제 자신이 너무도 한심하고 못나 보였다.

"저녁을 많이 먹었더니 소화가 안 돼서요. 잠깐 공원에서 산책 좀 하고 올게요."

"그래."

서라는 페티큐어를 하느라 한 번도 준을 쳐다보지 않고 무성의하게 대답했다. 준은 밖으로 나와 아파트 단지 앞에 조성된 넓은 공원으로 발길을 옮겼다. 아주 늦은 시간이 아니라 산책하거나 조깅하는 사람들이 꽤 있었다. 준은 앞뒤로 손바닥을 맞부딪치며 걷고 있는 한 무리의 아주머니를 추월해 가볍게 걷기 시작했다. 공원의 산책로는 타원으로 되어 있어서 빠른 걸음으로 한 바퀴를 돌면 대충 15분 정도 걸렸다. 준은 한 번은 뛰고 두 번은 걸어서 세 바퀴를 돌았다.

준은 이마에 난 땀을 닦으며 자신이 살고 있는 아파트를 바라보았다. 손에 잡힐 듯 가까운 거리였는데 닿을 수 없이 멀게 느껴졌다. 그곳에 자신의 유일한 가족인 서라와 무형이 있는데 그 집으로 돌아가야 한다고 생각하자 발걸음이 천근만근 무거워지고 또다시 가슴이 답답했다. 집으로 돌아가면 연극을 해야 했다. 아무렇지 않은 척, 밥을 먹고 대화를 하고 웃어야 했다. 아무 죄도 없는 서라를 자꾸 거슬려 하는 자신도 싫었다.

준은 집으로 가는 길에 공원 입구에 있는 편의점에 들러 생수를 샀다. 계산대 앞에 고등학생으로 보이는 남학생 네댓 명이 컵라면과 샌드위치 같은 것을 계산하고 있었다. 준은 뒤에서 기다리다가 음료 코너로 가서 캔 맥주를 하나 집어 들었다. 왠지 물로는 갈증이 풀리지 않을 것 같아서였다.

계산을 하고 편의점을 나오며 캔 맥주 뚜껑을 땄다. 준은 편의점 앞에 놓인 플라스틱 테이블에 앉아 맥주를 마셨다. 좁은 인도 건너편에 사철나무 울타리가 서 있고 그 너머가 공원이었다. 공원 안에는 중국단풍 나무와 오동나무가 여유 만만한 자태로 서서 잔바람에 잎을 천천히 흔들고 있었다. 실바람이 불어와 목덜미에 빠져나온 머리카락을 날리며 지나갔다. 목을 넘어가는 맥주가 얼음처럼 차가웠다.

"누나."

그때 누군가 그녀가 앉은 테이블을 양손으로 내리짚으며 친근한 어조로 불렀다. 그 목소리가 하도 자연스러워 준은 아는 사람인가 하고 고개를 들어 쳐다보았다. 처음 보는 사람이었다. 덩치는 컸지만 얼굴은 아직 앳된 티를 벗지 못한, 고등학생쯤으로 보이는 남자애였다. 남자아이의 섬세하게 세운 앞머리가 불꽃처럼 붉었다.

옆에서 낄낄거리는 웃음소리가 들려왔다. 옆에 놓인 다른 테이블에 어느새 서너 명의 남자아이들이 몰려와 앉아 이쪽을 호기심 어린 눈으로 바라보며 저희끼리 수군대고 있었다. 그중에는 교복을 입은 아이도 눈에 띄었다. 그제야 조금 전 편의점 안에서 제 앞에서 계산을 하던 남자아이들이라는 것을 눈치챘다.

준은 허락도 구하지 않고 자신의 앞자리에 척 앉는 불꽃머리를 놀란 눈으로 바라보았다. 바로 일어서고 싶었지만 그랬다가는 그들을 자극하는 꼴이 될 것 같아 애써 참았다. 아무렇지 않은 인상을 주고 싶었지만 정말 그렇게 보일지는 알 수 없었다. 편의점 안에는 남자 아르바이트생이 두 명 있었고, 산책을 하고 집으로 돌아가는 사람들도 수시로 지나다니고 있었으므로 무슨 큰일이야 있으랴 싶었지만 조금 겁이 난 것은 사실이었다. 밤에 혼자 돌아다니지 말라고 잔소리를 하던 무형의 얼굴이 떠올랐다.

"누나, 부탁이 있어요."

불꽃머리가 은근한 어조로 준 쪽으로 상체를 기울이며 말했다. 독한 향수 냄새가 코를 찔렀다.

"뭐, 뭔데?"

준은 겁먹었다는 것을 보이지 않으려고 애쓰며 물었다.

"우리도 목이 말라서 한 캔 하고 싶은데 나이 어리다고 안 팔겠대요. 담배랑 맥주랑 누나가 대신 좀 사다 줘요. 돈은 드릴게요."

불꽃머리가 실실 웃으며 준이 들고 있는 맥주 캔을 손가락으로 툭 쳤다. 그리고 음흉한 시선으로 준을 위아래로 훑어보았다.

"글쎄, 안 팔면 안 파는 이유가 있지 않을까? 미성년자가 술 마시고 담배 피고 그러는 건 나도 별로……."

준이 최대한 그의 비위를 건드리지 않으려고 얼굴에 미소까지 지으며 말했지만 곧 제지당했다.

"존나, 까다롭게 굴지 말고 서로 돕고 삽시다."

불꽃머리가 인상을 구기며 위협적인 어조로 말했다. 준은 흠칫 놀랐지만 다행히 밖으로 크게 티를 내지는 않았다.

"미안한데 난 그만 가봐야겠다."

더는 그 자리에 있으면 안 될 것 같아 준은 절반도 안 마신 맥주 캔을 옆에 놓인 쓰레기통에 조심스럽게 넣으며 슬며시 자리에서 일어섰다.

"애써 부탁한 사람 성의가 있는데 그냥 내빼시게요?"

불꽃머리가 당장 준의 손목을 붙잡았다. 준이 송충이가 달라붙은 듯 치를 떨며 그 손을 뿌리쳤지만 어림도 없었다.

"이거 놔. 안 놓으면 소리 지를 거야."

티를 내지 않으려고 했지만 어쩔 수 없이 목소리가 떨려 나왔다. 준은 일을 크게 만들지 말자는 간절한 표정을 지으며 달래듯이 손목을 빼려 애썼다.

"이 누나 정말 노답일세. 뇌가 정말 청순한가 봄. 소리 지른다고 누가 나서서 도와줄 거 같아요? 세상이 어떻게 돌아가는지 전혀 모르는 눈친데?"

불꽃머리가 어이가 없다는 듯 히죽 웃으며 검지를 제 관자놀이 옆에다 대고 빙글빙글 돌렸다.

무형은 퇴근해서 집으로 들어오며 현관에 놓인 준의 스니커즈 한쪽이 뒤집어져 놓인 것을 보고 짝을 맞춰 가지런히 놓았다. 오늘은 일찍 들어온 모양이었다. 문 열리는 소리를 듣고 서라가 현관으로 달려나왔다. 무형은 서라의 뒤를 살폈지만 준은 보이지 않았다.

"준은?"

무형은 준에게 들으라고 그렇게 물었다. 이제 흐트러졌던 질서를 바로잡고 다시 예전의 일상으로 돌아갈 때라고 생각했다. 그동안은 준의 입장을 생각해 노골적으로 자신을 피하는 것을 알면서도 참아주었다. 그런 얘기를 하고 아무렇지도 않기가 쉽지 않을 것임을 알기 때문에. 그래서 따로 불러서 얘기도 했다. 준이 어서 마음이 안정되기를 바랐다. 그래야 자신도 이 심란한 마음에서 어서 벗어날 수 있을 테니까.

"산책한다고 나갔어."

서라가 대답했다.

"산책? 이 밤에?"

"저녁 먹은 게 소화가 안 된다고 잠깐 걷고 오겠대서 그러라 했
어."

"언제 나갔는데?"

"한 40분쯤 됐나?"

"이렇게 늦게 나가게 뒀어? 못 나가게 하든가, 같이 가든가."

무형이 나무라듯 말했다.

"이 시간에 공원에 산책하는 사람들 많아. 바로 앞인데 뭐. 금방
들어올 거야."

서라는 억지로 미소를 지으며 말했다. 무슨 아직도 애기 취급이
야, 다 큰 애를. 목구멍까지 그 말이 밀고 올라왔지만 애써 참았
다. 무형은 아무 대꾸도 하지 않고 자신의 방으로 들어갔다. 서라
는 어깨를 늘어뜨리고 무형의 단단해 보이는 등을 멍하니 바라보
았다. 서라가 소파로 돌아와 모니터링하기 위해 켜놓았던 뉴스 채
널을 막 돌리려고 할 때 무형이 방에서 나왔다. 들어왔으니 씻고
있겠거니 했더니 아직 옷도 갈아입지 않은 채였다.

"전화해 봐."

무형이 소매를 걷어 올린 팔을 허리에 얹으며 말했다. 서라는
짜증이 나서 속으로 이를 꽉 물었다. 유난을 떤다, 정말.

"응, 알았어."

서라는 옆에 두었던 휴대폰을 집어 준에게 전화를 걸었다. 발신

음이 몇 번 울리자 준의 방에서 휴대폰이 울렸다.

"안 가져갔나 봐."

서라가 어쩌지? 하는 얼굴로 무형을 바라보았다.

"이 자식이 정말……."

무형은 화가 났는지 미간을 좁히며 창밖을 바라보더니 바로 현관으로 나갔다.

"데리러 가게? 나도 같이 갈까?"

서라가 그의 뒤를 쫓아가며 물었다.

"금방 갔다 올게."

무형은 돌아보지 않고 현관문을 열고 나갔다. 아파트 정문을 나서면 바로 공원과 이어지는 길이 나왔으므로 무형은 그 길을 따라 걸어갔다. 하는 짓이 물가에 내놓은 어린애 같아서 도통 신경이 쓰여 살 수가 없다. 준에 대해 자신이 너무 예민하다는 것을 모르는 바는 아니었지만 오랜 습관과 책임감 때문에 그 마음을 내려놓기가 쉽지 않았다.

6월의 초여름 밤은 싱그러웠다. 그는 바지 주머니에 손을 넣고 생각에 잠겨 버드나무가 머리 위까지 늘어져 흔들리고 있는 길을 따라 천천히 걸어갔다. 작은 상점들 몇 개를 지나고 편의점을 지나면 바로 공원이었다. 그는 저만큼 바라보이는 공원에서 조깅을 하거나 걷고 있는 사람들 중에 준을 발견할 수 있을까 싶어 그쪽을 바라보며 걸었다. 공원 입구에 있는 편의점 옆을 막 지나가고 있는데 신경을 잡아채듯 귀에 익은 목소리가 그의 신경을 잡아끌었다.

"놓으라고 말했어. 정말 소리 지른다?"

준은 능글거리며 웃고 있는 남자애를 똑바로 노려보며 말했다. 안 놓으면 이번에는 진짜 소리를 질러야겠다고 생각하며 그녀는 천천히 숫자를 세었다. 남자애가 한쪽 입꼬리를 올리며 맘대로 해보라는 듯 비웃고 있었다. 준은 눈을 질끈 감고 셋을 셌다. 막 입을 벌리고 소리를 지르려는 찰나, 요란한 소리와 함께 남자애에게 잡혀 있던 손목이 자유로워졌다.

놀라서 실눈을 떴는데 불꽃머리가 저쪽 구석의 의자와 테이블과 한데 엉켜 처박혀 있는 것이 보였다. 누군가 옆에 있던 테이블을 다시 발로 쾅, 걷어차서 준과 남자애가 동시에 비명을 지르며 두 손으로 머리를 감싸 안았다. 어떻게 된 영문인지 몰라 준은 눈을 질끈 감은 채 부들부들 떨며 서 있었다.

잠시 후, 두려움에 떨며 웅얼거리는 말소리가 들려왔다. 준은 겨우 한쪽 눈을 떴다. 자신의 눈앞에 누군가 등을 보이고 산처럼 우뚝 서 있었다. 그에게 가려 패거리들의 모습은 자세하게 볼 수가 없었다. 준은 고개를 들고 쳐다보지 않고도 앞에 서 있는 사람이 무형이라는 것을 알았다. 준은 놀랍고 반가워서 눈물이 날 것 같았다. 무형에게 혼나는 건 나중 일이었고 우선은 불량 청소년들을 자신에게서 떼어내 준 것에 안도했다.

"은당고등학교? 몇 학년 몇 반이야?"

무형의 굵은 바리톤의 목소리가 그 상황과 맞지 않게 로맨틱하고 멋지게 들렸다. 그의 발밑에 불꽃머리가 소녀처럼 얌전히 꿇어 앉아 그가 묻는 말에 대답하고 있었다. 패거리들은 머릿수를 믿고 처음에 덤벼보려고 폼을 잡았지만 무형의 범상치 않은 카리스마에 눌려 주춤거리며 뒤로 물러섰다.

"이름."

"김종석."

불꽃머리가 주저하다가 이름을 댔고 나머지 패거리들도 서로 눈치를 보며 하나씩 제 이름을 불었다. 준은 그 광경이 하도 신기해서 멍하니 구경을 하고 있었다.

"담임 이름."

"윤정규……."

지나가던 행인들과 편의점 아르바이트생들이 웅성거리며 모여들어 구경했다. 무형이 그들에게 손을 저어 갈 길 가라는 표시를 하자 구경꾼들이 아쉽다는 듯 하나둘 흩어졌다.

"일어서."

애써 손질했을 불꽃머리가 이미 산발이 된 남자애에게 무형이 명령했다. 그 아이는 가엾게도 너무 순식간에 어이없이 당한 것이 믿기지 않는 듯 아직도 어안이 벙벙해 보였다. 무형은 덩치가 산만 한 남자애들 넷을 간단히 벽에 일렬로 서게 만들었다. 한 명은 무형이 불꽃머리를 제압할 때 놀라서 도망가고 없었다.

"들어가 있어."

무형이 넋이 나간 얼굴로 서 있는 준에게 편의점을 턱짓으로 가리쳤다. 준은 얼떨결에 고개를 끄덕이고 떨리는 다리를 겨우 움직여 편의점 안으로 들어갔다. 혼자 남자애들과 있을 때보다 무형이 나타나고부터 더 걷잡을 수 없이 떨렸다. 아르바이트생 남자가 그녀에게 의자를 권하며 괜찮으냐고 물었다. 준은 창백한 얼굴로 고개를 끄덕이고 그가 건네주는 차가운 물을 마셨다.

"밖에 남자분 혼자 괜찮을까요? 아무래도 경찰에 신고해야겠죠? 우리가 나가서 좀 도와야 하는 거 아닌가?"

아르바이트하는 젊고 깡마른 남자는 안절부절못하며 까치발을 하고 바깥 상황을 살피느라 여념이 없었다. 안에서는 그들이 서 있는 곳이 보이지 않았다.

"신고 안 하셔도 돼요. 괜찮을 거예요."

"아는 분이세요? 그 키 큰 남자분?"

"우리 오빠예요."

"아, 그러시구나. 다행이에요. 오빠분 안 오셨으면 어쩔 뻔했어요. 제가 불안해서 막 경찰에 신고를 할까 말까 하고 있었거든요."

"네, 감사합니다."

"쟤네, 맨날 오토바이 타고 이 근처서 노는 애들이에요. 밤만 되면 와서 얼쩡거려 불안하더니 이런 일 있을 줄 알았어요. 근데 정말 괜찮을까요? 쟤네 장난 아닌 애들인데."

남자는 뭐 마려운 강아지처럼 유리문에 붙어 불안해했다. 장정과 다름없는 남자애들 넷과 무형만 남겨두고 왔지만 무형이 걱정되지는 않았다. 오히려 남자애들이 걱정이 되었다. 그러다가 자신이 지금 남 걱정할 때가 아님을, 오늘 저는 무형에게 죽었다는 것을 준은 겨우 깨달았다.

10분쯤 후에 무형이 편의점 문을 열고 들어왔다. 표정도, 머리카락 한 올도, 흐트러지지 않은 것으로 보아 폭력 사태가 벌어진 것 같지는 않았다. 그는 들어와서 생수를 사고 부서진 플라스틱 테이블값을 계산대에 내려놓고 그제야 준을 바라보았다. 그는 생수 뚜껑을 따서 물을 마시면서도 의자에 앉아 있는 준에게서 눈을 떼지 않았다. 어떻게 죽일지 고민하는 것처럼 보였다. 준은 마른침을 삼키며 무릎 위에 놓인 손을 꽉 움켜쥐었다.

잠시 후, 아무 말도 없이 그가 편의점 문을 열고 나갔으므로 준도 얼른 일어나 그 뒤를 따라갔다. 밖에는 당연히 남자애들 그림자도 보이지 않았다. 준은 열 걸음쯤 떨어져 무형의 뒤를 따라갔다. 말없이 걸어가던 무형이 인적이 드문 길로 접어들자 걸음을 멈추고 뒤를 돌아보았다.

"빨리, 가까이 와."

그가 급하다는 듯 손을 까딱거리며 불렀다. 준은 얼른 걸음을 빨리해 그의 앞으로 다가갔다.

"너 돌았어?"

가까이 가자마자 그가 다짜고짜 소리를 질러서 준은 깜짝 놀랐다.

"밤중에 미쳤다고 길거리에 앉아서 술을 마셔?"

잘했다는 건 아니지만 무형이 불같이 화를 내자 준은 갑자기 반항심이 솟구쳤다. 와서 집적거린 불량한 놈들이 잘못이지 얌전히 술만 마신 자신이 도대체 무슨 잘못이란 말인가. 준은 아랫입술을 물고 땅을 내려다보고 있다가 갑자기 억울해져서 고개를 쳐들었다. 화를 펄펄 내고 있던 무형이 준의 도끼눈과 마주치자 움찔 놀란 표정을 지었다.

"뭘 잘했다고 꼬나봐? 눈 똑바로 못 떠? 이 새끼가 요새 좀 풀어줬더니 지 세상인 줄 아나 보네."

무형이 제 성질을 못 이겨 다시 폭발했으므로 준은 하는 수 없이 시선을 떨어뜨렸다.

"오빠가 안 왔으면 어쩔 뻔했어? 술 사다 달라면 편의점 들어가서 경찰에 신고하든지 오빠한테 전화하든지 해야겠다는 머리가 안 돌아가? 거기서 소리 지른다고 그 자식들이 얌전히 놓아줄 거 같아? 그런 위험한 순간에 어떻게 대처해야 할지도 모르면서 밤중에 겁도 없이 돌아다니고 너, 혼 좀 나야 돼."

무형은 대체로 과묵한 편이었지만 가끔 너무 기가 막히고 화가 심하게 나면 정말 말이 많아졌다. 화를 주체하지 못해 그것을 말로 쏟아붓는 것 같았다.

"이 밤중에 산책은 무슨 얼어 죽을 산책이야? 머리에 뭐가 들었기에 그렇게 아무 생각이 없어?"

그 후로도 꽤 오래, 준은 무형의 폭풍 같은 잔소리를 묵묵히 받아내야 했다. 집으로 돌아갔을 때는 무형이나 준이나 지쳐서 들어가자마자 침대에 쓰러지고 말았다. 서라가 그런 그들을 의문과 질투가 뒤섞인 눈으로 지켜보고 있었다.

❖

서라는 바의 문이 열릴 때마다 그쪽을 바라보았지만 번번이 기다리는 얼굴이 아니었다. 그녀는 벌써 네 잔째 칵테일을 마시며 자주 시계를 들여다보았다. 기다린 지 한 시간 삼십 분쯤 되었을 때 서라는 드디어 위스키 바의 출입문을 열고 들어서는 무형을 보았다. 서라는 그가 입구에 들어서서 홀을 한 번 훑고 자신을 발견하고 다가오는 것을 놓치지 않고 뜯어보았다. 밤늦은 시간까지 일을 하다가 와서 좀 지친 얼굴이었지만 멋있기 이를 데가 없다.

바에 앉아 있던 모든 사람들이 그를 쳐다보았다. 남자들은 본능적으로 자신보다 강한 수컷에 대한 경계심으로 표정이 살짝 굳어졌고 여자들은 입과 동공이 천천히 벌어지며 그가 서라에게로 와서 재킷을 벗어 옆 의자에 걸치며 앉는 것을 지켜보았다. 그에게는 사람들의 이목을 끄는 무언가가 있었다. 단순히 신체적인 조건 때문만이 아니라, 등장만으로 장소의 분위기를 긴장시키는, 남들이 갖지 못한 아우라를 품고 있었다. 자신과 아무 상관 없지만 같은 장소에 있다는 것만으로 누군가 머리카락을 잡아당기듯 신경이 계속 쓰이는 존재. 계속 흘끗거리며 훔쳐볼 수밖에 없게 만드는.

"먼저 들어가라니까 뭐 하러 기다려."

모든 사람이 그를 의식했지만 무형은 아무도 의식하지 않고 피곤한 듯 마른세수를 하며 말했다. 같이 퇴근하자고 검찰청 부근으로 와서 기다린다고 했더니 늦을 거라고 먼저 들어가라고 했다. 서라는 기다리겠다고 말하고 대답을 듣기 전에 얼른 전화를 끊었다. 이렇게 찾아와서 기다렸다가 퇴근하고 이런 경우는 한 번도 없었다. 자주 그렇게 하고 싶은 마음이 굴뚝같았지만 무형이 싫어하는 짓을 할 수는 없었다.

하지만 오늘은 무형의 마음보다 자신의 마음이 더 중요했다. 그가 정신없이 바쁘고 신경이 예민해져 있다는 것을 알면서도 서라는 일방적으로 약속을 잡았다. 더 오래 기다릴 각오를 했는데 한 시간 반이면 양호했다.

"오랜만에 밖에서 술 한잔하고 싶어서 핑곗김에."

서라는 그렇게 말하며 칵테일 한 잔을 더 주문했다. 무형은 주문한 맥켈란이 나오자 한 모금 마시고 답답했던지 넥타이를 풀어 재킷 주머니에 넣었다.

"요즘 힘들지?"

어제와 오늘 대기업으로부터 뇌물 수뢰 혐의를 받고 있는 정치인이 표적수사를 제기하며 검찰에 대해 맹공세를 퍼붓고 있었고 언론도 가세해서 검증되지 않은 내용을 여과 없이 방송에 내보내고 있었다. 내부적으로도 윗선으로부터 많은 압력이 그의 수사팀에 가해지고 있다는 후문을 들었다. 서라는 연일 뉴스꼭지에서 그 소식을 다루며 무형이 받을 스트레스를 걱정했다.

"맨날 똑같지 뭐."

무형은 별말 없이 그렇게 대꾸하며 시계를 보았다. 그리고 할 얘기가 그것밖에 없는지 덧붙였다.

"준은 들어왔대?"

"들어왔겠지. 오늘 공연 있다는 소리 없던데."

서라는 신경 끝이 날카로워지는 것을 느꼈지만 내색하지 않고 대답했다.

"전화 안 해봤어?"

무형이 흘끗 쳐다보며 물었다. 그 눈빛 속의 나무라는 빛을 서라는 놓치지 않았다.

"준이 애기야? 그냥 좀 내버려 둬."

"나이만 먹었지 세상 물정을 하나도 몰라. 엊그제만 해도 공원에서……."

"공원에서 왜?"

"아니, 됐고. 전화해 봐."

무형이 턱짓으로 테이블 위에 놓여 있던 서라의 휴대폰을 가리켰다. 아니, 둘이 있는 자리에서도 왜 늘 준의 얘기만 해야 한단말인가. 서라는 울컥해서 싫다고 말하려는데 제 손은 벌써 휴대폰을 들고 준의 번호를 누르고 있었다. 젠장.

[여보세요?]

준의 목소리가 전화기 저편에서 들려왔다.

"준, 어디니?"

[집이요. 언니는요?]

"응, 난 무형이랑 밖에서 한잔하고 있어."

[오빠랑요?]

준의 목소리가 한 톤 올라갔다.

"좀 늦을 거 같으니까 먼저 자."

[많이 늦어요?]

"아마도. 먼저 코 자고 있어요. 울 애기."

서라는 일부러 과장되게 다정한 목소리로 말하고 전화를 끊었다. 준이 속을 태울 걸 생각하자 마음이 한결 가벼워졌다.

"들어왔대. 먼저 자라고 했어."

서라는 대화 내용을 다 들었을 무형에게 다시 설명했다.

"금방 들어갈 건데 뭘 늦는다고 말해?"

무형이 들고 있던 잔을 비우며 말했다.

"나 그동안 바빠서 이런 데 정말 오랜만에 왔어. 좀만 더 있다가 가. 할 얘기도 있고."

"무슨 얘기?"

무형은 술잔을 비우며 무심히 물었다.

"준 말이야."

서라가 준의 얘기를 꺼내자 따분한 얼굴로 홀을 훑고 있던 그의 시선이 순식간에 서라에게로 돌아왔다.

"요새 나한테 무슨 불만이 있나 봐. 되게 짜증부리고 차갑게 굴어. 난 저를 진짜 동생이라고 생각하고 잘 지내려고 애쓰고 있는데 서운하고 속상해."

서라는 자신이 실제로 느꼈던 감정을 조금 많이 과장해서 늘어놓으며 쓸쓸한 표정을 지었다. 무형은 잔을 천천히 흔들어 얼음이 부딪치는 것을 바라보며 서라의 얘기를 듣고 있었다.

"요새는 뭐가 마음에 안 드는지 대화를 좀 해보려고 해도 시큰둥하니 상대도 잘 안 해줘. 나는 나름대로 그동안 저한테 최선을 다했다고 생각하는데…… 알아주기를 바라서 하는 얘기는 아니야. 그냥 좀 섭섭해서. 내 마음 이해해 줄 사람은 너밖에 없으니까."

"요새 밴드하는 거 때문에 나랑 많이 부딪치고 그래서 저도 스트레스가 많아서 그럴 거야. 네가 조금만 이해해 줘. 그 녀석 무뚝뚝한 성격이야 하루 이틀 겪은 것도 아니고."

무형은 남이 제 동생을 흉보기라도 한 듯 감싸고 들었다. 준 얘기에는 유독 저렇게 신경을 바짝 쓰고 집중하는 무형을 보면서 서라는 제발 자신이 틀렸기를 바랐다. 그의 감정이 준을 동생으로만, 순수한 우애로만 느끼고 있기를. 모든 것이 자신의 오해이기를.

무형과 둘이 술을 마시고 있다는 서라의 전화를 받고 준은 하고 있던 학교 과제를 덮고 침대에 누웠다. 둘이 밖에서 만나 술을 마시거나 하는 일은 거의 없는 일이었다. 준은 괜히 신경이 쓰여서 신경이 예민해졌다. 이제 무형을 좋아하는 마음을 숨기지 않고 적극적으로 대시할 거라던 서라의 말이 떠올랐다. 둘이 다정하게 술을 마시는 모습이 눈앞에 어른거려 잠도 오지 않았다.

두 사람이 들어온 건 자정이 좀 지나서였다. 많이 늦을 거라더니 생각보다 일찍 들어왔다. 준은 잠들지 않고 있었지만 나가보지 않았다. 자기 마음이 어떻다는 것을 알면서 보란 듯이 서라와 밖에서 데이트를 하고 들어오는 무형이 미웠다. 물론 연인 간의 데이트라고는 할 수 없어도 자신의 마음 따위는 안중에도 없다는 표현 같아서 속이 상했다. 그렇게까지 하지 않아도 더는 아무것도 할 수 없다는 것을 알 텐데. 준은 베개에 얼굴을 묻고 입술을 물었다.

밖에서 서라의 술 취한 목소리와 웃음소리가 간간이 들려오다가 문이 여닫히는 소리가 몇 번 나더니 조용해졌다. 준은 새벽까지 잠을 못 이루다가 늦게야 잠이 들었다. 눈을 뜨니 일곱 시가 좀 지나 있었다. 잠결에, 무형이 출근하는지 현관문 여닫히는 소리를 들은 것도 같았다. 준은 욕실로 가서 샤워를 하고 아침 식사를 준비하기 위해 주방으로 갔다.

서라는 아직 자고 있는지 조용했다. 준은 무형이 내려놓은 커피를 머그 컵에 따르고 서라가 좋아하는 통밀 빵을 자르고 사과를 씻어서 반으로 갈라 각자의 접시에 담아놓고 서라를 깨우러 갔다. 벌써 일어났을 시간이라 노크를 했지만 아무 소리가 없어서 방문을 열어보았다. 침대는 말끔히 정리된 채로 비어 있었다. 벌써 출근을 했나 싶어서 그녀는 고개를 기웃거리며 방문을 도로 닫고 나왔다.

준은 주방으로 돌아가다가 서라의 방 맞은편에 있는 무형의 방 문이 조금 열려 있는 것을 보았다. 10센티미터쯤 열린 문 안을 무심코 흘끗 보며 지나쳤다. 그리고 발걸음을 내딛은 모습 그대로 얼음처럼 굳어버렸다. 무형의 침대에 사람이 있었다. 물론 무형은 아니었다. 머리가 길었고 맨어깨를 드러낸 채 등을 보이고 누워 있는 사람은 서라였다.

준은 잠시 자신이 무형과 서라의 방을 착각했나 싶었다. 그럴 리 없었다. 준은 저도 모르게 무언가에 이끌리듯 떨리는 손으로 문을 조금 밀었다. 무형의 침대에 정말 서라가 누워 있었다. 그것 도 맨몸으로.

제 심장이 울리는 소리가 자신의 귀에까지 들렸고, 그 울림 때문에 온몸이 부들부들 떨렸다. 뭔가 착오가 있겠지, 준은 고개를 저었다. 무형이 그럴 리가 없다. 갑자기 어떻게 두 사람이 그런 사 이로 발전할 수가 있단 말인가. 아닐 거라고 준은 재차 고개를 저었다. 뭔가 사정이 있을 거야.

준은 일단 진정을 하기 위해 문을 도로 닫고 그 자리를 벗어나 기로 했다. 가빠지는 숨을 참으며 문을 도로 닫고 있는데 인기척을 느꼈는지 서라가 부스럭거리며 머리카락이 흘러내린 얼굴을 준 쪽으로 돌렸다. 그녀는 인상을 쓰며 머리를 쓸어 올리다가 준을 보고 깜짝 놀란 듯 흘러내린 이불을 얼른 가슴 위로 끌어 올려 감추었다. 아예 맨몸은 아니었다. 그녀는 스킨 컬러의 실크 슬립을 입고 있었다. 가느다단 슬립 끈이 어깨에서 흘러내려 그녀의 왼쪽 젖무덤이 드러나 있어서 벗은 거나 다름없어 보였지만.

그녀는 준을 보자 좀 당황한 듯했지만 이내 쑥스러운 듯 미소를 지어 보였다. 아, 들켰네. 하는 표정이었다.

"……."

준은 아무 말도 못하고 그저 멍하니 서라를 바라보고 서 있었다.

"어머, 시간이 벌써 이렇게 됐네? 깨워주고 간다더니 그냥 간 거 봐."

서라가 침대 옆 테이블 위에 놓여 있던 자신의 핸드폰을 들여다보더니 아무렇지 않게 자리에서 일어났다. 입고 있는 슬립은 잠자리 날개처럼 얇았다. 그녀가 침대에서 일어났을 때 가슴과 몸의 윤곽선이 그대로 다 드러났다. 준은 못 볼 것을 본 것처럼 얼른 고개를 돌렸다.

"뭘 그렇게 놀란 토끼 눈이야? 언니가 말했지? 무형이 이제 내 남자 만들 거라고."

서라가 준에게 슬쩍 윙크를 하며 옆을 스쳐 지나갔다. 그녀는 달콤하고 은밀한 향수 냄새를 남기고 제 방으로 들어가 버렸다. 준은 서라가 사라지고 난 후에도 흐트러져 있는 무형의 침대를 바라보며 움직이지 못했다. 나쁜 인간. 준은 누구에게랄 것도 없이 그렇게 중얼거렸다. 그녀는 고여 있던 눈물이 떨어지자마자 증거를 없애듯이 재빨리 손등으로 그것을 닦아냈다.

준은 아침을 먹는 둥 마는 둥 하고 바로 집을 나왔다. 도저히 가만히 있을 수가 없었다. 꼭 무형에게 와야겠다는 생각을 한 것은 아닌데 전철을 타고 그가 일하는 검찰청이 있는 역에서 내렸다. 준은 주변을 오래 서성이다가 계획도 없이 무형에게 전화를 걸었다. 그가 몹시 바쁘다는 것도 알고, 일할 때는 사적인 전화는 잘 받지 않는다는 것도 알고 있었다. 그래도 준은 그를 한 번 보고 싶었다.

대놓고 물어볼 수는 없어도 그가 서라와 자고 난 후 어떤 얼굴을 하고 있는지 확인하고 싶었다. 아직도 준은 믿고 싶지 않았지만 사실 여태 그런 일이 없었다는 것이 더 이상하게 느껴지기도 했다. 누구보다 둘이 잘 어울린다고 스스로도 생각하고 있었지 않은가. 그들은 오래 알아왔고 충분히 매력적인 젊은 남녀였다. 그 사이에서 불꽃이 튀는 일은 언제고 가능한 일이었다. 이상할 일도 아니었다. 신호음이 꽤 여러 번 울렸을 때 무형이 전화를 받았다.

[무슨 일 있어?]

전화를 받자마자 무형이 좀 놀란 목소리로 물었다.

"연습실 가는 길인데 오빠 바쁘지 않으면 같이 점심 먹으려고요."

[점심?]

그는 그렇게 말하고 잠시 뜸을 들였다.

"바쁘면 됐어요. 그냥 갈래요."

[어디야?]

"전철역 근처요."

[알았어. 20분쯤 걸릴 테니까 길에 서 있지 말고 어디 들어가서 기다려. 전화할게.]

전화가 끊겼다. 준은 말없이 전화기를 들여다보며 서 있다가 겨우 가쁜 숨을 몰아쉬었다. 그에게 전화를 하는 동안 저도 모르게 숨을 참고 있었던 모양이다. 준은 손에 난 땀을 청바지에 문질러 닦고, 들어가 기다릴 만한 식당을 찾기 위해 두리번거렸다. 점심 식사 시간이라 식당마다 사람이 많았다. 준은 식당 몇 군데를 기웃거리다가 그냥 근처에 있는 패스트푸드점으로 들어갔다.

어렸을 때 가끔 집밥이 먹기 싫으면 무형은 준을 데리고 패스트 푸드점으로 가서 햄버거를 사주었다. 그도 준도 햄버거를 좋아했다. 입을 하앙, 벌리고 햄버거를 먹고 나면 그는 준의 코와 입가에 묻은 소스를 냅킨으로 닦아주었다. 패스트푸드점을 나올 때는 소프트 아이스크림을 사서 하나씩 들고 먹으며 집으로 돌아왔다. 아이스크림을 먹느라 준의 걸음이 느려져 뒤처지곤 했으므로 그때는 무형도 손을 잡아주었다. 준을 자신의 걸음에 맞추기 위해서가 아니라 자신이 준의 걸음걸이에 맞추기 위해서.

준은 세 개의 불고기 버거와 음료를 주문하고 막 자리가 난 창가 자리에 앉았다. 그녀는 가방에서 물티슈를 꺼내 테이블을 닦고 나서 턱을 괴고 거리를 내다보았다. 거리에는 햇볕이 소나기처럼 내려 쪼이고 있었다. 손차양을 하고 얼굴에 그늘을 만들며 지나가는 사람들의 표정도 6월의 햇살처럼 싱그러워 보였다. 가로수들도 햇빛을 반사하며 더할 수 없이 싱싱하게 빛났다.

준은 왠지, 왁자한 패스트푸드점에서, 6월의 눈부신 햇살 아래서, 바쁜 듯 활기찬 발걸음을 내딛으며 지나가는 사람들 사이에서 혼자 버려진 듯한 소외감을 느꼈다. 그 눈부신 계절 아래서 자신만 불행하게 느껴졌다.

준은 무형에게 햄버거 가게에 있다는 문자를 보냈다. 주문한 음식이 나왔다는 진동벨이 울리는 것과 동시에 무형이 출입문을 열고 들어섰다. 그는 준이 엉거주춤 일어선 것을 보고 다가와 호출기를 받아 들고 카운터로 갔다. 그는 곧 햄버거와 음료가 담긴 쟁반을 들고 준이 있는 자리로 돌아왔다.

"웬 햄버거야? 밥을 먹지."

무형이 음료수와 햄버거를 준 앞에 놓아주며 말했다.

"싫으면 밥 먹으러 가요. 햄버거는 멤버들 가져다주면 돼요."

"됐어. 먹어."

그는 껍질을 벗긴 햄버거를 크게 베어 물고 우물우물 씹기 시작했다. 준은 잠시 그를 멍하니 바라보았다. 그는 음식도 참 복스럽게 먹었다. 무형이 음식을 먹는 것을 보며 준은, 햄버거를 베어 물듯이 지난밤 그가 서라의 젖무덤을 삼켰을 상상을 했다. 그녀는 얼굴이 창백해져서 창 쪽으로 시선을 돌렸다.

"무슨 일 있는 건 아니지?"

무형은 창밖을 내다보며 말없이 햄버거를 먹고 있는 준의 핏기

없는 얼굴을 바라보며 물었다.

"아무 일 없어요. 그냥 지나다가 점심때도 됐고 그래서 들렀어요."

준이 보일 듯 말 듯 웃어 보였다. 무슨 바람이 불어서 어제는 서라가 오늘은 준이 차례로 찾아오는지 궁금했다. 여태 없던 일이었다. 햄버거를 베어 물고 오물거리며 먹는 모습이 귀엽고 예뻐 보여 자꾸 바라보게 되었다. 그는 준의 볼록한 볼과 맛있는 과일처럼 선홍색을 띠고 있는 입술을 바라보다가 미간을 찌푸렸다. 신경이 왜 자꾸 쓸데없는 곳에 꽂히는지 스스로에게 짜증이 났다. 준이 음식 먹는 것을 하루 이틀 봐온 것도 아니고.

몇십 분 전 사무실에서 준의 전화를 받았던 때가 떠올랐다. 사무실 안은 오늘 안으로 구속영장을 발부받아야 하는 피의자 조사를 끝내느라 다들 분주했다. 정신없이 바쁜데 전화벨이 울려서 조금 늦게 전화를 집어 들었다. 웬만한 전화가 아니면 무시하는 건 당연한 일이었다. 발신자 표시에 뜬 준의 이름을 보자 그는 바로 전화를 받았다. 지나가는 길에 들렀다며 점심을 먹자고 했다. 이 급박한 시간에 그런 한가한 얘기를 듣고 있자니 잠깐 웃음이 났다. 그는 두말 않고 알았다고 대답했다. 다른 때 같으면 조사 끝내고 구속영장 정리해서 부장에게 결재를 올리고 나서야 점심 먹을 생각을 했을 것이다.

그는 전화를 끊고도 몇 초간 휴대전화를 들여다보고 있었다. 자신의 행동이 스스로 생각해도 좀 어이가 없었다. 정신없이 일을 하고 있는 팀원들에게 점심 먹고 마무리하자고 했을 때 다들 의아한 얼굴로 그를 바라보았다. 그가 겉옷을 챙겨 외출을 하는 것을 보고서야 중요한 일이 생겼나 보다 하는 얼굴로 다녀오시라 인사를 했다.

그는 준이 문자로 찍어준 패스트푸드점으로 걸어가며 심경이 복잡했다. 전화를 건 사람이 준이라는 것을 알았을 때, 근처에 왔다는 말을 들었을 때 그는 좀 들떴던 것 같기도 했다. 여동생이 밥을 먹자는데 설레는 미친놈이 어디 있을까. 그는 재킷을 한 손에 쥐고 걸으며 이맛살을 찌푸렸다. 자신이 요즘 좀 이상해졌다는 것을 그도 알고 있었다.

준에게 고백이나 다름없는 말을 들은 후부터 그는 자신의 내부에서 일어나는 미묘하고 건전하지 못한 변화를 감지하고 있었다. 자신을 잘 포장해 두었던, 절대 풀어져서는 안 되는 껍질이 한 겹 벗겨져 나간 그런 느낌이었다. 그 포장 안에는 자신도 미처 알아채지 못한 여러 모순된 감정들이 들끓고 있었다. 그것들은 절대 밖으로 드러나서는 안 되는 것들이었는데 봉인이 해제가 되기라도 한 듯 시시때때로 그의 마음을 어지럽게 했다.

준은 자신의 여동생이고 나이를 헛먹어서 아직 어린애와 다를 바가 없었다. 세상 물정 모르는 철부지의 말에 휘둘린다는 것은 어른으로서 할 짓이 아니라고 그는 거듭거듭 자신에게 주지시켰다. 준을 여자로 보다니 있을 수 없는 일이다. 그런 생각만으로 죄책감이 들었고 파렴치한이 된 것 같아 준의 얼굴을 보기가 민망했다. 준은 네 동생이야. 그는 스스로에게 남처럼 타일렀다.

준은 눈이 마주치자 웃어 보였다. 그 미소가 왜 애달파 보이는지 모를 일이었다. 괜히 가슴이 뭉클해졌다. 그날 이후 한동안 피해 다녀서 걱정을 했는데 이렇게 스스로 찾아오기까지 한 걸 보면 마음이 좀 정리가 된 것 같기도 했다. 어쨌든 이 정도에서 마무리가 되어서 다행이다. 다행이다. 그는 자신의 다른 마음이 흘러나오는 것을 막듯이 그렇게 여러 번 중얼거렸다. 두 사람은 일상적인 얘기를 몇 마디 나누며 햄버거를 다 먹었다. 그리고 아이스크림 대신 아이스커피를 사 들고 밖으로 나왔다.

"연습실 갈 거야?"

그가 햇빛 때문에 눈을 가늘게 뜨고 그녀를 내려다보며 물었다. 준이 고개를 끄덕였다.

"오늘 공연 있어?"

"아니요."

"그럼 집에 일찍 들어가."

"오빠는요? 오늘 늦어요?"

"아마 오늘은 못 들어갈 거야. 내일 아침에 잠깐 들를 수도 있고."

"죄송해요."

"뭐가?"

"바쁜데 찾아와서요."

"지금은 안 바빠. 저녁부터 아마 바쁠 거야."

무형의 말에 준이 제가 신은 캔버스 운동화 끝으로 보도블록을 콩콩 찍으며 조금 웃었다. 오늘따라 잘 웃는다.

"가. 얼른."

무형이 전철역으로 내려가는 계단을 가리키며 말했다.

"오빠 바래다주고 가면 안 돼요?"

"뭘 바래다줘. 더운데."

"산책하고 싶어서요."

준의 말에 무형은 못 이기는 척하고 준과 함께 검찰 청사 쪽으로 발걸음을 옮겼다. 다행히 가는 길에 가로수 그늘이 져 있어 그다지 덥지는 않았다. 두 사람은 얼음이 달그락거리는 차가운 커피를 마시며 천천히 걸어서 청사 앞에 도착했다.

"혼자 가야 하잖아. 왜 따라와, 그러게."

무형은 미간에 주름을 잡으며 준을 내려다보았다. 왜 저렇게 슬퍼 보이는 얼굴일까. 희미하게 미소를 짓고 있었지만 눈빛이 금방 운다고 해도 이상할 게 없이 가라앉아 있었다.

"고민 있으면 언제든 얘기해. 무슨 얘기든 말이야. 나한테 하기 힘들면 서라한테라도."

그렇게 말해놓고 나서 자신이 실언을 했다는 것을 알았다. 요즘 준의 고민이야 뻔한데 그런 얘기를 꺼내다니 경솔했다. 아무리 고민이 깊어도 자신이나 서라에게 털어놓을 수는 없는 고민을 하고 있을 게 분명한데.

"그리고 서라 언니한테 잘 좀 해. 심통 부리지 말고."

무형은 어젯밤 서라가 준에 대해 하던 말이 문득 떠올라 화제를 돌렸다. 준의 무심한 태도가 서라 입장에서는 섭섭할 수 있었다. 준은 마음에 없는 행동을 잘 못해서 마음이 표정에 바로 다 드러났다. 서라에게는 편해서 더 그럴 수 있었다. 그런 행동도 사회생활 하려면 고쳐야겠다 싶어서 교육 차원에서 그는 잔소리를 덧붙였다.

"서라가 편해서 그런 건 알지만 가까운 사이일수록 예의 지키고 서로 존중해야 해."

무형의 말을 듣고 있던 준은 울컥했다. 도대체 뭔 소리를 듣고 저런 말을 할까 싶었다. 그의 귀에 대고 뭔가를 속살거리는 서라의 환영이 눈앞에 어른거렸다. 준은 눈을 질끈 감고 심호흡을 했다. 질투와 분노가 뒤섞여 머리에서 김이 나는 것 같았다.

하지만 그래 봤자다. 게임은 이미 끝났으니까. 싸워본 적도 없지만 준은 패배를 인정하기로 했다. 그렇게라도 제 안에서 타오르는 불을 끄지 않으면 무형에게 울고불고 매달릴 것 같아 불안했다. 왜 나는 안 되는 것이냐고. 나도 당신을 그녀 못지않게 사랑하고 있다고. 아직 제대로 꺼내보지도 못한 그에 대한 감정들이 속에서 아우성을 치며 밖으로 나오려고 용을 쓰고 있었다.

"알았어요. 앞으로 잘할게요. 언니한테."

"그래."

준의 말을 들은 무형이 기특하다는 표정을 지었다.

"그리고 곰곰이 생각해 봤는데 오빠 말이 맞았어요."

"무슨 말?"

"어릴 때부터 오빠한테 너무 의지하고 살아서 그걸 다른 감정과 혼동을 했다는 말이요. 아직 연애를 안 해봤지만 남자를 사랑하는 건 이런 감정은 아닐 거 같아요. 보통 애인을 존경하고 우러러보고 이러지는 않지 않을까요? 그죠?"

준이 장난스러운 표정을 지으며 물었다. 속으로는 눈물이 날 것 같았지만 그녀는 웃었다.

"우러러보고 존경한다고?"

무형이 어이없다는 듯 웃었다.

"저 오빠 존경해요. 오빠는 정말 훌륭한 사람이니까요."

"왜 비꼬는 것처럼 들리지?"

"비꼬는 거 아닌데."

준의 말에 무형이 웃었다.

"전에…… 내가 했던 얘기는 취소할래요. 오빠 얼른 결혼해서 행복하게 살면 좋겠어요. 조카도…… 얼른 보고 싶고."

무형은 준의 눈을 바라보며 그 말을 듣고 있었다. 며칠 만에 그렇게 마음이 변할 리 없어서 그 말이 진심이 아니라는 짐작은 했지만 준의 눈을 보고 무형은 헷갈렸다. 다른 여자랑 결혼하는 거 싫다고 말하던 며칠 전 눈빛과 달라져 있었다. 힘들고 아픈 고백을 하는 와중에도 생명력 가득하게 반짝이던 눈빛에는 이제 아무 빛도 들어 있지 않았다. 꼭 지금 하는 말이 진심 같다는 생각이 들자 무형은 마음 한구석이 차갑게 식는 기분을 느꼈다.

"그래. 그래야지."

무형이 고개를 끄덕였다. 준도 희미한 미소를 지으며 마주 고개를 끄덕였다.

"얼른 가. 저녁에 일찍 들어가고."

"네."

준은 그에게서 등을 돌렸다. 이제는 정말 그의 동생으로 살리라. 그렇게라도 그를 볼 수만 있다면 그것으로 족하다. 준은 그렇게 생각하려 애쓰며 그에게서 한 걸음씩 떼어놓았다.

연습실에 갔더니 재이 혼자 준을 기다리고 있었다. 재이가 먼저 나와 있는 일은 여태 한 번도 없었기 때문에 준은 어리둥절했다.

"오늘 무슨 날이에요? 어떻게 리더님이 제일 먼저 나와 계세요?"

준이 눈을 동그랗게 뜨며 장난스럽게 물었다.

"오늘 연습 취소됐어. 동영이 장모님이 다쳐서 병원에 계시대."

"무슨 일로요? 많이 다치셨대요?"

"계단에서 넘어지셨대. 심각한 건 아니고 발목 인대를 좀 다치신 모양이야."

"아, 그렇구나."

"그 집에 남자는 동영이 혼자라 그런 일 있으면 나서서 처리해야 해. 전에도 종종 처가에 일 생겨서 연습 취소하고 그랬어."

준이 다시 고개를 끄덕였다.

"그래서 오늘은 연습 쉬기로 했어."

"경호 오빠는요?"

"아직 학원에 있을 거야. 오지 말라고 전화했어."

"저한테도 전화로 알려주시지 그랬어요. 그럼 안 기다려도 되셨을 텐데."

"일부러 안 했어."

"왜요?"

"이제부터 남는 시간이니까 둘이 놀려고."

재이가 벌떡 일어나며 말했다.

"뭐 하며 놀아요?"

"뭐든."

"뭐든요?"

"그래, 뭐 하고 싶은지 말만 해."

준은 재이의 말투에 웃음이 났다. 뭐든 다 해줄 자신이 있다는 저 당당한 자신감은 도대체 어디서 나오는 걸까.

"멀리, 멀리 가고 싶어요. 서울에서 최대한 멀리요."

준은 만세를 부르듯 팔을 활짝 벌리며 그렇게 말했다. 농담처럼 말했지만 진심이었다. 무형이 생각나지 않을 만큼 멀리 갈 수만 있다면 어디든 가고 싶었다.

"여권 있어?"

재이가 웃지도 않고 말했다.

"여권 없는데."

준은 풀 죽은 목소리로 대꾸했다. 무형과 서라네 식구들과 이웃 나라로 여름휴가를 다니곤 했으므로 여권을 가지고 있었지만 준은 농담으로 받아넘겼다. 재이가 또 허풍을 떠는 것이 웃겨서 맞장구를 쳐 준 것이다.

"아쉽네. 여권만 있었으면 당장 지구 반대편으로 데려다줄 수 있는데."

"그러게요. 아, 아쉽네."

준이 낄낄, 웃으며 대꾸했다.

"농담 아니야."

"알아요. 농담 아니에요."

준이 고개를 끄덕였다.

"그럼 우리 제주도 갈까? 거기가 그래도 서울에서는 제일 머니까."

그가 정말 진지하게 말해서 준은 고개를 저었다.

"벌써 두 시가 다 됐어요. 몸이 멀리 떠나기는 틀렸고, 우리 정신을 멀리 보내 보는 건 어때요?"

"정신을? 어떻게? 명상이라도 할까?"

재이가 합장하는 자세를 취하며 물었다.

"술 마시러 가요. 술 마시면 안드로메다도 갈 수 있어요."

"그거 좋은 생각이네."

재이가 손가락을 딱 부딪치며 웃었다. 두 사람은 지하실을 나와 아직 햇살이 쨍쨍한 바깥으로 나왔다. 재이는 어디로 가야 하는지 안다는 듯 준을 택시에 태웠다. 운전기사에게 목적지를 알려주는 그의 얼굴이 조금 들떠 보였다.

재이는 택시에서 내려 카페가 양쪽으로 늘어서 있는 거리로 들어서 이면도로로 준을 데리고 갔다. 그곳에는 메인 거리보다는 조금 더 조용하고 아늑한 분위기의 작은 카페와 술집들이 주택가 사이사이에 보석처럼 숨어 있었다.

재이는 골목을 한참 걸어서 붉은색 차양이 쳐져 있는 한적한 위치에 자리한 위스키 바로 들어갔다. 바 안은 지상에서 일 미터쯤 바닥이 낮고 짙은 색상의 가구들을 배치해 놓아 묵직하고 안정된 분위기를 풍겼다. 홀을 채우고 있는 테이블 간의 간격도 넓고 두 개의 커다란 기둥이 홀 가운데를 가로막고 있는 특이한 구조라 옆 테이블에 방해받지 않고 시간을 보내기 좋을 것 같았다.

"오랜만에 오셨네요?"

종업원이 다가와 반갑게 인사를 건넸다. 재이는 손을 들어 인사를 받고 붉은 차양이 내다보이는 창가 테이블에 자리를 잡고 앉았다. 그는 준을 위해 미도리샤워를 시켰고 자신은 마티니를 주문했다. 기본 안주와 칵테일이 먼저 나오자 두 사람은 건배를 하고 술을 마셨다. 홀에는 그들 외에 손님이 아무도 없었다.

"저는 그냥 소주 먹으러 가도 되는데."

그가 아마도 여자에게 작업을 걸 때 이런 곳에 오지 않을까 하는 생각을 하며 준이 말했다.

"그래, 나중에 소주도 사줄게."

재이가 씩 웃었다. 두 사람은 안주가 나왔을 때 두 번째 칵테일을 시켰고, 잠시 후에는 위스키를 시켜놓고 본격적으로 술을 마시기 시작했다. 밖에는 아직 햇볕이 내려쬐는 대낮이었다.

"딱 다섯 시까지만 마시고 일어서자. 집에 가서 씻고 얌전히 자면 오빠도 모르겠지?"

"우리 오빠 무섭죠?"

준이 놀리듯이 말했다.

"무섭다기보다는…… 그래 무섭기도 하고."

그는 그렇게 말하며 웃었다. 그리고 다시 덧붙였다.

"사실은 잘 보이고 싶어서 그래."

"왜요? 검사니까?"

"검사? 네 오빠는 네가 죄를 지어도 봐줄 것 같지 않더라. 검사라 잘 보일 것 같으면 다른 사람을 찾아보는 게 빠르지."

듣고 보니 그랬다. 준은 고개를 끄덕였다.

"너랑 관계 있는 사람이라면 누구에게든 잘 보이고 싶거든."

재이가 수줍은 소년처럼 고백했다. 분위기가 어째 이상하게 흘러간다고 생각했지만 준은 알코올 덕분에 모든 주위 자극들로부터 무디어졌다.

"그거, 아내가 예쁘면 처갓집 말뚝에도 절을 한다, 뭐 이런 거하고 관계가 있는 말이에요?"

"오, 그렇지. 그렇지."

재이가 절묘하다는 듯 감탄하는 얼굴을 했다. 준은 웃음이 터졌다. 술기운이 돌아서 가라앉아 있던 기분이 풍선처럼 가벼워졌다. 심각할 것도 없고, 머리 싸매고 고민하던 것도 우습게 느껴졌다. 준은 통증이 마비된 듯한 그 상태를 유지하기 위해 계속 술을 마셨다.

5

잠에서 깨었을 때 준은 낯선 장소에 있었다. 눈을 뜰 수 없을 정도의 두통 때문에 머리를 감싸 쥐며 신음을 내뱉었다. 그녀는 일어나려던 것을 포기하고 다시 베개 위로 머리를 묻었다.

"많이 아파?"

옆에서 남자 목소리가 들려왔다. 준은 화들짝 놀라서 눈을 번쩍 떴다. 재이가 침대 아래서 윗몸을 일으켜 앉았다.

"어, 어떻게 된 거예요? 리더님이 왜 여기 있어요?"

온갖 나쁜 상상이 머릿속을 스치고 지나갔다. 주위를 살펴보니 낯선 장소였고 일반 가정집의 인테리어는 아니었으므로 아마도 숙박업소인 것 같았다. 술을 먹여서 이런 데로 끌고 오다니. 준은 부들부들 떨리는 몸을 겨우 진정하며 시트를 붙잡고 있던 제 몸을 내려다보았다. 다행히 옷은 어제 입은 그대로였다.

"하나도 기억 안 나니?"

재이가 한쪽 눈만 뜬 채 미간을 찌푸리며 그녀를 바라보았다.

"왜 제가 여기 있어요? 집에 가야 하는데……."

준이 원망과 두려움이 섞인 눈으로 그를 바라보았다.

"절대 집에 안 들어가겠다고 버텨서 어쩔 수 없었어. 술 취한 와중에도 이런 데 오는 거 난 끝까지 반대했다. 남자로서 그러기 쉽지 않거든."

준의 의심스러운 눈빛에 억울하다는 듯 재이가 손사래를 치며 변명을 했다.

"이제 어떡해요. 외박을 했으니…… 오빠한테 죽었다."

준은 울상을 지으며 침대에 주저앉았다. 지금쯤 집에서 난리가 났겠지? 준은 바닥에 떨어져 있는 가방을 뒤져 전화기를 꺼냈다. 전화기는 방전이 되었는지 전원이 꺼져 있었다.

"너 술 좀 깨면 새벽에라도 데려다주려고 했는데 나도 많이 마셔서 잠들어 버렸어."

재이가 미안한 얼굴로 준을 바라보았다. 어제 완전히 필름이 끊기기 전에 서라에게 전화를 해서 좀 늦을 거라는 말을 한 기억까지는 났다. 무형이 어제 검찰청에서 잤다면 아직 모를 수도 있었다. 서라가 알리지만 않았다면…… 아, 모르겠다. 준은 갑자기 될 대로 되라는 심정이 되었다.

준은 무형이 서라와 잤다는 것도 놀랐지만 사실은 자신이 자고 있는 건넌방에서 그랬다는 것에 더 충격을 받았다. 물론 일부러 그러지는 않았을 거라고 생각했다. 어쨌든 자신을 전혀 배려하지도 존중하지도 않은 것은 분명했다. 그녀는 입술을 씹다가 머리카락을 움켜쥐며 고개를 흔들었다. 이 와중에 배려니 존중이니 그런 게 다 무슨 소용이람. 다 부질없었다.

"난 오빠한테 최소 사망이겠지?"

재이가 다시 벌렁 누우며 말했다.

"걱정 마세요. 리더님하고 있었다고 얘기 안 할게요."

"언니분이 벌써 알고 있잖아. 너 어제 통화할 때 나랑 있다고 얘기했잖아."

"리더님이 친구 집에 데려다줬다고 할게요."

준은 난리가 난 머리를 손으로 빗어 내리며 걱정 말라는 듯 말했다.

"그냥 나랑 있었다고 해도 돼."

재이가 차분한 목소리로 말했다.

"그럼 사망이라면서요?"

"설마 진짜 죽이기야 하겠니?"

"모르는 일이에요."

준이 농담을 하자 재이가 허허, 웃었다.

"아무튼 얼른 집에 가는 게 좋겠어요."

준은 다시 걱정이 밀려와 풀 죽은 목소리로 말했다.

"이렇게 나갔다가는 금세 사람들에게 외박한 거 광고하는 꼴일 텐데, 씻고 가자. 먼저 씻어."

재이가 욕실을 가리키며 말했다. 준은 갑자기 경계심 가득한 얼굴로 인상을 찌푸리며 가슴 앞에 팔을 X자로 모으며 고개를 저었다.

"갑자기 왜 그래? 술 취해 인사불성일 때도 손가락 하나 안 댔다고."

재이가 서운하다는 듯 말했다.

"그럼 리더님, 먼저 씻고 나가 계세요. 그럼 저도……."

"먼저 나가라고?"

재이가 문밖을 가리켰다. 준이 고개를 끄덕였다.

"어제 볼꼴 못 볼꼴 다 봤는데 새삼 부끄러워하긴."

"어제 무슨 일이 있었든지 다 무효예요. 저는 하나도 기억 안 나니까요."

준이 얼굴을 붉히며 말했다. 재이가 귀엽다는 듯 웃으며 욕실로 들어갔다.

재이가 씻고 나온 후 준도 욕실로 들어가 천천히 이를 닦고 머리를 감은 후, 샤워를 시작했다. 중간에 물을 끄고 밖에 귀를 기울였지만 아무 소리도 들리지 않았다. 준은 옷을 입고 머리를 대충 말리고 밖으로 나갔다.

"속은 좀 어때?"

재이가 복도 벽에 기대어 기다리고 있다가 준의 핼쑥한 얼굴을 보고 물었다.

"머리도 아프고, 속도 메슥거려요."

"나가서 해장국부터 먹고 약 사먹자."

"집에 가야죠."

"이왕 이렇게 됐는데 들어가서 혼나려면 밥이라도 든든히 먹어야지."

"지금은 아무것도 못 먹을 것 같아요. 리더님은 드시고 가세요."

"혼자 먹으라고?"

"경호 오빠 불러서 같이 드세요."

준이 그렇게까지 말하자 재이는 알았다는 듯 고개를 끄덕였다. 그들은 밝지 않은 조명과 푹신한 카펫이 깔린 복도를 지나 엘리베이터 앞으로 갔다. 어제도 분명 이곳을 통해 들어왔을 텐데 아무 기억이 나지 않았다. 재이였기에 망정이지 다른 사람과 있다가 이런 실수를 했다면 생각만 해도 아찔했다. 스스로 집에 들어가지 않겠다고 버텼다니. 그녀는 작게 한숨을 쉬었다.

1층에서부터 올라온 엘리베이터가 도착하고 문이 열렸다. 재이는 힘없이 서 있는 준의 머리에서 막 실오라기 하나를 건져 내는 중이었고 준은 그런 재이의 세심함에 미소를 지어 보이던 중이었다. 엘리베이터를 타고 온 사람이 내리기를 기다리며 고개를 돌리는 순간 준은 놀라서 바닥에 주저앉을 뻔했다. 비틀거리는 준을 반사적으로 부축을 하던 재이도 엘리베이터 안에 서 있는 사람을 보고 펄쩍 뛸 듯이 놀랐다. 거기에 무형이 장승처럼 서서 자신들을 노려보고 있었기 때문이었다. 그는 정말 저승사자처럼 무서워 보였다. 두 사람은 뱀과 맞닥뜨린 개구리처럼 얼어붙었다.

무형도 놀라기는 마찬가지였다. 그들이 거기에 투숙했다는 것을 이미 알고 있었는데도, 두 사람을 직접 보고도 믿을 수가 없었다. 새벽까지 일하고 사무실에서 두 시간쯤 눈을 붙이고 이른 아침에 집으로 퇴근했다. 둘 다 자고 있는지 방문이 닫혀 있고 조용했다. 그는 샤워를 하고 다시 출근 준비를 했다.

그가 주방으로 가서 커피를 내리고 세 사람이 먹을 오믈렛을 만들고 있을 때 서라가 잠옷 차림으로 주방에 나타났다. 평소 같으면 뭐라고 아침인사를 건네왔을 텐데 그녀는 아무 말 없이 그냥 식탁 옆에 서 있었다. 무형이 오믈렛을 세 개의 접시에 나누어 담으며 의아한 얼굴로 그녀를 돌아보았다.

"무, 무형아……."

무형이 돌아보고 난 후에야 서라가 창백한 얼굴로 그를 불렀다.

"왜?"

"준이, 준이 없어."

"뭐?"

"없어. 방에 없어."

서라가 더듬거리며 같은 말을 반복했다.

"없다니? 벌써 나갔다고?"

무형은 자신의 손목시계를 들여다보았다. 일곱 시가 채 안 된 시간이었다. 이렇게 이른 아침에 어디를 갔다는 말인가?

"아니, 어젯밤에 안 들어왔나 봐."

"뭐?"

무형은 가슴이 철렁 내려앉았다. 그는 손에 들고 있던 접시를 던지듯 내려놓고 준의 방으로 갔다. 서라가 이미 문을 열어놓아 안에 준이 없다는 것을 확인한 그는 안절부절못하고 서 있는 서라를 향해 돌아섰다.

"어떻게 된 거야?"

"어젯밤에 10시 좀 넘어서 전화가 왔었어."

"그런데?"

무형이 창백한 얼굴로 재촉하듯 물었다.

"술 마셨는데 술 좀 깨면 들어온다고. 멤버들하고 있으니까 걱정하지 말고 자라고."

"그래서?"

무형이 답답하다는 듯 인상을 썼다.

"알았다 하고 기다리다가 그만 잠이 들었어. 들어온 줄 알았는데……."

"애가 안 들어왔는데 그냥 잤다고?"

무형은 믿을 수가 없다는 얼굴로 서라를 다그쳤다.

"들어올 줄 알았지……."

"그걸 지금 말이라고 해? 그런 일이 있으면 나한테 전화를 했어야지!"

"또 애 술 마셨다고 혼낼까 봐 안 했어. 안 들어올 줄은 몰랐다고."

서라가 울먹이듯 말했다. 무형은 방으로 가서 전화기를 집어 들었다. 준의 전화번호를 누르는데 손이 가늘게 떨렸다. 잔화기가 꺼져 있었다. 그는 심호흡을 하며 생각을 정리하려고 애썼다.

"별일 없겠지? 멤버들…… 멤버들 하고 같이 있었다니까 별일은……."

서라가 뒤에서 떨리는 목소리로 말했다. 그는 혹시 몰라서 저장해 두었던 재이와 나머지 멤버들에게 차례로 전화를 했다.

재이는 받지 않았고 나머지 두 사람은 잠에서 덜 깬 목소리로 전화를 받았다. 그 두 사람은 어제 준을 만난 적이 없다고 말했다. 이런 씨팔 새끼. 입에서 저절로 욕이 나왔다. 그는 어젯밤 무형과 함께 야근을 하고 아직 사무실에서 자고 있을 차 수사관에게 전화를 걸어 재이가 어디 있는지 알아내라고 지시를 했다. 그가 전에도 재이에 대한 조사를 한 적이 있기 때문에 금방 말귀를 알아듣고 전화를 끊었다. 무슨 일이야 없겠지. 별일 없겠지.

그는 입속으로 그렇게 되뇌었다. 여자처럼 곱상하게 생긴 재이의 기분 나쁜 얼굴이 떠올랐다. 처음 준이 밴드를 한다는 말을 들었을 때 그는 습관적으로 그 밴드 멤버들의 신상조사를 했다. 두 명은 눈에 띌 만한 특이 사항이 없었지만, 팀의 리더라는 남자는 뜻밖에도 검찰청의 데이터베이스에 이름이 올라 있었다. 마약류 관리에 관한 법률 위반.

사건 조사 기록을 보니 그의 지인이 대마초를 피운 혐의로 먼저 구속이 되었고 조사 과정에서 함께 대마초를 피운 사람 중에 재이의 이름이 나왔다. 그는 검찰에서 순순히 자신의 혐의를 인정했다. 미국 유학 시절에 처음 대마초를 접했고 국내로 돌아와서도 두어 차례 지인들과 대마초를 피웠다고. 집행유예로 풀려났고 벌써 몇 년 전 일이긴 했지만 준이 그런 녀석과 가까이 한다는 것이 마음이 놓이지 않았는데 결국 이런 일이 벌어지고 말았다.

차 수사관의 연락을 받고 그들이 투숙해 있다는 모텔로 오는 동안 무형은 밴드인지 뭔지 한다고 할 때, 처음부터 뜯어말렸어야 했다는 자책으로 괴로웠다. 술을 마신 아이를 모텔로 끌고 갔을 놈을 생각하자 분노로 피가 거꾸로 솟는 것 같았다. 모텔 주차장에 차를 세우고도 그는 움직일 수가 없었다. 마음은 이미 총알보다 빠르게 그들이 있을 룸으로 내달리고 있는데 그는 악몽 속의 어린아이처럼 발이 떨어지지 않았다. 만나면, 그 자식을 만나면 맨손으로 짓이겨 버릴 것 같은, 스스로를 제어할 수 없을 것 같은 두려움에 몸이 떨렸다. 준. 그는 입속으로 준의 이름을 불러보았다. 꿈이길 바랐다. 제발 꿈이길.

그가 차에서 내리지 않자 차 수사관이 다가와 창문을 두드렸다. 무형은 깊게 심호흡을 하고 차에서 내렸다. 이마에 식은땀이 났고 현기증이 이는 듯 눈앞이 아찔했다.

"어젯밤 자정쯤에 투숙했고 아직 안에 있답니다."

모텔 입구로 들어가면서 차 수사관이 설명했다. 모텔 카운터 직원이 긴장한 얼굴로 그들을 맞았다.

"키."

무형은 직원의 얼굴을 보지 않고 손가락으로 카운터를 두드리며 짧게 말했다. 가서 뭘 어째야겠다는 생각도 없었다. 정말인지, 정말 준이 남자와 있는지 확인…… 아니, 확인하고 싶지 않다. 그는 턱이 얼얼하도록 이를 물었다.

"원래 이러면 안 되는 건데…… 손님의 인권도 있는 건데……."

얼굴에 여드름 자국이 가득한 젊은 직원은 울상을 지었다.

"문제 생기지 않게 할 테니까 얼른 내놔."

차 수사관이 인상을 쓰자 직원은 어쩔 수 없다는 듯 방 번호가 적힌 키를 내놓았다. 키를 받아 들고 엘리베이터 쪽으로 가던 무형은 뒤따라오는 차 수사관을 돌아보았다.

"사무실 들어가 계세요."

자신의 명령을 받는 부하 직원이었지만 나이가 세 살이나 많은 그에게 무형은 언제나 깍듯하게 존댓말을 썼다.

"저도 같이 가겠습니다."

차 수사관이 전에 없이 지시를 어기며 엘리베이터에 따라 타려고 했다.

"왜요?"

납빛으로 굳은 얼굴로 딴생각에 빠져 있던 무형이 미간을 좁히며 그를 바라보았다.

"무슨 일인지는 모르지만 검사님 사고 치실 것 같은 얼굴이라 저도 가야겠습니다."

오래 손발 맞춰온 터라 그의 표정만 보고도 예삿일이 아니라고 판단한 모양이었다. 무형은 무뚝뚝한 성격에 비해 자기 사람은 또 잘 챙기는 편이라 그의 팀원들은 모두 그를 어려워하면서도 진심으로 따랐다. 특히 차 수사관은 그를 상사로 극진히 모셨지만 속으로는 친동기간처럼 아껴서 가끔 지나칠 정도로 오버를 하기도 했다.

"누가 보면 제가 유치원생인 줄 알겠습니다."

무형이 걱정 말라는 듯 웃어 보였다. 웃고 있는 얼굴에 핏기가 하나도 없었다. 입술이 바싹 말라 있었고 눈이 형형하게 빛났다. 그는 보이지 않는 불꽃으로 온몸이 활활 타고 있는 것처럼 보였다. 차 수사관은 그를 보아온 이후 한 번도 그런 얼굴을 본 적이 없어 여간 걱정이 되는 것이 아니었지만 명령을 어기고 따라 갈 수도 없어 어쩔 수 없이 엘리베이터에서 내렸다.

문이 닫히고 엘리베이터는 6층을 향해 올라갔다. 엘리베이터가 움직이는 동안 무형은 눈을 감고 있었다. 이성을 잃지는 말자고 스스로를 통제하려고 애썼지만 벌써부터 이가 물어지고 주먹 쥔 손이 부들부들 떨리고 있었다. 6층에 도착해 문이 열리고 미처 마음의 준비를 하기도 전에 그는 그들을 보고 말았다. 한 쌍의 다정한 연인처럼 두 사람이 웃으며 엘리베이터 앞에 서 있었다. 마치 그를 기다리기라도 한 듯이.

그의 눈에 불꽃이 일었다. 마음이 갈기갈기 찢기는 것 같았고 놈에 대한 적개심과 분노로 피가 버적거리며 타들어갔다. 그는 생각보다 몸이 먼저 움직여 놈의 멱살을 잡아 꽂듯이 벽으로 밀쳤다. 퍽, 소리가 나며 놈의 몸이 벽에 부딪쳤고 그는 주먹을 들어 올렸다. 힘껏 치라고, 놈의 면상을 짓이겨 버리라고 온몸의 세포가 아우성을 쳤다.

"오빠! 안 돼요!"

준이 달려들어 그의 팔에 매달렸다. 준 하나 이기지 못해서 놈을 때리지 못한 건 아니었다. 마지막 남은 이성이 그의 폭주하려는 폭력성을 겨우 막아 세웠다. 그는 짐승처럼 붉게 충혈된 눈으로 숨을 헐떡이며 놈의 광대뼈 바로 앞에서 쇠망치 같은 주먹을 멈추었다. 주먹이 부들부들 떨리고 있었다. 놈을 죽이고 싶은 욕망이 용광로 속처럼 끓어올랐다. 네가 감히 준을…… 감히 네놈 따위가…….

"오빠. 제발……."

준이 울면서 그의 팔을 잡은 채 필사적으로 놈과 무형 사이를 가로막으려고 애쓰고 있었다. 가까이 붙어선 무형과 놈의 사이에 끼어든 준은 그와 거의 몸이 맞붙다시피 했다. 옆구리와 허벅지에 준의 부드러운 몸이 짓이기듯 밀어붙여지는 것이 칼날처럼 아프게 의식되었다. 이 상황과 너무도 동떨어진 달콤하고 향긋한 준의 체취가 콧속으로 밀려들었다.

이런 상황에서 그런 것이 의식된다는 것이 기가 막히고 더 화가 나서 무형은 멱살을 잡고 있던 손을 힘껏 밀치듯 놓았다. 그의 강철 같은 손에서 벗어난 재이는 목을 부여잡고 기침을 하며 저만큼 바닥으로 나가떨어졌다. 준이 다리에 힘이 풀린 듯 그 자리에 주저앉았다. 무형은 그런 준을 허탈한 시선으로 내려다보았다. 형용할 수 없는 수많은 감정이 그의 속에서 지옥처럼 들끓었다.

그는 어깨로 숨을 쉬며 눈을 감았다. 어째서 이런 일이 벌어졌는지 모를 일이었다. 어제만 해도 준은…… 그는 어제 낮에 자신을 찾아왔던 준을 떠올렸다. 자신이 그때 뭔가 다르게 행동했다면 일이 달라졌을까. 엎질러진 물을 주워 담으려는 사람처럼 그는 그런 생각을 하고 있었다.

무형은 손을 뻗어 준의 팔을 잡아 일으켰다. 검 부스러기처럼 가볍게 준은 그의 팔에 딸려왔다. 그는 준의 팔을 잡고 엘리베이터에 올랐다. 준이 재이를 돌아보았다. 재이는 겨우 윗몸을 일으키며 얼굴을 찡그리고 그들을 바라보고 있었다.

"오빠……."

집으로 가는 차 안에서 준이 울어서 코맹맹이가 된 소리로 그를 불렀다.

"다물어, 입."

아무 소리도 듣고 싶지 않았고 아무것도 느끼고 싶지 않았다. 이런 와중에도 그 애의 허파는 천진하게 숨을 쉬고 있었다. 그는 속으로 세차게 고개를 저었다. 아직 솜털이 보송보송한 귓불과 눈물 때문에 젖어 있는 긴 속눈썹과 살짝 벌어져 있는 붉고 투명한 입술이 파고들 듯이 의식이 되었다. 그 모든 곳을 스쳐 갔을 짐승 같은 놈의 더러운 숨결을 떠올리지 않으려고 그는 이를 물었다.

"내려."

무형은 집에 도착하자 고개를 준과 반대쪽으로 틀며 그렇게 말했다.

"오빠, 잘못했어요……."

준이 떨리는 목소리로 말했다. 그는 눈을 감았다.

"집에 가 있어. 이따 얘기해."

무형은 준의 허벅지 위에 놓인 예쁘고 여려 보이는 손을 흘끗 돌아보며 말했다. 준의 어디를 봐도 그놈이 동시에 떠올랐다. 그는 거의 필사적인 힘으로 준의 무모하고 어리석은 짓을 꾸짖고 싶은 폭력적인 욕망을 참고 있었다. 왜 그랬느냐고 그 애의 어깨를 붙잡아 흔들어대고 싶었다. 준은 안전벨트를 풀더니 차에서 내렸다. 무형은 준이 내리자마자 차를 출발시켰다.

청사로 가던 중에 운전을 하는 것이 불가능해져서 갓길에 차를 세웠다. 그는 두 손을 운전대에 올리고 눈을 감았다. 준이 그놈과 뒤엉켜 있는 모습이 또다시 감은 눈 안에서 환영처럼 떠올랐다. 그는 잇새로 신음을 내뱉었다. 고통이 물처럼 차 안을 가득 채웠다. 숨을 쉴 수가 없었다. 좋아한다고 말하던 준의 얼굴이 또 다른 고문이 되어 그를 괴롭혔다.

모든 것이 자신의 잘못이었다. 어린아이라고 무시했고, 다른 남자를 사귀어보면 알 거라는 말까지 했다. 어쩌면 준은 일부러 그것을 실천했을 수도 있었다. 자신을 괴롭히고 싶어서 그랬든, 혹은 그렇게 함으로써 스스로 무형에 대한 마음을 내려놓고 싶어서 그랬든 모두 자신의 잘못이었다. 무심코 준에게 했던 말들이 하나하나 예리한 파편이 되어 그의 심장에 박혔다.

한참 후, 그는 청사에 도착해 사무실로 들어가기 전 화장실로 가서 세수를 했다. 고개를 들어 세면대 위에 붙어 있는 거울을 보고 그는 흠칫 놀랐다. 그곳에 자신이 알지 못하던 한 남자가 서 있었다. 창백하고 고통에 일그러진 그 얼굴은 몇 시간 만에 다른 사람처럼 변해 있었다. 그는 망치로 뒤통수를 맞은 듯한 충격을 받았다. 그는 붉게 핏발이 서 있는 야수 같은 사내의 눈을 바라보았다.

미처 자신이 느끼는 분노의 본질이 무엇인지 생각할 겨를도 없이 고통에 떨고 있던 그는 그만, 거울 속의 사색이 된 자신의 얼굴을 보고 깨닫고 말았다. 자신의 마음을 이토록 고통스럽게 하는 것이 단지 가족으로서 갖는 분노와는 다르다는 것을. 부정하고 싶었지만 너무도 뚜렷하고 선명해서 외면할 수도, 아니라고 잡아뗄 수도 없었다.

그는 자신이 준을 여자로…… 동생이 아니라 여자로 느끼고 있다는 것을 알아버렸다. 그 감정은 가족으로서 느끼는 분노와 본질적으로 성격이 달랐다. 그는 지금 사랑하는 여자를 다른 남자에게 빼앗겼다는 충격에 고통스러워하는 한 사내를 거울을 통해 적나라하게 대면하고 있었다. 그의 움켜쥔 주먹이 가늘게 떨렸다.

무형의 차가 시야에서 사라지고 나서야 집으로 들어간 준은 먼저 재이에게 전화를 걸었다. 그에게는 아무런 잘못도 없는데 자신 때문에 봉변을 당한 거라서 여간 미안하지 않았다.

"괜찮으세요?"

준은 재이가 전화를 받자마자 물었다.

[너야말로 별일 없어? 걱정하고 있었어. 전화를 해볼 수도 없고.]

"저는 괜찮아요."

[다행이다. 경찰에 신고라도 해야 되는 거 아닌가, 했다.]

"신고는 왜요?"

[겁나더라. 너 끌고 가는 눈빛이 사람 같지 않아서. 무슨 짓을 저지를……]

"우리 오빠 그런 사람 아니에요."

[그러게.]

"아무튼 죄송해요. 괜히 저 때문에."

[내 잘못이야. 정신 차리고 잘 데려다줬어야 하는데 같이 취해 버렸어.]

재이가 오히려 미안해하니 준은 더 미안해졌다.

"리더님 잘못하신 거 없어요. 아무튼 내일은 연습하러 못 나갈 거 같아요. 어쩌면…… 당분간은 못 나갈 수도."

[그래, 그래. 걱정하지 마. 오빠 화 잘 풀어드리고 자숙 좀 해. 나도 반성하고 있을게.]

"그럼 나중에 뵐게요."

[준.]

준이 인사를 하고 전화를 끊으려고 하자 그가 불렀다.

"네?"

그는 불러놓고 한참 동안 말이 없었다.

[너 어제 우리가 한 얘기 기억 못하지?]

"무슨 얘기요?"

준이 묻자 수화기 저쪽에서 작게 웃는 소리가 들렸다.

[그럴 줄 알았어.]

"제가 어제 실수 많이 했죠? 다시는 술 그렇게 안 마실 거예요. 죄송해요.

[우리 사귀기로 했었는데.]

"예?"

준이 펄쩍 뛰었다. 완전히 정신을 놓았었던 모양이다. 준은 제 이마를 주먹으로 콩콩, 때렸다.

[기억도 안 나고 술김이었으니 무르자고 할 거지?]

재이가 웃으며 물었다.

"죄송합니다."

[너는 술김에 한 얘기였는지 몰라도 난 진심이야. 첫눈에 반하고 이런 거 다 헛소리로 알고 있었는데 내가 겪고 보니 그런 게 정말 있더라고. 나 너 정말 좋아해.]

재이는 지금까지 들었던 말 중에 제일 진지한 어투로 말했다. 준이 말이 없자 그가 다시 덧붙였다.

[나랑 사귀자.]

"사내 연애는 하는 거 아니라고 들었습니다. 그리고 저는 아직 연애할 마음이 없어요."

준은 어떻게든 늘 그렇듯 장난이나 농담으로 받아넘겨 보려고 애썼다. 등에서 식은땀이 나는 것 같았다. 술이 원수다.

[나를 쉽게 받아들이기 힘든 거 나도 알아. 이미 짐작하고 있겠지만 내가 그동안 좀 막살았어. 네가 알면 까무러칠 일도 꽤 했지. 이제껏 허송세월한 건 아무런 목표도 없고 사는 게 지리멸렬해서 견딜 수가 없었기 때문이야. 하지만 이제 다른 사람이 될 거야. 아니, 이미 어느 정도는 달라졌어. 전에는 밤에 잠이 들면서 아침에 깨지 않았으면 좋겠다고 생각하곤 했는데 이제는 얼른 날이 밝았으면 좋겠다고 생각해. 어쨌든 날이 밝아야 널 볼 수 있으니까.]

이번에야말로 그가 진심을 말하고 있다는 것이 느껴졌다. 그래서 준은 더 미안해졌다.

"……죄송해요."

준은 할 말이 그것밖에 없었다.

[그렇게 잘라 싫다고 하지 말고 천천히 생각해 봐. 난 가진 게 시간밖에 없는 사람이니까 기다릴게.]

"천천히 생각해도 달라질 거 없어요. 연애를 하려면 어쨌든 이성적으로 호감이 있어야 가능한 일이잖아요. 저도 리더님, 좋아해요. 동료로요. 잘해주셔서 늘 감사하게 생각하고 있지만 사귀거나 그럴 마음은 전혀 없어요. 죄송합니다."

[지금 당장 나를 좋아해 달라는 게 아니야. 그런 건 사귀면서 천천히 해도 돼. 네가 나를 좋아하게 만들 자신 있으니까. 너는 걱정 말고 그냥 나랑 일단 사귀면 돼.]

재이의 말에 준은 그만 웃고 말았다.

"그게 말이 돼요?"

[너 아직 연애 한 번도 안 해봤다며? 연습 삼는다고 생각해도 괜찮아.]

"리더님 쫓아다니는 여자들 엄청 많잖아요. 왜 굳이 그런 굴욕적인 연애를 하려고 하세요?"

[너에 관해서는 나한테 굴욕 같은 건 없어. 내가 변할게. 너한테 어울릴 만한 사람으로. 너를 지켜주고 행복하게 해줄 수 있는 사람이 될게.]

"변하지 않아도 돼요. 저는 지금 그대로 리더님이 좋은걸요. 리더님 때문이 아니라 제 문제 때문에 안 된다는 거예요."

[한 1, 2년 정도 생각해 봐. 난 언제고 기다리고 있을 테니까.]

그가 진지한 목소리로 농담을 했다. 농담이 아닐 수도 있었지만. 준이 말이 없자 그가 덧붙였다.

[좋은 일 한다고 생각하고 여지를 좀 남겨줘. 너무 그렇게 칼처럼 끊지 말고.]

이건 아예 구애가 아니라 구걸이다.

[사귀다가 싫증나면 바로 차도 돼. 네가 싫다면 바로 떨어져 나가 줄게. 난 그런 건 되게 쿨하거든.]

"지금, 사귀다가 차였다고 생각하시면 안 될까요?"

준의 농담에 그가 웃음을 터뜨렸다. 다른 사람이, 싫다는데 이렇게 구질구질하게 매달렸으면 오만 정이 다 떨어져 나갈 것 같은데 이런 심각한 상황 속에서도 그는 준을 웃게 만들었다. 그의 그런 가벼움과 유쾌함이 좋았다. 어디로 봐서 그가 우울증 환자란 말인가. 구애와 거절은 재이답게 장난스럽게 끝이 났다.

그날 밤 무형은 술에 취해 들어왔다. 그가 여태 아무리 술을 많이 마셔도 비틀거리는 것을 본 적이 없었다. 그는 차 수사관의 부축을 받으며 들어왔다. 누구에게 부축을 받을 정도로 술을 마신 적도 없었고 부축해 주는 것을 허락할 성격도 아니라 준도 서라도 깜짝 놀랐다. 차 수사관은 땀을 뻘뻘 흘리며 무형을 침실에 데려다 눕히고 그의 가방과 재킷을 내려놓더니 인사를 하고 돌아갔다.

"무형아, 옷 벗고 자."

서라가 그의 어깨를 흔들었다. 무형은 침대에 엎드린 채 꿈쩍도 하지 않았다. 준이 굳은 얼굴로 서 있는 동안 서라가 그의 손목에서 시계를 풀고, 양말을 벗기고, 몸을 바로 누이려고 했지만 어림도 없었다. 준은 얼른 정신을 차리고 서라를 도와 그를 바로 눕히기 위해 그의 몸에 손을 댔다. 두 여자가 끙끙거리며 애를 쓰고 있는데 그가 신음 소리를 내며 옆으로 돌아누웠다.

"됐어. 이제 내가 알아서 할게. 가서 자."

서라가 손등으로 이마의 땀을 닦으며 말했다. 서라의 말에 준은 멍하니 서랍를 바라보다가 곧 정신을 차리고 고개를 끄덕였다. 그가 서라의 남자라는 것을 자꾸 잊게 된다. 준은 은밀한 연인의 침실에 주책없이 끼어든 사람처럼 얼굴을 붉히며 무형의 방을 나왔다. 방으로 돌아와서 침대에 누웠지만 잠을 이룰 수가 없었다.

그는 오늘 술을 마실 만했다. 여동생이 그러고 다니는데 아무렇지 않을 오빠가 어디 있으랴. 오늘은 술이 취해 그냥 넘어갔지만 내일이나, 그다음 날, 언제고 무형이 그 일에 대해 얘기를 꺼내면 아무 일 없었다고 사실대로 말해야겠다고 준은 생각했다. 아무리 그래도 그에게 술 취해서 아무 남자랑 자고 다니는 사람으로 보이기는 싫은 자신을 스스로 비웃었다.

다음날 아침에 일어나니 서라가 주방에서 휴대폰에 있는 레시피를 들여다보며 북엇국을 끓이고 있었다. 내조의 달인 납셨다. 준은 삐뚜름해지는 마음으로 그렇게 생각하며 식탁 의자 등받이를 손으로 만지작거리며 그녀를 바라보고 있었다.

"오빠는 일어났어요?"

"아직 안 일어났을걸?"

여덟 시가 가까워 오고 있었다. 지각하지 않으려면 이제 일어나야 할 시간이었다. 준은 가서 깨우겠다고 말하려다가 그가 아침부터 저를 보는 것을 달가워하지 않을 수도 있다는 생각이 문득 들었다.

"이제 일어나야 할 거 같은데……."

"어머 시간이 벌써 이렇게 됐네. 무형이 깨워야겠다."

서라가 주방 시계를 보더니 맛을 보고 있던 국자를 내려놓으며 앞치마에 손을 닦았다. 새색시가 따로 없다.

"언니, 난 이따 먹을게요. 금방 일어났더니 입맛이 없어요."

무형을 깨우러 가기 위해 나가려던 서라를 불러 준이 말했다.

"그럴래? 알았어. 그래, 그럼."

서라는 눈웃음을 지어 보이고 주방을 나갔다. 준은 방으로 돌아와 힘없이 침대 위로 엎어져 누웠다. 이렇게 살 수는 없다. 견딜 수가 없었다.

무형이 아직 자고 있을 거라고 생각해 노크 없이 문을 열었던 서라는 흠칫 놀랐다. 그는 이미 일어나 씻고 와이셔츠를 막 꿰어 입고 있는 중이었다. 단추를 잠그기 전에 얼핏 그의 탄탄해 보이는 가슴과 근육이 잡혀 있는 배를 보았다. 서라는 얼굴이 붉어졌다. 바빠서 잠잘 시간도 부족한 사람이 저런 몸을 유지하고 있다는 것은 그만큼 자기 관리가 철저하다는 것이다. 그가 아무리 바빠도 매일 일정한 시간 동안 운동하는 것을 지키려고 노력하는 것을 알고 있었다. 그의 멋진 몸매가 아니라 자기 관리 능력이나 인내심 같은 것에 서라는 반할 수밖에 없었다.

그와 결혼을 할 수 있다면 좋겠지만, 그게 어렵다면 지금처럼 곁에 머물 수만 있다면 괜찮았다. 결혼을 하든 그렇지 않고 지금과 같은 상태로 지내든 그에게 가장 가까운 여자는 자신일 것이고 그 사실만 변하지 않으면 된다. 그것을 위해 준이 받을 상처 정도는 무시할 수 있었다. 여태 그 애를 위해 자신이 희생한 시간에 대한 보상이라고 여기면 준도 크게 억울할 건 없었다.

"벌써 일어났네? 나와서 밥 먹어. 북엇국 끓였어."

서라의 말에 그는 고개를 끄덕였다. 서라는 서둘러 주방으로 돌아와 두 사람분의 상을 차렸다. 숟가락을 놓고 냉장고에서 반찬을 꺼내고 물컵에 물을 따랐다. 갓 지은 밥을 푸고 대접에 막 북엇국을 뜨고 있는데 무형이 방에서 나왔다.

"준은?"

그는 2인분의 식사를 보고 물었다.

"이따 먹겠대. 졸린가 봐."

서라의 말에 그는 아무 말하지 않고 자리에 앉았다.

"맛, 어때? 북어가 없어서 아침에 사러 나갔다 오느라 바쁘게 끓였더니 제대로 맛이 날지 모르겠어."

서라의 말에 국을 떠먹던 무형이 눈썹에 힘을 주고 그녀를 바라보았다.

"뭐 하러 그래? 너도 출근해야 되면서."

그냥 고맙다고 해주면 될걸. 서라는 조금의 빈틈도 보이지 않는 그의 철통같은 방어에 살짝 화가 났지만 참았다.

"나, 오후 출근이야. 어려운 일도 아닌데 뭘."

"어쨌든 그러지 마."

"별것도 아닌 거 갖고 그러네. 알았어. 앞으로 안 할게. 얼른 먹어."

무형은 말없이 밥을 먹기 시작했다. 서라는 그의 먹는 모습을 흐뭇한 시선으로 바라보다가 그가 고개를 드는 바람에 눈이 마주쳤다. 무형이 이마에 살짝 주름을 잡으며 그녀를 바라보았다.

"임서라."

"응?"

"너 집 구하는 건 어떻게 되어가?"

"집?"

서라는 뜨끔, 놀라서 그를 바라보았다.

"집 구한다고 한 게 벌써 1년이 다 되어가잖아."

"그러게. 벌써 시간이 이렇게 흘렀네. 처음에 몇 군데 가본 데는 마음에 안 들어서 퇴짜 놓았고, 부동산서 전화 온 걸 바빠서 두어 번 놓쳤더니 이렇게 됐어. 이쪽이 워낙 주택 수요가 많아서 조건에 맞는 집 구하기가 어려운 모양이야. 근데 왜 갑자기 그런 얘기를 해? 얼른 나가라고?"

서라가 장난스럽게 서운하다는 표정을 지었다.

"진작 신경 썼어야 하는데 바쁘다고 미처 생각을 못했어."

"난 여기가 집처럼 편하고 좋아."

"말 나온 김에 얼른 옮겨. 시간 없으면 내가 집 알아보는 거 도와줄게."

무형이 자르듯 말했다.

"너 결혼하려는 거 아니면 당분간 이렇게 살아도 될 거 같은데. 자유롭게 지금처럼 살면 되잖아. 그러고 싶어."

서라가 다시 매달려 보았다.

"누가 보면 내가 강제로 내쫓는 줄 알겠다."

무형이 농담을 하듯 웃었다.

"미루지 말고 말 나온 김에 얼른 알아봐."

무형은 그렇게 덧붙이고 식탁에서 일어섰다. 식탁 밑에서 꽉 쥐고 있던 주먹이 얼얼했다. 무형이 출근하려고 나오는 소리가 들렸다. 마중을 하려고 보니 무형은 현관이 아닌 준의 방으로 발걸음을 옮기고 있었다. 그는 준의 방문 앞에서 무슨 생각을 하는지 바닥을 내려다보며 잠시 서 있다가 노크를 했다. 서라는 저도 모르게 얼른 몸을 뒤로 숨겼다. 잠시 후 준이 문을 여는 소리가 들렸고 둘이 몇 마디 대화를 나누더니 무형은 곧 출근을 했다. 서라는 입술을 잘근잘근 씹다가 식탁에 준이 먹을 아침을 차렸다. 그리고 준을 부르러 갔다.

"밥 차려놨어. 나와서 먹어."

"이따 먹어도 되는데."

준이 어두운 얼굴로 그렇게 대꾸했다.

"설거지 한 번에 하게 얼른 나와서 먹어."

서라는 그렇게 말하고 먼저 주방으로 가서 자신이 마실 커피를 내렸다. 잠시 후 준이 식탁으로 와서 앉았다. 서라는 커피를 가지고 준의 앞에 앉았다.

"오빠가 뭐래?"

"이따 점심때 검찰청으로 나오래요."

"왜?"

"혼내야 하는데 시간이 안 나나 봐요."

준이 시무룩한 얼굴로 대답했다.

"오빠 속 좀 그만 썩여. 요새 무형이 너 때문에 죽겠나 보더라."

서라가 속마음을 숨기고 걱정스럽다는 듯 말했다. 준은 아무 대꾸도 하지 않았다.

"너는 모르겠지만 우리는 너를 진짜, 동생도 아니고, 자식쯤으로 여겨. 우리가 너를 어떻게 키웠는데? 아무리 철이 없어도 그렇지, 대놓고 외박을 하다니. 나도 이렇게 속상한데 무형이 속은 어떻겠어."

"……."

준은 숟가락으로 국을 뒤적이며 아무 대꾸도 하지 않았다. 서라는 그런 준을 바라보다가 던지듯 한마디 했다.

"너, 무형이 좋아한다고 했다면서?"

시큰둥하게 앉아 있던 준의 얼굴이 하얗게 질렸다. 식탁에 올려져 있던 준의 손이 잘게 떨리는 것이 보였다.

"어떻게 알았어요?"

"어떻게 알았겠어? 무형이가 많이 놀랐나 보더라. 여동생이라고 믿으며 여태 키웠는데 그런 소리를 들었으니 충격이 크겠지. 네 얼굴 보기도 민망한 모양이야."

서라의 말에 준의 얼굴이 조롱을 당한 사람처럼 붉어졌다.

"무형이가 강해 보여도 속이 여려. 너 상처받는다고 절대 아는 척 말라고 신신당부하더라."

서라는 준의 예쁜 정수리를 바라보며 감정을 담지 않고 말했다.
내가 나가야 한다면 너도 여기서는 살 수 없어. 서라는 속으로 그
렇게 중얼거렸다.

"죄송해요……."

준은 죄책감이 들었는지 작게 중얼거렸다.

"이해는 하는데 속으로 좋아하는 거 하고 모두 알게 된 거 하고
는 차원이 달라. 아무리 실수라고 덮어도 한 번 내뱉은 말을 어떻
게 주워 담겠니? 너도 그렇고 무형이도 그렇고 볼 때마다 얼마나
어색하고 민망하겠어."

서라는 그렇게 말하고 잠시 말을 끊고 심호흡을 했다. 한 번 시
작한 거짓말은 산 아래로 굴러떨어지는 눈덩이 같았다. 걷잡을 수
없이 점점 커져서 멈출 수도 없었다.

"나도 그 얘기 듣고 충격이 컸어. 내가 무형이 좋아한다고 도와
달라고까지 했는데 뒤에서 내 뒤통수를 친 거나 마찬가지잖아. 믿
기지가 않더라."

서라는 차가운 눈으로 준을 바라보았다. 짝사랑하던 남자에게
고백을 했는데 그 남자가 그것을 제 애인에게 떠벌렸다는 것을 알
았을 때의 모욕감은 굳이 겪어보지 않아도 충분히 짐작이 가는 일
이었다. 준의 지금 감정이 자신이 요즘 겪고 있는 부끄러움과 죄
책감, 배신감과 억울함 같은 여러 복잡하고 부정적인 감정들과 아
주 비슷할 것 같아서 그녀는 아이러니하게도 준이 지금 얼마나 괴

롭고 힘든지 자기 일처럼 잘 알고 있었다.

"내가 너무 이기적이었어요. 그때는 아무 생각도…… 그저 내 생각밖에는 아무것도 떠오르지 않아서……."

준이 볼로 흘러내린 눈물을 닦으며 무언가를 부정하는 것처럼 고개를 저었다. 창백하고 절망에 빠졌어도 준의 얼굴은 질투가 날 만큼 예쁘고 사랑스러웠다. 이제 막 꽃봉오리를 열기 시작한 아침 장미처럼 싱싱하고 맑아 보였다. 서라는 태어나서 한 번도 미모에 대해 열등감을 가져 본 적이 없었지만 그 애의 순수하고 깨끗한 젊음 앞에서 한없이 초라해지는 자신을 느꼈다.

"속상하지만 어떡해. 예전 같지는 않겠지만 그냥 덮고 살아야지. 여전히 무형에게는 네가 유일한 가족이니까."

"제가 나가야죠."

"무형이 내보내겠니? 딴생각 말고 이제부터라도 좀 조용히 지내. 자꾸 소동 일으키지 말고 말이야."

"언니까지 알았는데 어떻게 내가 여기 있어요…… 그리고 저도 사실 힘들었어요. 오빠도 그럴 테고. 제가 나가는 게 맞아요."

"그럴 수 있다면 그러는 것도 방법이라고 생각해. 너도 곧 독립을 하긴 해야 할 테니까. 조금 일찍 나간다고 생각하면 되지, 뭐."

서라의 말에 준이 고개를 끄덕였다.

"내가 이 얘기 너한테 한 거 알면 무형이 엄청 화낼 거야. 내가 너 내보냈다고 여길지도 모르고."

"알아요. 걱정 마세요."

준이 콧물을 닦으며 고개를 끄덕였다. 그 모습을 보니 어릴 때 준이 생각나서 가슴 한편이 먹먹해졌다. 준, 나는 이럴 수밖에 없어. 내게는 이게 마지막 기회일지도 모르니까. 그리고 먼저 배신한 건 너야.

서라는 커피를 마저 마시고 주방을 나오며 속으로 중얼거렸다.

무형은 준과 만나기로 한 시간보다 조금 일찍 약속 장소인 전철역 앞으로 나갔다. 역 입구에서 기다리다가 괜히 초조해져서 지하 계단을 내려가 개찰구가 보이는 곳까지 걸어갔다. 시계를 보니 약속 시간 10분 전이었다. 그는 벽에 기대어 서서 개찰구에서 빠져나오는 사람들을 바라보며 인상을 찌푸렸다. 심장이 평소의 몇 배 더 빠르게 뛰는 꼴이 영 마음에 들지 않았다.

지금 도대체 뭐 하자는 짓일까. 게다가 준이라니. 미치지 않고서야…… 그는 어쩔 수 없이 또다시 죄책감을 느꼈다. 오래 동생으로 여겼기 때문에 그 마음을 인정하는 것이 꼭 자신의 부도덕을 공표하는 것처럼 느껴졌다. 어떻게 그럴 수가 있느냐고 그는 스스로에게 계속 자문했다. 준이 다른 남자와 잤다는 것을 알게 된 고통과 더불어 준에 대한 자신의 순수하지 못한 마음 때문에 그는 이중으로 힘들고 괴로웠다.

그는 차분해지려고 애를 썼지만 심장은 그를 놀리듯이 더 빠르게 뛰었다. 자신의 상황과 너무도 동떨어지게 작동하는 제 신체 기관에 그는 역정이 났다. 그가 지키고 살아온 신념에 어긋나고, 사회통념에도 위배되며, 도덕적으로도 비난받아 마땅한 온당하지 못한 감정이었다. 게다가 지금은 그런 감정에 젖어 허우적거릴 때가 아니었다. 우선은 보호자로서의 본분에 충실해야 한다고 스스로를 타일렀다.

이틀이 지난 지금까지 그 일에 대해 준과 아무런 대화도 나누지 못했다. 어제는 맨정신으로 버티기 힘들어 술을 마시다가 과음을 해서 기회가 없었다. 오늘은 물론 이번 주에는 내내 저녁 시간에 일찍 들어가기 어려울 거 같아서 점심 시간에 맞춰서 나오라고 했다.

떠올리기도 싫은 일이었지만 그냥 지나갈 수는 없었다. 어른으로서 준의 보호자로서 그 애가 너무 큰 혼란을 겪지 않도록 정리를 해주고 넘어가야 된다고 생각했다. 떠올리지 않으려고 해도 의지와 상관없이 그 일과 관련된 생각들이 수시로 머리를 어지럽히며 그를 괴롭혔다. 그럴 때마다 새삼 치가 떨리고 피가 거꾸로 솟는 기분이었다. 눈코 뜰 사이 없이 바쁘다는 것이 그나마 도움이 되었다. 일이라도 하고 있는 것이 나았다.

무형은 개찰구를 빠져나오는 한 무리의 사람들 사이에서 준을 발견했다. 그 애를 발견하는 순간 주위가 회색으로 뭉뚱그려지며 그 애만 눈이 시리도록 환하게 부각되어 보였다. 그는 당황했다. 감정을 통제하고 다스리는 일에 익숙한 삶을 살았지만 이번만은 쉽지가 않았다. 그는 자신 쪽으로 걸어오는 준에게서 눈을 떼지 않았다.

헐렁하고 얇은 회색 티셔츠에 스키니진과 하얀 단화를 신은 모습이 사랑스럽고 깨끗해 보였다. 준이 예쁜 아이라는 것은 이미 알고 있었다. 새삼스러울 것도 없다. 새삼스러울 것이 없다고 생각할수록 예뻐서 새삼 놀랐다. 그저 준이 여자로 보인다는 것을 인정한 지 겨우 하루가 지났을 뿐인데 커다란 댐이 무너지듯 그동안 준을 대해왔던 건전하고 담담했던 마음은 흔적도 없이 사라졌다. 거짓말 같다. 동생이라고 여겼던 마음도 거짓말 같고, 지금 이렇게 가슴이 미친 듯이 뛰는 것도 거짓말 같다.

준은 출구로 올라가는 계단 옆에 기대어 서 있는 무형을 금방 발견했다. 그런 감정 상태로 준을 맞닥뜨리는 것이 불안해 그 애가 모르고 그냥 지나가기를 바랐지만 어찌 된 일인지 모든 사람들이 자신을 한 번씩 쳐다보고 지나갔다. 얼굴에 뭐가 묻기라도 했나? 그는 준이 다가오는 것을 바라보며 손으로 얼굴을 한 번 쓸어내렸다. 준은 무형에게 가까이 다가올수록 고개가 아래로 내려가더니 바로 앞에 서자 아예 제 발끝만 내려다보았다. 지은 죄가 있어서 그렇겠거니 했다.

"밥 먹으러 가자."

무형이 발걸음을 옮기자 준이 반걸음쯤 뒤에서 그를 따라왔다. 무형은 준을 데리고 지상으로 올라와 개별 룸이 있는 한식집으로 갔다. 주위의 방해를 받지 않고 대화를 나누기가 편할 것 같아서였다. 두 사람은 종업원의 안내를 받아 복도를 사이에 두고 한식 미닫이문이 양쪽으로 늘어선 방 중에 한곳으로 들어갔다. 좌식 테이블이 놓인 방은 한옥의 사랑방처럼 조용하고 깨끗했다.

방으로 들어가자마자 준은 종업원이 건네준 메뉴판을 집어 들었다. 주문을 마치고 음식이 나오기를 기다리는 동안에도 무슨 연구를 하듯이 메뉴판을 붙잡고 한 장뿐인 페이지를 논문이라도 읽는 듯이 들여다보며 내려놓지를 않았다. 둘만 있으니 어색해서 그러는 모양이었다. 그 애가 앞에 앉아서 그렇게 딴짓을 하고 있으니 무형은 조금 편안한 마음으로 준을 바라볼 수 있었다.

숙이고 있어서 더 곧고 높아 보이는 콧날에 가려 입술은 보이지 않았다. 하얗고 동그란 이마 밑에 검고 무성한 속눈썹이 몇 초에 한 번씩 물이 떨어지듯 아래로 내려갔다가 다시 올라왔다. 무형이 보고 있다는 것을 알 텐데 준은 끝까지 시선을 들지 않았다.

"먹어."

음식이 나오자 무형이 말했다. 준은 무형이 숟가락을 드는 것을 보고 나서 저도 숟가락을 들었다. 두 사람은 말없이 밥을 먹었다. 무형은 밥 먹다가 잔소리를 하면 체할까 봐 식사가 끝날 때까지 말을 아꼈다.

"준, 오빠가 하는 얘기 잘 들어."

밥을 거의 다 먹었을 때쯤 무형은 미루었던 얘기를 꺼냈다. 말을 꺼내놓고도 입이 떨어지지 않아서 그는 잠시 뜸을 들였다.

"엊그제 있었던 일에 대해서는 너무 깊이 고민하지 마. 사람이니까 실수할 수 있어. 다만 절대…… 반복하지 않으면 돼."

준은 고개를 숙이고 듣고 있었다.

"자책할 필요도 없어. 되돌릴 수 없는 일 가지고 오래 고민하는 건 시간 낭비고 어리석은 짓이야."

무슨 생각을 하고 있는지 준은 가타부타 말이 없었다.

"너 노래하는 거 그만두고 싶지 않다면 계속해도 돼. 다만, 지금 하고 있는 밴드는 안 돼."

무형의 말에 준이 처음으로 고개를 들고 그를 정면으로 쳐다보았다. 눈빛이 더할 수 없이 슬퍼 보였다. 마음고생이 얼마나 심했을까 싶어 안쓰럽고 마음이 아팠다.

"……오빠, 저 이제 그만 나가고 싶어요."

준이 젓가락을 내려놓으며 그렇게 말했다. 무형은 그녀의 말뜻을 못 알아듣겠어서 미간을 좁혔다.

"독립하고 싶어요."

준이 다시 말했다. 무형의 얼굴이 굳어졌다.

"또 시작이야? 그게 무슨 무기야? 툭 하면 꺼내 들게."

무형은 화가 나서 날 선 소리로 말했다.

"이제 혼자 살 때 됐어요."

준은 그것밖에 할 말이 없는 사람처럼 같은 소리를 반복했다. 지금 자신이 얼마나 필사적으로, 혼내고, 다그치고, 소리 지르며 훈계하고 싶은 것을 참고 있는지 전혀 모르는 눈치였다. 이런 상황에서 이성적이고 침착하기가 얼마나 어려운지 그녀는 알 수가 없을 것이다. 속이 까맣게 타들어가는 것 같았다.

"멀쩡한 집 놔두고 왜 나가 살아?"

"진작 나갔어야 했어요."

준의 말투에 무형은 기가 막혀서 말문이 막혔다. 적반하장도 유분수라더니.

무형은 속에서 끓어오르는 울화를 참느라 어금니를 지그시 물었다.

"지금도 이런데 나가서 어떻게 살지 훤해. 집 나가는 건 절대 안돼."

"엄마가 나, 성인 될 때까지만 맡아달라고 했다면서요. 성인 된지 한참 지났어요. 더 이상 책임감 느낄 필요 없어요."

준은 그가 들으면 분명 뒤통수를 맞은 느낌이 들 말을 골라 했다. 그가 미웠다. 그는 자신의 진심을 우롱했다. 어떻게 그 얘기를 서라에게 할 수 있단 말인가. 아무리 생각해도 믿기지가 않았다. 그는 여전히 자신을 철없는 십대 아이 정도로 여기고 있는 것이 분명했다. 그러니 아무렇지 않게 그런 얘기를 서라에게 의논한 것이겠지.

"너 나한테 왜 이래?"

무형이 황당해 죽겠다는 얼굴로 바라보았다. 기가 막힐 만도 했다. 여태 키워준 보답으로 이런 소리나 들어야 했으니까. 준은 눈을 감고 흥분된 마음을 가라앉히려 애썼다.

"나 골탕 먹이고 싶은 마음은 이해하는데, 그래도…… 이건 아니야."

"골탕 먹이려는 거 아니에요."

"나한테 시위하려고 억지 부리는 거 알아."

"아니에요."

준이 고개를 저었다.

"그럼 도대체 왜 이래?"

"오빠랑 싸우는 거 지겨워요."

무형은 말없이 눈을 가늘게 뜨고 준을 바라보았다.

"그래, 요즘 내가 좀 잔소리가 많았어. 너도 힘들었겠지. 알았어. 오빠가 앞으로 조심할게. 그러니까 집 나간다는 얘기는 다시 하지 마. 그런 소리 막하는 거 아니라고 전에도 얘기했잖아."

무형이 달래듯이 그렇게 말했을 때 준은 자신의 귀를 의심했다. 여태 무형과 살면서 그가 이런 식으로 자신의 감정을 참는 것을 처음 보았다. 준은 눈썹을 찡그리며 그를 바라보았다. 화를 벼락같이 낼 줄 알았는데, 그리고 화를 내줘야 하는 상황인데…… 그래야 박차고 집을 나갈 수 있는데…….

"밴드 계속하고 싶으면 다른 팀을 만들어. 음악 하려는 사람들 모으는 거 어렵지 않을 거야. 그쪽 분야에 대해 잘 알고 도움이 될 만한 사람 알아봐 줄게."

"이 팀 아니면 굳이 노래 계속할 생각 없어요."

"그래. 그럼. 이번 기회에 그만두든가."

"노래는 내년까지는 계속할 거예요."

"……."

준의 말에 무형의 얼굴이 일그러졌다. 그는 한참 동안 아무 말도 하지 않았다. 준이 계속 '선수입장'에서 노래를 하겠다는 것에 대해 그는 충격을 받은 것 같았다.

"안 된다고 했잖아. 더는 안 된다고."

무형이 정말 괴로운 듯 얼굴에 핏기가 가신 얼굴로 말했다. 거의 간절하게 보일 정도의 눈빛과 목소리로 그가 설득하려고 애쓰는 것을 보니 저 사람은 정말 나를 사랑하는구나. 그런 생각이 저절로 들었다. 물론 가족으로서. 그는 정말 자신이 잘못될까 봐 진심으로 걱정하고 있었다. 준은 콧등이 시큰해서 고개를 숙였다.

"이제 그만하세요."

준은 마음을 다잡고 다시 말했다. 어쨌든 이대로 살 수는 없었다. 자신이 나가는 게 세 사람 모두를 위하는 일이었다.

"너, 왜 이렇게 속 썩여? 내가 괜히 그 자식 전과를 들먹인 줄 알아? 조심하라고 얘기한 거잖아. 너 그렇게 분별력이 없어? 그런 놈이랑 엮여서 뭘 어쩌겠다는 거야. 정말 인생 망치고 싶어?"

"그분, 그렇게 나쁘고 이상한 사람 아니에요. 오빠도 조금 전에 그랬잖아요. 사람이 살다 보면 실수할 수 있다고. 그걸로 평생 낙인을 찍어서 편견을 갖는 건 공평하지 않아요. 오빠는 특히 그러면 안 되는 사람이잖아요."

"너는 그 자식한테는 그렇게 너그러우면서 나한테는 왜 이래? 그러면 안 되는 사람이라니? 내가 로봇이야?"

무형이 정말 화난 얼굴로 말했다. 준은 아무 말도 할 수가 없었다.

"너 지금 정상이 아니야. 고소를 해도 시원찮을 놈과 계속 밴드를 하겠다니 도대체 제정신이야?"

그의 눈에 분노의 빛이 일렁거렸다.

"나 그 사람하고 사귀기로 했어요."

준은 준비했던 거짓말을 했다. 그냥 나가겠다고 하면 끝까지 안된다고 할 것이고 어떻게 하든 막을 것이다. 자신을 지켜야 한다고 여기고 있는 사람이니까.

"뭐?"

무형이 잘못 들었다는 듯 굳은 얼굴로 준을 바라보았다. 그의 눈에서 파란 불꽃이 화르륵 일어나는 것 같았다. 그의 눈빛을 보고 그가 한 대 때리는 것이 아닌가, 준은 저도 모르게 몸을 움츠렸지만 그는 돌이 된 것처럼 꿈쩍도 하지 않았다. 준은 그 눈빛에 제 몸이 통째로 타들어가는 듯해서 몸을 떨었다. 무형은 그녀를 죽일 듯이 노려보다가 아무 말도 하지 않고 자리에서 일어났다. 그의 꽉 쥔 주먹이 작게 떨리는 것을 준은 보았다. 그는 선 채로 준을 내려다보다가 이윽고 방을 나가 버렸다.

일주일이 지났다. 무형은 그동안 한 번도 집에 들어오지 않았다. 물론 뉴스에 그가 맡은 사건이 연일 오르내리고 있으니 바쁘다는 것은 알고 있었다. 하지만 요사이만 특별히 바쁜 것이 아니라 지금까지 늘 그렇게 바빴다. 전에는 그 바쁜 와중에도 며칠에 한 번은 옷을 갈아입는다는 핑계로라도 아침에 집에 들러 준의 얼굴을 보고 미처 못한 잔소리를 하고 갔다. 하지만 이번에는 일주일째 아예 집에 들어오지 않고 있었다.

무형이, 마치 없는 사람처럼 아무 간섭도 하지 않고 내버려 두자 준은 어찌할 바를 몰랐다. 나간다고 한 것은 자신인데 그에게 버림받은 기분이 들었다. 그의 구속 때문에 때로 숨이 막힐 듯 답답했는데 그것이 복이었음을, 배부른 투정이었음을 알았다. 이제야말로 그가 자신을 놓아버리려고 한다는 생각이 들었다. 준은 여태까지 그의 밑에서 자라면서 늘 그런 두려움을 느끼며 살았다. 무형이 특별히 그런 협박을 한 적이 없는데도 그랬다.

이제 버려질지도 모른다는 병적인 불안에서 그만 놓여나고 싶었다. 그래 차라리 완전히 버려지면 좋겠다. 일말의 여지도 남아 있지 않게 되었으면 좋겠다. 준은 술을 마시며 그렇게 생각했다. 이틀에 한 번씩 서라가 출근길에 무형의 옷을 챙겨다 주었고, 무형이 돌아오지 않는 동안 서라는 두어 번 외박을 했다. 말은 안 했지만 그것이 무엇을 의미하는지 알고 있어서 준은 서라가 돌아오지 않는 밤에 혼자 술을 마셨다.

오늘도 서라는 퇴근하자마자 샤워를 하고 외출 준비를 하더니 아무 설명도 없이 나가 버렸다. 물어보지 않아도 그녀가 무형에게 간다는 것을 알고 있었다. 자정이 넘었고 주위는 조용했다. 준은 다 마신 맥주 캔을 쓰레기통에 버리고 베란다 창문을 열었다. 시원한 바람이 불어 들어와 그녀의 머리카락을 날렸다.

준은 엊그제 미용실에 가서 긴 머리를 단발로 잘랐다. 여자는 심경의 변화가 오면 머리 스타일을 바꾼다는 식의 식상한 얘기에 동참할 생각은 없었는데 염색을 하러 갔다가 긴 머리가 너무 무거워 보여 자르기로 했다. 아닌 게 아니라 머리를 자르고 나니 뭔가 묵은 것을 내다 버린 것처럼 마음이 가벼워지긴 했다. 준은 베란다에 서서 바람을 쐬며 감청색 허공을 아무 생각 없이 오래오래 바라보았다.

누군가 집으로 돌아온 것은 준이 이를 닦고 막 잠자리에 들었을 때였다. 현관문 열리는 소리에 준은 깜짝 놀라 윗몸을 벌떡 일으켰다. 서라가 무형을 만나러 갔을 테니 혹시 함께 돌아온 것일 수도 있어서 준은 침대에서 이불을 꼭 잡고 바깥에 귀를 기울였다. 발소리가 현관에서부터 점점 가까워졌다. 서라의 발소리는 아니었다. 준은 갑자기 심장이 빠르게 뛰기 시작했다. 발소리는 어느 순간 멈추더니 더는 아무 소리도 들리지 않았다. 정신을 차리고 보니 준은 어느새 침대에서 내려서 있었다. 이유 없이 몸이 와들와들 떨렸다.

그때, 심장을 두드리듯 방문이 쾅쾅 울렸다. 준은 화들짝 놀라서 입을 틀어막았다. 준이 놀라서 굳어 있는 사이 다시 문을 두드리는 소리가 들렸다. 초침이 움직이는 작은 단위로 시간이 사라지는 것처럼 정신이 아득해졌다.

준은 문손잡이를 꼭 잡은 채 심호흡을 하고 문을 열었다. 문 앞에 무형이 서 있었다. 그는 문설주에 한 손을 짚고 선 채 형용할 수 없이 깊고 슬픈 눈빛으로 그녀를 바라보았다. 그에게서 짙은 술 냄새가 났다. 그는 아무 말도 하지 않고 한참 동안 준을 바라보았다. 준이 어쩔 줄 몰라 얼굴이 붉어지는 것을 보고서야 그는 한 손으로 얼굴을 쓸어내리며 시선을 거두어갔다. 그는 준의 어깨너머 허공으로 시선을 돌렸다가 다시 준을 보았다.

"머리 잘랐네."

무형이 슬프다고밖에는 표현할 수 없는 미소를 지으며 그렇게 말했다. 그는 며칠 동안 못 잔 사람처럼 눈이 충혈 되고 몹시 피곤해 보였다. 그 와중에도 가슴을 철렁하게 만들 정도로 잘생겨서 준은 보아서는 안 될 것을 본 사람처럼 얼른 시선을 돌렸다.

"나와."

아직 방 안, 어둠 속에 서 있는 준에게 말하고 무형은 주방으로 갔다. 준은 머뭇거리며 그를 따라갔다. 준이 식탁 옆에 서 있자 냉장고 문을 열고 술을 꺼내던 무형이 앉으라는 손짓을 했다. 그는 위스키 병과 생수와 잔을 꺼내서 식탁에 내려놓았다.

"너도 한잔할래?"

그가 물었다. 준이 고개를 끄덕이자 무형이 냉장고에서 맥주를 꺼내 뚜껑을 따서 준에게로 밀어주었다. 그는 얼음도 넣지 않은 잔에 술을 따라서 마셨다.

"오빠 엿 먹이니까 이제 좀 속이 시원해?"

그는 술을 많이 마신 것 같은데도 흐트러짐 없는 담담한 어조로 그렇게 물었다.

"제가 언제요."

"너 이러는 거 나 엿 먹이는 거야."

"그럼 저는 평생 연애도 하지 말고 살아요?"

자기는 할 거 다 하고 다니면서. 준이 분한 생각이 들어서 그를 원망하는 눈빛으로 보았다. 준의 말에 그는 말없이 술잔을 비우고 다시 가득 따랐다. 내일 일도 해야 하는 사람이 무슨 술을 물처럼 마셨다. 준은 걱정이 되어 미간을 모으고 그를 바라보았다.

"우리 준이 연애해야지. 결혼도 하고. 아기도 낳고…… 앞으로 그래야지. 오빠가 그거 다 지켜봐 줄게. 정상적인 남자 만나서 예쁜 아기들 낳고 행복하게 사는 거 보고 싶어. 그래야 내가 덜 미안하지."

"오빠가 뭐가 미안해요?"

"나처럼 매정한 사람 밑에서 자라느라 힘들었던 거 알아. 잘해주지 못했어. 변명 같겠지만 사실은 어떻게 해야 할지 잘 몰랐어. 너 이렇게 된 것도 다 내 탓이야."

무형이 다시 술잔을 비우며 말했다. 그가 그런 생각을 가지고 있을 줄은 몰랐다. 가끔 그가 매정하다고 생각한 적도 있었고, 자신의 의견 따위는 상관없이 너무 강압적인 것 같아서 불만도 많았지만 한 번도 진심으로 그를 원망해 본 적은 없었다. 그런 사소한 것의 몇 배는 크게 그가 고마웠다. 고아원으로 갈 뻔한 아이를 여태 키워주지 않았던가. 그것보다 무엇을 더 잘해줄 수 있을까.

"오빠 잘못한 거 없어요. 그런 소리 하지 마세요."

준은 그에게 미안해져서 콧등이 아려왔다. 그는 지나치게 책임감이 강한 사람이다. 준이 저지른 잘못도 모두 제 탓이라고 여길 정도로. 그가 여태 자신에 대한 책임감으로 인해 짊어져야 했던 삶의 무게가 느껴져서 마음이 아팠다.

그도 이제 그만 행복해질 권리가 있었다. 그가 서라와 결혼을 하고 아이를 낳고 평범하지만 완벽한 가정을 이루고 사는 것, 그게 그에게는 최선의 행복일 텐데 여태 그게 싫어서 치를 떨었던 것을 떠올리자 미안하고 부끄러웠다. 서라의 부탁 때문이 아니라 준은 진심으로 자신이 어서 그의 삶에서 빠져 주는 것이 그를 돕는 방법이라는 것을 깨달았다.

"준, 한 번만, 한 번만 다시 생각해."

"뭘요?"

"그 자식하고 사귀는 거."

준은 아무 말도 하지 않았다.

"지금 조선시대 아니야. 한 번 그랬다고…… 사귀어야 하는 거 아니야. 너 그 자식 진짜 좋아하는 것도 아니잖아."

"안 좋아하는 사람하고 어떻게 자요."

준은 괜히 화가 나서 그렇게 어깃장을 놓았다. 무형은 슬프고 화난 얼굴로 그녀를 노려보았다.

"거짓말하지 마. 사람 마음이 나비도 아니고 어떻게 며칠 사이에 여기저기로 옮겨 다닐 수가 있어. 그게 가능해?"

"오빠 좋아한 건 제 착각이었어요. 재이 오빠 좋아해 보니 확실히 알겠어요. 그게 얼마나 다른 건지."

준의 말에 그의 얼굴에 고통스러운 그림자가 스치고 지나갔다.

"어쨌든 안 돼."

그는 술을 입에 머금고 고개를 저으며 억지를 쓰듯 말했다.

"재이 오빠가 아무리 오빠 마음에 안 들어도 이건 너무 오버예요. 키워준 은혜는 두고두고 갚을게요. 이제 그만하세요."

준의 말을 듣고 있던 무형은 괴로운 표정을 지으며 고개를 저었다. 그는 원래도 술에 취해 있었는데 짧은 순간 술과 싸워보기라도 하겠다는 듯 급히 먹어서 많이 취한 것 같았다. 그는 팔꿈치를 괸 손에 이마를 묻고 한참 동안 아무 말도 아무 행동도 하지 않았다. 눈을 감고 있어서 혹시 잠이 든 것이 아닌가 걱정이 되었다.

"오빠."

준이 조심스럽게 그를 불렀다. 그는 대답하지 않았다. 그대로 잠이 든 것 같아 준은 어째야 좋을지 몰라 안절부절못하며 다시 불렀지만 역시 미동도 하지 않았다. 준은 하는 수 없이 자리에서 일어나 조심스럽게 그의 곁으로 가서 그의 어깨를 흔들었다.

"오빠."

"건들지 마."

무형이 낮고 또렷한 소리로 그렇게 말했다. 준은 움찔 놀라서 그의 뜨거운 몸에 닿아 있던 손끝을 거두어들였다. 잠이 들었던 것은 아닌 모양이었다.

"술 그만 마시고 들어가서 주무세요."

준이 그렇게 말했지만 그는 아무 대꾸도 하지 않았다. 준은 술 병을 치우고 가야 하나 말아야 하나 망설이다가 그가 화를 낼 것 같아 어쩔 수 없이 그냥 등을 돌렸다.

"오빠도 싫어."

준이 막 주방과 거실 사이에 설치된 가벽을 지나쳐 나가려고 할 때 무형이 들릴 듯 말 듯 그렇게 말했다. 준은 걸음을 멈추고 그를 돌아보았다. 무형이 고개를 들고 의자에서 일어섰다. 의자가 뒤로 밀리는 소리를 들으며 준은 침을 꿀꺽 삼켰다. 그가 거대한 맹수 처럼 천천히 준을 향해 걸어왔다.

"너 다른 남자 만나는 거…… 나도 싫어."

그는 준이 서 있는 바로 앞까지 와서 절망에 빠진 눈빛으로 준 을 바라보며 그렇게 말했다. 준은 숨을 들이켜고 그를 올려다보았 다. 도대체 그게 무슨 뜻인지 묻고 싶었지만 입이 떨어지지 않았 다. 온몸이 비바람에 흔들리는 나뭇잎처럼 떨렸다.

무형은 준이 서 있는 곳까지 와서 그녀를 가까이서 바라보았다. 용광로의 쇳물처럼 뜨거운 것 같기도 하고 한기가 어리게 차가워 보이기도 한 그의 눈빛이 녹일 듯이, 혹은 얼려 버릴 듯이 그녀를 내려다보고 있었다. 잠시 후, 무형이 천천히 한쪽 손을 그녀를 향 해 뻗는 순간 준은 쓰러질 것 같아 저도 모르게 뒤로 한 발짝 물러 서고 말았다. 그는 그것을 거부의 뜻으로 받아들였던지 들어 올렸 던 손을 다시 거두어들였다. 그는 슬픈 눈으로 그녀를 바라보더니 천천히 고개를 저었다.

"미안하다. 준."

그는 그 말을 하고 그녀에게서 등을 돌렸다. 준은 흔들리는 걸음으로 자신의 방으로 들어가고 있는 무형을 와들와들 떨면서 바라보다가 더 서 있을 수가 없어서 바닥에 주저앉았다. 온몸에 심장 하나만 달려 있는 듯 심장이 미친 듯이 뛰는 것만 온전히 의식되었다.

준은 아침을 차려놓고 기다렸다. 서라처럼 북엇국을 끓여놓고 싶었지만 너무 속 보이는 짓은 부끄러워 할 수가 없었다. 밤새 한잠도 자지 못했지만 전혀 피곤하다거나 졸리지 않았다. 신경이 벼린 칼날처럼 예민해졌다. 그가 한 얘기는 도대체 무슨 뜻이었을까. 준은 밤새 그것을 생각했다. 기대하고 설레는 마음이 실망하게 될까 봐 아무 뜻도 없는 말이라고 붕 떠 있는 마음을 가라앉혔다가 다시 고개를 저으며 생각했다.

준은 무형에게 그가 다른 여자와 결혼하는 게 싫다는 말로 그를 사랑하는 자신의 마음을 드러냈다. 어젯밤 무형이 한 말이 그날, 자신이 무형에게 했던 말과 같은 뜻이라면…… 그럴 수도 있는 걸까? 그럴 리 없다. 그런 기적이 일어날 리 없다. 하지만, 하지만…… 만약 그것이 정말 그런 뜻이라면…… 서라는 어떻게 되는 것인가.

준은 혼란스러워 머리카락을 움켜쥐며 고개를 저었다. 그때 무형의 방문이 열리는 소리가 들렸다. 준은 식탁 앞에 앉아 있다가 화들짝 놀라 벌떡 일어났다. 그 바람에 의자가 뒤로 넘어졌다. 준이 당황해서 의자를 일으켜 세우고 있는데 무형이 식탁으로 와서 앉았다. 술을 그렇게 많이 마셨는데 겉으로 보기에는 멀쩡해 보였다. 그는 물을 마시고 준이 금방 냄비에서 뜬 김이 나는 국그릇에 숟가락을 담갔다. 그의 얼굴은 담담하고 무표정했다. 준은 너무 긴장을 한 나머지 밥이 코로 들어가는지 입으로 들어가는지도 몰랐다.

"서라는 아직 안 일어났어?"

밥을 먹다 말고 그가 갑자기 그렇게 물었다. 그러고 보니 서라는 어떻게 된 것일까. 말은 안 했지만 분명 무형을 만나러 가는 것으로 알고 있었는데. 준이 뭐라고 대답해야 할지 몰라 머뭇거리자 무형은 더 묻지 않고 다시 밥을 먹었다. 아주 평범한 아침 식사였다. 여느 날과 다를 바가 없었다. 그는 별말 없이 식사를 마치고 출근 준비를 하기 위해 자신의 방으로 들어갔다.

준은 맥이 탁 풀려서 팔을 늘어뜨리고 눈을 감았다. 술김에 아무 뜻 없이, 뜻이 있었다고 해도, 그냥 여동생이 이상한 남자 만나는 게 싫은 오빠의 마음으로 한 말이었던 모양이다. 그의 얼굴을 보니 그런 말을 했는지 기억조차 못하고 있는 것 같았다. 아무것도 아닌 말에 밤새 죽을 듯이 설레고 고민했던 스스로가 바보 같았다. 기대했던 만큼 실망은 더 커서 준은 허탈한 나머지 온몸의 힘이 다 빠져나간 기분이었다.

준은 무형이 출근 준비를 마치고 나올 때까지 그대로 멍하니 앉

아 있었다. 그가 슈트 재킷과 브리프케이스를 한 손에 들고 현관
으로 나가는 것이 보였다. 준은 힘없이 일어나서 그를 배웅하기
위해 현관으로 나갔다.

"오늘 연습실 가니?"

그가 구두를 신으며 물었다.

"네."

준은 힘없이 대답했다.

"가면 말하고 와."

그가 허리를 세우고 준을 내려다보며 말했다.

"⋯⋯?"

"사귀기로 한 거 취소한다고."

무형의 말에 준은 숨을 멈추고 그를 올려다보았다.

"아직은 둘 다 마음이 그렇게 깊어지지 않았을 거라고 생각해.
아니, 깊어졌다고 해도⋯⋯ 이젠 어쩔 수 없어. 너를 뺏기지 않을
테니까."

준은 저도 모르게 두 손으로 제 입을 막았다. 비명이 터져 나올
까 봐 겁이 나서였다. 준은 커다래진 눈으로 떨면서 그를 올려다
보았다. 그의 눈이 따뜻한 햇살처럼 그녀를 내려다보고 있었다.
금방 자신이 들은 말이 사실이냐고 그에게 매달려 묻고 싶기도 하
고 너무 기뻐서 울음이 터질 것 같기도 했다. 이 모든 게 다 꿈이
고 깨어나면 끝일까 봐 겁이 나기도 했다. 그리고 불길하게도 그
터질 듯한 환희와 기쁨 사이로 먹구름이 드리우듯 서라의 얼굴이

떠올라 준은 혼란에 빠졌다. 그럼 서라는 어떻게 되는 것인가.

"왜? 말 못할 거 같아? 내가 말할까?"

준의 울 것 같은 표정을 보더니 무형의 눈빛이 어두워졌다. 그 얼굴에 초조한 빛이 어렸다.

"오빠가 나쁘다는 거 알아. 이유야 어쨌든 누굴 사귀기로 한 거 장난으로 결정할 수 있는 문제가 아니라는 것도 알고. 그래도 이제 다른 방법이 없어. 다시는 너 힘들게 하지 않을 거야. 오빠 위해서 한 번만 그렇게 해."

그는 엄청 긴장한 얼굴로 간청하듯 말했다. 눈빛은 진지했고 이마에 식은땀이 엷게 번지고 있었다. 그가 이렇게 쩔쩔매는 모습을 처음 본 준은 신기해서 입을 꾹 다물고 그를 올려다보았다. 서라 때문에 심각해져 있던 얼굴에 웃음이 번지려고 입이 움찔거려서 준은 얼른 고개를 숙이며 자책했다. 지금 혼자 좋다고 웃을 땐가. 그가 서라를 버리고 자신을 택하는 이 상황이 그렇게 즐겁고 행복한가?

준이 끝내 대답이 없자 그는 답답해 환장하겠다는 얼굴로 갑자기 단정하게 매어져 있던 넥타이를 잡아당기며 심호흡을 했다. 그는 들고 있던 가방과 재킷을 던지듯 내려놓고 허리에 손을 얹었다. 침묵이 이어지자 그는 좁은 현관에서 갑자기 안절부절못하고 서성거리기 시작했다.

"안 된다고, 싫다고…… 하지 마. 견딜 수가 없어. 네가 다른 놈과 만나는 거 더는 1초도 못 견디겠어. 다 죽여 버릴 것 같아."

무형의 말에 준은 기절할 것 같았다. 그의 입에서 그런 말이 나오다니…….

준은 터질 것 같은 심장을 겨우겨우 진정시키며 그를 올려다보았다. 그의 눈빛에 진심이 담겨 있었다.

"서라 언니는 어떻게 해요?"

준은 참았던 숨을 내뱉듯 그렇게 물었다. 그가 미간을 좁히며 준을 바라보았다. 준도 조마조마한 눈으로 그를 올려다보았다.

"서라는 집 구하는 대로 곧 나갈 거야."

무형이 뭘 그런 걸 묻느냐는 표정으로 대꾸했다. 그의 냉정함에 준은 경악한 얼굴로 그를 올려다보았다.

"그럼 어째? 계속 같이 살 수는 없잖아."

준의 놀란 얼굴을 보더니 무형이 눈살을 찌푸리며 말했다.

"그렇기는 하지만…… 너무, 서라 언니가 너무 불쌍해요."

"불쌍? 그래, 뭐. 나가기 싫다고 하는 걸 보니 좀 안돼 보이긴 하더라만 어쩔 수 없지, 뭐."

"오빠, 정말 너무해요."

준은 아무렇지 않게 그런 말을 하는 그가 무서워졌다. 그가 그렇게 착한 사람이 아니라는 것은 예전부터 알고 있었지만 이 정도일 줄은 미처 몰랐다.

"너 아까부터 왜 자꾸 딴소리야?"

무형은 준의 겁에 질린 얼굴을 보더니 얼굴을 찡그리며 말했다.

"오늘 깨끗이 정리하고 들어와. 말 안 하고 오면 내일 내가 만나러 갈 거야."

그는 더는 참을 수 없다는 듯 말했다. 그래도 준이 속 시원하게 대답을 안 해주자 그는 화난 얼굴로 준을 바라보았다.

"이따 전화할게."

그는 그렇게 말하고 현관문을 나갔다. 그가 가버린 후에도 준은 꼼짝도 하지 못하고 그 자리에 오래 서 있었다. 그를 간절히 바라고 바랐는데 막상 일이 이렇게 되자, 마음이 복잡해 죽을 것 같았다. 서라를 위해 자신이 물러나야 할 것 같기도 하고, 이렇게 사랑하는 사람의 사랑을 겨우 얻었는데 저버릴 수는 없다는 생각이 들기도 하고 미칠 것 같았다. 그러다가 준은 이상하게 전부터 계속 마음에 걸리던 의문을 다시 떠올렸다. 아무리 무형이 속을 드러내지 않는 사람이기는 해도 자신이 무형에 대해 그렇게 모른다는 생각은 들지 않았다.

무형이 그렇게 비열하고 야비한 사람인가? 그가 냉혹하고 매정한 면이 있는 것은 사실이지만 야비한 사람은 아니었다. 무형처럼 책임감이 강한 사람이 몸을 섞은 여자를 버리고 다른 사람을 선택한다는 것은 말이 되지 않았다. 다른 건 다 몰라도 그가 절대 그런 짓을 할 사람이 아니라는 것만은 준도 확신했다. 준은 고개를 저었다. 이해할 수가 없었다. 모든 것에 의문이 들었고 혼란스러워 정리가 되지 않았다. 어젯밤 서라는 도대체 어디에 있었던 것일까.

6

    연습실 앞에 도착하니 건물 입구 바로 앞에 엄청나게 큰 외제차가 세워져 있었다. 준은 사람 지나다니는 입구에 이런 식으로 주차를 해놓은 차 주인의 비매너에 혀를 끌끌, 차며 차를 돌아 건물 입구로 들어갔다. 연습실로 들어가니 동영과 경호 외에 웬 낯선 여자 한 명이 함께 있었다. 첫눈에 보기에도 우아하고 고급스러운 차림의 여자는 실내에서도 선글라스를 벗지 않은 채였다. 그녀를 보자 온몸에 명품을 휘감고 있다는 문장이 준의 머릿속에 제일 먼저 떠올랐다.

    선글라스와 가방, 옷과 신발까지 몸에 걸친 것만 해도 수천만 원어치는 되어 보였다. 커다란 버그아이 선글라스로 얼굴의 반을 가렸음에도 그녀가 인상을 찌푸리고 있는 것이 보였다.

"준, 어서 와."

경호와 동영이 준을 향해 손을 들어 보이며 인사를 했다.

"인사드려. 재이 형 누나셔."

준이 놀란 얼굴로 고개를 숙여 인사를 하자 여자는 선글라스를 좀 내리고 준을 위에서 아래로 훑어보았다.

"아, 보컬 아가씨?"

그녀의 말투에는 왠지 준을 하찮게 여기겠다는 의지가 엿보였다.

"재이가 좋아한다는 아가씨가 이 아가씨 맞죠?"

재이의 누나는 준이 의사 표시를 못하는 사람이기라도 하다는 듯 경호를 돌아보며 물었다. 경호가 얼떨결에 고개를 끄덕이다가 준과 눈이 마주치자 뒷머리를 긁적이며 멋쩍은 표정을 지었다.

"어디 가서 얘기 좀 할까?"

여자가 대뜸 문을 향해 돌아서면서 말했다.

"곧 연습 시작해야 해서요. 하실 말씀 있으면 그냥 여기서 하세요."

준은 여자의 날씬한 등에 대고 그렇게 말했다. 여자는 미간을 찌푸리며 준을 돌아보았다. 감히 어떻게 자신을 이런 식으로 대하느냐는 그런 표정이었다. 재이의 누나이기도 하고 또, 한참 연장자에게 초면에 무례하게 굴고 싶지 않았지만 그녀의 태도를 보자 예의를 차릴 기분이 들지 않았다. 여자는 기가 막힌다는 듯 머뭇거리다가 준이 고분고분하지 않은 사람임을 깨달은 듯 팔짱을 끼며 돌아섰다.

"그래도 재이가 좋아하는 아가씨라고 해서 진지하게 대하려고 했더니 싫다면 어쩔 수 없지."

여자가 가소롭다는 듯 말했다. 경호가 눈치를 보다가 일어서며 동영의 옆구리를 쿡쿡 찔러 나가자는 눈짓을 보냈다. 두 사람이 나가려는 것을 본 준은 말리려다가 귀찮아서 그만두었다. 재이의 누나와 단둘이 나눌 만한 대화가 전혀 없었지만 일단 상대는 뭔가 할 얘기가 있는 듯하니 들어보기로 했다.

"재이가 고백했는데 안 받아줬다던데, 사실이니?"

여자가 비웃듯이 입꼬리를 올리고 쳐다보았다. 언제 봤다고 계속 반말인지 생긴 것과 달리 교양이 형편없는 사람이었다. 준은 기분 나쁜 표정을 숨기지 않고 그녀를 바라보았다.

"왜? 우리 재이가 어때서?"

"예?"

"하기는 별 볼 일 없는 가난뱅이로 알 테니 그럴 만도 하지. 요즘 돈 없으면 사람 취급도 안 하는 세상이니까."

준은 자신이 왜 이 여자에게 이런 소리를 듣고 있어야 하는지 모르겠어서 점점 표정이 굳어졌다.

"드림 저축은행 알지? 그거 우리 집 거야. 아버지 돌아가시면 재이가 물려받게 되겠지."

여자가 의기양양한 얼굴로 그렇게 말했다. 놀랐지? 하는 얼굴이었다. 드림 저축은행이라면 텔레비전 광고에서 본 적이 있었다. 보유 자산 기준으로 저축은행 중 업계 1위라고 선전하는 것도 어렴풋이 기억이 났다. 재이가 그런 집안 아들이라니 놀라긴 했지만 그게 자신과 무슨 상관이란 말인가?

"그래서요?"

준이 덤덤한 얼굴로 묻자 재이의 누나 얼굴이 일그러졌다.

"지금은 아버지 눈 밖에 나서 저러고 있지만 그게 쟤 본 모습이 아니라고."

그녀는 무시받은 동생 대신 싸워주러 온 누나처럼 열 받은 얼굴이었다. 준은 난감한 얼굴로, 자신들은 언제든 당연히 특별한 대우를 받아야 한다고 믿고 있는 이 거만한 여자를 바라보았다. 그러고 보니 재이가 참 인성이 괜찮은 사람이구나, 싶었다. 이런 누나 밑에서 자란 것치고는.

"하실 말씀이 뭔지 구체적으로 말씀해 주시면 감사하겠습니다."

그녀의 뜬구름 잡는 것 같은, 요점을 알 수 없는 말을 듣고 있는 것이 시간 낭비 같아서 준은 그렇게 말했다. 여자는 준의 말에 모욕을 받은 사람처럼 목이 빨개졌다. 아마 얼굴도 빨개졌겠지만 화장 때문에 티가 나지 않았다.

"그, 그러니까, 혹시 재이가 있는 집 아들이라는 거 알게 됐다고 해서 그 마음 변하지 말라고. 녀석이 안 하던 짓을 하는 거 보면 좀 진지한 것일 수도 있긴 하지만 큰 기대는 하지 않는 게 좋아.

워낙 고집쟁이라 잠깐 사귀는 것까지 막을 수 없지만 그게 다야. 결혼을 한다든가 이런 건 꿈도 꾸지 말란 말이야. 밴드 출신 여자라니, 말도 안 될 일이지. 부모님 아시면 기함하고 넘어가실 거야."

참, 나. 준은 어이가 없어서 웃음이 나왔다. 재이가 도대체 누나한테 가서 뭐라고 얘기를 했기에 이러나 싶은 생각이 들어 좀 짜증도 났다.

"걱정하시는 일 절대 없을 거예요. 리더님과 사귀는 일 없을 테니 걱정하지 마시고 돌아가 주세요."

"뭐?"

재이의 누나가 얼굴이 붉으락푸르락해졌다. 그녀는 선글라스를 벗더니 팔짱을 끼고 준을 노려보았다. 눈이 재이와 닮아 아름다웠지만 멸시가 가득한 차갑고 탁한 눈빛이라 소름이 돋았다. 이런 사람과 엮여서 이 눈빛을 계속 받아야 한다면 준은 한 시간도 견딜 수 없을 것 같았다.

"너 아까부터 보자 보자 하니, 말하는 게 정말 싸가지가 없구나. 어른에 대한 예의 같은 건 집에서 안 가르쳐 주든? 하기는 이러고 다니게 두는 집안이 그런 거 가르칠 여력이나 있겠느냐마는."

여자의 말에 준은 열이 확 받았지만 참았다. 이런 사람하고 대거리해서 뭐 하랴 싶었다. 어쨌든 그녀와는 더 상대하고 싶지 않았다.

"하고 싶은 말씀 충분히 다 하신 거 같고 저도 할 얘기 없는데,

저는 그만 제 볼일 보겠습니다."

준은 얼굴색 하나 변하지 않고 그렇게 말하고 돌아서서 가방 안에서 악보를 꺼내 키보드 앞에 앉았다. 요즘 재이에게 피아노를 배우고 있는데 생각처럼 손가락이 잘 움직이지 않아 애를 먹고 있었다. 어릴 때 몇 달 동안 피아노를 배우다 그만두었는데 후회가 되었다. 이럴 줄 알았으면 계속 배우는 건데. 준은 그런 생각을 하며 악보를 활활 넘겨 연습곡을 찾았다.

"아이구, 참, 나. 뭐 저런 게 다 있어?"

여자가 준을 노려보다가 준의 동요 없는 차갑고 맑은 눈과 마주치자 움찔하더니 씩씩거리며 문을 부술 듯이 밀고 나가 버렸다. 재이를 봐서는 그래서는 안 되는 거였지만 어쩔 수 없었다. 잠시 후, 경호와 동영이 돌아와 준을 에워쌌다.

"뭐라고 그러든?"

경호가 물었다.

"재이 오빠랑 사귈 생각 말래요."

준이 틀린 음을 고쳐 누르며 말했다.

"형이랑 사귀려고?"

동영이 물었다.

"아니요."

준이 무슨 소리냐는 듯 고개를 저었다.

"나 이런 황당한 일은 처음이다. 재이 형이 부잣집 아들이었다니. 같이 살기 전부터 알고 지냈는데 전혀 그런 티 안 냈거든. 노상 돈 없어서 남한테 밥 얻어먹고, 담배 얻어 피우고 그랬어. 맨날 여기서 하룻밤 저기서 하룻밤 남의 집 전전하는 거 불쌍해서 데리고 살아준 건데…… 이건 완전 사기야."

경호가 뭔가 배신당한 사람의 얼굴로 그렇게 중얼거렸다.

"돈이 그렇게 많은데 왜 저러고 산대요? 도대체?"

동영이 도저히 이해가 안 된다는 듯 물었다.

"누나가 대충 얘기해 줬는데 아버지가 음악 하는 거 완전 싫어해서 갈등이 어마어마했나 봐. 나중에 대마초 피워서 구속도…… 아, 준이 넌 모르는 일이지?"

경호가 아차, 하는 얼굴로 준을 보았다. 준은 아무 얘기도 하지 않았다.

"방황할 때 실수로 그런 일 있었어. 암튼 그래서 쫓아냈대. 살면서 돈 걱정 없이 펑펑 쓰면서 살았으니 돈 없으면 못 견딜 거라고 생각해서 돈줄을 완전히 끊고. 근데 이 형이 이게 바로 제자리였다는 듯 아예 이런 삶에 눌러앉아 버리니까 재이 형 집에서도 환장하겠는 모양이더라."

경호의 얘기에 두 사람은 고개를 주억거렸다.

"저번에 월세 못 내서 쫓겨나게 생겼을 때, 집 나오고 첨 찾아가서 누나한테 돈을 달라고 했나 봐. 아마 준이 아니었으면 그 인간 절대 그런 짓 안 했을걸? 평생이라도 여태처럼 살았겠지."

경호가 그렇게 말했다. 그 말이, 그러니 네가 책임을 지라는 뜻으로 들려서 준은 미간을 좁히고 경호를 쳐다보았다.

"너보고 어쩌라는 건 아니야. 지가 마음이 동해서 그런 걸 뭘 어쩌겠어."

경호는 준의 표정을 보고 변명을 했다.

"그럼, 이제 우리 어떻게 되는 거지? 재이 형이 부자면 우리도 덕 좀 볼 수 있는 거 아니야?"

동영이 설레는 얼굴로 말했다.

"덕 좀 봤더니 바로 저렇게 달려와 감 놔라 배 놔라 간섭하는 거 봐라. 형 성격에 저러는 거 참고 집에 손 벌리고 있겠어? 준이 사귀고 결혼해 주고 그런다면 음악도 때려치울 기세이긴 하더라만, 오늘 누나 보니 안 되겠더라. 난 두 사람 사귀는 거까지는 말릴 생각 없지만 결혼은 절대 반대다. 그 누나 하는 거보니 피 말려 죽이겠더라."

경호가 고개를 절레절레 흔들었다. 준은 갑자기 웬 결혼 얘기까지 나오나 싶어서 황당한 얼굴로 경호를 바라보았다. 그때 연습실 문이 벌컥 열리며 재이가 들어왔다.

"누나는? 누나 왔다며?"

재이가 뛰어왔는지 숨을 몰아쉬며 물었다. 세 사람은 그런 재이를 일제히 비난하는 얼굴로 바라보았다. 사기꾼!

멤버들과 저녁을 먹으며 그동안 자신들을 속여 온 재이를 성토

하다 보니 9시가 넘어 있었다. 그럴 필요 없다고 해도 재이는 굳이 또 준을 데려다주겠다며 택시를 잡았다.

"우리 누나 때문에 오늘 기분 많이 상했지?"

그의 누나가 준에게 행한 무례에 대해 경호한테 전해 들었지만 멤버들과 함께 있는 동안 그 일에 대해서는 말이 없던 재이가 이제야 그 얘기를 꺼냈다.

"괜찮아요. 나중에 들으면 아시겠지만 저도 잘해 드리지는 못했어요. 리더님 가족인데 좀 더 예의 바르게 행동했어야 하는데 죄송해요."

준이 미안한 표정을 지으며 말했다.

"안 들어도 다 알지. 우리 누나가 좀 재수가 없어. 우리 누나도 봤으니 나랑 사귀고 이런 건 이제 정말 물 건너갔겠다, 그지?"

"누나 때문에 영향을 받은 건 전혀 없어요. 원래 저는 리더님하고 사귈 생각 없었다니까요."

준이 그의 말을 정정해 주었다. 그가 진지하다는 것은 알지만 받아들이는 자신까지 진지해지면 사이가 엄청 어색해질 것 같아서 준은 그 문제만 나오면 농담처럼 웃어넘기려 했다.

"혹시 내가 부잣집 아들이라고 하면 좀 플러스 요인이 될까 해서, 누나가 쳐들어와서 폭로하지 않아도 조만간 말하려고 했는데 말하나마나 소용없었겠네."

재이도 농담인 듯 웃으며 말했지만 표정이 쓸쓸해 보였다.

"대신 더 멋진 많은 여자들과 데이트할 기회가 남았으니 너무 속상해하지 마세요."

준이 장난스럽게 웃으며 말했다.

"너 진짜 너무하는 거 아니냐? 난 정말 심각한데 넌 처음부터 한 번도 진지하게 받아들이지를 않으니 말이야. 내가 그렇게 별로니? 나 그래도 여자들한테 인기 꽤 많은데."

재이가 맥 빠지는 얼굴로 준을 원망했다.

"그러니까요. 멋진 언니들이 줄 서 있는데 굳이 저까지 합세할 필요 없잖아요."

준이 또 농담으로 받자 재이가 상처받은 얼굴로 차창 쪽으로 고개를 돌렸다. 준이 그런 재이의 볼 옆에 검지를 들이밀고 그를 불렀다. 재이가 돌아보다가 준의 손가락에 볼을 찔리자 못 말리겠다는 듯 웃고 말았다. 솜사탕처럼 웃으면서도 바늘 들어갈 틈도 보이지 않으니 얄미워지려고 했지만 사실은 준이 앞으로 같이 일해야 하는데 불편해질까 봐 저 나름대로 애를 쓰고 있다는 것을 알고 있었다.

"죄송해요. 그런데 저는 정말……."

"알았어. 그만해."

재이가 준의 말을 막았다. 다음에 무슨 말이 나올지 뻔했다. 그도 마음 같아서는 끝까지, 될 때까지 해보고 싶은 마음이 굴뚝같았지만 그랬다가는 앞으로 준과 함께 밴드를 하는 일이 불가능해질 거라는 생각이 들었다. 전진을 위한 후퇴를 하기로 했다. 앞으로도 기회는 얼마든지 다시 올 것이다. 함께하는 시간의 마법에 대해 그는 잘 알고 있었다.

"난 쿨한 남자라 오는 여자 안 막고 가는 여자 안 잡는 사람이
야. 네가 그렇게 질색하게 싫다니 어쩔 수 없지. 됐어, 인마. 나
도."

재이가 삐친 척 창 쪽으로 돌아앉자 준이 다시 그를 불렀다. 재
이는 알면서 돌아보았다. 그는 또 준의 검지에 볼을 찔렸다.

집으로 올라가는 엘리베이터에 탔을 때 전화가 울렸다. 무형이
었다. 준은 그가 앞에 나타나기라도 한 듯 펄쩍 놀라며 전화기를
들여다보았다. 준은 떨리는 마음으로 목을 가다듬고 전화를 받았
다.

[어디야?]

무형의 듣기 좋은 저음의 목소리가 전화기를 타고 건너왔다. 가
슴이 북소리처럼 울렸다.

"집에 다 왔어요. 엘리베이터예요."

[그래. 알았어.]

오빠는 오늘 언제 들어오느냐고 물으려고 입을 벌리고 있는데
전화가 뚝 끊겼다. 준은 당황해서 전화기를 내려다보았다. 용건만
간단히. 그가 전화할 때 강조하는 말이다. 설레서 터질 것 같던 마
음이 풍선에서 바람 빠지듯 푹 가라앉았다. 성격은 어쩔 수 없는
모양이다. 준은 한숨을 내쉬고 집으로 들어갔다. 서라의 방에 불
이 켜져 있는 것이 보였다. 준은 노크를 하고 약간 열려 있는 문을

밀고 안으로 들어갔다. 서라는 바닥에 매트를 펴놓고 그 위에 앉아 요가를 하고 있었다.

"왔니?"

그녀는 비둘기 자세를 한 채 호흡 조절을 하며 준을 흘낏 보았다.

"저, 저녁 먹었어요?"

준은 할 얘기가 떠오르지 않아 그렇게 물었다.

"그럼, 지금이 몇 신데."

준은 고개를 끄덕이며 머뭇거렸다. 물어봐야 할 것 같긴 한데 왠지 묻기가 겁이 났다.

"언니, 어젯밤에 어디 갔었어요?"

준은 입술을 깨물며 망설이다가 그렇게 물었다. 서라가 자세를 반대쪽으로 바꾸며 준을 올려다보았다.

"왜?"

"아니, 그냥 말도 없이 나가서……."

"뭘, 꼭 말을 하고 가야 하니? 알면서."

"말을 안 하는데 어떻게 알아요."

준은 갑자기 화가 나서 그렇게 대꾸를 했다. 서라가 웃었다.

"왜 심통이야. 무형이한테 갔었어."

표정이 의기양양했다. 준은 갑자기 아무 말도 더는 듣고 있을 수가 없어서 박차듯이 그녀의 방을 나오고 말았다. 어째서 저렇게까지 해야 할까 싶어 마음이 아팠다. 어제까지만 해도 자신도 서라와 같은 처지였으니 그 마음을 이해 못할 것도 없어서 더 속이 상했다. 자신 또한 응답받지 못하는 사랑 때문에 얼마나 힘들고 고통스러웠던가. 이제 어떻게 해야 하지?

준은 의자에 털썩 주저앉았다. 어떻게 대처해야 할지 알 수가 없었다. 드러낼 수도 없지만 그렇다고 그냥 묻어두고 지나갈 수도 없는 문제였다. 이제 무형도 자신의 마음을 드러냈으니 서라가 그 사실을 알게 되는 것은 시간 문제였다.

"너 우는 거야?"

서라가 문을 벌컥 열더니 책상에 엎드려 있는 준을 보고 그렇게 물었다. 준은 몸을 일으키며 고개를 저었다. 서라가 말간 눈으로 준을 바라보았다. 준이 방금 전 왜 갑자기 제 방을 뛰쳐나갔는지 다 안다는 듯 표정이 여유로웠다.

"네 마음 모르는 거 아니야."

서라가 팔짱을 끼고 문설주에 기대서며 말했다. 준은 고개를 돌리고 서라를 바라보았다.

"이래서 말한 거야. 독립하라고. 모두 불편하지만 그중에서 제일 힘든 건 너일 테니까."

서라가 마음이 아프다는 듯 미간을 찡그리며 말했다.

"언니 어제 정말 무형이 오빠 만났어요?"

준은 그녀가 그런 거짓말을 늘어놓는 것을 더는 보고 있을 수가 없었다. 계속 모른 척하는 건 그녀를 놀리는 것이나 다름없었다.

"왜?"

서라가 기분 나쁜 얼굴로 그녀를 쏘아보았다.

"어제 오빠, 집에 들어와서 잤어요."

"뭐……?"

준의 말에 서라의 얼굴이 하얘졌다.

"그래서, 뭐? 그게 왜?"

서라는 곧 아무렇지 않은 얼굴로 그렇게 되물었지만 입가에 경련이 일었다.

"언니, 거짓말 그만하세요."

준이 연민 어린 눈으로 서라를 바라보았다. 팔짱을 끼고 있는 서라의 주먹 쥔 손이 부들부들 떨렸다.

"무형이가 나랑 안 있었다고 하던?"

"물어본 건…… 아니에요. 하지만 이제 알아요. 언니랑 오빠 사이에 아무 일도 없었다는걸요."

"어떻게 아는데? 무형이한테 확인한 것도 아니라면서."

"그냥 알아요. 오빠는 그럴 사람이 아니에요."

"애 좀 봐. 네가 남자에 대해 뭘 안다고? 무형이랑 나랑 잘되는 게 그렇게 배가 아프니? 어제는, 그래 무형이 만나고 김 아나운서 집 가서 잤어. 그게 왜? 뭐가 잘못됐어?"

서라는 이 상황까지 왔는데도 끝까지 오리발을 내밀었다. 금방 탄로 날 일인데 어떻게 저럴까 싶어서 준은 안타까운 눈으로 그녀를 바라보았다. 그녀가 밉기도 하고 불쌍하기도 했다. 준은 그녀의 거짓말에 질려서 더는 상대하고 싶지가 않았다. 준은 말없이 서랍을 열어 속옷과 잠옷을 꺼내서 욕실로 들어갔다. 서라가 열 받은 얼굴로 욕실로 쫓아 들어왔다.

"어른이 말하고 있는데 버르장머리없이 어딜 말도 없이 자리를 뜨니? 보자 보자 하니까 정말."

서라는 씩씩거리며 준은 노려보았다. 그녀는 준과 무형 사이에 거의 의사소통이 이루어지지 않는다는 것을 누구보다 잘 알고 있었다. 그들이 극히 제한적인 대화밖에 나누지 않고 사는 것을 내내 지켜보며 살았다. 서라는 아마도 준이 그런 얘기를 무형에게 절대 물어보지 못하리라는 것을 알고 이렇게 당당한 것이 분명했다.

"그럼, 오빠한테 물어봐요?"

그래서 준은 그녀의 약점을 찔렀다. 서라의 얼굴이 대번에 파랗게 질렸다.

"뭐?"

"물어보면 알 거 아니에요. 정말 둘 사이에 무슨 일이 있기는 있었는지."

서라는 급소를 깊이 찔린 사람처럼 온몸을 부들부들 떨더니 갑자기 다가와 준의 뺨을 힘껏 올려붙였다. 준은 휘청거리며 세면대를 짚고 겨우 바로 섰다.

"네가 그렇게 잘났어? 물어본다고? 뭘? 네가 무슨 권리로 우리 사이에 끼어들어? 네가 뭔데, 도대체? 네가 무형이랑 무슨 사이기라도 해? 피 한 방울 안 섞인 남인 주제에!"

서라가 스트레스가 폭발한 듯 준에게 삿대질을 하며 마구 소리를 질러댔다.

"네가 인간이라면 혹시 무형을 좋아하고 있다고 해도 물러나는 게 인지상정이야. 잘되라고 빌어줘도 모자랄 판에 뒤에서 호박씨를 까다니, 이게 그동안 힘들게 돌봐준 대가야? 너는 은혜를 이런 식으로 갚니?"

"내가 언제 돌봐달라고 했어요? 언니도 다른 목적이 있어서 나를 이용한 거잖아요."

준은 얼얼한 뺨을 한 손으로 감싸며 소리쳤다. 서라가 너무 막 나오자 준도 그만 이성을 잃고 말았다.

"얘 말하는 싸가지 좀 봐. 머리 검은 짐승은 거두지 말라더니 정말 그 말이 딱 맞네. 나 아니었으면, 무형이 아니었으면 고아원이나 전전하며 살았을 주제에 어디서 그런 소리가 나오니? 어쩌면 인성이 이렇게까지 바닥일 수가 있니?"

"언니가 남의 인성 논할 상황은 아니죠. 어떻게 그런 연극을 해요? 부끄럽지도 않으세요?"

"연극이라니? 무슨 연극?"

서라가 뻔뻔한 얼굴로 되물었다. 어찌나 당당한지 흥분해 있는 자신이 거짓말을 하고 있는 게 아닐까 혼란스럽기까지 했다.

"언니가 더 잘 알잖아요."

"도대체 무슨 말을 하는 거니?"

"무형 오빠랑 잔 적도 없고 사귀는 것도 아니잖아요. 도대체 왜

저한테 그런 거짓말까지 하는 거예요? 제가 뭘 그렇게 잘못했어
요?"

준이 그동안 마음고생 한 것이 생각나 울먹이듯 소리쳤다. 서라
는 준을 차가운 눈으로 한참 동안 바라보더니 과장되게 깊은 한숨
을 내쉬었다.

"물론 네 마음 모르는 거 아니야. 너도 무형이 좋아하니까 질투
날 수 있어. 충분히 이해해. 그래도 이렇게 억지를 부리는 건 아니
지. 무형이 너 이러는 거 알면 얼마나 실망하겠니? 오늘 일 없었던
거로 해줄 테니 이제 생떼 그만 부려."

서라가 갑자기 태도를 바꾸며 달래듯이 말했다. 그것을 보자 준
이 어릴 때 둘이 싸운 뒤, 무형에게 비밀로 하자고 말하던 서라의
얼굴이 떠올랐다. 준은 팔뚝에 오소소 소름이 일어 몸을 떨었다.

"언니야말로 이번 일 무형 오빠한테는 비밀로 해줄 테니 그만
하세요. 언니도 오빠한테 바닥까지 드러내고 싶지는 않잖아요."

준이 침착한 얼굴로 말하자 서라가 분해 미치겠다는 얼굴로 씩
씩거리며 준을 노려보았다.

"네가 아무리 발버둥을 쳐 봤자 무형이랑은 안 돼. 무형이 같이
결벽증 있는 애가 사회적으로 지탄받을 일 할 거 같아? 여동생이
라고 알려진 애랑 엮여서 파렴치한 소리 듣느니 아마 혀를 깨물고
죽을 거다. 아직도 무형일 그렇게 모르니 헛꿈이나 꾸고 있지."

서라가 비웃었다. 준은 서라의 말을 듣자 정신이 번쩍 들었다.
그저 제 사랑을 이루지 못하는 것에 대한 아픔만 절절해서 여태

한 번도 그런 생각을 해본 적이 없었다. 무형이 자신을 받아들이는 일이 그의 사회적 명예에 오점이 될 수도 있다는 생각은 해본 적도 없었다. 왜 다들 자신이 아직 어리다고 하는지 알 것 같아 준은 입술을 깨물었다. 준의 표정이 변하는 것을 놓치지 않은 서라가 코웃음을 쳤다.

"그리고 너 너무 뻔뻔한 거 아니니? 너 그 남자랑 모텔까지 갔었잖아. 무형이한테 그런 꼴을 다 보이고도 아직 미련을 못 버리고 있다니 뻔뻔한 건지 순진한 건지 알 수가 없네. 무형이 어머니가 왜 집을 나가셨는지 아니? 사람들은 너를 못 키우게 하니까 갈등이 생겨서 나간 줄 알지만 사실은 그 모든 일의 원인은 무형이 어머니가 결혼 전에 네 아버지와 사귄 걸 잊지 못하고 결혼 내내 괴롭힌 무형이 아버지 탓이었어. 그 피가 어딜 가겠니. 내가 장담하는데 무형이는 절대 그 일 못 잊을걸?"

서라가 의기양양한 목소리로 충고하듯이 말했다. 준은 부모님 얘기까지 들먹이는 서라를 질린 얼굴로 바라보았다. 억울해서 아무 일도 없었다고 말하려고 고개를 돌리다가 준은 얼음처럼 굳었다. 언제부터 거기 서 있었는지 몰라도 무형이 욕실 문 밖에 장승처럼 서 있었다. 그는 정말 장승이나 된 듯이 이 모든 상황과 아주 동떨어진, 무섭도록 차분한 얼굴로 욕실 바닥의 타일을 내려다보고 있었다.

준이 귀신이라도 본 듯 놀라는 것을 보자 서라도 무언가를 예감한 듯 파랗게 질려서 뒤를 돌아보았다. 서라는 자신의 뒤에 산처럼 우뚝 서 있는 무형을 보자 기절할 듯이 놀라 숨을 들이켰다.

"지금 뭐 하는 거야?"

그가 시선을 들어 서라를 바라보며 평소와 다를 바 없는 낮고 차분한 목소리로 물었다.

"무, 무형아……."

서라도 준도 놀라서 하얗게 질린 얼굴로 그를 바라보았다.

"너 여태 나 없을 때, 준이 이런 식으로 대했어?"

무형이 물었다. 그 눈 속에 얼려 버릴 듯 차가운 분노의 빛이 일렁였다.

"아니야. 절대로. 아니야."

서라는 억울한 누명이라도 쓴 듯 고개를 세게 저었다. 뭔가 더 변명을 해보려고 했지만 뱀 앞에 놓인 쥐처럼 그녀는 그저 부들부들 떨고만 있었다. 무형이 두 사람의 얘기를 어디까지 들었는지 알 수가 없었다. 준은 무형에게 두 사람이 그를 두고 그렇게 유치하게 싸웠다는 것을 보이는 것이 말할 수 없이 창피했다. 서라가 한 짓은 생각만 해도 얼굴이 화끈거렸다. 그것까지 무형이 알게 하고 싶지 않았다.

그런 마음은 아마도 서라가 당사자이니 준보다 백배는 더하리라. 서라는 준을 돌아보며 애원하는 눈빛으로 보일 듯 말 듯 고개를 저었다. 어떻게 되어도 좋으니 제발 그 일만은 밝히고 싶지 않다는 무언의 표시였다. 준은 그런 서라의 시선을 피해 고개를 바닥으로 떨어뜨렸다.

"준, 나와."

무형이 굳은 얼굴로 말했다. 준은 주춤거리며 고개를 숙이고 욕실 밖으로 나갔다. 그는 준이 제 방 문턱에서 더 이상 움직이지 않자 돌아보더니 빨리 따라 나오라는 고갯짓을 했다. 욕실 안에서 서라가 발작하듯 울음을 터뜨렸다. 준은 서라의 울음소리가 뒷덜미를 잡아채는 것 같아 서둘러 무형을 따라 집을 나섰다.

무형은 준이 엘리베이터에 타는 것을 바라보다가 갑자기 손을 뻗어 그녀의 턱을 잡아 자신 쪽으로 돌렸다. 준은 화들짝 놀라서 얼굴을 돌리려고 했지만 그는 나머지 한 손까지 동원해 그녀의 얼굴을 감싸 쥐었다. 그는 준의 뺨에 선명하게 남은 손자국을 보더니 얼굴이 무섭게 일그러졌다.

"이런 미친⋯⋯."

그는 우리에 갇힌 성난 맹수처럼 화를 주체하지 못하고 움직이는 엘리베이터 안을 서성거렸다. 그러다가 다시 그녀의 얼굴을 들어 올려 붉게 부풀어 오른 손자국을 보며 탄식했다.

"미치지 않고서야⋯⋯."

"전, 괜⋯⋯ 괜찮아요."

그가 하도 치를 떨자 겁이 난 준이 작게 중얼거렸다.

"괜찮긴 뭐가 괜찮아? 넌 맞고 가만있었어?"

"그럼, 뭐 같이 때려요?"

준이 조금 장난기를 섞어 그렇게 말했다. 준의 말에 무형은 한숨을 내쉬며 웃음이 나오느냐는 듯 그녀를 노려보았다.

"같이 때릴 수도 없고, 정말⋯⋯."

무형은 생각할수록 화가 나는지 엘리베이터에서 내리며 중얼거렸다. 그는 밖으로 나가 주차장에 세워진 자신의 차에 준을 태웠다. 무형은 차에 탄 후, 운전대에 팔을 얹고 준을 바라보았다.

준은 무릎 위에 마주 잡은 손을 꼼지락거리며 그것을 내려다보고 있었다. 열어놓은 차창으로 6월의 풀 냄새 가득한 바람이 불어와 그녀의 머리카락을 날리며 지나갔다. 준은 그가 계속 쳐다보는 것이 민망해 앞으로 흘러내린 머리카락을 귀 뒤로 모아 넘기며 작게 헛기침을 했다.

"언제부터 서라가 이렇게 했어? 처음부터 그랬는데 내가 여태 모르고 산 거야?"

"내내 그랬으면 안 참았을 거예요. 오늘은 둘 다 흥분을 좀 했어요. 언니가 함부로 대했다면 나도 버릇없이 굴었어요."

"이 와중에 누굴 감싸? 이런 꼴을 당해놓고. 착한 거 자랑 아니야."

무형이 화를 벌컥 냈다.

"무슨 일이 있었는지 다 말해."

"⋯⋯."

그가 도대체 어디서부터 듣고 있었는지 몰라서 준은 아무 말도 할 수가 없었다. 준은 잘 기억나지 않는 서라와의 대화를 되짚어 보았지만 무슨 얘기를 나누었는지조차 잘 기억나지 않았다.

"응?"

그가 재촉했다.

"그냥 좀 싸웠어요."

"싸운 건 알아. 왜 싸웠느냐고."

"그냥, 여자들은 그냥…… 별일 아닌 걸로 잘 싸워요. 사소한 걸로 말다툼을 하다가……."

"서라가 나랑 잤다고 하든?"

준이 얼버무리며 횡설수설하자 무형이 물었다. 준은 민망해서 어쩔 줄 모르며 무슨 얘기를 나누었는지 기억을 떠올려 보았지만 모든 것이 뒤죽박죽 섞여서 분간이 되지 않았다.

"언니는 오빠를 좋아했어요. 오래전부터요."

준은 잠시 생각에 잠겨 있다가 서라를 대신해 변명하듯 말했다. 무형이 그 마음을 알면서 모른 척했다고 해도 문제고 전혀 몰랐다고 해도 잘못이 없다는 생각은 들지 않았다.

"언니만 잘못한 거 아니에요. 나도 잘한 거 없고, 오빠도 마찬가지고요."

준의 말이 마음에 들지 않아서 무형은 차창 밖으로 시선을 돌리며 생각에 잠겼다. 아까 서라가 준에게 퍼부어대던 말을 듣고 서라가 자신을 좋아하고 있었다는 사실을 알았다. 그는 미간을 찌푸렸다. 서라를 여자로 본 적 단 한 번도 없었다. 기억이 안 날 만큼 어려서부터 함께 자랐고 아버지가 돌아가시고 나서는 임 이사가 보호자 노릇을 했기 때문에 그들을 가족처럼 생각했다. 그 연장선에서 서라도 친구라기보다는 가족에 가까웠다. 정말 아무것도 느끼지 못했다고 한다면 자신이 너무 무신경한 걸까?

조금이라도 그런 느낌을 받았다면 절대 같이 지내지 못했을 것이다. 언제 만났다가 언제 헤어지는지 정확하게 알지는 못해도 서라는 주기적으로 연애도 하는 걸로 알고 있어서 더욱더 그런 쪽으로 의심도 하지 않았다.

하기는 그랬다고 해도 자신의 편의를 위해 한쪽 눈을 감고 살았다는 것을 부정할 수는 없었다. 준이 커갈수록 자신이 해줄 수 있는 일에 한계가 있다는 것을 알았다. 몸에 일어나는 변화나 사춘기 여자아이들의 고민 같은 것들, 준이 자신에게 그런 것을 의논할 수 없다는 것을 알고 서라가 제집처럼 드나들면서 그런 부분을 보완해 주는 것을 다행이라고만 생각했다. 그게 다였다.

준의 말대로 서라에 대해 너무 무심했던 자신의 잘못이 크다는 것을 알고 있었지만 당장은 그런 반성이나 하고 있을 만큼 여유가 없었다. 준에게 손찌검까지 한 서라였다. 늘 단정하고 쿨하던 모습과 너무도 괴리가 커서 도저히 같은 사람이라는 것을 믿을 수 없었다. 여태 자신 모르게 준을 그런 식으로 대했을지도 모른다고 생각하자 머리털이 곤두서는 기분이었다. 인성이 나쁘다느니, 고아원을 전전했을 거라느니, 그런 말들이 아직도 귓가에 생생했다. 어떻게 애한테 그런 말을 지껄일 수 있는지 도통 납득이 가지 않았다.

"오늘 같은 일이 얼마나 많았는지 알아야겠으니까 숨기지 말고 말해."

"없어요. 오늘이 처음이에요."

준이 고개를 저었지만 무형은 믿을 수가 없었다. 준을 다그쳐
봐야 그런 얘기 나불나불 떠들 성격도 아니고 애를 더 괴롭히는
일일 것 같아 그는 더 캐묻지 않았다.

"서라랑 얘기 좀 해야겠는데 같이 집에 갈래, 여기서 기다릴
래?"

무형이 물었다. 준이 난감한 얼굴로 무형을 바라보았다. 여리고
사랑스러운 얼굴이 새삼 마음을 흔들었다. 여태 지켜준답시고 폼
을 잡았지만 전혀 방패막이가 되어주지 못했다는 생각에 가슴이
아팠다.

"나는 좀 이따가 들어갈래요."

밤에 혼자 차 안에 두고 가는 것이 썩 내키지 않았지만 서라와
얘기하는 걸 듣고 있는 것도 편치 않을 것 같아 무형은 고개를 끄
덕였다.

"창문 올리고 문 잠그고 있어. 더우면 에어컨 켜고."

밤이 되자 날씨가 선선해 별로 더운 기운은 없었지만 혹시 몰라
그렇게 말하자 준이 순하게 고개를 끄덕였다. 무형은 차에서 내리
려다 말고 생각난 듯 준을 돌아보았다.

"얘기했어?"

"예?"

"얘기했냐고."

준은 무슨 얘기인지 모르는 표정이다가 곧 깨달은 듯 얼굴이 붉

어졌다. 무형은 사실 오늘, 열두 번도 더 전화해서 확인하고 싶은 것을 간신히 참았다. 그놈과 사귀기로 한 것을 취소하라고 강요해 놓고도 내내 불안하고 초조해서 하루 종일 안절부절못했다. 늦게 까지 남아서 처리할 일이 있었지만 그는 더 참지 못하고 일까지 미루고 퇴근했다. 어서 준을 보고 싶었고, 그 일을 확인하고 싶어 서 일이고 뭐고 손에 잡히지 않았던 것이다. 준이 집에 다 왔다는 것을 전화로 확인하고 집에 도착해 보니 그 사달이 나고 있었다.

"오빠, 사실은요. 그게……."

준이 머뭇거리며 입술을 물어뜯었다. 그럴 줄 알았다. 그는 속 으로 화가 나는 것을 겨우 숨기며 고개를 끄덕였다.

"알았어. 쉽지 않았겠지. 내가 알아서 할게."

"아니, 아니에요. 마, 말했어요."

준이 기겁을 하며 두 손을 내저었다.

"진짜?"

무형은 미심쩍은 얼굴로 물었다. 준이 고개를 끄덕였다.

"그래서 잘 해결됐어?"

"……네."

준이 대답했지만 무형은 여전히 뭔가 마음이 놓이지 않아서 그 녀를 유심히 바라보았다. 그렇게 간단히 해결되었다는 것도 이상 했고 사실은 헤어지자고 말했다는 것 자체가 믿기지 않았다. 그 말조차 꺼내지 못했으면서 둘러대고 있는 느낌이 강하게 들었다. 무형은 속으로 깊은 한숨을 쉬었다. 생각 같아서는 집에 가둬서라도 그 자식과 다시 만나는 것을 막고 싶었다. 준이 함께 밤을 보낸 놈과 매일 만나는 것을 지켜보는 일은 집요하고 끈질긴 고문을 당하는 것 같았다.

다시 떠올리고 싶지 않지만 서라가 자신의 부모님에 대해 했던 얘기는 어느 정도 사실이었다. 어쩌다 일이 이렇게 되었는지는 몰라도 자신은 아버지와 비슷한 처지에 놓이게 되었다. 하지만 아버지와 같은 실수를 반복하지는 않으리라. 그러기 위해 더 이상 준에게 무엇도 강제로 하게 만들어서는 안 된다는 생각이 들었다. 준이 자신을 떠나게 되는 일만은 절대 만들 수 없었다.

"그리고…… 아까, 서라가 한 말은 신경 쓰지 마."

"네?"

"그, 있잖아."

무형은 그 일에 대해 말을 꺼내는 것 자체가 상처를 들쑤시는 듯 고통스러웠지만 준이 그 일로 괜히 자신 앞에서 위축되지나 않을까 걱정이 되었다. 서라가 영악하게도 그것을 노리고 그런 말을 해댄 걸 생각하자 잠시 잊고 있던 화가 다시 치밀었다. 사람은 아무리 오래 알아도 다 안다고 할 수 없다.

"……."

"오빠는 한 번 실수한 거 가지고 마음에 담아두고 그런 사람 아니야. 별일 아닌 일로 신경 쓰고 그러면 안 돼. 무슨 말인지 알지?"

"오빠, 사실은 그날……."

준이 얼굴을 붉히며 그렇게 말했지만 무형이 고개를 저었다.

"그 일은 이제 언급하지 말도록 하자. 그럴 만큼 중요한 일도 아니니까."

무형은 서둘러 준의 말을 막았다. 말하는 준도 듣는 무형도 고통스러운 일이었으므로.

"오빠."

무형이 차에서 내리기 위해 차 문을 열었을 때 준이 옷자락을 잡듯이 조심스럽게 그를 불렀다. 무형이 돌아보자 준이 얼굴을 붉히며 입술을 깨물었다. 무형은 숨을 멈춘 채 그녀를 보았다. 그 입술이 유혹하는 붉은 꽃처럼 보여 그는 얼른 허공으로 시선을 돌렸다. 아무리 자신의 마음을 인정했어도 아직은 적응이 되지 않았다. 준을 여자로 보고 그녀에게 육체적인 욕망을 느끼는 자신이 싫고 낯설었다. 하지만 그의 욕망은 매시간 매초 걷잡을 수 없이 자라나고 있었다. 그것은 곧 그의 통제를 벗어날 것처럼 아슬아슬하게 커져 있었다. 불러놓고 준은 말이 없었다.

"왜?"

무형은 준이 안쓰러워 머리라도 쓰다듬어 주고 싶은 마음을 꾹 눌러 참으며 물었다.

"사실은 우리 리더님, 아니, 재이 오빠랑……."

준이 재이의 얘기를 꺼내자 무형은 그렇게 다짐을 했음에도 불구하고 제 의지와 상관없이 이가 꽉 물어지며 표정이 굳어졌다. 우리 리더님, 재이 오빠, 그런 단어 자체가 싫었다. 준의 입에서

단 한 마디라도 그놈의 얘기가 나오는 것을 참을 수가 없었다. 그는 차 문 손잡이를 잡은 손에 마디가 하얘지도록 힘을 주었다. 하지만 그는 최대치의 인내심을 발휘해 표정을 숨기며 속으로 심호흡을 했다.

"말해."

준이 또 말을 하다가 입을 다물었으므로 무형은 애써 아무렇지 않은 얼굴로 고개를 끄덕였다.

"재이 오빠랑…… 그러니까 사귀는 거 사실은……."

"알았어. 무슨 말인지."

준이 더듬거리며 힘들게 말하는 것을 바라보던 무형이 중간에 그녀의 말을 잘랐다. 아마도 오늘 그 자식에게 사귀기로 한 것을 없던 일로 하자는 말을 못했다는 것을 이실직고하려는 것 같았다. 그럴 줄 알았다. 무형은 어느 정도 짐작하고 있었던 일이었으므로 고개를 끄덕였다.

"걱정 마. 내가 알아서 할게."

처음부터 이럴 것 같아서 자신이 나서려고 하다가 준의 의사를 존중하는 차원에서 그냥 두고 본 것뿐이었다.

"걔랑 그러고 나면 얼굴 보는 거 불편할 텐데 괜찮겠어?"

무형은 자신이 재이를 만난 후에도 준이 계속 그 남자를 봐야 한다는 사실이 다시금 목에 박힌 가시처럼 신경을 찔러대는 것을 느끼며 물었다.

"그게 아니라…… 재이 오빠랑 사귀기로 했다고 말한 거 거짓말이었어요.”

“뭐?”

“사귄 적 없어요.”

준이 얼굴이 빨개져서 고개를 돌리며 말했다. 무형의 눈에 불꽃
이 튀었다. 이런 개자식을 봤나.

“사귀자고 안 했어? 그 자식이?”

무형의 호흡이 거칠어지며 험악한 목소리로 묻자 준은 겁먹은
얼굴로 그를 바라보았다.

“그래 놓고…… 그렇게 하고 사귀자는 말도 않더냐고.”

무형이 이를 꽉 물고 그렇게 물었다. 사귀지 않았다는 것은 더
할 수 없이 다행한 일이기는 했지만 갑자기 부아가 치밀고 화가
났다. 혹시 그 자식이 책임지겠다는 생각도 없이 준을 하룻밤 상
대로 생각했을지도 모른다는 생각을 하자 피가 거꾸로 솟는 것 같
았다. 이제야말로 죽여 버리고 말겠다. 그가 주먹을 움켜쥐었다.

“아, 아뇨. 사귀자고는 했는데 내가 싫다고…… 아니, 그게 아
니고, 아무튼 사귄 적 없어요.”

준은 부끄러워하면서도 조금은 칭찬해 주기를 바라는 것 같은
눈으로 그를 보았다. 무형은 겨우 화를 가라앉히고 한숨을 내쉬었
다. 사귄 적이 없다니 다행인데 그것을 칭찬해 줄 마음은 하나도
없었다.

“근데 왜 사귀기로 했다고 거짓말했어?”

“집 나가려고요.”

"……."

"오빠랑 서라 언니랑 사귀는 줄 알고 내가 나가야겠다고 생각했어요."

"걔랑 사귄다고 하면 내가 내보내 줄 것 같았어?"

준이 고개를 끄덕였다.

"잘못 짚었어. 절대 안 내보냈을 거야. 결혼한다고 했으면 몰라도."

무형이 마음에 안 든다는 듯 짧게 혀를 찼다.

"그리고 그날, 모텔에서……."

"그 얘기는 잊자고 했잖아. 너도 괴롭고, 나도…… 아무튼 그 얘기는 하지 말도록 하자."

무형이 준의 눈을 똑바로 쳐다보며 고개를 저었다.

"해야 해요. 하고 싶어요."

준이 의외로 완강한 목소리로 그렇게 말했다. 무형은 속으로 화가 나는 것을 참으며 어쩔 수 없이 고개를 끄덕였다.

"해. 그럼."

"술에 취해서 거기를 어떻게 갔는지는 기억이 안 나요. 제가 집에 안 들어가겠다고 고집을 부렸대요. 그래서 재이 오빠는 어쩔 수 없이…… 그러니까 거기 간 건 재이 오빠 잘못이 아니라 제 잘못이었어요."

"무슨 얘기가 하고 싶은 거야?"

"재이 오빠를 너무 죄인 취급하지 말아주세요. 그 오빠는 별로 잘못한 게 없어요."

준의 말에 무형은 미간을 좁히며 준을 바라보았다.

"가만 보면 너는 내 생각 따위는 조금도 안 하는 거 같아."

무형이 화난 얼굴로 혼잣말처럼 중얼거렸다.

"네?"

"내 앞에서 그 자식을 위해 변명을 할 생각을 하는 거 보면 말이야. 그 자식 잘못 없으니까 나쁘게 보지 말라고? 알았어. 그러지, 뭐."

무형의 차가운 반응에 준의 얼굴이 어두워졌다. 자신이 하려던 말은 그게 아니었다.

"됐지?"

그가 물었다. 준은 열이 받은 게 분명한 그의 얼굴을 멍하니 바라보았다. 무형은 준과 반대 방향으로 고개를 돌리더니 심호흡을 한 번 했다.

"오빠……."

"알았어. 무슨 얘기인지 알아들었어. 그렇게 할게. 너도 이미 눈치챘겠지만 나는 이제 네가 무슨 얘기를 해도 들을 수밖에 없게 됐으니까. 다른 거 뭐 더 할 얘기 있으면 해. 주저하지 말고."

잠시 후 무형이 한 손으로 얼굴을 쓸어내리며 고개를 돌려 준을 바라보았다. 그 말투에는 비꼬는 기색 같은 건 없었지만 기꺼운 기색 또한 당연히 없었다.

"……안 잤어요."

준이 작지만 또렷한 목소리로 말했다. 무형은 그 말뜻을 알아듣지 못한 사람처럼 미간을 좁히고 준을 뚫어질 듯 바라보았다.

"재이 오빠랑 그날…… 아무 일도 없었어요."

준이 민망하다는 듯 시선을 내리며 그렇게 말했다. 무형은 눈을 가늘게 뜨고 발갛게 홍조가 인 그녀의 옆얼굴을 바라보았다. 무슨 소리인가.

"뭐?"

무형은 제 귀를 의심하며 물었다. 아무 일 없었다니…… 무형이 직접 눈으로 봤고, 준이 제 입으로도 잤다고 했지 않은가.

"미안해요."

"……정말이야?"

무형은 여전히 믿기지 않는 얼굴로 물었지만 내면에서부터 솟구쳐 오르는 기쁨을, 안도를 숨길 수가 없었다. 너무 좋아하면 속물이 되는 것 같아 자제하려고 애썼지만 좋은 걸 어쩌랴.

"왜 거짓말했어?"

"화도 나고…… 약도 오르고 그래서요."

"……?"

"오빠가 서라 언니랑……."

준은 그렇게 말을 하다 말고 입을 다물었다. 무형이 갑자기 준을 끌어안았기 때문이었다. 준은 심장이 멎는 줄 알았다. 숨도 못 쉬고 그의 넓은 품 안에 꽉 안겨 있는데 마음 저 밑바닥에서부터 기쁨과 행복감이 몽글거리며 솟아올랐다. 그의 품은 예전과 마찬가지로 넓고 따뜻하고 안전하게 느껴졌다. 준은 세상을 떠돌다 비로소 제집을 찾아든 것처럼 안도의 숨을 내쉬었다. 무형은 한참 동안 준을 끌어안고 그 팔딱거리는 숨소리와 유혹적인 살 냄새를 만끽했다.

"고맙다…… 고마워, 준."

무형이 그녀를 놓아주기 전에 작은 소리로 그렇게 속삭였다. 준은 기뻐서 또 얼굴이 붉어졌다. 무형은 차에서 내리기 전에 그녀의 이마에 입을 맞추었다. 준은 그가 아파트 안으로 사라질 때까지 두 손으로 얼굴을 가리고 멀리서 달려온 강아지처럼 숨을 몰아쉬었다.

무형이 집으로 들어가니 서라가 식탁에 앉아 술을 마시고 있었다. 그녀는 세상 다 산 사람처럼 절망적인 얼굴로 무형을 올려다보았다. 무슨 짓을 했는지 머리가 산발로 흐트러져 있었지만 전혀 신경 쓰지 않고 핏발 선 눈으로 무형을 쏘아보았다. 그 표정은 몹시 억울해 죽겠다는 쪽에 가까워서 무형은 저절로 인상이 써졌다.

"준이 뭐래? 미주알고주알 다 말했겠지. 나쁜 기집애. 은혜도 모르고."

"임서라."

무형이 경고하듯이 그녀의 이름을 부르자 서라가 갑자기 신경질적으로 울음을 터뜨렸다.

"넌 몰라. 걔 너무 여우야. 난 정말 억울해. 걔가 먼저 잘못했다고."

"네가 뭔데 애한테 손찌검까지 해? 다시 한 번 준이 몸에 손대면, 아니, 준이 옆에 얼씬거릴 생각도 하지 마. 그나마 인간인 척하고 살고 싶으면 말이야."

무형이 이를 물고 경고하듯이 말했다.

"준이가 먼저 내 뒤통수를 쳤어. 나를 우습게 알고 무시했다고!"

서라가 비명처럼 소리를 질렀다.

"준이는 내가 오래전부터 너 좋아하는 거 다 알고 있었어. 나한테는 너랑 잘되게 응원해 주겠다고 해놓고 뒤에서는 너 좋아한다고 꼬리 치는 거 다 봤어. 인간이 어떻게 그래? 나한테 어떻게 그래? 그런 마음이 있어도 접어야 인간의 도리 아니야? 은혜를 원수로 갚다니 절대 용서할 수 없어."

서라는 한 번 가면을 벗어던지자 더는 이전의 모습을 찾아볼 수가 없었다. 무형은 팔짱을 낀 채 말없이 그녀를 노려보고 서 있었다. 뭐 저런 게 다 있나, 싶었다. 서라가 흥분할수록 무형의 얼굴은 차갑게 가라앉았다. 준이 자신을 좋아한다고 말한 것을 봤다니 그들은 몰랐지만 서라도 그날 집에 있었던 모양이었다. 그 상황을 훔쳐보고 나쁜 계획을 세웠을 그녀를 생각하니 오만 정이 떨어졌다.

준이 사춘기에 접어들면서 말이 없어진 후로 중간에 항상 서라가 두 사람 사이를 이어주고 있었기 때문에 마음만 먹는다면 얼마든지 준을 속이고 조종할 수 있었을 것이다. 어쩌다 사람이 저렇게 변했을까. 그는 의문에 차서 서라의 흐트러진 모습을 바라보았다.

"너도 마찬가지야. 내 눈은 못 속여. 그렇게 도덕적이고 성인군자인 척하더니 준이 좋아한다는 말 들은 후로 정신없이 흔들렸잖아. 말해봐. 내 말이 틀렸어? 너도 준이 좋아하잖아. 그지? 말해봐."

서라가 비난을 퍼부으며 다그쳤다.

"그래, 나 준이 좋아해."

그냥 화가 나서 퍼부은 말이었는데 무형이 쉽게 그것을 인정하자 서라는 너무 놀라서 멍하니 그를 바라보았다. 말도 안 돼. 거짓말이야. 그녀는 현실을 부정하듯 도리질을 했다.

"이, 이중인격자. 나쁜 놈. 준이 네 동생이야. 동생이라고!"

서라가 갑자기 의자에서 벌떡 일어서며 미친 듯이 소리를 질렀다.

"어떻게 그렇게 비열한 짓을 할 수가 있어? 네가 인간이냐?"

"비열? 믿었던 사람에게 뒤통수를 맞았는데 내가 어떻게 신사적으로 나가? 새파랗게 어린애를 내가 도대체 무슨 방법으로 이겨? 그렇게라도 하지 않으면 내가 준일 무슨 방법으로 이기겠느냐고."

서라가 분하고 서럽다는 듯 다시 자리에 털썩 주저앉으며 울음을 터뜨렸다. 무형은 황당해서 얼굴이 일그러졌다.

"너 왜 이 지경이 된 거야?"

"너 때문이야. 이게 다 너 때문이라고!"

"난 너한테 빚 없어."

"빚이 없다고? 그렇게 오랜 세월 네 옆을 서성거리게 만들어놓고 빚진 게 없다고?"

"준이 돌봐준 것에 대한 보상을 하라면 얼마든지 받아들이겠지만 다른 걸로 덮어씌우지 마. 너 연애할 거 하면서 자유롭게 살아놓고 갑자기 왜 나한테 순정을 바친 사람처럼 억지를 부려?"

"나쁜 놈. 말을 그렇게밖에 못해? 그럼 나를 여자로 보지도 않는 너만 바라보면서 청춘을 보냈으면 받아주려고 했어? 내가 왜 아까운 시간 희생해 가며 준이 돌봤는지 몰라서 그런 소리를 해? 내가 박애정신 넘치는 사회봉사자도 아닌데 왜 그런 짓을 했겠느냐고. 넌 알고 있었어. 내가 너 좋아하는 거 처음부터 알고 있었다고!"

"나도 남잔데 내가 너를 여자로 봤으면 피 끓는 스무 살에 어른도 없는 집에서 얌전히 뒀겠어? 준이 돌보라고 아무도 강요하지 않았어. 여기 머문 것도 모두 네 고집으로 선택한 일이고."

"다 큰 처녀가 남자 혼자 사는 집에 하루가 멀다 하고 드나드는 걸 방조해 놓고 책임이 없다고? 책임지고 싶지 않았다면 진작 선을 그었어야지. 난 당연히 너를 좋아했으니까 그렇게 했지만 넌 뭐야? 무슨 생각으로 나를 내버려 뒀어?"

"내가 그렇게 호구로 보이냐? 설마 준이 돌봐준 걸로 내가 네 인생까지 책임져야 한다고 생각하는 건 아니겠지? 네가 누굴 위해 그랬든, 무슨 의도로 그랬든 네가 판단하고 선택한 일이야. 아무도 그렇게 해달라고 부탁한 적 없어."

무형이 흥분 하나 하지 않고 차갑게 밀어붙였다.

"나쁜 놈, 나쁜 새끼!"

서라가 부들부들 떨면서 들고 있던 잔을 무형을 향해 던졌다. 술잔이 무형의 팔을 맞히고 바닥으로 떨어졌다. 그의 흰 와이셔츠에 갈색의 위스키 얼룩이 번졌다.

"너 벌 받을 거야. 남의 눈에 눈물 나게 하면 내 눈에 피눈물 나게 되어 있어. 나한테 이러는 거 후회할 날 올 거라고."

"내 몫은 내가 감당할 테니까 너도 준이한테 한 짓을 생각해 봐. 그 말에서 자유롭지 못하다는 걸 알게 될 거야."

무형의 말을 들은 서라는 약이 올라 얼굴이 붉으락푸르락해지더니 잠시 후, 입가에 악의가 가득한 미소를 지었다.

"생각해 보니 너희들 벌써 벌 받고 있잖아. 준은 네가 나랑 잘 줄 알고 딴 남자랑 자고. 너는 준이 딴 남자랑 있는 현장을 봤잖아. 딴 남자랑 뒹구는 걸 봤는데 네가 과연 그 일을 잊을 수 있을까?"

서라가 통쾌한 얼굴로 말했다. 무형은 불쌍하다는 눈빛으로 혀를 찼다.

"준이 남자랑 뒹군 적 없어."

"그렇게 부정하고 싶겠지."

서라가 비웃었다.

"미안하지만 사실이야. 정말 그런 줄 알고 있었을 때도 그것 때문에 준을 받아들이는 것을 망설인 적은 없어. 오히려 그 일 때문에 내가 준을 사랑하고 있다는 것을 깨달았으니까. 아무렇지도 않았다고 부정할 생각도 없어. 사랑하는 사람이 그런 일을 겪었는데 아무렇지도 않을 수는 없는 거니까. 어쨌든 다행히 준은 별일 없었어. 그러니 우리 사이에 대해 그렇게 걱정할 필요 없어."

"거짓말하지 마. 술 취한 남녀가 모텔에 들어갔는데 아무 일도 없었다고? 게다가 그 남자, 리더라는 그 남자, 분명 준을 좋아하고 있었어. 그게 말이 돼? 넌 속고 있는 거야. 준의 거짓말에."

서라가 펄펄 뛰며 반박했다.

"내일 너희 집으로 돌아가. 낮에 이삿짐 센터 불러서 짐 보낼 테니까."

"어떻게 나를 이런 식으로 내쫓아? 엄마 아빠한테는 뭐라고 해? 넌 진짜 피도 눈물도 없니? 내가 왜 저런 나쁜 자식한테 꽂혀서는…… 내가 너 잘되나 두고 볼 거야!"

서라가 이를 갈 듯이 돌아선 무형을 향해 소리쳤다.

사람을 불러 서라의 짐을 모두 보냈다. 일하는 아주머니에게 청소를 부탁한 후 무형은 준의 방으로 갔다. 서라의 짐이 나가는 동안 준은 방에서 꼼짝도 하지 않았다. 무형이 문을 두드리자 준이 시무룩한 얼굴로 문을 열었다. 건드리면 곧 울 것 같았다. 오랫동안 의지해 온 사람이니 마음이 좋지 않겠지만 어쩔 수 없었다. 가

없은 녀석. 그동안 준이 했을 마음고생을 생각하면 미안하고 속이 상했다.

"오늘은 집에 있을 거지?"

무형이 묻자 준이 고개를 끄덕였다.

"아주머니 가시면 문 잘 잠그고 있어. 비밀번호 바꾸고 갈 테니까 아무도 문 열어주지 말고."

준이 다시 고개를 끄덕였다.

"속상해할 거 없어. 살다 보면 이런 일 저런 일 다 있는 거니까. 좋게 헤어졌더라면 좋았겠지만 이렇게라도 끝났으니 됐어."

준은 제 발끝을 내려다보며 말이 없었다. 무슨 얘기라도 좀 했으면 좋겠는데 풀로 입을 붙였는지 아까부터 말이 없다.

"저녁 먹지 말고 기다려. 일찍 들어올게."

무형의 말에 준이 보일 듯 말 듯 고개를 끄덕였다. 무슨 생각을 하는지 숙이고 있는 귓가가 빨개지는 것이 보였다. 그 모습이 귀여워서 무형의 입꼬리가 올라갔다. 그는 현관으로 나가려고 등을 돌리고 서너 걸음 걷다가 멈추고 뒤를 돌아보았다. 준이 발개진 얼굴로 그의 등을 바라보고 있다가 눈이 마주치자 놀란 토끼눈이 되었다. 이제는 뭘 하든 그저 예쁘고 사랑스러워 애가 탔다.

그는 떨어지지 않는 발길을 겨우 옮겨 집을 나왔다. 사무실로 들어가기 전에, 임 이사에게 이번 일에 대해 간단히라도 설명을 하는 것이 도리라고 여겨 전화를 걸었다. 비서가 전화를 받아 회의 중이라고 알렸다. 급한 일이면 바꿔주겠다고 했지만 그는 다시 전화를 하겠다고 말하고 끊었다.

그는 오늘따라 무척이나 느리게 가는 것 같은 시계를 수십 번 확인하며 퇴근 시간을 기다렸다. 맡고 있는 사건이 거의 마무리가 되어가서 다행이었다. 당분간 집에 들어가지 못할 만큼 바쁜 일은 없을 것이다. 그래도 정시에 퇴근하기는 아직 일이 많았지만 오늘은 일찍 퇴근하기로 했다. 퇴근 시간이 30분쯤 남았을 때쯤 전화벨이 울렸다. 임 이사였다.

"접니다."

무형은 가볍지 않은 마음으로 전화를 받았다.

[나 여기 검찰청 앞이네. 지난번에 우리 저녁 먹었던 일식집에 와 있으니 잠깐 좀 나오게.]

임 이사가 어두운 목소리로 그렇게 말하고 전화를 끊었다. 임 이사에게 퇴근하면서 다시 전화를 하려고 했는데 직접 찾아왔으니 어쩔 수 없었다.

준이 기다릴 텐데, 그 생각이 먼저 들었다. 그는 임 이사가 와 있다는 식당으로 가면서 준에게 전화를 걸었다.

[네.]

준의 약간 상기된 목소리가 전화기 저쪽에서 들려왔다.

"오빠, 좀 늦을 거 같아. 한 시간 정도. 배고프면 먼저 밥 먹어도 돼."

[배 안 고파요.]

"그럼, 조금만 기다려. 곧 갈게."

[네.]

준이 순한 목소리로 대답했다. 그는 전화를 끊고도 준인 양 전화기를 귀여운 듯 들여다보았다. 어쩔 수 없이 마음이 소년처럼 들떴다. 그는 얼른 집에 가고 싶은 마음을 누르고 종업원의 안내를 받아 임 이사가 있다는 방으로 갔다. 미닫이문을 밀자 뜻밖에도 서라의 어머니까지 같이 와 있었다. 두 사람 모두 표정이 어두웠다. 무형은 고개를 숙여 인사를 하고 그들의 앞에 자리를 잡고 앉았다.

"기다리다가 먼저 시켰네. 자네 뭐 다른 거, 들려면 주문하게."

"아닙니다. 이걸로 됐습니다."

상에는 회와 정종이 놓여 있었다. 임 이사가 술병을 들어 무형의 잔에 술을 따라주었다. 늘 밝게 웃고 말이 많던 서라 어머니가 고개를 외로 꺾은 채 침묵을 지키고 있었다. 그녀는 가끔 손수건을 코에 갖다 대고 콧물을 훌쩍였다.

"오늘 서라 짐이 집에 왔다더군. 서라도 몸이 안 좋다고 일찍 들어왔다는데 난 아직 보지는 못했고 집 사람한테 대충 얘기를 들었네. 어떻게 된 건가."

"문제가 좀 있었습니다. 서라와 함께 지낼 수 없다고 판단해서 집으로 보냈습니다."

"서라 말이 사실인가?"

무형의 말에 서라 어머니가 처음으로 입을 열었다. 그 말투에는 비난의 기색이 역력했다.

"서라가 뭐라고 했습니까?"

"서라 말이…… 도저히 나는 믿기지가 않는데 강 검사, 자네랑 준이 서로 좋아한다던데 그게 사실인가?"

서라 어머니는 불결한 것을 입에 담는 것이 꺼려진다는 투로 그렇게 말했다.

"아니겠지, 설마. 피는 안 섞였다지만 준이를 아기 때부터 키우지 않았나? 그 정도면 친동생이라고 해도 누구도 시비 걸 사람 없을 거야. 그런 애와 지금 연애를 한다는 게, 이게 말이 되는 얘긴가? 강 검사같이 반듯한 사람이 어떻게 그런 파렴치한 짓을 할 수가 있나. 준이 아직 애네. 자네보다 10년이 넘게 어린애야. 이게 말이 된다고 생각하나?"

무형이 말이 없자 서라 모친이 참고 있던 것을 한꺼번에 쏟아붓듯 따지고 들었다.

"파렴치한이라니. 이 사람아, 말을 좀 가려서 해."

임 이사가 듣기 거북했던지 자신의 아내에게 한마디 했다.

"당신은 가만히 좀 있어요. 내가 서라 얘기 듣고 얼마나 억울하고 기가 막히던지 가만히 앉아서 참고 있을 수가 없어서 따라왔어요. 당신은 딸이 저런 꼴을 당하고 쫓겨와도 그저 우리 강 검사, 우리 강 검사 떠받들 줄밖에 모르잖아요. 도대체 우리 서라는 무슨 죄예요. 그렇게 믿었던 두 사람에게 뒤통수를 맞고 우리 서라 불쌍해서 어쩔 거냐고요."

서라 모친이 갑자기 손수건을 꺼내더니 입을 가리고 울기 시작했다.

"이 사람이 제 딸 못난 걸 왜 여기 와서 탓을 해?"

임 이사도 자신의 아내를 나무랐지만 속이 상한 것을 숨기지 못했다. 서라야 잘못을 저지른 당사자이니 해야 할 말 참지 않고 다 했지만 그녀의 부모님에게까지 그럴 수는 없어서 그는 묵묵히 듣고 있었다. 이미 이런 비난을 받을 것쯤은 각오를 했고 자신이 감수해야 할 부분이라 그는 굳이 변명하지 않았다. 다만 자신이 마치 서라와 무슨 사이기라도 했던 것처럼 말하는 뉘앙스는 그냥 넘어갈 수가 없었다.

"저와 서라는 친구일 뿐입니다. 다른 말씀은 하셔도 되지만 제가 서라를 배신한 것처럼 말씀하시는 것은 삼가주십시오."

"자네 정말 서라가 자네 좋아하는 거 몰랐나? 그게 말이 된다고 생각하나? 그 애가 무엇 때문에 지 시간 쪼개가며 시간과 정성을 들여 준이를 돌보았겠나? 지금 직장 핑계대고 자네 집에서 지내는 것도 그렇고…… 내가 계모라서 서라가 자네 집에서 살다시피 하는 것을 방치한 것이 아니야. 그렇게 지내다 보면 둘이 좋은 관계로 발전할 거라고 믿었고 또 그렇게 바라서 이제나저제나 지켜본 거지."

"서라나 아주머니께서 그런 의도를 갖고 계신 줄 몰랐습니다. 그것을 늘 말씀하시는 가족으로서 호의라고 받아들인 제 불찰입니다."

"나는 도저히 그냥 넘어갈 수 없네. 친동생이나 다름없는 애와 연애를 하는 것도 기가 막히지만 우리 서라를 저렇게 만든 거 난 꼭 책임을 묻고 싶네."

서라 모친은 억울한 김에 생떼를 쓰듯 그렇게 말했다.

"제가 어떤 책임을 져야 할지 말씀하십시오. 법리적으로 따지셔도 되고 도의적인 책임을 물으셔도 됩니다. 제가 잘못한 것에 대한 대가를 받기를 바라신다면 원하시는 방식으로 책임을 물으십시오. 받아들이겠습니다."

그 말투는 정중했지만 오싹하도록 차갑게 들렸다. 서라 모친은 화가 나는 김에 감정이 앞서서 마구 퍼붓다 보니 자신도 너무 오버했다는 것을 알아차렸다. 남자가 여자를 여자로 보지 않은 것에 대해 도대체 어떤 책임을 물을 수 있다는 말인가? 아무런 가망이 없는데도 포기를 하지 못한 서라가 미련했다. 하기는 포기가 되는 마음이었으면 이런 상황까지 오지도 않았을 것이다. 그녀는 울고 불고 난리를 치던 서라를 떠올리며 속으로 혀를 찼다.

"서라야 말할 것도 없지만 나나 이 양반이나 실망이 이만저만이 아니야. 내가 오죽 속상하면 이렇게 달려왔겠나."

서라 어머니는 한풀 꺾인 목소리로 손수건으로 콧물을 닦으며 하소연하듯 말했다.

"자네한테 잘못을 물으려는 건 아니네. 서라가 저 좋아서 그런 것이니 책임이고 뭐고 그런 걸 따져 뭘 하겠나. 다만, 왜 하필 준인가? 자네처럼 올곧은 사람이 어쩌다 일을 이렇게 만들었나? 법적으로야 성까지 다르니 문제 될 게 없다지만 소문이 이상한 쪽으로 나가기 시작하면 자네한테는 씻기 어려운 오명이 될 수도 있어. 검사들의 도덕성에 대해 가뜩이나 예민한 사회인데 그런 스캔들에 휘말리면 사실과 관계없이 자네한테는 치명적이 될 수도 있는 문제야. 앞으로 큰일 해나갈 사람이 이런 일로 주저앉을까 봐 나는 그게 걱정이네. 꼭 자네가 서라 짝이 되길 바라서가 아니라 하고 많은 좋은 혼처 다 두고 왜 그런 위험한 선택을 하나? 아직은 기회가 있으니 제발 다시 한 번 천천히 심사숙고해 보게. 앞날이 창창한 사람이 그런 작은 일에 발목 잡혀서는 안 될 일이네."

임 이사가 안타까운 눈으로 무형을 바라보며 말했다.

"그런 건 관심 없습니다. 준이 승낙해 준다면 되도록 빨리 결혼할 생각입니다."

무형은 긴 설명하지 않고 그렇게 대답했다. 앞에 앉은 두 사람의 얼굴이 당혹감으로 굳어졌다. 변명 한마디 없이 너무도 당당하게 말하니 다른 말을 덧붙일 수도 없었다. 임 이사는 무형이 어차피 제 식구가 되는 일은 물 건너간 걸 진작 알고 있었다. 그래도 무형을 인간적으로 아끼는 마음은 변함이 없어서 이번 일로 그가 상처를 입을까 걱정이 되었다.

하지만 무형은 그런 걱정이 무색하게 저 스스로가 아니면 누구도 흠 하나 낼 수 없을 것처럼 깨끗하고 강해 보였다. 임 이사는 자신의 그물을 찢고 빠져나간 대어가 유유히 바닷속으로 사라지는 것을 바라보는 어부의 심정으로 무형을 바라보았다.

서라의 물건이 다 빠져나간 집은 허전하고 빈집 같았다. 함께한

세월의 무게만큼이나 그 빈자리가 크게 느껴졌다. 하지만 오래 쓸쓸한 생각을 하고 있을 사이도 없이 준은 다른 것에 온통 마음이 쓰여 안절부절못했다. 이제 서라도 없으니 무형과 둘이 살게 될 텐데, 그 생각만 하면 초조해서 어쩔 줄을 몰랐다. 둘이. 그와 단둘이. 준은 그렇게 중얼거리며 양손으로 붉어진 제 뺨을 감싸 쥐었다. 이전에도 둘만 집에 있었던 날이 수없이 많았지만 지금은 사정이 달랐다.

무형을 기다리는데 긴장이 되어서 이마에 식은땀이 맺혔다. 반찬을 접시에 예쁘게 담아 식탁에 차려놓고 국과 밥을 뜰 준비를 하고 기다리는데 좀 늦을 거라는 전화를 받았다. 기다리는 동안 거울을 몇 번을 보고 입고 있는 옷이 마음에 들지 않아 옷을 갈아입었다가 다시 그것도 성에 차지 않아 다른 옷으로 갈아입었다. 정신없이 그러고 있다가 자신이 하고 있는 짓이 부끄러워졌다. 여태 볼꼴 못 볼꼴 다 보이고 살았으면서 새삼 예쁘게 보이겠다는 그 의지에 실소가 나왔다.

마음을 진정시키고 흐트러진 옷가지를 정리하고 거울을 보니 흰 꽃무늬가 화사한 시폰 원피스를 입고 있는 자신을 발견했다. 허리에 리본을 묶게 되어 있는 그 옷은 어디 고급 레스토랑에라도 가려는 듯 과한 복장이었다. 준이 고개를 절레절레 흔들며 막 다시 옷을 갈아입으려고 하는 찰나에 현관문 열리는 소리가 들렸다. 오 마이 갓!

준은 기겁을 해서 정신없이 원피스를 벗어 던지고 평소에 입던

바지와 티셔츠를 주워 입었다. 거실로 나가보니 그는 이미 자신의 방으로 들어가 버린 후였다. 현관에서 반갑게 맞아주고 싶었던 준은 시무룩해져서 주방으로 가서 국을 데우고 밥을 폈다. 잠시 후, 무형이 방에서 나왔다.

"배고팠겠다."

그가 식탁에 앉으며 미안하다는 듯 말했다.

"아니요."

준은 고개를 저으며 그의 앞에 밥그릇을 놓아주며 무형과 마주 앉았다.

"넌 밥 안 먹어?"

무형이 물었다. 준이 어리둥절해서 수저를 들고 보니 제 앞에는 국그릇만 놓여 있었다. 정신이 반쯤 빠져서 무형에게만 밥을 주고 자신의 것은 밥솥 옆에 그대로 두고 왔다. 준이 얼굴이 빨개져서 다시 일어서려고 할 때 무형이 먼저 일어나 밥그릇을 가져다가 준의 앞에 놓아주었다. 그 입가에 미소가 어려 있었다. 준은 제 속을 다 들킨 것 같아 얼굴이 불이 난 듯 달아올랐다.

"별일 없었지?"

무형이 밥을 먹으며 물었다.

"네."

"당분간은 서라 전화는 받지 마. 시간이 지나 이성을 찾으면 저도 뭘 잘못했는지 깨닫겠지. 지금은 만나봐야 좋을 거 없으니까 혹시 집에 찾아와도 문 열어주지 말고."

준은 고개를 끄덕였다.

"오빠가 생각이 짧아서, 너 하지 않아도 될 마음고생시켰어. 미
안하다."

준은 그의 따뜻한 위로에 그만 마음이 울컥해져서 대답하지 못
하고 고개만 저었다.

"나도 오빠 속 썩여서…… 미안해요."

"괜찮아. 오빠 옆에 있어주면 돼. 다 상관없어."

무형의 달콤한 말에 준은 그만 또다시 이게 꿈인가 생시인가 믿
을 수가 없었다. 그에게 이런 말을 듣게 될 날이 올 줄 상상이나
했던가. 귀까지 빨개져서 고개를 들지 못하는 준을 보며 무형이
웃었다. 밥을 다 먹고 둘이 함께 설거지를 했다.

"들어가서 자."

설거지가 끝나자 무형은 머그컵에 커피를 가득 부어 자신의 방
으로 들어가며 말했다. 아마도 또 밤늦게까지 일을 하려는 모양이
었다. 준은 잠시 그가 들어간 방문을 바라보며 서 있다가 방으로
들어와 물속으로 뛰어들 듯 침대 위로 몸을 던졌다. 이렇게 행복
해도 되나? 꿈은 아니겠지? 그녀는 너무 좋아하는 것도 부정 탈까
두려워 아랫입술을 물며 속으로 웃었다.

7

조용하고 평화로운 일상이 흘러갔다. 서라에게서는 그 이후로 연락이 없었다. 어떻게 지내는지 걱정이 되었지만 알아볼 방법도 없어서 그저 잘 추스르고 있겠거니 생각할 수밖에 없었다.

준은 매일 학교에 갔다가 연습실에 들러 연습을 하고 일주일 내내 저녁 공연을 했다. 웬일인지 이제 꽤 이름이 알려져서 그들의 공연을 쫓아다니는 사람들이 눈에 띄게 많아졌고 그들 밴드를 찾는 클럽이나 행사도 늘어나 점점 바빠지고 있었다.

무형은 준이 재이와 아무 일 없었다는 것을 알고 난 후에도 여전히 준이 밴드하는 것에 대해, 혹은 재이에 대해 마뜩지 않아 하는 기색이었다. 예전처럼 드러내 놓고 반대를 하거나 잔소리를 하지는 않았지만 준이 늦는 날 주차장까지 마중을 하러 왔다가 준을 태워다 주는 재이를 본 날은 말이 눈에 띄게 줄어들었다. 싫지만 억지로 참고 있는 기색이 역력했다.

준은 그런 그가 귀여워서 웃음이 나왔지만 그 앞에서는 웃을 수가 없었다. 그에게는 그 일이 꽤나 스트레스 같았기 때문이다. 하지만 준은 이왕 하기로 한 일이고 영원히 할 것도 아니라서 그의 사랑스러운 질투를 조금 더 즐기기로 마음을 편하게 먹었다.

무형의 마음을 확인한 것만 빼고 이전과 달라진 것은 별로 없었다. 무형이 조금 일찍 들어온다는 것, 늦어도 집에는 꼭 들어온다는 것은 꼭 집어 달라졌다고 보기 애매했다. 낮에 한두 번씩 전화를 해서 어디냐고 묻는 것도 전부터 하던 일이라 새로울 게 없었다.

다만 전화하는 목소리가 미묘하게 달랐다. 강아지를 쓰다듬듯 다정하고 부드러웠고 끊기 전에는 항상, 뭔가 더 할 말이 있는 듯 혹은 끊기 아쉽다는 듯 조금 뜸을 들였다가 끊었다. 신경을 바짝 쓰지 않으면 알아차릴 수 없는 그런 작은 변화를 느낄 때마다 준은 가슴이 떨렸다. 행복하고 설레었다. 다른 건 별로 바랄 게 없었다. 이렇게 평생 살아간다 해도 불만 없었다.

그의 곁에서, 그의 사랑을 받는 것이 확실한 이 시점이 준에게는 더 바랄 것이 없는 행복의 정점이었다. 그가 워낙 감정을 내보이는 것이 익숙하지 않은 사람이라 말이나 행동은 특별히 달라진 것이 없었지만 타는 듯 뜨겁고 깊은 그 눈빛을 보면 자신을 사랑한다는 것을 알 수 있었다. 사실이라고 주장하기는 너무도 주관적인 눈빛이나 목소리로 사랑을 확인하고 있다는 것이 조금 불안했지만 그래도 행복했다.

하지만 욕심 많은 인간이라 그 행복은 그렇게 오래가지 않았다. 시간이 지날수록 준은 자꾸 조바심이 들고 속이 탔다. 뭔가 다른 일이 있을 거라고 기대한 것은 아니지만 막상 평소와 같은 일상이 오래 이어지자 조금 초조해지기 시작했다고나 할까. 그렇게 오래 남매로 살았는데 하루아침에 연인이 된다는 것도 이상하다고 스스로를 달랬지만 소용없었다.

얼마 전까지만 해도 그의 마음을 알았다는 것, 그가 그것을 표현했다는 것만으로 세상을 다 얻은 것 같지 않았던가. 기적이 일어나야만 가능할 거라고 믿었던 일이 일어난 지가 얼마나 지났다고 벌써 다른 욕심을 부리고 있는 자신을 발견하자 사람 마음이 정말 간사하다는 생각이 절로 들었다.

시간은 속절없이 흘러갔지만 그는 여전히 여동생을 대하는 오빠처럼 준을 대했다. 이전에 서라와 싸운 날 주차장에서 한 번 안아준 것 외에 그녀에게 손끝 하나 대지 않았다. 실수로라도 준과 접촉이 일어날까 겁내는 사람처럼 보일 때도 있었다. 그는 전처럼 화를 내거나 잔소리를 하는 일도 거의 없었다. 준을 바라보는 시선은 깊고 따뜻했지만 아무 일도 일어나지 않은 채 하루하루 지나갔다.

처음 이대로 평생을 살아도 행복하다고 생각했던 마음은 이미 온데간데없었다. 아직도 여자로 보이지 않는 것인지, 여전히 죄책감을 느끼고 있는 것은 아닌지 말을 안 하니 알 수가 없어 답답했다. 준은 그와의 관계가 발전되기를 원했다. 그의 힘센 팔 안에 안겨보고 싶기도 했고 그의 입술에 입을 맞추고도 싶었다. 부끄러웠지만 준은 그를 간절하게 원했다. 사랑하고 있으므로.

밤새 이런저런 고민으로 잠을 설치고 일어나 아침을 준비하려고 주방으로 갔더니 무형이 이미 아침상을 차려놓고 신문을 보며 기다리고 있었다. 그는 준이 나오는 것을 보자 의자에서 일어나 미역국을 떠서 상에 놓고 금방 한 밥을 준의 앞에 놓아주었다.

"생일 축하해."

무형이 숟가락을 들며 준에게 말했다. 준은 놀라서 눈이 커졌다. 그러고 보니 자신의 생일이 이맘때쯤이었다. 요즘 다른 곳에 온통 정신이 팔려서 시간 가는 것도 모르고 있었다.

"아, 깜빡 잊고 있었네."

준이 뒷머리를 긁적이며 그렇게 말하자 무형이 입꼬리를 올리며 웃었다. 그 눈빛이 햇살처럼 따뜻했다.

"선물은 저녁에 줄게."

그가 말했다. 매년 받는 선물이었지만 올해는 괜히 가슴이 설레었다. 연인으로서 받는 첫 선물이라니. 준은 그런 생각을 하다가 자신들이 정말 연인이 맞긴 한 것인가 조금 의기소침해졌다. 사귀자고 정식으로 프러포즈를 받은 것도 아니고 사랑한다고 직접 말로 확인을 받은 것도 아니라 조금 애매했다.

"소금 많이 넣었는데 왜 이렇게 싱겁지?"

그가 미역국을 한 입 떠서 맛을 보더니 말했다.

"오빠가 끓였어요?"

준이 묻자 그가 고개를 끄덕였다.

"맛있어요."

준이 고마워서 미소를 짓자 그가 맛이 마음에 안 든다는 듯 고개를 저었다.

"저녁에 밖에서 밥 먹자. 일 끝나고 데리러 올게."

무형의 말에 준은 당황해서 그의 눈치를 보았다.

"저녁에 스케줄 있어요. 오늘 생일인 줄 몰라서…… 좀 늦게까지 해야 해요."

준이 미안해하며 그렇게 말하자 그는 눈썹을 찡그리며 마음에 들지 않는다는 표시를 했다. 그는 아무 말 없이 밥을 먹기 시작했다.

"어디서 하는데? 시간 맞춰서 내가 그리로 갈게."

밥을 거의 다 먹었을 때 무형이 말했다. 그가 아직 자신이 노래하는 것을 본 적이 없었으므로 갑자기 긴장이 되었다. 왠지 부끄러워 별로 보이고 싶지 않은 마음이 굴뚝같았지만 그것마저 싫다고 하면 그가 정말 화를 낼 것 같아 준은 고개를 끄덕였다.

"주소 문자로 찍어줘."

그가 식탁에서 일어서며 말했다. 준은 고개를 끄덕이며 어색하게 미소를 지었다. 그가 노래하는 것을 본다는 생각만으로 벌써 등에 식은땀이 났다.

공연하기 전, 준은 목이 바짝바짝 말라왔다. 레퍼토리를 다른 날보다 좀 조용한 곡 위주로 골랐고 옷도 무난하게 블랙 스키니진에 헐렁한 얇은 흰 티셔츠를 입고 너무 밋밋한 것 같아 와인빛 플로피 햇을 썼다. 액세서리도 가죽 소재의 팔찌와 뱅글만 두어 개 하고 평소보다 화장을 더 연하게 했다. 다른 때보다 많이 덜어냈다고 생각했지만 막상 무대에 오르려니 뭔가 과한 것 같아 신경이 쓰여서 안절부절못할 지경이었다.

금요일 밤이라 다른 때보다 사람이 많았고 조명이 무대에만 비추고 있었기 때문에 객석에 앉은 사람들이 자세히 보이지 않았다. 준은 홀을 한 번 훑어보았지만 무형이 왔는지 안 왔는지 알 수가 없었다. 무대 바로 앞 스탠딩석에 몰려 나와 공연을 즐기는 사람들도 많았고 테이블이 놓여 있는 뒤쪽에도 많은 사람들이 술을 마시며 공연을 보고 있었다. 어딘가에 무형이 있을 거라고 생각하니 저절로 긴장이 되어 목이 마르고 손에 땀이 났다.

"목 상태 안 좋아? 아까 연습할 때는 괜찮았던 거 같은데."

노래 중간에 목소리가 잘 나오지 않아 헛기침을 하며 물을 마시는 것을 본 재이가 걱정이 되었는지 두 번째 곡이 시작되기 전 그녀에게로 다가와 귓속말을 했다.

"괜찮아요. 좀 긴장했어요."

"새삼 뭘 긴장해. 실수해도 되니까 걱정 말고 해."

재이가 웃으며 그녀의 어깨를 두드려 주고 자신의 자리로 가서 서자 두 번째 곡이 시작되었다. 준은 노래하는 중간에 무대 밖 어둠에 조금 눈이 익숙해졌고 무대와 가장 먼 맨 뒤쪽 테이블에 앉아 있는 무형을 보았다. 푸르스름하게 어두운 빛 때문에 그의 얼굴을 알아볼 수는 없었지만 팔짱을 낀 채 의자에 기대어 앉아 뚫어질 듯 무대를 바라보고 있는 사람은 분명 무형이었다. 준은 노래 가사를 잊어버리지 않기 위해 눈을 감고 노래에 집중하려고 애썼다.

노래가 끝나고 사람들의 환호 소리에 클럽이 떠나갈 듯해도 그 소리가 잘 들리지 않았다. 준은 남은 곡을 노래하는 동안 겨우 안정을 되찾았고 마지막 곡을 부를 때는 그를 바라보며 노래를 불렀다. 미동도 하지 않고 자신을 바라보고 있는 그의 눈빛이 온몸 구석구석에 와 닿는 것을 느꼈다. 준은 작게 몸을 떨었다.

무대를 비추는 현란한 조명과 음악이 뒤섞인 시끄러운 소음과 사람들로 가득한 실내가 갑자기 의식 저편으로 멀어졌다. 그녀의 모든 감각이 그를 향해 뻗어갔고 그만을 의식하고 있었다. 자신과 무형 둘만 존재하고 있는 듯한 착각에 빠져 준은 그를 위해 노래했다. 악몽에서 깨어 우는 어린 자신을 안아 달래주던 그의 따뜻한 손길을, 비 오는 날 학교 앞에서 우산을 들고 기다리고 있던 그의 비에 젖은 어깨를, 잠들기 전까지 동화책을 읽어주던 그의 낮은 목소리를 위해 노래했다.

손톱을 깎아주고, 머리를 묶어주던 그를, 예방접종을 하는 자신을 안고 겁먹지 않게 눈을 가려주고, 유치를 뽑아주느라 쩔쩔매던 그를 사랑했다. 그의 웃음소리와 밥 먹을 때 움직이는 턱 근육과 쏘아보는 눈빛과 걸음걸이와 화내는 표정을 사랑했다. 그의 모든 것을 사랑했다. 자신의 사랑이 그의 마음에 가서 닿기를 바라며 준은 노래했다.

그는 준의 목소리와 그녀의 몸짓과 노래하는 입술과 눈빛을 하나도 놓치지 않고 지켜보았다. 마지막 노래를 부를 때는 마치 준과 이 공간에 단둘이 있는 것처럼 느껴졌다. 그녀가 자신을 위해 노래하고 있다는 것이 느껴져 행복하고 벅찼다. 무대에 선 그녀는 너무나 예쁘고 매혹적이었다.

문제는 그런 준을 자신만 보고 있는 것이 아니라는 것이다. 온갖 남자들이 음흉한 시선으로 그녀를 구석구석 훔쳐보고 있을 것을 생각하니 속이 탔다. 게다가, 서라가 말했듯이 누가 봐도 준을 좋아하고 있는 것이 분명한 재이와 다정하게 웃으며 대화를 주고받는 것을 보고 있자니 질투가 나서 몸이 활활 타는 것 같았다. 당장 준을 집으로 끌고 가서 다시는 못 나오게 하고 싶은 얼토당토않은 욕망에 그는 몸을 부르르 떨었다.

그는 한 손으로 얼굴을 훑어 내리며 저절로 새어 나오는 신음을 애써 삼켰다. 그 애를 독점하고 싶은 욕망 때문에 괴로웠다. 누구와도 그 애를 공유하고 싶지 않았다. 다른 남자들이 준을 바라보는 것조차 싫고 화가 났다. 어떻게 하면 나만 바라보게 만들고, 나만 볼 수 있을까. 그런 욕망이 하도 강해서 그는 두려웠다. 혹시 이것이 아버지와 같은 집착병의 시작이 아닐까. 그는 두려웠다.

무형은 생각에 잠긴 채 무대를 마치고 대기실로 간 준을 기다렸다. 잠시 후, 준이 멤버들과 함께 테이블 사이를 걸어오는 것이 보였다. 그녀의 멤버들이 가까이 다가와 일제히 허리를 숙여 인사를 했다.

"앉아."

무형은 고개를 끄덕이고 그렇게 말했다. 그들은 모두 긴장한 얼굴이었지만 재이는 특히 더 그랬다. 무형의 옆에 가까이 있는 것만으로 기가 빨리는 느낌이었다. 모텔에서 만났을 때 별다른 물리적인 폭력을 당한 것은 아니었지만 그는 그 이상의 공포를 느꼈다. 이 사내가 정말 나를 죽일 수도 있겠다, 하는 살 떨리는 공포 말이다.

그 후로 처음 보는 것이라 부끄럽게도 다리가 떨릴 정도로 긴장이 되었다. 준은 어째서 이런 무시무시한 오빠를 가지고 태어난 것일까. 그는 속으로 한탄했다. 그런 자신과는 달리 무형은 그를 특별히 신경 쓰지 않는 것 같았다. 눈길도 한 번 주지 않았다. 그 사람밖에는 말을 꺼낼 사람이 없음에도 그는 입을 꾹 다물고 침묵을 지켜서 모두 마른침을 삼키게 만들었다. 그들이 무대를 끝내고 잠시 비어 있던 무대에 사회자가 마이크를 들고 나타났다.

"다음 공연 전에 스페셜 이벤트를 진행하겠습니다. 오늘 사랑하는 분 생일을 맞아 기억에 남는 추억을 만들어주고 싶으셔서 이벤트를 신청하신 분이 계십니다. 자 그럼 그 주인공, 한번 만나보

실까요?"

재이는 무형이 무슨 말이라도 좋으니 입을 좀 떼어줬으면 좋겠다고 생각하며 바늘방석에 앉은 듯 불안해하며 눈 둘 곳이 없어 애써 무대를 바라보고 있었다. 경호나 동영, 준마저도 모두 같은 심정인지 관심도 없는 남의 이벤트를 목을 빼고 바라보았다. 이 클럽은 밴드들의 무대 중간에 저런 식의 유치한 이벤트를 해주고 돈을 받아먹었다. 남들 앞에서 뭐 하는 짓인지. 요즘은 관심 종자가 너무 많다. 도대체 누구한테 보이려고 저런 짓들을 한단 말인가. 재이는 속으로 콧방귀를 뀌며 그런 생각을 했다.

"서준 씨. 여기 손님들 중에 서준 씨 계시면 나와주세요."

갑자기 사회자의 입에서 준의 이름이 불렸다. 테이블에 앉아 있던 사람들 모두 깜짝 놀라서 준을 바라보았다. 준도 놀라긴 마찬가지인지 눈이 둥그레졌다. 다만 무형만은 무표정하게 무대를 바라보고 있었다.

"서준 씨 안 계십니까?"

사회자가 한 번 더 불렀다. 준은 어쩔 줄 몰라 하며 무형을 바라보았다. 무형이 나가라고 턱짓을 하자 그녀는 얼떨떨한 얼굴로 일어서 무대로 나갔다. 준을 알아본 관객들이 환호성을 질렀다.

"아니, 이분은 밴드 '선수입장'의 보컬분 아니십니까? 제가 이름을 미처 몰랐네요."

사회자가 너스레를 떨며 준을 맞았다. 재이는 이것이 무슨 상황인지 몰라 그저 멍하니 일어나는 상황을 지켜보고 있었다. 사랑하는 사람? 준에게 애인이라도 있단 말인가?

"누가 이벤트 신청을 하셨는지 알고 계시죠?"

사회자의 물음에 준은 놀라서 동그래진 눈으로 그들이 앉아 있는 테이블을 바라보았다.

"아, 글쎄요. 짐작 가는 분이 있긴 한데 그분은 이런 일을 할 분이 아니라 조금 혼란스럽네요."

준이 마이크에 대고 얼굴을 붉히며 말했다.

"그러니까 그분이 평소 안 하던 짓을 하셨다는 말씀이군요?"

사회자의 말에 준이 얼굴이 빨개진 채로 고개를 끄덕였다. 너무도 설레는 것이 확연히 보여서 재이는 뭔가 일이 잘못되어 간다는 느낌을 받았다.

"그, 그분은 목에 칼이 들어와도, 절대 이런 일을……."

준이 목이 메는지 말을 끝맺지 못하며 헛기침을 했다. 준의 꾸밈없이 순수하게 기뻐서 흥분한 모습이 사랑스러워 지켜보던 사람들이 일제히 박수와 환호를 보내서 한동안 실내가 시장 바닥처럼 시끌벅적해졌다. 재이가 넋을 놓고 있는 사이 갑자기 무형이 자리에서 벌떡 일어났다. 테이블에 남아 있던 세 사람은 눈이 화등잔만 하게 커져서 서로의 얼굴을 바라보았다. 무대로 나가기 전 그는 옆에 빈 테이블 위에 놓여 있던 꽃다발을 집어 들었다. 무형이 무대 위로 올라가자 그의 훤칠하고 잘생긴 외모에 사람들이 경탄을 쏟아냈다.

"짐작하시던 그분이 맞나요?"

사회자가 준에게 물었다. 준은 두 손으로 입을 가리고 어쩔 줄 몰라 하며 고개를 끄덕였다. 재이는 무형이 꽃다발을 준에게 안기고 주머니에서 반지 상자를 꺼내더니 그곳에서 반지를 꺼내 준의 손에 끼워주는 것을 눈알이 빠질 듯이 놀란 눈으로 바라보았다. 이게 도대체 무슨 상황이지?

다음 순간 무형이 준의 턱밑에 손을 대더니 턱을 살짝 들어 올려 그녀의 입에 입을 맞추는 것이 보였다. 재이가 자리에서 벌떡 일어서는 바람에 의자가 뒤로 벌렁 넘어졌다.

무형은 그냥 상징적인 의미로 살짝 입술만 대었다가 떼려고 했다. 내 여자니까 건들지 말라는 의미로. 분명 그러려고 했는데 자석처럼 제 입술이 그 여리고 과일처럼 달콤한 입술에 들러붙더니 떨어지지를 않았다. 아무 생각도 할 수가 없었다. 수십 명의 사람들이 지켜보고 있다는 것조차 잊었다.

그는 준의 윗입술을 천천히 입안으로 빨아들여 보았다. 그것은 아주 작은 힘으로 빨아들였을 뿐인데 말캉, 하고 그의 입속으로 밀려들었다. 온몸의 맥박이 심장박동에 맞추어 펄떡펄떡 뛰었고 숨이 저절로 거칠어졌다. 그 신비하고 달콤한 입속으로 그는 혀를 밀어 넣었다. 고르고 사랑스러운 치열들이 혀끝에 느껴지고 잠시 후 그 사이에서 준의 사랑스러운 혀가 마중을 나왔다. 그 혀를 애무해서 자신의 입속으로 데리고 오려는데 사회자가 그의 팔을 두드렸다.

"저, 저기. 여기서 이러시면 안 됩니다."

사람들이 웃음을 터뜨렸고 준이 부끄러웠는지 얼른 혀를 거두어들이며 그의 입에서 제 입술을 떼었다. 아쉬워서 화가 났다.

"나머지 하시던 것은 이따 두 분이서 마저 하시고요, 지금은 이제 대화를 한 번 나눠보겠습니다. 두 분, 사귀신 지는 얼마나 되셨나요?"

사회자가 마이크를 무형에게 들어 올리며 물었다.

"이걸로 됐습니다."

무형이 손으로 마이크를 밀어내며 말했다.

"예?"

사회자가 당황한 얼굴로 물었다.

"우리는 급한 볼일이 생겨서 그만 가봐야겠어요. 수고했습니다."

무형이 그렇게 말하고 준의 손을 잡고 무대를 내려가 버렸다. 급한 볼일이 뭔지를 모두 알고 있는 사람들이 퍼붓는 부러움이 섞인 야유를 뚫고 무형과 준은 클럽을 빠져나왔다. 그는 차가 주차되어 있는 곳으로 가다가 참을 수가 없어서 약간 으슥한 골목으로 그녀를 끌고 들어갔다. 한 발짝만 나가면 낮보다 환한 불빛과 사람들과 노점상들이 줄지어 늘어선 번화한 길이었지만 그곳은 건물과 건물 사이 사람 한 명이 겨우 지나다닐 만큼 좁고 어두운 길이었다.

"준, 오빠 무섭다."

그는 준을 벽 쪽으로 가두어 세우고 그녀의 이마에 자신의 이마를 붙이고 입술이 거의 닿을 듯 가까이서 그렇게 말했다. 그의 뜨거운 숨결이 입술 끝에 와 닿았다.

"……뭐가요?"

준이 숨을 할딱이며 물었다.

"너 너무 사랑해서. 아프게 하고 다치게 할까 봐 겁이나."

"아프지 않고, 다치지 않을게요."

준이 사랑스러운 눈을 반짝이며 수줍게 대답했다. 그는 그녀를 힘주어 끌어안았다. 사랑은 때로 사람을 괴물로 만들기도 한다. 준을 독점하고 싶은 욕망이 하도 커서 그는 자신이 아버지처럼 괴물이 될까 봐 겁이 났다. 자신을 통제하지 못하게 될까 봐 두려웠다. 자신의 지금 감정은 옛날 어머니를 괴롭히던 아버지나, 사랑이라 믿고 있는 이기심에 눈이 먼 서라와 종이 한 장 차이였다. 한 발만 삐끗해도 수렁으로 빠질 것처럼 위태로웠다.

그는 준의 입술을 부드럽게 벌리고 감미롭고 깊은 키스를 나누었다. 준의 팔에 안겨 있는 꽃다발이 바스락거리며 짓눌리는 소리가 들렸다. 그 여린 꽃잎들처럼 사랑스럽고 연약한 존재가 온전히 자신의 품 안에 느껴지자 온몸이 뻐근하도록 충족감이 밀려왔다. 늘 헛헛하고 무언가 모자란 듯 공허했던 마음이 그대로 완전하게 가득 차는 느낌이었다. 온몸을 녹일 듯 달콤한 키스가 끝나자 무형이 사랑스러워 못 견디겠다는 듯 그녀의 허리를 꼭 끌어안고 공중에 살짝 띄웠다 내려놓았다.

"생일 축하해."

"네."

"이제, 밥 먹으러 갈까?"

그는 흐트러진 곳이 없나, 점검하듯이 준의 얼굴을 들여다보더니 다시 그녀의 입술에 입을 맞추고 나서 말했다.

"오빠 배고파요? 난 별로 안 고픈데."

"나도 너 기다리면서 뭐 좀 주워 먹고 했더니 별로 안 고파. 그래도 생일이니까 맛있는 거 먹어야지. 케이크도 먹고."

"생일 이벤트는 벌써 해줬으니까 더 안 해도 돼요."

준이 기쁘다는 듯 꽃다발에 코를 묻으며 말했다.

"아무도 건드리지 말라고 침 바른 건데, 네 팬들 실망했겠다. 남자 있는 거 알았으니."

"아직 그런 거에 서운해할 만한 열성 팬 없어요."

거짓말. 무형은 준이 노래할 때 무대 앞으로 나가 열광하던 사내놈들의 얼굴을 떠올리며 눈을 가늘게 뜨고 준을 바라보았다. 어쨌든 최소한 그 재이라는 놈은 이제 더는 준에게 껄떡대지 못하겠지. 우선 준이 제 여자라는 것을 알리려는 목적이었지만 준이 기뻐하니 무안과 남세스러움을 무릅쓰고 그런 짓을 한 보람이 있었다. 사람들 앞에서 그런 짓을 하는 것에 대해 그는 혐오감을 가지고 있는 사람 중에 하나였는데 자신이 그런 일을 하게 되리라고는 상상도 해본 적이 없었다.

"그럼 와인 마시러 가자."

무형이 그녀의 손을 잡으며 말했다.

"그냥 집에 가고 싶어요. 집에 가서 마셔요."

"그, 그러고 싶어?"

그는 조금 당황해서 더듬거리며 말했다. 준이 맑은 눈을 깜빡이며 고개를 끄덕였다. 지금 집에 들어가면 위험하다. 소중하고 귀하게 대하고 싶었다. 마음이 동한다고 함부로 손대지 않고 결혼할 때까지 참았다가 아내로 맞은 첫날, 소중하게 안고 싶었는데 과연 그것이 가능한 일일까. 한 번이라도 만지기 시작하면 걷잡을 수 없을 것 같아서 그동안 힘겹게 참아왔는데 이제 준을 안고 키스까지 하고 나니 도저히 스스로를 통제할 수 있을 것 같지 않았다. 그는 그녀의 붉은 입술과 가늘고 흰 목덜미를 보며 목이 타들어가는 것 같았다.

"그럼 케이크 사가지고 가자. 생일인데 케이크는 먹어야지. 선물도 받고."

"선물이 또 있어요?"

준이 제 손에 끼워진 반지를 들어 보이며 물었다.

"생일 선물은 따로 있지."

"뭔데요?"

"알잖아."

무형이 웃으며 대답했다. 준이 성년이 된 이후로 매년 생일에 무형은 좋은 가방을 선물로 사주었다. 준이 웃었다.

"가자."

무형이 준의 손을 잡으며 말했다.

"한 번만…… 더 생일 축하해 주세요."

준이 발걸음을 떼려는 그의 손을 당기며 수줍은 듯 꽃다발로 입을 가리며 말했다.

"응?"

"키스로…… 요."

그렇지 않아도 죽겠는데 준까지 이렇게 나오자 무형은 간신히 붙잡고 있던 자제력이 툭 끊어지는 것을 느꼈다. 그는 자신의 한 손바닥보다 작은 준의 얼굴을 두 손으로 감싸 쥐고 그녀의 눈을 들여다보았다.

"생일 축하해."

무형이 그녀의 이마에 입을 맞추며 말했다. 그는 그녀의 눈과 코와 뺨에 그리고 마지막에 입술에 키스를 했다. 키스를 마치고 무형은 준을 품에 꼭 끌어안았다. 도저히 안 되겠다.

"오빠, 너 갖고 싶어."

무형이 준의 손을 잡아 뭍으로 나온 생선처럼 펄떡대는 자신의 심장 위에 누르며 말했다. 준은 그의 눈을 바라보다가 사람 환장하게 만들려고 작정을 했는지 아랫입술을 물고 눈을 내리깔았다. 부끄러워하는 얼굴이 사랑스러워 조바심이 났다.

"오늘."

무형이 다시 말했다. 준이 얼굴을 붉히며 보일 듯 말 듯 수줍게 고개를 끄덕였다. 무형은 그녀가 예뻐서 심장이 멎을 뻔했다.

"집에 가자."

그가 준의 손을 깍지 끼어 잡으며 말했다. 무형은 골목을 나와 차가 있는 곳까지 가는 중에 멈춰 서서 현실인지 확인하겠다는 듯 그녀를 끌어안고 입을 맞추었다.

집으로 올라가는 엘리베이터를 타자마자 그는 준을 벽 쪽으로 밀더니 고개를 숙여 키스를 했다. 클럽과 길거리에서 나눈 키스보다 좀 더 거칠고 다급했다. 터질 듯이 뛰는 심장의 울림이 그의 것인지 자신의 것인지 구분할 수가 없었다. 그는 그녀의 입술과 혀를 갈급증이 걸린 사람처럼 탐욕스럽게 집어삼켰다. 한 손은 그의 힘을 감당하지 못해 밀리는 몸을 지탱해 주느라 뒷머리를 감싸 쥐고 있었고 다른 손은 그녀의 작고 동그란 엉덩이를 움켜쥐고 있었다.

그의 손은 점점 더 아래로 내려와 그녀의 사타구니까지 침범했다. 그의 긴 손가락이 엉덩이 골을 따라 들어와 사타구니를 훑으며 지나갈 때마다 저도 모르게 몸이 움찔거리며 다리가 바들바들 떨렸다. 바지가 가로막고 있었지만 아무 소용도 없이 그녀의 몸은 민감하게 그 손길에 반응했다. 9층에 도착하자 그들은 서둘러 엘리베이터에서 내렸다. 현관문을 여는 동안 무형이 다시 그녀에게 키스를 했고 두 사람은 집으로 들어가서 신발을 벗고 거실로 들어가는 데 또 한참의 시간이 걸렸다.

무형이 그녀의 가는 허리를 가볍게 들어 올려 아기처럼 안고 자신의 방으로 데리고 가려고 했다. 하지만 준은 고개를 저었다.

"씻고요."

"괜찮아. 안 씻어도 돼."

"땀났어요. 30분만 기다려 주세요."

준이 부끄러워하며 말했다.

"30분씩이나?"

그가 조바심 나는 얼굴로 인상을 썼다. 준은 그의 입술에 자신의 입술을 꼭 눌러 입을 맞추며 사랑스러운 미소를 지었다. 그는 하는 수 없다는 듯 그녀의 방문 앞에 데려다주었다. 집어삼킬 듯 이글거리는 눈으로 문설주를 짚고 자신을 내려다보고 있는 무형을 남겨두고 준은 문을 닫았다. 심장이 터지는 것 같아서 문에 기대어 심호흡을 여러 차례 했다.

옷을 벗고 욕실로 들어가 몸을 씻으며 준은 무형의 시선이 되어 거울에 비친 자신의 벗은 몸을 바라보았다. 제일 큰 문제는 가슴이었다. 그녀는 자신의 아직 덜 여문 과일처럼 어설퍼 보이는 가슴을 두 손으로 잡아보며 울상을 지었다. 너무 작다. 동그랗고 탄력 있게 솟은 모양은 예뻐 보였지만 무형의 손에 잡히기에는 터무니없이 작아 보였다. 이제 어린아이처럼 보이기 싫었다. 성숙한 여자로 그에게 비쳐지길 원했지만 그렇게 여기기에는 몸매가 영 덜 자란 소녀처럼 미성숙해 보였다. 준은 급속히 자신감이 사라져 풀이 죽었다.

다른 때보다 더 정성을 들여 씻고 은은한 풀꽃 냄새가 나는 바디 미스트만 살짝 뿌렸다. 머리를 말린 후 옷을 입으려는데 준은 무슨 옷을 입고 있어야 할지 몰라 또 난감해졌다. 속옷만 입고 있는 것은 말도 안 되고 그렇다고 평상복을 입을 수도 없었다. 하는 수 없이 잠옷을 입으려는데 잠옷이 이런 상황에 입기에는 너무 건전한 디자인들이었다. 그녀는 하는 수 없이 셔츠형 원피스 잠옷을 골라 입었다. 자잘한 곰돌이가 그려져 있는 것이 영 마음에 들지 않았지만 남자의 헐렁한 셔츠를 걸친 것처럼 보여 그중 나았다.

정확히 30분이 되었을 때 무형이 방문을 노크했다. 준은 널브러져 있던 잠옷들을 그러모아 벽장 안에 던져 넣고 침대를 보았다. 아주머니가 무엇을 알기라도 한 것처럼 새로 새하얀 시트와 이불을 갈아놓고 단정하게 정리해 놓은 것이 보였다. 준은 심호흡을 한 차례 하고 문을 열었다. 문 앞에 선 그의 불타는 듯 뜨거운 시선이 준을 발끝에서부터 훑어 올리더니 그녀의 눈에서 멈추었다. 두 사람은 잠시 뜨거운 시선으로 서로의 눈을 바라보았다.

"들어가도 돼?"

무형이 물었다. 준은 그가 들어올 자리를 내주기 위해 옆으로 비켜섰다. 그는 방으로 들어와 아직 문손잡이를 잡은 채 서 있는 준을 바라보다가 팔을 뻗어 문을 닫았다. 그리고 가볍게 그녀를 안아 올려 입술을 찾아 물었다. 그는 그대로 준을 침대로 데려가 조심스럽게 내려놓으며 그녀의 몸을 덮듯이 겹쳐 왔다. 싱글 침대는 그의 무게를 감당하느라 삐걱거리는 소리를 냈다.

그는 그녀의 입술을 빨면서 셔츠 원피스의 단추를 풀기 시작했다. 단추가 다 풀린 잠옷이 옆으로 벌어지며 새하얀 레이스 속옷만 입은 그녀의 연약한 몸매가 드러났다. 그는 커다란 손으로 준의 목덜미를 쓰다듬다가 브래지어 위에서 가슴을 움켜쥐며 작게 신음 소리를 냈다.

자신의 목덜미를 혀로 핥고 있는 무형 때문에 정신이 혼미해지는 와중에도 허벅지가 얼얼해지도록 눌러대고 있는 크고 딱딱한 물건을 의식하지 않을 수 없었다. 그녀는 바짝 긴장해 침을 꼴깍 삼켰다. 난생처음 타인의 혀와 숨결이 훑고 지나간 자리마다 놀라서 솜털이 곤두섰다. 무형은 그녀의 등 뒤로 한 손을 넣어 브래지어의 후크를 간단히 풀어 벗겨냈다. 수백 번은 해본 듯 너무도 능숙한 솜씨라 준은 살짝 우울해졌지만 그런 생각을 오래 하고 있을 여유가 없었다.

무형의 혀가 목덜미를 지나 쇄골을 타고 빳빳이 일어선 작은 유두를 핥았을 때 준은 그의 머리카락 속에 넣고 있던 손에 힘을 주며 입술을 깨물었다. 꼭 깨문 입술 사이에서 숨 가쁜 신음이 흘러나왔다. 그는 오랜 갈증에 시달린 사람처럼 갈급하게 그녀의 보드랍고 탱글탱글한 가슴을 물고 핥고 빨았다. 하얀 가슴과 연한 분홍빛 꽃잎 색깔의 유두는 그가 묻힌 타액으로 번들거렸다.

그는 잠시 후, 상체를 일으키더니 자신의 옷을 벗었다. 옷에 가려 있을 때는 미처 몰랐는데 그의 몸은 잘 단련된 아름다운 근육들로 뒤덮여 있었다. 삼각근와 삼두근이 잘 발달된 길고 강인해 보이는 팔과 탄탄한 가슴과 선명한 식스팩⋯⋯.

그리고 매끄럽고 단단한 치골 사이에 검고 무성한 음모가 보였다. 준은 못 볼 것을 본 사람처럼 고개를 돌리며 손으로 눈을 가렸다. 그것은 위협하듯이 불끈 일어서 무형의 아랫배에 단단히 붙어서 있었다. 핏줄이 불거진 그 거대한 물건은 무자비한 무기처럼 그녀를 공격할 때를 노리고 있는 것처럼 보였다. 단 1초를 스치듯 보았는데 그 환영이 머릿속에 깊이 각인되어 떠나지 않았다. 원래 저렇게 큰 것인가? 원래 저렇게 무섭고 기이하게 생긴 것인가? 아프게 하고 다치게 하기 싫다던 무형의 말은 육체적인 것을 의미했었나?

준이 눈을 감고 어지럽게 그런 생각을 하고 있을 때 발가락 끝에 깃털처럼 부드럽고 촉촉한 무언가가 와 닿았다. 놀라서 고개를 드니 그가 자신의 발에 입을 맞추고 있었다. 전기를 맞은 듯 온몸에 전율이 퍼져 나갔다. 그는 준의 발등과 복숭아뼈와 종아리에 차례로 입을 맞추며 천천히 위로 올라왔다. 다음 그가 입술을 댄 곳은 날씬한 허벅지 안쪽이었다. 준은 자지러질 듯 놀라 엉덩이를 뒤로 빼며 다리를 모으려고 힘을 주었지만 그는 이미 그녀의 다리 사이에 자리를 잡고 있었다.

무형은 하얀 레이스 팬티 위에서 그녀의 중심에 깊숙이 입을 맞추었다. 준은 소스라치며 몸을 움찔 떨었다. 여태까지와는 또 다른, 찌를 듯 날카로운 감각이 그녀의 아랫배 깊숙한 곳을 훑고 지나갔다.

그는 준의 팬티를 옆으로 밀더니 마침내 비밀스러운 속살에 입을 댔다. 준은 울 듯이 엉덩이를 뒤로 빼며 그를 밀어내려고 했지만 그의 커다란 손이 그녀의 한 줌밖에 되지 않는 허리를 꽉 움켜쥐어 자신 쪽으로 끌어 내리고 있었다. 그의 뱀처럼 능란한 혀가 준의 꽃잎을 젖히며 점점 아래로 내려가더니 그녀의 젖은 입구 깊숙이 혀를 집어넣어 핥기 시작했다.

그녀의 입에서 한 번도 들어본 적 없는 야한 신음 소리가 새어 나왔다. 온몸이 달아오르고 아랫배와 허벅지에 잔 경련들이 물결처럼 이어졌다. 그의 손이 이미 젖어버린 팬티를 아래로 끌어내려 벗겨내자 준의 몸은 그야말로 알몸이 되었다. 준이 부끄러워 두 손으로 얼굴을 가리고 있는 것을 무형이 손목을 잡아 침대에 눌렀다. 그의 깊고 위험한 눈빛을 감당하지 못해 준이 고개를 옆으로 돌렸다. 벌어진 입술 사이에서 연신 가쁜 숨이 새어 나오고 얼굴은 붉게 달아올랐다.

그가 준의 손을 잡아내려 자신의 물건을 쥐게 만들었다. 강철처럼 단단하고 뜨거운 그것은 준의 손에 다 잡히지 않았다. 무형이 준의 손을 덮어 쥐고 위아래로 천천히 손을 움직이며 다시 그녀의 입술을 물었다. 온몸이 새로운 세계를 접하게 될 두려움으로 덜덜 떨리고 있었다.

무형은 무릎을 움직여 준의 다리를 넓게 벌리고 그녀의 한쪽 허벅지를 들어 올렸다. 상체를 일으켜 세운 그는 그녀의 다리 사이에 무릎을 대고 앉아 한 손으로는 준의 세운 허벅지를 잡고 한 손에는 자신의 거대한 물건을 잡고 막 그녀의 입구에 그것을 갖다 댔다.

"오빠, 자, 잠깐만요⋯⋯."

준이 다리를 오므리며 다급하게 그를 불렀다. 그의 커다란 물건에 압도되어 준은 잔뜩 겁을 먹고 말았다. 무형이 인내심이 바닥난 얼굴로 이를 꽉 물고 그녀를 내려다보았다. 그의 온몸의 근육들이 폭발하기 직전처럼 힘이 들어가 떨리고 있었다. 눈이 충혈되고 이마에 핏줄이 붉거져진 것이 보였다. 조금 전까지의 다정하고 부드럽던 모습은 이제 보이지 않았다. 무형은 그녀를 덮칠 기회를 엿보는 욕망에 떠는 한 마리의 사나운 맹수처럼 보였다.

준은 무서워서 그의 팔에 매달렸다. 무형이 한 손을 들어 그런 준의 손을 잡았다. 타는 듯 뜨겁고 부드러운 입술이 그녀의 손바닥에 눌려졌다. 그는 몸을 숙여 준의 입에 다시 키스를 하고 그녀의 이마에 난 땀을 손바닥으로 쓸 듯이 닦아주었다.

"무서워요."

준이 그의 목에 팔을 두르며 작게 속삭였다.

"알아. 천천히 할게."

무형이 그녀의 귓불을 핥으며 말했다. 뜨거운 숨결이 귓가를 스치자 온몸에 솜털이 곤두섰다. 무형은 말없이 그녀에게 키스를 했다. 그가 다시 상체를 일으켜 세우려고 하자 준이 겁먹고 긴장한 얼굴로 그의 팔을 꽉 붙잡았다. 그는 걱정 말라는 듯 준의 손을 끌어다가 그녀의 다리 사이에 가져다 댔다. 손끝에 미끈거리는 자신의 애액이 만져졌다. 무형은 그녀의 손을 잡아 촉촉이 젖어 흐르고 있는 중심을 몇 번 문지르게 하더니 그 손을 제 입으로 가져가

번들거리는 손가락을 입에 넣어 빨았다. 준은 너무도 부끄럽고 자극적인 모습에 남은 손으로 눈을 가리며 도리질을 했다.

그가 작게 웃는 소리가 들렸다. 잠시 후, 그의 커다란 손이 그녀의 중심을 덮듯이 감싸고 위아래로 천천히 움직이기 시작했다. 준은 어쩔 수 없이 몸속 깊은 곳으로부터 신음을 내뱉었다. 무형이 그녀의 입술을 벌리고 혀를 밀어 넣었다. 그와 동시에 아래에도 그의 단단하고 긴 손가락 하나가 미끄러지듯 그녀의 안으로 밀려 들어 왔다.

준은 불에 덴 듯이 놀라 몸을 움츠렸다. 그의 손가락이 그녀의 몸을 드나들 때마다 찌걱거리는 젖은 마찰음이 들려왔다. 부끄럽고 놀랄 사이도 없이 그가 주는 짜릿한 감각에 온몸이 뒤틀리며 뜨거워졌다.

"하아…… 아……."

그녀의 가쁜 숨소리와 아랫도리에서 흘러나오는 자극적인 마찰음 소리가 방 안을 가득 메웠다. 잠시 후, 무형이 몸속에서 손가락을 빼내고 그녀의 무릎을 활짝 벌려 세웠다.

"조금만 참아."

그는 그녀의 허벅지 안쪽을 달래듯 손으로 쓰다듬으며 말했다. 준은 숨을 멈추고 눈을 감았다. 곧 닥칠 일에 대한 두려움과 설렘이 동시에 밀려왔다. 그의 커다랗고 단단한 페니스가 준의 중심에 천천히 비벼졌다. 그녀의 몸에서 나온 미끌거리는 애액이 그의 물건에 흥건하게 묻자 그는 한 손으로 자신의 페니스를 잡아 그녀의 꽃잎처럼 예쁘게 벌어져 있는 입구에 가져다 댔다. 그는 페니스 끝을 두어 번 천천히 그녀의 입구에 살짝살짝 밀어 넣었다가 뗐다를 반복했다. 준은 벌써 놀라서 몸에 힘이 들어가고 엉덩이가 자꾸 뒤로 물러났다.

"힘 빼."

무형이 그녀의 허리를 다시 한 번 잡아 내리고 한 팔을 그녀의 어깨 위 침대를 짚은 채 위에서 그녀의 얼굴을 내려다보았다. 욕망으로 어두워진 그의 얼굴은 어느 때보다 아름답고 또 위험해 보였다. 그는 자신의 페니스를 잡아 다시 그녀의 중심을 문지른 후, 천천히 입술을 내려 그녀의 입술을 벌리고 혀를 집어넣었다.

그와 동시에 준은 다리 사이 생살을 가르며 밀려들어 오는 엄청난 고통에 저도 모르게 비명을 질렀다. 그녀는 도리질을 하며 그에게서 벗어나려고 엉덩이를 뒤로 뺐지만 그의 두 팔이 발버둥 치는 작은 몸을 꼼짝 못하게 두 팔로 감싸 안고 뿌리 끝까지 단번에 밀어 넣었다. 그녀의 몸이 위해를 당한 어린 짐승처럼 파들파들 경련했다.

"준, 준……."

무형이 울고 있는 준의 얼굴에 입을 맞추며 그녀를 불렀다. 준은 겨우 정신을 차리고 자신이 미친 듯이 그를 밀어내려 몸부림쳤다는 것을 깨달았다. 활짝 벌려 세우고 있는 다리가 부들부들 떨렸고 빈틈없이 꽉 찬 아랫도리가 화끈거리고 아려서 저절로 눈물이 흘렀다.

"아, 아파요……."

준이 하소연하듯 그를 올려다보며 말했다.

"미안. 미안해."

미안하다면서 그는 여전히 제 몸을 그녀의 몸속에 깊숙이 박은 채 움직이지 않았다.

"빼주세요. 너무…… 아파요."

"조금만 참으면 나아질 거야."

무형이 그녀의 이마에 송골송골 맺힌 땀과 눈물에 젖은 뺨을 손바닥으로 다정하게 쓸어주며 달래듯 말했다. 준이 참을 수 없다는 듯 고통스러운 얼굴로 고개를 저었다.

"미안해. 준."

무형은 그런 준의 머리통을 두 팔로 꼭 끌어안고 그녀의 귓가에 속삭이며 허리를 뒤로 뺐다가 다시 깊이 밀어 넣었다. 준이 고통에 못 이겨 몸을 뒤틀며 흐느꼈지만 그는 멈추지 않았다. 어쩔 수 없이 겪고 지나가야 할 일이었다. 길이 들려면 이런 과정을 몇 번은 더 거쳐야 하리라. 그는 최대한 자제를 하고 준을 배려하려 애썼지만 준에게는 아무 도움도 된 것 같지 않았다.

잠시 후, 그는 축 늘어진 그녀를 시트로 감싸서 품 안에 꼭 끌어안았다. 자신의 몸을 받아들이기에 버거워 보이던 여리고 작은 꽃잎 속에서 꽃물처럼 피가 번져 시트에 얼룩을 남겼다. 그는 사랑스러운 자신의 어린 애인이 안쓰러워 콧등이 찡했다. 그는 새우처럼 동그랗게 몸을 말고 기절하듯 잠이 든 그녀를 끌어안고 오래 이마를 쓸어주었다.

다음 날 준은 도저히 몸을 움직일 상태가 아니라 연습실에 나갈 수가 없었다. 재이에게 어제 일도 설명을 할 겸, 사정 얘기를 하려고 전화를 걸었다.

[……]

전화를 받은 재이는 말이 없었다.

"리더님. 저예요."

[그래.]

재이가 가라앉은 목소리로 대답했다.

"어제는 말씀도 못 드리고 와서 죄송해요."

[그것보다는 어떻게 된 일인지 설명 좀 해줄래? 나 그 정도 설명은 요구해도 될 거 같은데.]

그는 좀 화가 난 것 같았다.

"사실은, 친오빠가 아니에요. 다 말씀드리기는 너무 복잡하고 어릴 때 사정이 있어서 오갈 데 없는 저를 오빠가 맡아서 키워줬어요."

준의 말을 들은 전화기 너머에서 한탄과도 같은 한숨이 들려왔다. 재이는 한참 동안 말이 없었다.

"진작 말씀드리지 못해서 죄송해요. 서로 마음을 확인한 지가 불과 얼마 되지 않았어요. 그전에는 저만 오빠를 좋아하고 있는 줄 알고 있었기 때문에 뭐라고 설명하기 애매한 상황이라 말씀드리지 못했어요."

[나만 병신 된 거네?]

재이가 허탈한 목소리로 작게 웃었다.

"죄송합니다."

[술 취했을 때 빼고는 한결같이 나 싫다고 했으니까 네가 죄송할 것까지는 없고. 그래도 마음이 아프다. 나 너 정말 좋아했어.]

재이가 힘없이 말했다.

"죄송합니다."

가벼운 사람이라고 그 마음도 가벼울 리 없는데 자신이 그에게 너무 진지하지 못했다는 생각이 들었다. 하지만 어쩌랴. 어차피 자신이 책임져 줄 수 없는 감정이었다.

"제가 몸이 안 좋아서 오늘은 연습실 못 나갈 것 같아요."

그가 오래 입을 다물고 있었으므로 준은 용건을 말했다.

[당분간 연습실 안 나와도 돼. 나 여행 가려고. 언제 돌아올지는 잘 모르겠다. 돌아오면 전화할게.]

재이가 한참이나 침묵을 지키다가 그렇게 말했다. 준은 뭐라고 할 말이 없어서 입을 다물고 있는데 그가 먼저 전화를 끊었다. 준은 슬픈 눈으로 전화기를 들여다보았다. 남자로는 아니었지만 그를 진심으로 좋아했는데 이런 식으로 사이가 멀어지는 것 같아 마음이 아팠다. 정말 좋아했던 그의 목소리가 귓가를 맴돌았다. 밴드에 괜히 민폐를 끼친 것 같아 하루 종일 마음이 좋지 않았다.

힘없이 침대에 누워 있는데 노크 소리가 들리고 아주머니가 문을 열고 들어왔다. 침대에서 몸을 일으키려는데 움직이는 곳마다 다 쑤시고 관절을 새로 끼워 맞춘 듯 덜거덕거리며 온몸이 고통을 호소했다. 준은 억지로 신음을 깨물며 침대에 일어나 앉았다.

"뭐 하러 일어나? 그냥 누워 있어. 몸이 많이 안 좋은 모양인데 병원 가야 하는 거 아니야?"

"괜찮아요. 그냥 좀 피곤해서 누워 있는 거예요."

"죽 끓였는데 지금 나와서 한술 떠."

"아니에요. 좀 이따 배고프면 먹을게요."

준은 입맛이라고는 없어서 고개를 저었다. 아주머니가 방을 나간 후, 준은 까무룩 잠에 빠져들었다. 얕고 노곤한 잠에 빠져 있던 그녀는 한참 후에 눈을 떴다. 시간이 얼마나 흘렀는지 방 안이 어둑어둑했다. 도대체 몇 시간을 잤나 싶어 고개를 드는데 침대 옆 소파에 앉아 있던 무형이 자리에서 벌떡 일어서 그녀에게 다가왔다. 준은 깜짝 놀라 몸을 일으키려다가 작게 신음을 내뱉었다. 여전히 온몸의 근육들이 간밤의 격렬한 정사를 기억한다는 듯 놀라서 덜덜 떨렸다.

"많이 힘들어?"

무형이 걱정스러운 목소리로 물으며 그녀의 어깨를 눌러 다시 베개 위에 눕혔다. 그는 침대에 엉덩이를 걸치고 앉아 그녀의 이마와 뺨을 다정하게 쓸어 올리며 근심스러운 얼굴로 내려다보았다.

"안 아파요. 그냥 피곤해서 누워 있었어요."

준은 괜히 민망해서 얼굴을 붉혔다. 그렇게 아프고 고통스러웠는데 그가 자신의 온몸을 핥고 자신의 몸속을 수없이 드나들었던 것을 떠올리자 놀랍게도 몸이 저릿거리며 아랫배 저 깊은 곳에서부터 알 수 없는 뜨거운 기운이 스멀스멀 올라오는 것 같았다. 어느새 가슴이 쿵쿵 뛰고 있었다. 방이 어두워 얼굴이 붉어진 것을 그가 보지 못하는 것이 천만다행이었다. 그녀는 고개를 돌리다가 쳐진 커튼 사이로 하얗게 햇살 한 줄기가 비쳐 들어온 것을 보고서야 아직 대낮이라는 것을 알았다. 커튼이 쳐져 있어서 벌써 저녁인 줄만 알았다.

"아직 낮인데 왜 벌써 왔어요?"

준이 놀라서 그를 올려다보았다.

"보고 싶어서."

"일 바쁜데, 그러면 돼요?"

그가 시간을 분 단위로 쪼개서 쓸 정도로 바쁘고 할 일이 많은 사람이라는 것을 알고 있는 준은 걱정스러운 표정을 지었다.

"괜찮아. 하루 정도는."

무형은 아침에 준이 깬 것을 보지 못하고 출근을 해서 아주머니에게 전화를 해보았다. 점심도 안 먹고 계속 잔다고 했다. 아침에도 일어나지 않았을 테니 여태 아무것도 먹지 않았다는 얘기였다. 그는 팀원들에게 퇴근할 때까지 할 일을 지시해 놓고 서둘러 집으로 돌아왔다. 아주머니를 일찍 퇴근시키고 잠들어 있는 준을 옆에서 지켜보자니 마음이 짠했다. 얼마나 아프고 힘들었으면 저렇게 앓아누웠을까 싶어서 지난밤 제 짐승 같았던 행동을 반성하고 있는 중이었다. 그녀가 힘들다고 그를 밀어내면 낼수록 그는 점점 더 뜨거운 욕망에 시달렸고 참을 수가 없었다.

"배고프지? 여태 아무것도 안 먹었잖아."

무형이 걱정이 가득한 눈으로 그녀를 내려다보았다.

"여기 있어. 먹을 거 가지고 올게."

그가 침대에서 일어서려고 했다. 준은 그의 소매를 잡으며 고개를 저었다.

"나가서 먹을게요. 좀 씻고요."

준은 제 몸에서 나쁜 냄새가 날까 두려워 그렇게 말했다. 그녀는 밤새 무형과 자신에게서 흘러나온 타액에 온몸이 젖었지만 여태 씻지도 못하고 그대로였다. 무형이 그 마음을 알았는지 아무 상관 없다는 듯 그녀의 입에 키스를 했다. 달큰하고 비릿한 맛이 입안에 느껴지자 그는 또다시 고개를 쳐드는 자신 안의 금수를 느꼈다.

하기는 지금 처음 느낀 것도 아니다. 집으로 들어오면서부터, 아니, 사실은 사무실에서 이미 그는 준의 다디단 몸 냄새가 코끝을 맴도는 것 같아 안절부절못했다. 어서 그녀를 안고 그 몸 안에 제 몸을 밀어 넣고 싶은 욕망으로 그의 페니스는 이미 빳빳이 일어나 있었다. 제가 한 짓으로 몸도 못 가누고 있는 준을 보면서도 또다시 그 짓을 하지 못해 발광을 하고 있는 제 몸이 부끄럽고 준에게 미안했지만 어쩔 도리가 없었다.

무형은 준의 여린 혀를 깊이 빨아 당기며 부드러운 잠옷 위에서 그녀의 맨가슴을 어루만졌다. 부드럽게 퍼져 있던 유두가 대답이라도 하듯이 꼿꼿하게 일어섰다. 준은 힘없는 팔을 바르작거리며 벽처럼 단단한 그의 가슴을 밀어내려 애썼다.

"오빠…… 씻고요."

준이 겨우 놓여난 입술을 움직여 숨 가쁜 목소리로 속삭였다. 싫다고 하지 않고 씻고 하겠다고 하니 그저 고맙고 기특해서 무형은 더욱더 갈급증이 일었다. 무형이 어느새 단추를 풀자 그녀의 예쁘고 사랑스러운 가슴이 드러났다.

"안 씻어도 돼. 맛있어."

그는 그 정점의 연분홍색 유두를 혀로 핥아 물며 쉰 목소리로 말했다. 이미 그의 페니스는 단단히 일어서 제집을 찾아가고 싶어 포효하고 있었다. 온통 자신의 타액을 묻힌 맨몸에 헐렁한 잠옷만 걸치고 있는 그녀의 자태가 또다시 그의 이성을 흐려놓았다.

그는 미처 옷도 벗지 못하고 버클과 지퍼만 열고 단단히 일어선 제 물건을 준의 몸속으로 밀어 넣었다. 그녀의 몸은 여전히 좁았고 그를 받아들이기 힘겨운 듯 떨리고 있었지만 이미 애액이 넘쳐 축축이 젖어 있었다. 조금의 틈도 없이 자신의 물건을 꽉 물고 있는 그녀의 몸이 뜨겁게 조여왔다. 무형은 신음을 내뱉으며 그녀의 몸속으로 제 분신을 빠르게 박듯이 밀어 넣었다. 준의 달뜬 신음이 그를 더욱 자극했다.

눈앞에 하얀 빛이 부서져 눈을 멀게 하는 듯한 황홀한 절정의 순간이 찾아왔다. 무형은 그녀의 몸 깊숙이 남김없이 파정했다. 준이 어젯밤과는 달리 가쁜 숨을 내쉬며 그를 사랑스러운 눈빛으로 올려다보았다. 얘는 도대체 어쩌자고 이리 예쁠까. 그는 그 조바심 나는 사랑을 어쩌지 못해 괴로워하며 그녀의 입술을 빨고 사랑스러운 젖꼭지를 빨았다.

잠시 후, 그는 준을 욕실로 데려가 몸을 씻겼다. 준은 그럴 힘도 없는지 더 이상 부끄러워하지 않고 그의 손에 몸을 맡기고 얌전히 욕조에 기대어 눈을 감고 있었다. 머리를 뒤로 기대게 하고 샴푸를 해주다 말고 그녀의 입에 키스를 했다. 준은 눈을 감은 채 그의 혀가 깊숙이 들어와 입안을 핥는 것을 내버려 두었다. 그녀의 모든 곳에, 내부 깊은 곳까지 자신의 흔적을 남기고 싶은 욕망에 그의 뿌리가 또다시 꿈틀대며 일어섰다.

그는 샤워기로 조심스럽게 샴푸 거품을 씻겨 내리고 이미 다 젖어버린 자신의 옷을 벗었다. 준이 머리를 감던 자세 그대로 고개를 젖힌 채 그를 올려다보았다. 그는 거대하게 일어선 자신의 페니스를 손끝으로 눌러 그녀의 입술 끝에 갖다 댔다. 준은 아이스크림이라도 받아먹듯이 붉고 예쁜 입술을 살짝 벌리고 사랑스러운 눈길로 그를 올려다보았다.

서라에게서 전화가 온 것은 그녀가 집으로 들어간 지 한 달이 좀 지난 후였다. 발신자 표시에 그녀의 이름이 뜬 것을 보고 준은 덜컥 겁도 났지만 반가운 마음도 있었다. 그동안 했던 집요하리만치 과했던 행동들로 봐서는 이해할 수 없게 그렇게 가버린 후 너무 조용해서 궁금해하고 있던 참이었다. 그녀가 했던 행동들은 미웠지만 그 마음이 어디서부터 온 것인지 너무 잘 알고 이해 못할 것도 없었기 때문이다.

"언니."

준은 반가운 목소리로 전화를 받았다. 서라는 잠시 뜸을 들이듯 말이 없었다.

"준이에요. 언니."

준은 그 말을 하는데 왠지 목이 메었다.

[그래, 준. 나야.]

기분 탓인지는 몰라도 서라의 목소리도 조금 부드러워진 것처럼 들렸다. 마지막으로 보았을 때 원망과 증오가 들끓던 눈빛에 비하면 말이다. 두 사람 모두 전화기를 붙잡고 한동안 말을 잃었다.

[별일 없지?]

침묵을 깨고 서라가 먼저 입을 열었다.

"네, 언니. 언니도 건강하시죠?"

[응.]

"……"

[무형이는 요새 어때? 잘 있니?]

"네. 오빠도…… 잘 있어요."

준은 괜히 마음이 저려서 눈시울이 뜨거워졌다. 아무리 그래도 함께한 정 때문에 온전히 미워할 수가 없었다.

[무슨 얘기 안 하든?]

"무슨 얘기요?"

준이 물었지만 그녀는 한참 동안 말이 없었다.

[준, 내가 아무리 무형이 미워도 앞날까지 망칠 생각 같은 건 하지 않는다는 걸 알아줘. 그건 내가 그런 짓은 못하겠는 착한 사람이라서가 아니라, 그 애를 여전히, 너는 듣기 싫겠지만, 여전히 그를 완전히 미워할 수는 없기 때문이야. 무슨 얘기인지 알겠니? 밉지만 무형이 잘못되게 진심으로 해코지할 생각은 없다는 말이야. 물론 처음에는 어떻게 복수할까. 어떻게 하면 내가 당한 억울함을 수십 배로 갚아줄까 이를 갈았지만 그때뿐이었어. 정말 그런 생각을 행동으로 옮길 생각은 한 적도 없어. 떨어져 있으면서 감정도 어느 정도 가라앉았고.]

서라의 말을 들으며 준은 왠지 불길한 예감에 몸을 떨었다. 서라의 말투에서 무형에게 뭔가 좋지 않은 일이 일어났을 것 같은 낌새가 느껴졌기 때문이다.

"언니, 오빠한테 무슨 일 있어요?"

[검찰 내부에 무형에 대한 안 좋은 얘기가 떠돌고 있나 봐. 검사의 위신과 관련된 일이라 감찰부에서 그 소문에 대해 조사를 하고 있다는 얘기를 들었어. 검사로서 품위를 유지하지 못했다는 판단

을 내리게 되면 징계위원회에 회부될 수도 있대. 무형이도 아마 이미 알고 있을 거야.]

"도대체 그게 무슨 말이에요? 무슨 안 좋은 얘기요?"

준은 얼굴이 하얘져서 떨리는 목소리로 물었다.

[절대 내가 퍼뜨린 얘기가 아니라는 것만 알아줘. 아마도 김 아나운서가 검찰청 출입 기자들한테 나한테 들은 얘기를 흘리고 거기서 얘기가 퍼지기 시작한 거 같아.]

"그게 무슨 말이에요?"

[내가 너무 힘들어서 김 아나운서랑 술 마시면서 이런저런 얘기를 했거든. 물론 내 잘못인데 절대 일을 이렇게 만들 생각은 없었어.]

"언니!"

준이 저도 모르게 그녀를 원망하며 울듯이 소리쳤다.

[아까 무형한테 전화했는데 안 받더라. 상대하고 싶지 않을 테지…… 무형에게는 사실 네 일 때문에도 부끄러워 볼 낯이 없는데 이런 일까지 터져서 얼굴을 들 수가 없어. 준아. 무형한테 좀 전해줘. 내가 해코지하려고 일부러 그런 거 절대 아니라고. 정말 아니야.]

"언니, 지금 그게 문제가 아니잖아요. 오빠는 그럼 이제 어떻게 되는 거예요?"

[내 입에서 나간 얘기니까 필요하다면 내가 직접 나서서 해명도 할 생각이 있어. 알려진 내용과 다르다는 것을 말이야. 너에 관한

얘기도 실제 호적상 남매로 되어 있는 것도 아니니까 조사하게 되면 법적으로는 문제가 없다는 것을 알겠지. 다만, 자존심 센 무형에게는 자신이 그런 부도덕한 소문의 주인공이 되었다는 것 자체가 참을 수 없겠지. 누구 앞에서도 부끄러울 것 없다는 자부심으로 살아온 사람이니까.]

서라가 속죄라도 하듯이 풀 죽은 목소리로 말했다. 무형이 안쓰럽고 걱정이 되어 준은 그녀의 말이 제대로 귀에 들리지 않았다. 그런 힘든 일을 겪고 있으면서 그는 아무 내색도 하지 않았다. 자신은 그에게 아무런 힘도 되어주지 못하고 의논 상대조차 될 수 없다는 사실에 준은 절망했다.

[내가 도울 일 있으면 언제든 연락하라고 좀 전해줘. 내 고의가 아니었다는 것도.]

서라의 말을 준은 아랫입술을 꽉 물고 듣고 있었다.

[그리고 준, 여전히 너를 다 용서하지는 못했어. 솔직히. 그래도, 그런 것과는 상관없이 내가 너한테 한 행동들 부끄럽게 생각해. 전혀 어른답지 못했어. 당분간은 힘들겠지만 시간이 좀 더 흐르고 더 무뎌지고 나면 다시 볼 수 있는 날이 오겠지.]

서라는 그렇게 말하고 전화를 끊었다. 준은 서라가 전화를 끊자마자 무형의 번호를 찾아 전화를 걸려던 손을 멈추고 도로 내려놓았다. 이 시점에서 그에게 무슨 말을 할 수 있을까. 자신으로 인해 그가 감당해야 할 일에 대해 너무 무지하고 해맑았다. 여전히 자신은 그에게 짐일 수밖에 없다는 사실이 슬펐다.

저녁에 퇴근한 무형은 여전히 아무 걱정도 없는 얼굴이었다. 현관 앞에 서서 그의 가방을 받으려고 손을 내미는 그녀를 끌어안고 목덜미에 코를 묻었다. 그는 그 냄새가 그리웠다는 듯 깊이 숨을 들이마셨다.

"나 왔어."

그는 주문이라도 외듯이 혼잣말처럼 작게 속삭였다. 준은 따뜻하고 넓은 품속에서 고개를 들고 그를 올려다보았다. 피곤해 보였지만 행복해 보이는 얼굴이었다.

"우리 아기, 밥 먹었어요?"

그가 준의 얼굴을 감싸 쥐고 다정한 눈으로 들여다보더니 입을 맞추며 말했다. 이미 열 시가 넘은 시각이었다. 준이 고개를 끄덕이자 그는 그녀의 입술에 길게 키스를 했다. 그의 탄탄하고 굵은 허벅지가 준의 가랑이 사이에 들어와 그녀의 중심을 지그시 누르고 있었다. 그것만으로 준의 몸은 어떤 예감으로 떨리듯 전율했다. 벌써 그녀는 그에게 길이 들어 처음처럼 어설프고 서툴지 않았다.

무형은 그녀의 입술을 문 채로 번쩍 안아 올렸다. 방으로 성큼성큼 걸어가서 그녀를 침대에 내려놓으며 겹치듯이 그녀 위로 몸을 얹었다. 그는 다급하게 원피스 자락 밑으로 손을 넣어 팬티를 끌어 내렸다. 무형의 몸이 들어올 때 준은 작게 신음을 내뱉으며 그에게 매달렸다. 그와 한 몸처럼 연결되었다는 충족감으로 온몸이 녹아내리는 것 같았다. 그의 몸짓이 격렬해질수록 준의 신음

소리가 다급해졌다. 그녀의 희고 매끈한 다리가 무형의 쇠뭉치처럼 단단한 허리를 휘감았다.

한차례의 격정이 지나간 후 무형은 여전히 힘차게 서 있는 자신의 페니스에서 정액이 가득 찬 콘돔을 빼내더니 욕실로 들어갔다. 그는 너무 흥분하고 미처 그런 것을 생각할 겨를이 없었던 첫날을 빼고 언제나 준을 안을 때 콘돔을 썼다. 결혼 날짜를 잡지는 않았지만 곧 결혼할 사이인데 그가 정신없는 와중에도 철저히 콘돔을 쓰는 것을 잊지 않는 것이 이상하게도 서운했다. 그것은 아기를 갖지 않겠다는 적극적인 의지가 아닌가. 준은 침대 위에 떨어져 있는 그의 체모 하나를 주워 들여다보며 시무룩해졌다.

욕조에 물 받는 소리가 힘차게 들려왔다. 무형은 곧 침대로 돌아와 지쳐서 힘없이 누워 있는 준을 사랑스럽다는 듯 바라보았다. 그는 혀를 내밀어 촉촉하게 땀에 젖어 있는 준의 가슴골을 따라 목을 거쳐 턱까지 핥아 올리고 맛있는 것을 먹은 사람처럼 입맛을 다셨다.

준이 부끄러워하자 그 입술에 입을 맞추며 번쩍 안고 욕실로 들어갔다. 준을 안은 채 욕조에 들어간 무형은 그녀를 가슴에 기대게 하고 뒤에서 부드럽게 그녀의 몸을 씻어주었다. 그가 팔을 움직일 때마다 욕조에서 물이 넘쳐 바닥으로 흘러내렸다.

준은 자신의 작은 가슴을 두 손으로 애무하듯이 문지르고 있는 그의 손을 제 손으로 덮어 깍지를 꼈다.

"오빠."

준이 그를 부르며 고개를 돌리자 그는 대답 대신 그녀의 입술에 키스를 했다. 키스를 하는 동안 엉덩이 쪽에 닿아 있는, 조금 말랑해져 있던 그의 물건이 점점 단단해지며 부피를 키우는 것이 느껴졌다. 준은 얼른 그에게서 입술을 뗐다. 할 얘기가 있는데 그가 또 시작하려고 숨이 거칠어지고 있었기 때문이다.

요 근래의 무형은 자신이 알고 있던 사람이라고는 믿을 수가 없었다. 천하의 미녀가 발가벗고 앞에서 춤을 춰도 지루해할 것 같던 예전의 그의 모습은 상상할 수가 없었다. 그는 본능에 충실한 짐승 같았다. 그 차갑고 이성적인 얼굴 안에 어떻게 그런 욕망 덩어리 짐승을 가두고 살았는지 불가사의한 일이었다.

"응?"

무형이 그녀의 귓불을 입속에 넣고 잘근잘근 깨물며 어서 말하라고 다정하게 재촉했다.

"낮에 서라 언니가 전화해서 통화했어요."

준의 말에 그의 몸이 순간적으로 멈칫하는 것이 느껴졌다.

"전화 받지 말라니까. 뭐래? 또 애먼 소리 하던?"

그는 좀 짜증이 난 듯 얼굴의 물기를 쓸어내리며 말했다.

"아니요. 그냥…… 오빠 징계당할지도 모른다면서요."

"서라가 그러든?"

"왜 말 안 했어요. 난 그것도 모르고…… 맨날 좋다고……."

준이 울컥하며 말을 잇지 못하자 무형의 눈썹이 꿈틀 움직였다.

"정말 웃기는 애네. 전화해서 별 쓸데없는 얘기나 하고."

무형이 혀를 찼다.

"언니가 소문낸 건 아니래요. 어쨌든 자기 입에서 나간 말이니까 필요하면 오빠 위해 해명해 주겠다고 연락하라고 했어요. 고의 아니라고 미안하대요."

"고의든 아니든 상관없어."

"그런 일 있으면 나한테 얘기하고 의논도 하고 그러면 안 돼요? 정말 아무짝에도 쓸모없는 바보 된 거 같아서 속상해요. 물론 아무 도움도 되지 못하겠지만 그래도 내 앞에서 힘든 거 숨기느라 집에서까지 힘들었을 거 아니에요. 그러는 거 싫어요."

준은 이번 일뿐만 아니라 무형이 여태 살아오면서 겪어야 했을 많은 괴로움을 그런 식으로 혼자 삭이며 살아왔을 것을 생각하자 그가 불쌍해서 눈물이 왈칵 쏟아졌다. 무형은 당황한 얼굴로 그녀를 뒤에서 꼭 끌어안고 따뜻하고 팔딱거리는 그녀의 목덜미에 입을 맞추었다.

"그 정도로 심각한 일 아니야. 징계위원회가 그렇게 쉽게 열리는 것도 아니고. 감찰부에서 사람이 나오긴 했는데 정식 수사가 아니라 그런 소문이 나도니까 확인 차원이었어. 별일 없이 넘어갔고. 걱정하지 않아도 돼. 앞으로 서라 전화 받지 마. 그게 끝까지 엿 먹이네."

무형이 준을 달래며 말했다.

"나 때문에 오빠가 남들한테 손가락질받는 거 싫어요. 이제 어떡해요."

준은 그의 핏줄이 불거진 팔뚝에 입술을 대고 울먹이며 말했다.

"남들이 뭐라고 하든 아무 상관 없어. 나는 오히려 마음이 편해지더라. 너를 이렇게 쉽게 가져도 되나, 사실 불안하고 좀 두렵기도 했거든. 누가 봐도 나 나쁜 도둑놈 맞잖아. 너를 갖는 대가라고 친다면 그 정도도 약하다고 생각하고 있어."

"맨날 센 척만 하고. 그러지 말라니까요."

그가 또 아무렇지 않은 척 그녀를 안심시키려고 하자 준이 속상해하며 말했다.

"네 앞에서 연기한 적 없어. 내가 행복해 보이고 즐거워 보였다면 정말 마음에서 우러나서 그런 거야. 나 요즘 이래도 되나 싶게 행복하거든. 집에서만 그런 게 아니고 회사에서 일하다가도 자꾸 웃음이 나서 다들 좀 이상하게 보기는 하더라. 참아야 하는데 말이야."

무형이 그렇게 말하며 웃었다.

"너는 아무 걱정 말고 내 옆에 그냥 있어주면 돼. 그러면 나는 못할 것도 없고, 무서울 것도 없어."

그가 준의 고개를 들어 올려 입술에 입을 맞추었다. 또 속는 것인지는 몰라도 그에게 안겨 그런 말을 듣고 있자니 모든 걱정이 사르르 사라지는 것 같았다. 준은 고개를 틀고 그의 키스를 받다가 손을 물속으로 넣어 그의 아랫배에 붙어서 있는 굵다란 페니스를 잡고 서툴게 애무했다. 무형은 그녀의 입술을 깨물며 작게 신음을 내뱉었다. 그는 곧 준의 허리를 잡아 일으켜 돌아앉게 만들었다. 그가 준의 허리를 양손으로 들고 있는 동안 준은 그의 페니스를 잡아 자신의 입구에 맞추었다. 그가 허리를 아래로 잡아 누르자 뻐근하고 묵직하게 그의 몸이 준의 몸속에 꽂혔다. 두 사람은 서로가 서로에게 주는 자극적인 쾌감에 몸을 떨었다. 무형이 허리를 쳐올리자 욕조의 물이 크게 일렁이며 흘러넘쳤다.

재이는 거의 한 달여 만에 돌아왔다. 인도를 갔다 왔다더니 뭔가 크게 깨달음을 얻었는지 얼굴이 편안해져 있었다.

"아니, 준이 때문에 충격받은 건 알겠지만 대책 없이 갑자기 떠나면 어떡해요. 우리는 엿 먹으라는 거예요, 뭐예요. 잡혀 있던 공연 취소하느라고 내가 얼마나 진땀 뺐는지 알아요?"

술집에 모여 앉자마자 동영은 재이의 충동적인 행동을 성토하기 시작했다. 동영의 말에 처음부터 죄인처럼 앉아 있던 준은 뜨끔 놀랐다. 재이가 그런 준을 바라보더니 씩 웃었다.

"그래, 이번에, 준이 덕분에 꼭 가보고 싶었던 곳 다 돌아다녀 보고 왔지, 뭐."

"죄송합니다."

준이 미안해서 고개를 숙였다.

"됐어. 나 혼자 북 치고 장구 치고 한 걸 가지고 네가 왜 미안해."

"이 밴드 형이 만들었잖아요. 책임감 좀 가지세요. 이제 겨우 사람들이 좀 알아봐 주기 시작하는데."

경호도 시무룩해져서 한마디 했다.

"앞으로는 이런 일 없을 거야. 나도 이제 좀 정신 차리고 진지하게 음악 해봐야지. 이제 너희들 연습실 월세 걱정 같은 건 안 시켜야지. 아르바이트하지 않고 음악에 몰두할 수 있는 환경도 만들고."

"어떻게요?"

경호가 심드렁하게 물었다. 재이가 늘상 그런 허풍을 잘 쳤으므로 정말 궁금한 건 아니고 그냥 대답을 해주는 차원이었다.

"스폰서를 구했어."

재이의 말에 모두, 그러면 그렇지 하는 얼굴로 고개를 끄덕였다. 또 장난을 시작한 것을 보니 준이 준 충격에서는 완전히 벗어난 것 같았다.

"남우클럽 여 사장 말이죠?"

동영이 시큰둥하니 물었다.

"아니, 우리 누나."

딴짓을 하고 있던 멤버들이 모두 그를 바라보았다.

"자발적인 스폰서는 아니야. 내가 지금 집으로 들어가면 누나랑 매형이 제일 타격이 크거든. 내가 앉아 있어야 할 자리를 차지하고 있으니까. 그래서 협상을 좀 했어. 우리 밴드를 후원해 주는 조건으로 앞으로도 경영에는 절대 참여하지 않기로 말이야."

모두 눈이 휘둥그레져서 그를 바라보았다.

"그럼, 형이 너무 손해 아니에요?"

"난 원래 그런 데 관심도 없어. 음악만 하고 살면 되거든. 누나한테 슬쩍 음악 그만두고 회사로 들어갈까 생각 중이라고 했더니 잘됐다고 웃는데 웃는 게 웃는 게 아니더라고."

재이가 재미있다는 듯 웃음을 터뜨렸다.

"그래서요?"

"그래서 뭐, 그렇게 되었지. 우리 밴드 후원해 주는 게 누나한테도 훨씬 이득이지. 나도 좋고 누나도 좋고. 그렇게 두루두루 잘 해결이 되었어."

"정말이에요? 언젠가 형 덕 볼 날 올 줄 알고 있었는데 이렇게 빨리 올 줄이야."

동영이 설레는 얼굴로 말했다.

"근데 너무 기대는 하지 마. 우리 누나가 통이 작아서 말이야. 그렇게 흡족하게 투자해 주지는 않을 거야. 그래도 지금보다야 낫겠지."

"그럼요. 그럼요. 합주실 월세 걱정만 없어도 그게 어디예요."

경호가 기쁜 얼굴로 말했다. 그들은 모두 기분이 좋아져서 건배를 하며 술잔을 비웠다. 술자리가 끝나고 집으로 돌아가는 길에 재이는 언제나처럼 준을 위해 택시를 잡고 자신도 택시에 올라탔다. 혹시 무형이 보면 좋아하지 않을 텐데. 준은 속으로 그렇게 생각했지만 어쩔 수가 없었다. 무형은 재이와 자지 않았다는 것을 알고 나서도 그에게 별로 호의적이지 않았다. 미운털이 단단히 박힌 것 같았다. 준은 무형의 질투하는 얼굴이 떠올라 저도 모르게 미소가 지어졌다.

"행복하니?"

재이가 물었다. 준은 쑥스러워하며 고개를 끄덕였다.

"난 사실 사람이 좋으면 그 사람한테 애인이 있든 없든 그런 거 별로 따지는 성격 아니거든. 좋으면 뺏는 거지 뭐. 이루지 못할 사랑 이런 거 내 사전에는 없어."

재이의 말에 놀라서 준의 눈이 커졌다. 준은 괜히 경계심 가득한 눈으로 그를 보았다. 준의 겁먹은 얼굴을 보더니 재이가 하하, 웃었다.

"자식, 쫄긴. 근데 이번에는 상대가 너무 막강해서 내가 뭐 어떻게 해볼 여지가 없네. 사실 처음에도 포기했다고 했지만 나 너 포기한 적 없거든. 얼마나 버티나 보자 하고, 천천히 꼬시려고 그랬는데 그런 복병이 뒤에 버티고 있을 줄이야. 혹시 사귀다가 힘들어지면 언제든 나한테 와. 가차 없이 받아줄게."

"리더님, 정말 이상한 사람이에요."

준은 그가 하는 말이 진심인지 장난인지 분간할 수가 없어서 인상을 찌푸렸다.

"잘살라고, 자식아."

그가 준의 코끝을 손가락을 툭 치며 말했다. 준은 그의 손이 스치고 간 코를 만지며 고개를 끄덕였다. 준은 아파트 주차장에 내려서 그가 탄 택시가 떠나는 것을 바라보았다. 이상하고 다정한 사람. 준은 미소를 지으며 집으로 들어가기 위해 몸을 돌렸다.

"준."

그때 낮고 익숙한 목소리가 그녀를 불렀다. 준은 깜짝 놀라서 뒤를 돌아보았다. 무형이 아파트 화단에 심어진 고욤나무 그늘 아래 팔짱을 끼고 서서 그녀를 바라보고 있었다. 가로등이 멀고 그림자가 져서 거기 사람이 있는 것을 미처 보지 못했다. 그는 그늘을 벗어나 가로등 불빛 아래로 나왔다. 그가 다정한 눈빛으로 지그시 그녀를 바라보았다.

"늦었네."

"네, 오랜만에 만나는 거여서 얘기가 좀 길어졌어요."

그는 준의 어깨에 팔을 두르고 아파트 입구로 걸어갔다. 재이를 봤을 텐데 아무 말도 하지 않았다. 그는 집으로 들어갈 때까지 한마디도 하지 않고 그저 그녀의 어깨를 꼭 안고만 있었다. 그가 싫어하니 이제 재이를 달고 오는 일은 그만해야겠다고 생각하긴 했는데 매번 일이 이렇게 되었다.

등 뒤에서 현관문이 닫히자마자 무형이 그녀를 벽으로 밀치더니 고개를 깊이 숙여 키스를 했다. 그는 다급히 그녀의 셔츠 단추를 풀었다. 방으로 미처 들어갈 사이도 없이 거실 바닥에 그녀를 밀어 눕혔다. 그는 그녀의 옆구리 옆을 팔로 지탱하고 입을 꽉 다물고 그녀의 눈을 바라보며 빠르게 허리를 쳐댔다. 이마에 핏줄이 불거지고 엷게 땀이 번지는 것을 준은 흔들리는 눈빛으로 올려다보았다. 다른 때와는 다르게 좀 거칠었다. 화를 그런 식으로 내는 것처럼 보이기도 했다.

절정이 가까워 올수록 그의 몸짓은 더 격렬해졌고 준은 밀려 올라가지 않기 위해 그의 굵은 밧줄처럼 튼튼한 팔을 안간힘을 다해 붙잡고 버텼다. 그러던 중에 무형이 갑자기 그녀의 몸속에서 제 몸을 쑥 잡아 빼며 벌떡 일어섰다. 준은 황망히, 허전해진 곳을 가리기 위해 몸을 움츠렸다. 그가 거실 서랍장으로 가서 콘돔을 꺼내더니 애액에 젖어 번들거리고 있는 제 페니스에 씌우는 것이 보였다. 그는 그대로 그녀에게로 다가와 그녀의 허벅지를 세우고 다시 그녀의 몸 안으로 쑥 밀고 들어왔다. 준의 몸속 세포들이 놀라서 질겁하는 것이 느껴졌다.

그가 또다시 부술 듯 억세게 그녀의 몸을 찍어 누르기 시작했다. 온몸에 전율이 일고 발가락 끝까지 힘이 빳빳하게 들어갔다. 준이 흐느끼듯 절정을 맞는 것을 보고 난 후 그도 짐승처럼 신음하며 그녀의 몸속에서 사정을 했다. 그는 사정을 하며 몇 번이고 그녀의 속으로 제 뿌리를 끝까지 밀어 넣었지만 실제로 그의 정액들은 모두 콘돔 속에 고스란히 모아졌을 것이다. 그 이성이 사라지는 다급한 순간에도 콘돔을 챙기러 가는 그의 인내력에 준은 어안이 벙벙해졌다. 이번만이 아니라 그는 매번 아주 철저하게 콘돔을 챙겼다.

"오빠."

천장을 보며 정면으로 누워 있는 그의 한쪽 팔에 안긴 채 준이 그를 불렀다. 그는 아직도 거친 숨이 가라앉지 않아 가슴이 크게 오르내리고 심장 뛰는 소리가 준의 귀에까지 들렸다.

"왜?"

"우리 결혼할 거죠?"

준이 그의 가슴에 손을 얹은 채 그의 젖꼭지를 만지작거리며 물었다. 물론 믿고 있었지만 그가 여태 결혼에 대해 구체적인 어떤 말도 꺼낸 적이 없었기 때문에 준은 약간 불안해하며 물었다.

"그럼."

"언제요?"

"언제? 글쎄……."

글쎄라니…… 대답이 예상과는 많이 달랐다. 내일이라도 하자고 할 줄 알았더니.

"넌 언제 하고 싶은데?"

그가 고개를 좀 들어서 준을 내려다보며 물었다.

"나는, 난 언제든 괜찮아요…… 그래도 되도록 빨리했으면……."

준의 말에 무형이 깜짝 놀란 얼굴로 다시 그녀를 보았다.

"정말?"

준이 고개를 끄덕였다.

"너 빨리 결혼하는 거 원하지 않을 줄 알았는데? 아직 학교도 다녀야 하고 일 년 동안 밴드도 해야 하고. 결혼은 졸업하고 해도 돼. 오빠는 얼마든지 기다릴 수 있어."

그가 팔꿈치를 괸 손에 머리를 얹고 준을 바라보며 다정한 목소리로 말했다. 준은 그제야 그가 무엇을 걱정하는지 알게 되었다.

물론 그런 생각을 안 해본 건 아니지만 그것 때문에 무형과 결혼하는 것을 미루거나 망설인 적은 한 번도 없었다.

"자유롭게 맘껏 너 하고 싶은 일 해. 나중에 너무 빨리 결혼한 거 후회하는 일 없어야지."

"그래서 콘돔 쓰는 거예요?"

준이 묻자 그는 다시 천장을 보고 누우며 씩 웃었다.

"그래, 나나 우리 아기 때문에 하고 싶은 일 못하게 만들고 싶지 않아. 여태 구속받으며 살았으니까 앞으로는 아무것도 걱정하지 말고, 아무것도 참지 말고, 누구의 눈치도 보지 말고 자유롭고 당당하게 살아. 너 그렇게 살게 해줄게."

무형의 말에 준은 말없이 그의 품을 파고들었다. 그가 오늘 재이를 보고도 별말 하지 않는 것을 보고 어느 정도 극복을 한 모양이라고 여겼는데 그게 아니었다. 그는 단지 자신을 위해 참고 있었을 뿐이었다. 그 성격에 사람들 앞에 나서서 노래를 부르는 자신을, 여전히 싫어하는 마음을 숨기지 못하는 재이와 매일 붙어 있어야 하는 이 상황을 참아내는 것이 쉬울 리 없었다.

자신을 위해 기꺼이 싫어하는 것을 참아주는 그에게 준은 감동했다. 그리고 자신이 정말 원하는 것이 무엇인지 곰곰이 생각했다. 그를 힘들게 하면서 자유롭게 노래하는 것? 그게 무슨 의미가 있나. 자신이 지금 진짜 원하는 것은 그와 완전히 하나의 가족이 되는 것이었다. 준은 간절히 그것을 원했다. 아주 오래전부터 그녀의 소원은 그 한 가지였다. 그와 결혼하는 것. 그리고 그의 아기를 갖는 것, 그것보다 더 바라는 일은 없었다. 노래하는 일이 즐겁고 새롭기는 했지만 정말 원하는 일을 뒤로 미루고 계속할 정도는 아니었다. 그것 때문에 무형과의 결혼을 미뤄야 한다고 생각만 해도 벌써 노래하는 일이 즐겁지가 않았다.

"오빠 닮은 아기 갖고 싶어요. 그게 내 꿈이에요."

준이 그렇게 말하자 무형이 감동받은 얼굴로 그녀를 꼭 끌어안았다.

"고맙다. 그 꿈 내가 꼭 이뤄줄게."

그가 귀여워 죽겠다는 듯 그녀의 볼에 입을 맞추었다. 그들의 입술이 다른 극의 자석처럼 이끌려 서로에게 달라붙었다.

1년 후.

준은 방송국에서 주최하는 오디션 프로그램에 참가한 '선수입장'이 무대에서 노래하는 것을 방청석에 앉아 바라보고 있었다. 준은 그들 팀이 최종 결승에는 오르지 못하고 탈락하는 것을 안타까운 눈길로 바라보다가 '선수입장'의 대기실로 가서 멤버들을 기다렸다. 잠시 후 대기실은 마지막 무대를 마치고 돌아온 '선수입장' 멤버들과 그들을 기다리고 있던 사람들이 서로 얼싸안고 환호성을 지르는 소리로 한바탕 소란이 일었다. 비록 결승에는 올라가지 못했지만 그들은 엄청난 선전을 거두었기 때문에 모두 흥분해 있었다.

"준, 봤니? 사람들 우리 응원하는 거 봤지? 우리도 이제 방송

출연도 하고 길거리 나가면 사람들 막 달려들고 그러겠지? 와, 대박."

동영이 흥분해서 준의 팔을 붙잡고 마구 떠들어댔다.

"요즘 오디션이 하도 흔해서 우승하고도 소리 없이 묻히는 애들 수두룩해. 그러니까 너무 큰 기대하지 마."

재이가 준을 보호하듯이 얼른 동영을 그녀에게서 떼어놓으며 말했다.

"그러니 더더욱 이 순간을 즐겨야죠."

경호가 동영을 거들고 나섰다.

"그래 그 말이 맞다."

재이가 웃으며 고개를 끄덕였다.

"준, 너도 후회하지? 지금? 우리 버리고 간 거 말이야. 그냥 있었으면 이 영광이 다 네 게 되었을 텐데. 뭐가 급하다고 벌써 결혼을 하느냐고. 한창 나이에."

동영이 생각할수록 아깝다는 듯 준을 원망 어린 눈으로 노려보았다.

준은 4개월 전에 밴드를 그만두었다. 처음 노래를 시작할 때 약속했던 대로 원래 멤버가 제대를 하기 직전 달이었다.. 멤버들이 다들 말렸지만 준은 망설이지 않았다. 원래 정해 놓은 기간 동안만 하려고 한 거였고 마음껏 해보았기 때문에 미련 같은 건 없었다. '선수입장'은 제대한 원래 보컬과 함께 녹음 스튜디오와 합주실, 개인 숙소까지 갖춘 재이 소유의 신축 건물을 통째로 사용하며 음악에만 몰두하는 호사를 누리고 있었다.

"내가 아직 보컬하고 있었으면 아마 여기까지 못 올라왔을걸요? 그죠, 리더님?"

준이 재이를 쳐다보며 물었다.

"원래 오디션 프로는 여자들이 투표 많이 하니까 같은 여자 가수들에게는 좀 불리한 면이 있기는 하지. 그래도 너 밴드 그만둔 거 난 아직도 아쉽고 속상하다. 네 남편, 패주고 싶어."

재이가 눈살을 찌푸리며 대꾸했다.

"남편 때문에 그만둔 거 아니래도요. 무대 체질도 아닌 저처럼 평범한 사람이 무대에서 노래하는 거 보통 에너지로 할 수 있는 일 아니거든요."

"너 절대 안 평범해. 그 재능을 왜 썩히려고 하는지 이해가 안 간다, 나는. 그러거나 말거나 너만 좋으면 됐지. 뭐."

재이가 속상한 표정을 지으며 준의 행복하다고 쓰여 있는 것 같은 얼굴을 바라보았다.

"그냥 썩히기 아까운 노래 실력 가진 분들 우리 동네에도 많은데 소개시켜 드려요?"

준이 눈을 동그랗게 뜨고 묻자 재이가 그녀의 머리를 살짝 쥐어박는 시늉을 하며 그녀의 배를 내려다보았다.

"근데 아직 티는 안 나네? 이제 배 좀 부를 때 되지 않았니?"

"뭐예요? 준이 임신했어요?"

동영이 큰 소리로 말하자 옆에서 다른 사람들과 얘기를 나누고 있던 경호도 깜짝 놀라서 돌아보았다.

"준이 임신했다고?"

그들 세 명은 동시에 준의 배를 내려다보았다.

"아직 티 안 나요. 이제 3달 정도 되었대요."

준이 민망해하며 제 배 앞에 손을 모으며 그들의 시선을 차단했다.

"이 배신자. 우리를 버리고 혼자 임신하고."

동영이 말도 안 되는 소리를 나불대자 재이와 경호가 동시에 그의 뒤통수를 손바닥으로 올려붙였다.

"뒤풀이하러 같이 갈 거지?"

재이가 물었다.

"아니요. 저는 집에 가야죠."

"왜? 이런 자리에 네가 빠지면 되냐? 그만뒀어도 너는 언제나 우리 팀이야. 언제든 팀에 중요한 일 있으면 의무적으로 참석해야 한다고."

경호가 인상을 쓰며 말했다. 동영과 재이도 고개를 끄덕였다.

"밖에 무형 씨 와 있어요. 위험하다고 집에서 꼼짝도 못하게 해요. 여기도 겨우 왔어요."

하소연을 하는 듯해서 들어보니 자랑질이라 멤버들 모두 장난스럽게 그녀를 위아래로 훑어보며 야유 섞인 눈빛을 보냈다. 준은 멤버들과 축하가 뒤섞인 작별 인사를 하고 대기실을 나왔다. 지금 가고 있다고 문자를 보내며 엘리베이터를 탔는데 돌아보니 재이가 따라 타고 있었다.

"어디 가세요?"

"너 데려다주러."

"괜찮은데."

"잠깐이라도 둘이 있고 싶어서 그래."

그가 슬쩍 윙크를 하며 말했다. 준은 그의 장난에 못 말리겠다는 표정을 지으며 웃었다.

"이제 리더님 TV에서 뵙겠네요."

"뭐, 그렇게까지는 안 바라고 공연장에 사람이나 많이 왔으면 좋겠다. 애들 신나게 음악하게."

"그렇게 될 거예요. 이미 팬덤이 생겼던데요."

"그럼 다행이고. 그건 그렇고 넌 정말 한 남자의 아내로 만족하고 살 수 있겠어?"

"그럼요. 그 남자의 아내가 되려고 20년을 기다렸는데."

"그래, 너 잘났다. 너 잘났어."

재이가 얄미워 죽겠다는 듯 노려보더니 장난기 어린 얼굴로 덧붙였다.

"그래도 혹시 모르니까 마음 바뀌면 나한테 와. 애 둘, 셋 데리고 와도 돼. 내가 다 키워줄게."

"좀! 그만해요. 부녀자 성희롱이에요. 우리 오빠한테 이를까 보다."

준이 눈을 흘기자 재이가 능글거리며 웃었다. 그들이 그런 장난질을 하는 사이에 엘리베이터 문이 열렸다. 두 사람은 얼굴에 아직 웃음이 가시지 않은 얼굴로 밖으로 나가려고 고개를 돌리다가 깜짝 놀랐다. 그 앞에 무형이 차가운 얼굴로 저승사자처럼 서 있었기 때문이었다. 언젠가도 이런 장면이 있었던 것이 기억나 준은 순간적으로 온몸에 이유 없이 소름이 돋았다. 그가 주차장에서 기다리고 있을 줄 알았던 준은 괜히 잘못한 것도 없이 찔려서 그의 표정을 살폈다. 재이가 고개를 숙여 인사를 하자 무형이 손을 내밀었다.

"오랜만이네요."

"네, 반갑습니다. 임신하신 거 축하드립니다."

재이가 조금 전과는 달리 정중하고 예의 바르게 그의 손을 잡으며 말했다. 기가 막혀. 준은 속으로 재이에게 눈을 흘기며 웃음을 참았다.

"그럼 나중에 또 보자. 준."

재이가 준에게 그렇게 인사를 했고 준은 고개를 숙여 인사를 했다. 무형은 흘낏 재이를 쏘아본 후 준의 손을 잡고 돌아섰다.

"너 언제까지 저 자식 달고 다닐 거야?"

무형이 못마땅한 얼굴로 준을 내려다보았다. 질투하는 그는 왜 이리 귀여운가.

"얼른 집에 가요."

준이 그의 팔에 매달리며 작게 말했다.

"내 그럴 줄 알았어. 너 지금 피곤하지? 그러게 왜 이런 데는 온다고 난리야? 그냥 전화나 한 통 해주면 될 걸. 초기라 조심해야 된다고 하던, 안 하던?"

그가 참았던 잔소리를 하기 시작했다. 준은 그의 팔을 당겨 발 끝을 세우고 그의 귀에 속삭였다.

"집에 가서 해요."

"뭐, 뭘?"

"벌써 3주나 안 했잖아요."

준이 부끄러운 듯 입술을 물며 말했다.

"의사 선생님이 초기라 조심하라잖아. 조금만 참아."

무형이 잔소리를 집어치우고 그녀의 뺨을 감싸 쥐더니 사랑스러워 죽겠다는 표정을 지으며 위로하듯 말했다.

"이제 안정기에 접어들어서 괜찮대요. 오늘 선생님하고 통화했어요."

"그래? 정말 괜찮대?"

그의 얼굴이 환해졌다. 하루에도 몇 번씩 그녀를 탐하던 그는 의사의 말 한마디에 3주째 꿋꿋이 금욕을 하고 있었다. 입덧도 없이 잘 버티고 있는 준이 예뻐서 하루하루 천국에 사는 것 같았지만 사실 밤마다 고문이 따로 없었다. 눈만 마주쳐도 하고 싶은데 밤새 품에 안고 스치기만 해도 단단해지는 귀여운 유두를 빨고 가슴을 주무르고 입술을 머금어봐도 갈증은 채워지지 않았다. 제 품에 안겨 쌕쌕, 잘도 자는 준을 보며 그는 툭 하면 새벽까지 벌을 서듯 잠을 못 이루었다. 그렇게 3주가 지나니, 티는 내지 않았지

만 요즘 아주 신경이 극도로 예민해지고 작은 일에도 화가 나곤
했다.

"대신 너무 깊이 넣으면 안 된대요. 세게 해도 안 되고요."

"알았어. 알아들었어."

무형이 그녀를 번쩍 안아 차에 태우며 대답했다. 그는 안전벨트
를 매주고 그녀의 입에 깊숙이 키스를 했다. 어서 집으로 가야 하
는데 그녀의 부드럽고 말랑하고 터질 듯 연약한 입술에서 입을 뗄
수가 없었다. 그녀의 입술은 달콤한 늪처럼 그를 깊이깊이 빨아
들였다.

에필로그

태어난 지 3개월밖에 되지 않은 원이 열이 펄펄 끓었다. 재울 때까지는 멀쩡했는데 자다가 수유를 하려고 보니 그랬다. 새벽 한 시가 가까워 오고 있었고 무형은 요즘 맡고 있는 사건 때문에 바빠서 아직 퇴근 전이었다. 체온계를 찾아 재니 39도였다. 아이는 그 와중에도 앓는 소리 한 번 안 내다가 준이 허둥지둥 옷을 벗기자 그제야 울기 시작했다.

준은 머릿속이 하얘졌다. 병원에 가야 한다. 준은 평소에 숙지해 두었던 위기 상황에 대처하는 방법을 떠올려 보려 했지만 아무것도 생각나지 않았다. 태어나서 아직 한 번도 병치레를 한 적이 없어서 준은 속절없이 놀라서 허둥대기만 했다.

아이는 살려달라는 듯 자지러지게 울기 시작했다. 작은 얼굴이 새빨개지며 울어대자 준의 눈에도 눈물이 줄줄 흘렀다. 그녀는 병원에 갈 가방을 챙기면서 무형에게 전화를 걸었지만 받지 않았다. 밖에는 영하의 날씨에 창문이 흔들릴 정도로 바람이 세게 불고 있었다. 그대로 아이를 데리고 나가 택시를 잡느라 찬바람을 쏘이면 더 큰일 날 거 같아 준은 다시 무형에게 전화를 걸었지만 여전히 받지 않았다.

준은 아이를 아기 띠에 안아 메고 담요로 싸서 현관을 나섰다. 아이의 울음소리가 금방 숨이 넘어갈 듯 절박하게 들렸다. 준은 입술이 새파래지도록 울어대는 아기를 보자 겁에 질려 다리에 힘이 풀렸다. 금방 주저앉을 것만 같았다.

1층에서 올라오는 엘리베이터를 발을 동동 구르며 기다리고 있는데 갑자기 서라가 방송국과 가까운 곳에 집을 얻어 살고 있다는 것이 떠올랐다. 방송국이라면 준의 집과도 몇 분 거리였다. 준은 덜덜 떨리는 손으로 아직 지우지 않고 남겨둔 서라의 번호를 눌렀다. 연락을 끊고 산 지 2년이 다 되어가는 마당에 한밤중에 전화를 걸어 도움을 청하는 것이 어떻게 비칠지, 서라가 과연 도와줄지 어떨지 미처 그런 것을 따질 겨를도 없었다.

[……준?]

서라가 미심쩍은 목소리로 전화를 받았다.

"언니, 원이, 우리 아기가 아파요…… 나 어떡해요."

준은 서라의 목소리를 듣자 저도 모르게 또다시 울음이 터지고 말았다.

[준, 준! 뭐라고? 잘 안 들려. 똑바로 말해봐.]

"언니 좀 와 주세요. 우리 아기가 아파요!"

준이 엘리베이터에 타며 소리치듯 말했다.

[어디 가? 아니, 무형이는?]

서라도 당황한 목소리로 물었다.

"전화가 안 돼요. 병원 가야 하는데, 어떡해요."

준은 아기가 잘못되는 것은 아닌가, 겁에 질려서 제정신이 아니었다.

[알았어. 금방 갈게. 애 데리고 내려와 있어. 뚝 그치고.]

서라는 갑작스러운 일에 당황했을 법도 한데 침착하게 말하고 전화를 끊었다. 준은 아이를 품안에 감추듯이 안고 엘리베이터에서 내려 찬바람이 몰아치는 밖으로 나왔다. 아이는 여전히 숨이 넘어갈 듯 울어댔고 준은 작아서 손도 대기 어려운 그 작은 생명이 잘못될까 두려워 머릿속이 하얘졌다.

서라가 기다리라고 한 것도 잊고 주차장을 벗어나 큰길로 나서서 택시를 잡아 보려고 했지만 그 시간에 이런 주택가에서 택시를 쉽게 잡을 수 있을 리가 없었다. 준은 발을 동동 구르며 아이를 달래는데 무서워서 턱이 덜덜 떨렸다. 그 와중에 콜택시를 부를 생각이 언뜻 들었지만 어떻게 불러야 하는지 바보가 된 듯 아무 생각도 들지 않았다. 휴대폰을 들여다보며 안절부절못하고 있다가 겨우 114를 눌러 콜택시 번호를 묻고 있는데 멀리서 차 한 대가 빠르게 다가와 그녀 앞에 급히 멈춰 섰다. 서라의 차였다.

"타. 얼른."

서라가 차 문을 내리고 소리쳤다. 준은 이것저것 생각할 겨를도 없이 차에 올라탔다. 그 와중에도 듣고 있기 괴로울 정도로 갓난 아기가 울어댔으므로 서라마저 얼굴이 하얘졌다. 가까운 종합병원의 응급실에 도착해 아이를 품에서 꺼내 의사에게 보이려던 준은 아기의 보라색이 된 얼굴을 보고 그만 기절할 듯이 하얗게 질렸다. 그녀는 아이를 침대에 내려놓는 것과 동시에 바닥에 주저앉고 말았다.

"준! 정신 차려. 엄마가 이러면 어떡해?"

멀리서 서라의 외치는 소리가 들려왔지만 그녀는 극심한 스트레스와 긴장으로 그대로 정신을 잃고 말았다. 준이 다시 눈을 떴을 때는 여러 사람이 그녀를 걱정스러운 얼굴로 내려다보고 있었다. 언제 왔는지 서라의 부모님과 서라, 그리고 무형의 창백한 얼굴이 보였다. 준은 무형을 보자 그만 걷잡을 수 없이 울음이 터지고 말았다.

"오빠, 원이…… 우리 원이가……."

"원이 괜찮아. 열 내려서 방금 잠들었어."

말리는데도 일어나 앉은 준의 손을 잡으며 무형이 말했다. 무형은 눈물로 얼룩진 어린 아내가 안타깝고 애처로워 가슴이 새카맣게 타들어갔다. 피의자 조사를 2시가 가까워 와서야 끝내고 조사실을 나와 보니 준에게 전화가 여러 통 와 있었다. 준과 원이 병원에 있다는 서라의 말을 들은 그는 그대로 검찰 청사를 뛰쳐나왔다. 아이도 아프고, 준은 정신을 잃었다는 얘기를 듣고 그는 얼굴에서 핏기가 가셨다. 병원에 도착하는 길지 않은 시간 동안 그는 지옥 같은 시간을 견뎠다.

"아무리 놀랐다고 애 엄마가 기절을 하면 어째. 애가 애를 키우고 있으니, 원."

서라 어머니가 말끝에 작게 혀를 쯧쯧, 찼다. 딴에는 걱정스러워서 하는 얘기였지만 무형의 귀에는 곱게 들리지 않아서 그의 얼굴이 살짝 굳어졌다.

"와주셔서 감사합니다. 준이 깼으니 들어가세요. 폐를 끼쳐 죄송합니다."

"내일 강 검사 출근하고 나면 준이 몸도 안 좋은데 애를 어떻게 돌보겠나. 내가 며칠 있으면서 몸조리를 좀 시켜야겠어."

서라 어머니가 딸을 힘들게 한 사위 대하듯 못마땅한 투로 말했다.

"일 봐주시는 아주머니가 오시니까 그러실 필요 없습니다."

무형이 무 자르듯 단박에 거절을 했다.

"자네, 전에 있었던 일 아직도 마음에 담아두고 있는 모양인데 그러지 말게. 내 상황에서 그럼 그 정도도 안 하고 어떻게 지나가겠나. 준이를 생각해야지. 어디 기댈 구석 하나 없이 혼자 아등바등하는 거 안 보이나? 지금 자네 자존심이 문제인가?"

서라 모친이 어른으로서 따끔하게 한마디 하자 무형은 아무 말도 하지 못했다. 제 생각대로라면 그들 가족에게 또다시 도움을 받고 싶은 생각은 손톱만큼도 없었지만 그녀 말대로 준을 생각하면 그런 감정싸움들이 다 무슨 소용일까 싶었다. 안쓰럽고 미안해서 무형은 말없이 준의 이마만 쓸었다.

"그래. 준이 몸도 안 좋은데 아이까지 돌보고 신경 쓰는 건 무리야. 서라 엄마 말대로 하게."

임 이사도 옆에서 거들었다.

"서라 너는 얼른 아버지 모시고 집에 들어가. 내일 출근해야 할 사람들이니 들어가서 잠깐이라도 눈 붙여야지."

서라 모친은 내내 말없이 옆에 서 있던 서라를 재촉했다.

"그래, 여기서 복작거리면 정신만 사납지. 우리는 그만 들어가자."

임 이사가 서라에게 말했다. 서라는 고개를 끄덕이고 자신의 부친을 따라나섰다. 무형은 그들을 배웅하러 응급실 밖까지 따라 나갔다.

"들어가십시오."

무형이 임 이사에게 인사를 했다. 임 이사는 무형과 서라 사이에 안 좋은 일이 있고 난 후에도 꾸준히 무형에게 먼저 전화를 해 안부를 묻곤 했고 그의 결혼식에도 혼자 참석했다. 어릴 때나 지금이나 그는 변함없이 무형이 기댈 수 있는 언덕 같은 사람이었다. 무형은 등을 보이고 차로 걸어가고 있는 그를 말없이 바라보았다.

"도와줘서 고맙다."

무형은 고개를 들지 못하고 서 있는 서라에게 말했다. 그 일 이후에 처음 보는 거였다.

"뭘."

서라가 얼굴을 붉히며 민망한 표정을 지었다.

"결혼 축하해."

무형의 말에 서라의 얼굴이 더욱 붉어졌다.

"신문에서 봤어."

얼마 전 스포츠 신문에 서라의 결혼 소식이 대문짝만 하게 실렸다. 영국 프리미어리그에서 뛰고 있는 역대 최고의 선수라고 불리고 있는 축구선수 민영기와 서라가 다가오는 봄에 결혼식을 올릴 거라는 기사였다. 나이도 그녀보다 4살이 어렸다.

"무형아…… 나는, 정말……."

서라가 갑자기 만감이 교차하는 듯 말을 잇지 못하고 두 손으로 얼굴을 가렸다. 그녀의 어깨가 잔파도처럼 흔들렸다. 무형은 좀 당황해서 그녀의 신발계를 내려다보며 울음이 그치길 기다렸다.

"미안해. 너한테 그런 추한 꼴을 보인 걸 생각하면 부끄러워 얼굴을 들 수가 없어. 내가 뭐에 씌었었나 봐. 너한테도 준이한테도 미안해."

그녀가 가방에서 휴지를 꺼내더니 눈물을 닦으며 말했다. 한 짓은 괘씸했지만 이미 지나간 일이었다. 그녀가 삶을 휘저어놓은 통에 자신의 진짜 속마음을 깨닫고 인정할 수 있었다. 그렇지 않았다면 그는 평생 준을 여동생이라고 우기며 살았을지도 모른다. 그런 생각만 해도 숨이 턱 막혔다.

"결혼식 때 갈게."

"그래. 꼭 와."

서라가 겨우 미소를 지으며 대답했다. 그는 서라와 임 이사가 탄 차가 주차장을 빠져나가는 것을 보고 다시 응급실로 들어갔다.

원은 아프고 난 뒤에 부쩍 자라서 이제 기는 속도가 장난이 아니게 빨라졌다. 퇴근해서 문을 열면 준보다 아이가 어디선가 먼저 다다다, 기어온다. 무형은 원이 그렇게 달려 나올 줄 알고 퇴근 전에 미리 손을 씻고 현관 앞에서 윗도리도 벗어 들었다. 면역력이 약한 아기라 그래도 조심스럽긴 했지만 그렇게 열렬히 환영을 하러 나오는데 손을 안 씻었다고 안아주지 않고 배길 재간이 없다.

그는 허리를 굽혀 말랑말랑하고 동그랗고 작은 녀석의 겨드랑이를 잡아 눈높이까지 들어 올린다. 녀석은 물고 있던 공갈 젖꼭지가 입에서 떨어지는 것도 잊고 아빠의 뺨을 양손으로 쳐 가며 까르르 웃음을 터뜨린다. 힘이 덜 들어가 벌어진 귀여운 입술에서 침이 흘러 앙증맞은 턱받이에 떨어졌다. 무형은 아기의 통통한 볼에 입술을 눌러 뽀뽀를 했다. 달착지근하고 새콤한 아기 냄새가 맡아졌다. 그는 그 냄새를 놓치지 않으려고 아기의 배에 얼굴을 묻고 코를 킁킁거렸다. 녀석은 그런 제 아빠의 머리카락을 작고 통통한 두 손으로 덥석 잡고 뭐라고 옹알거렸다.

준은 두 부자의 상봉을 방해하지 않기 위해 벽 뒤에 숨어서 동영상을 찍고 있었다. 둘이 만나서 하는 행동들이 사랑스러워서 준은 무형이 들어오는 소리가 들리면 아기를 먼저 마중 나가게 엉덩이를 두드려 내보내고 뒤에서 그렇게 지켜보는 재미에 빠져 있었다. 무형이 아기를 안고 성큼성큼 걸어와 그녀의 목덜미에 얼굴을 묻었다.

"우리 아가들, 아빠 없는 동안 잘 놀고 있었어요?"

무형이 한 팔로는 원을 안고 한 팔로는 준의 허리를 끌어안으며 두 사람의 볼에 번갈아 입을 맞추며 말했다.

"원이 오늘 혼자 일어섰어요. 오빠."

"혼자?"

"벽 잡고, 혼자."

"그랬어? 벌써 그럴 때가 됐어?"

무형은 기특하고 장해서 원과 눈을 맞추며 말했다.

"찍어놨으니까 이따가 보여줄게요."

준이 그의 허리에 팔을 두르며 말했다. 무형은 그런 준이 예뻐서 또 입을 맞추었다. 퇴근하면 늘 이렇게 몇십 분씩 셋이 끌어안고 인사를 나누느라 떨어질 줄 몰랐다.

"원아. 내일부터 아빠 출근 안 하니까 아빠랑 맘껏 놀 수 있어. 신난다. 그지?"

준이 설레는 얼굴로 원의 볼을 두드리며 말했다. 그는 몇 달 전에 육아휴직을 신청했는데 드디어 내일부터 1년간 집에서 아이를 돌볼 수 있게 되었다. 요즘은 남자 공무원들의 육아휴직이 꾸준히 늘고 있는 추세였지만 검사들, 특히 남자 검사들의 육아휴직은 극히 드물었다. 검사 수에 비해 해야 할 일이 워낙 많기도 했고, 여타의 공무원들보다 상하 지휘 관계가 칼처럼 잡혀 있어 윗선의 눈치를 보지 않을 수 없는 조직의 특성 때문이기도 했다. 무형이 육아휴직계를 냈을 때도 술렁이는 분위기였다.

시간만 지나면 자동적으로 승진이 보장되었던 예전과 달리 검찰 조직에도 무한 경쟁 바람이 사정없이 몰아치고 있는 살벌한 시점이었다. 자리는 한정되어 있고 승진할 사람은 갈수록 많아지고 있었기 때문에 근무 평점에 따라 기수 파괴 인사와 직급 강등까지 일어나고 있는 판국에 육아휴직이라니.

근래에 일어난 그에 대한 불미스러운 소문이 아직도 검찰 내부에 떠돌고 있는 마당에 눈에 띄는 행동을 자제하라고 부장이 말렸다. 차장까지 불러올려 정말 그래야 하겠느냐고 물었다. 상사들은 그가 만약 이런저런 일들로 이후에 승진에서 밀리게 된다면 관례대로 옷을 벗어야 할 테고 그것은 검찰에도 큰 손실이라고 걱정 어린 협박으로 주의를 환기시켰지만 무형은 아무런 갈등도 하지 않았다. 야근은 기본이고 휴일도 없이 일해야 할 정도로 바빠서 본의 아니게 가정에 불충실한 가장이 되어가는 것이 내내 걸렸다. 준이 임신해 있을 때에도 그랬고, 아이를 낳고 난 후에는 더더욱

일에 회의가 들고 있었다.

이전의 그는 일 중독자였다. 자신의 사생활보다 언제나 일에 우선순위를 두며 살아왔다. 하지만 결혼을 하고 도와줄 양가의 부모님도 없이 준이 혼자 아이를 돌보느라 애쓰는 것을 지켜보고 있자니 일이 다 무슨 소용인가 싶었다. 게다가 하루가 다르게 커가는 아이를 지켜볼 수 없는 것도 싫었다.

준이 아이를 낳느라 휴학을 했고 몇 개월 후면 복학을 해야 했다. 아이를 봐줄 사람을 물론 구하겠지만 준이 혼자서 그 일들을 감당하게 할 수는 없었다. 준은 잘할 수 있다고 큰소리를 치며 그를 걱정시키지 않으려고 애썼다. 실제로 아가씨일 때보다는 야무지고 어른스러워졌지만 무형의 눈에 준은 여전히 불안하고 안쓰럽기만 했다.

검사라는 직업이 자신에게 맞고 일에 보람도 느꼈지만 준을 위해서라면 그 정도는 얼마든지 포기할 수 있었다. 준이 대학을 졸업할 때까지만이라도 마음 놓고 공부할 수 있게 자신이 아이를 돌보기로 했다. 처음에는 아예 검찰청을 떠나려고 했지만 준이 한사코 말려서 일단 1년 동안 쉬면서 나중 일은 이후에 천천히 준과 의논하며 풀어나가기로 했다. 그는 원을 데리고 욕실로 들어가 함께 목욕을 했다.

물을 받아놓은 욕조에 기대어 아이를 가슴에 안고 부자간에 깊은 대화를 나누고 있으면 세상 그런 행복이 없었다. 말을 못 하고 아무것도 모르는 것 같지만 몸짓과 눈빛과 옹알이로 아이는 벌써 제 감정을 다 표현했고 무형의 감정도 이해하는 것처럼 보였다. 무형의 표정에 따라 웃기도 하고 시무룩해지기도 하고 입술을 씰룩거리며 울 태세를 취하기도 했다.

그는 그것이 너무 신기해서 곧잘 아이를 울렸다. 무서운 표정으로 노려보면 생글생글 웃고 있다가 금방 귀여운 아랫입술을 삐죽이는 모습을 보면 그는 참지 못하고 웃음을 터뜨렸다. 귀여워 환장할 것 같다. 하루 종일 아이와 그런 교감을 나누며 놀아도 지루할 것 같지 않았다.

두 부자가 욕실에서 무엇을 하는지 한 시간이 다 되도록 나오지 않아서 준은 침대에 누워 책을 보며 기다리고 있었다. 무형이 원을 너무 예뻐해서 기쁘기도 했지만 가끔 서운해지기도 했다. 원이 태어나기 전에는 그의 사랑과 관심이 온통 자신에게로 쏠려 있었다면 이제 그것은 확실히 원에게로 많이 옮겨갔다. 물론 그는 여전히 그녀를 사랑하고 예뻐했지만 이제 원이 우선이었다.

그가 돌아오면 힘든 육아에서 벗어나서 편하게 있는 것이 좋기도 했지만 가끔 심통이 나기도 했다. 그래도 욕실에서 들려오는 무형과 원의 웃음소리를 듣고 있으면 저절로 미소가 지어졌다. 그녀는 눈을 감고 두 사람이 내는 소리에 귀를 기울이고 있다가 깜빡 잠이 들었다.

잠결에 무형이 발밑으로 들어와 팬티를 벗겨 내리는 것이 느껴졌다. 준은 잠에 취한 채로 그가 옷을 벗기기 편하게 조금 몸을 들어주었다. 아랫도리에 그의 입술이 와 닿았다. 그는 그녀의 허벅지를 벌리고 그녀의 다리 사이를 아이스크림을 빨아 먹듯 애무하기 시작했다.

"원…… 원은요?"

준은 그의 아직 젖어 있는 머리카락을 손으로 어루만지며 잠긴 목소리로 물었다.

"재웠어."

무형이 몸을 일으켜 그녀의 배꼽과 가슴과 입술에 입을 맞추며 위로 올라왔다. 그는 아직 잠에 취해 있는 그녀의 얼굴을 사랑스럽다는 듯 내려다보았다. 파티션 너머에 있는 아기 침대에서 잠든 원의 고른 숨소리가 들려왔다. 그는 눈을 감고 있는 그녀의 얼굴을 내려다보며 가슴을 천천히 쓸 듯이 어루만졌다. 조금만 세게 만지면 모유가 주룩 흐른다.

그는 유두를 혀로 굴리며 자신의 몸을 그녀의 몸속으로 밀어 넣었다. 준이 몸을 떨며 작게 신음을 내뱉었다. 아이를 돌보느라 잠도 제대로 못 자고 고되어 보여서 요즘 세 번에 한 번은 하고 싶은 걸 참고 있었다. 이제 그럴 필요가 없다. 마음껏 안고 싶을 때마다 안으리라. 졸려 하면 재우고 원은 자신이 돌보면 되니까.

자신의 몸짓에 따라 흔들리는 그녀의 봉긋한 가슴과 몽롱하게 쳐다보는 눈빛이 더할 수 없이 아름답다. 그녀는 가쁜 숨을 몰아쉬는 와중에도 아랫입술을 꼭 물고 있다. 아기가 깰까 봐 신음을 참고 있는 것이다. 원은 한 번 잠들면 웬만해서는 잘 깨지 않는다.

효자다. 그것을 알면서도 할 때마다 소리를 참는 그녀에게 심술이 났다. 결국 끝에는 울며 매달릴 거면서.

자신에게 길이 든 준의 몸은 섹스를 할 때는 그녀의 마음대로 통제할 수가 없다. 무형이 의도한 대로 그녀는 신음하고 애원하고 매달리고 흐느꼈다. 그럴 때마다 그는 몇 배의 성취욕과 쾌감으로 몸을 떨었다. 사랑하는 여자를 행복해서 울게 만들 수 있다는 자부심. 그 무엇과도 바꿀 수가 없다.

그는 감질날 만큼 몸을 천천히 뒤로 뺐다가 준의 몸이 위로 밀릴 정도로 세게 밀어 넣기를 반복했다. 준을 자지러지게 만드는 스킬이다. 준의 입에서 참을 수 없는 신음이 새어 나왔다. 한쪽 다리를 어깨에 걸치게 만들고 깊이 넣어주는 거나 뒤집어놓고 엉덩이를 들어 올려 뒤에서 해주는 것도 좋아했다. 가끔은 무형의 위에 올라타고 스스로 하기도 한다.

할 때마다 새롭고 예쁘다. 준만 섹스할 때 제 몸을 통제할 수 없는 건 아니었다. 그도 사실은 준의 작은 몸짓, 눈빛, 신음 소리에 의도치 않게 빠르게 사정을 하게 되곤 했다. 한 번도 정력에 대해 걱정해 본 적이 없었는데 그녀를 만족시키지 못하고 먼저 할 때면 여간 낭패스럽지가 않았다. 그녀가 너무 자극적인 탓이었다. 사실 준이 마음만 먹으면 눈빛이나 입술 하나로도 그를 절정에 도달하게 만들 수 있었다. 그녀 자신은 그 사실을 모르고 있는 모양이었지만.

"오빠…… 흐응……."

그녀가 애원하듯 엉덩이를 움직이며 그를 불렀다. 하아…… 죽을 것 같다. 그는 이를 물고 참았다. 그녀를 먼저 보내고 가야 한다. 하지만 이미 눈앞이 하얗게 바래고 온몸이 경련하듯 **뻣뻣하게** 떨리며 절정이 찾아왔다. 그는 그녀의 몸속으로 제 몸을 끝까지 밀어 넣기라도 할 듯이 뿌리 끝에 힘을 주었다. 괜찮다. 그는 스스로를 위로했다. 또, 하면 되니까. 시간은 봄날의 쇠털만큼이나 무궁하게 그들 앞에 펼쳐져 있었다.

THE END